AGATHA CHRISTIE COMPLETE COLLECTION

SHORT STORY COLLECTION: AGATHA CHRISTIE OMNIBUS 1

AGATHA CHRISTIE COMPLETE COLLECTION

SHORT STORY COLLECTION: AGATHA CHRISTIE OMNIBUS 1

리스터데일 미스터리 애거서 크리스티 단편집 | 이강표 옮김

SHORT STORY COLLECTION

Agatha Christie: Omnibus 1
Copyright © 2013 Agatha Christie Limited.
All rights reserved.

The Listerdale Mystery © 1925 Agatha Christie Limited. All rights reserved.
Philomel Cottage © 1924 Agatha Christie Limited. All rights reserved.
The Girl in the Train © 1924 Agatha Christie Limited. All rights reserved.
Sing a Song of Sixpence © 1929 Agatha Christie Limited. All rights reserved.
The Manhood of Edward Robinson © 1924 Agatha Christie Limited. All rights reserved.
Accident © 1929 Agatha Christie Limited. All rights reserved.
Jane in Search of a Job © 1924 Agatha Christie Limited. All rights reserved.
A Fruitful Sunday © 1928 Agatha Christie Limited. All rights reserved.
Mr Eastwood's Adventure © 1924 Agatha Christie Limited. All rights reserved.
The Golden Ball © 1929 Agatha Christie Limited. All rights reserved.
The Rajah's Emerald © 1926 Agatha Christie Limited. All rights reserved.
Swan Song © 1926 Agatha Christie Limited. All rights reserved.
Magnolia Blossom © 1926 Agatha Christie Limited. All rights reserved.
Next to a Dog © 1929 Agatha Christie Limited. All rights reserved.
The Dressmaker's Doll © 1958 Agatha Christie Limited. All rights reserved.
In a Glass Darkly © 1934 Agatha Christie Limited. All rights reserved.

AGATHA CHRISTIE and the Agatha Christie Signature
are registered trademarks of
Agatha Christie Limited in the UK and elsewhere.
All rights reserved.
www.agathachristie.com

Korean Translation Copyright © Minumin 2013, 2024

Korean translation edition is published by arrangement with
Agatha Christie Limited through Shinwon Agency.

이 책의 한국어판 저작권은 신원 에이전시를 통해
Agatha Christie Limited와 독점 계약한 ㈜민음인에 있습니다.

저작권법에 의해 한국 내에서 보호를 받는 저작물이므로
무단 전재와 무단 복제를 금합니다.

정식 한국어 판 출간에 부쳐

나는 한국에서 우리 할머니의 작품을 정식으로 출간한다는 소식을 듣고 무척 기뻤다. 할머니가 1920년부터 1970년 무렵까지 오랜 세월에 걸쳐 집필한 작품들은 21세기인 지금 읽어도 신선하고 재미있다. 등장 인물들이 워낙 자연스러워서 요즘 사람들과 다를 바 없고 이들이 등장하는 상황과 장소가 전 세계 사람들의 애정과 향수를 자극하기 때문이다. 한국 독자들은 이번에 새로 나온 정식 한국어 판을 통해 그동안 접하지 못했던 애거서 크리스티의 일부 작품들을 읽을 수 있을 것이다. 덕분에 한국에 새로운 세대의 애거서 크리스티 팬들이 탄생할지도 모르겠다는 생각을 하면 가슴이 벅차다.

애거서 크리스티는 대표적인 두 명의 주인공으로 기억되는 작가이다. 14권의 작품에 등장하는 마플 양은 영국의 작은 시골 마을에서 평온한 나날을 보내며 뜨개질과 수다로 소일하는 미혼의 할머니

이지만, 놀라운 기억력과 날카로운 두뇌 회전으로 주변에서 벌어진 살인 사건을 해결한다.

그리고 마플 양과 상반되는 성격을 지닌 에르퀼 푸아로는 자신만만하고 콧수염을 포함한 자신의 외모와 벨기에라는 국적에 대한 자부심이 상당하다. 그는 이집트와 이라크를 비롯한 세계 각지에서 수수께끼를 해결하며 『오리엔트 특급 살인 Murder On The Orient Express』, 『나일 강의 죽음 Death On The Nile』, 『애크로이드 살인 사건 The Murder Of Roger Ackroyd』 등 애거서 크리스티의 여러 대표작에 모습을 드러낸다.

황금가지의 대담하고 참신한 표지와 전반적인 디자인 덕분에 작품의 성격이 잘 살아난 것 같아 기쁘다. 또한 한국 독자들이 할머니의 원작이 지닌 참된 묘미를 느낄 수 있도록 충실한 번역을 위해 애써 준 점도 높이 사고 싶다.

할머니의 작품이 20세기의 그 어떤 작가들보다 많이 팔리고 있는 이유는 나이와 국적에 상관없이 읽을 수 있는 재미와 감동을 갖추었기 때문이다. 모쪼록 한국 독자들도 황금가지에서 선보이는 애거서 크리스티 작품들을 즐겁게 감상하기를 바란다.

매튜 프리처드
애거서 크리스티의 손자
ACL 이사장

차례

정식 한국어 판 출간에 부쳐 —— 5
리스터데일 미스터리 —— 9
필로멜 코티지 —— 40
기차를 탄 여자 —— 80
6펜스의 노래 —— 112
진짜 사나이, 에드워드 로빈슨 —— 143
사고 —— 170
제인은 구직 중 —— 187
일요일의 열매 —— 223
이스트우드 씨의 모험 —— 240
황금 공 —— 270
라자의 에메랄드 —— 289
백조의 노래 —— 318
활짝 핀 목련꽃 —— 344
강아지와 함께 —— 376
재봉사의 인형 —— 404
희미한 거울 속 —— 438

리스터데일 미스터리

I

세인트빈센트 부인은 숫자들을 더하고 있었다. 그녀는 이따금 한숨을 짓다가 손으로 지끈거리는 이마를 짚었다. 부인은 원래 산수를 싫어했다. 그런데 요사이 그녀의 삶이 온통, 한 가지 특별한 종류의 셈으로 이루어진 것 같아 참으로 딱했다. 그 특별한 셈이란 자잘한 생활필수품 지출 내역들을 끝없이 더하는 것인데, 그렇게 하여 나오는 합계액에 그녀는 예외 없이 놀라고 마는 것이었다.
'아냐, 이렇게 많이 나올 리 없어!'
그녀는 처음으로 다시 돌아갔다. 페니 수준에서 하찮은 실수가 있었지만 그 밖에 틀린 데는 더 이상 없었다.
빈센트 부인이 다시 한숨을 내쉬었다. 이제 정말로 지독하게 골치가 아팠다. 방문이 열려 고개를 들어 보니, 딸 바바라가 안으로 들어왔다. 바바라 세인트빈센트는 아주 예쁜 아가씨였다. 그녀는 어머니의 우아한 외관을 꼭 빼닮았으며, 당당한 머리 모양까지 같았다. 하지만 그녀의 두 눈은 파란색이 아니고 어두운 빛이었으며, 입 생김새도 달라서 매력이 없지 않은 샐쭉한 빨간색 입이었다.

"오! 엄마. 아직도 그 지긋지긋한 덧셈을 가지고 머리를 싸매고 있었어요? 모조리 불에 던져 버리지 않고!"

그녀가 외쳤다.

"살림이 어떻게 돌아가는지 알아야지."

세인트빈센트 부인이 얼버무렸다.

딸이 어깨를 으쓱하더니 냉담한 목소리로 말했다.

"우리 형편이야 맨날 똑같잖아요. 지독하게 쪼들린 형편에 마지막 1페니까지 아껴야죠."

세인트빈센트 부인이 탄식했다.

"정말……."

그렇게 한마디 던지고는 더 이상 잇지 못하는 빈센트 부인에게 바바라가 굳은 말씨로 선언했다.

"뭔가 할 일을 찾아야겠어요. 그것도 빨리 말예요. 그래도 속기와 타이핑 과정까지 모두 마쳤잖아요. 하긴 내가 알고 있는 전국 방방곡곡에 수십 만 명쯤 되는 여자애들도 마찬가지지만! '경험은?' '없어요, 하지만…….' '오, 수고했어요, 또 봅시다. 연락 줄게요.' 그러나 이내 아무런 연락도 없죠! 좀 다른 일자리를 찾아봐야겠어요. 무슨 일이든."

"아직 이르다, 애야. 좀 더 기다려 봐."

엄마가 타일렀다.

바바라는 창가로 다가가 멍한 시선으로 바깥을 내다보고 섰지만, 맞은편 집들의 거무스름한 지붕 라인도 시야에 들어오지 않았다. 그녀가 느릿하게 회고했다.

"때때로 지난겨울 사촌 에이미를 따라 이집트에 갔던 게 후회스러워요. 물론, 신이 났었죠. 일찍이 내 생애 누려 보지 못했던, 그리고 앞으로도 누리기 어려울 것 같은 그런 종류의 즐거움. 정말 재미있었어요. 흠뻑 빠져서 재미있게 놀았다고요. 하지만 몹시도 불안했죠. 결국엔 요 모양 요 꼴로 돌아와야 한다는 게."

바바라가 한 손을 들어 방 둘레를 따라 삥 휘저어 보였다. 세인트빈센트 부인의 시선이 그 손길을 쫓아가더니 이내 움찔했다. 이 방은 싸구려 가구로 장식된 전형적인 셋방이었다. 먼지가 뽀얗게 내려앉은 엽란 화분, 야하게 꾸며진 가구, 여기저기 색이 바랜 채 반질반질해진 벽지. 거기에는 세입자의 취향이 여주인의 취향과 갈등을 일으킨 흔적들이 엿보였다. 꽤 괜찮은 도자기 한두 점이 있었으나 금이 많이 가고 군데군데 때서서, 팔려고 내놓는다 해도 받을 수 있는 금액은 제로였다. 자수 하나가 소파 등받이에 덮여 있었다. 그리고 20년 전에 유행한 옷차림을 한 젊은 아가씨를 묘사한 수채화 한 점이 있었는데, 누가 보더라도 틀림없이 세인트빈센트 부인을 빼닮아 있었다.

"우리가 다른 종류의 삶을 몰랐다면 차라리 나았을 텐데. 하지만 '안스테이스'를 생각만 하면……."

바바라는 말을 멈추었다. 수 세기 동안 세인트빈센트가(家)에서 소유해 왔건만, 지금은 낯선 사람들의 손에 넘어간 그 귀하고도 사랑스런 집에 대해 차마 얘기를 꺼낼 수가 없었다.

"아버지가 투기를 하고, 돈을 빌리지만 않으셨어도……."

"얘야, 너희 아버지는 결코 사업을 하실 만한 분이 못 되었어."

그렇게 말하는 세인트빈센트 부인의 목소리에는 단아한 확고함이 배어 있었다. 바바라가 어머니에게 다가가 가볍게 입맞춤을 하고는 중얼거렸다.

"불쌍한 우리 엄마, 더 이상 아무 말도 안 할게요."

세인트빈센트 부인이 다시 펜을 집어 들고, 책상 위로 몸을 구부렸다. 바바라는 다시 창가로 다가가 이내 입을 열었다.

"엄마, 오늘 아침 짐 마스터튼한테서 연락을 받았는데, 직접 찾아 와서 나를 만나 보고 싶대요."

세인트빈센트 부인이 펜을 내려놓고 날카롭게 쳐다보았다.

"이리로?"

"그럼 리츠 호텔로 불러 근사한 저녁이라도 대접할까요."

바바라가 냉소를 지었다.

그녀의 어머니는 울적해 보였다. 바바라가 다시 혐오스럽다는 듯 방 안을 휙 둘러보았다.

"엄마 말이 맞아요. 정말 정떨어지는 집이에요. 귀족 계층의 품위 있는 가난! 그럴듯하게 들리죠. 아름다운 시골에 하얗게 바랜 작은 집, 추레하지만 멋있는 디자인의 사라사 무명 인테리어, 장미꽃이 담긴 꽃병들, 손을 씻는 크라운 더비 도자기 차(茶) 서비스……. 하지만 그런 것은 모두 책에서나 나오는 얘기죠. 현실의 삶에서는, 사무실 인생의 바닥부터 시작하는 아들과 런던을 뜻하잖아요. 지저분한 여주인, 계단에는 꾀죄죄한 꼬맹이들, 튀기 같은 행색을 하고 있는 이웃 세입자들, 아침거리 같지도 않은 대구 반찬 등등 말예요."

빈센트 부인이 입을 열었다.

"하지만…… 사실은, 이 방조차 계속 차지하기 어렵다는 생각이 들어 두렵구나."

"그건 엄마랑 나, 두 사람이 침실 겸 거실을 같이 써야 한다는 얘기잖아요, 끔찍한 얘기네요! 루퍼트는 지붕 밑 벽장 신세를 져야 할 테고. 게다가 만일 짐이 찾아오기라도 하면, 아래층의 그 소름 끼치는 방에서 맞아야 할 테죠. 심술궂은 노처녀들이 쭉 둘러앉아 뜨개질을 하고, 우리를 쳐다보며, 그 무시무시하게 꿀떡거리는 기침을 하는 동안에 말예요!"

잠시 침묵이 흘렀다. 세인트빈센트 부인이 마침내 물었다.

"바바라, 너 말이야. 내 말은…… 너……."

말을 잇지 못하는 바바라의 얼굴이 일순 발그레해졌다.

"엄마, 그렇게 예민하게 구실 필요 없어요. 요즘에는 아무도 안 그런다고요! '너 짐이랑 결혼할 거니?' 하고 물어보려던 거죠? 물론 짐이 청하기만 한다면 기꺼이 승낙할 거예요. 그렇지만 애석하게도 짐이 청혼할 것 같진 않아요."

"오, 바바라, 애야."

"그 사람 말이에요. 소설에 나오는 얘기처럼, 에이미와 함께 상류 계층 사람들 사이에 있던 나를 보았던 거잖아요. 나에 대해 일종의 환상을 갖고 있어요. 이제 이곳에 찾아와서 요 모양 요 꼴로 사는 나를 볼 테고요. 엄마도 알겠지만, 그 사람 참 재미있는 사람이에요. 까다롭고 구식인 데다. 그래서 마음에 들어요. 안스테이스와 그 동네가 생각나거든요. 죄다 100년을 거슬러 올라간 이야기들이죠. 그렇지만…… 그래서…… 오! 모르겠어요."

바바라는 열을 내고 있는 자신이 좀 부끄러운 듯 웃었다. 세인트 빈센트 부인이 진술하고 간결하게 이야기했다.

"나는 네가 짐 마스터튼과 결혼했으면 좋겠다. 그 사람은 우리 같은 사람이거든. 게다가 아주 유복하고, 또…… 그렇지만 그런 걸 그렇게 신경 쓰지 않아."

"나는 신경 쓴다고요. 쪼들리는 데 지쳤어요."

"하지만 바바라, 결혼은……."

"그 이유만으로 하는 건 아니라고요? 아니요, 나에겐 정말 중요해요. 엄마, 내가 그런 데 신경 쓰는 거 몰라요?"

"네가 좋은 환경에서 사는 걸 그 사람한테 보여 주고 싶구나."

빈센트 부인은 몹시 쓸쓸해 보였다. 뭔가 그리운 듯한 말씨였다.

"아이, 참! 이 무슨 쓸데없는 근심이에요? 모든 일들을 좀 즐겁게 생각하자고요. 투덜댄 건 미안해요. 기운을 내요, 엄마."

바바라가 어머니에게로 몸을 구부려 이마에 가볍게 키스를 해 주고는 밖으로 나갔다. 빈센트 부인은 모든 돈 계산을 그만두고, 불편한 소파에 가서 앉았다. 그녀의 생각은 다람쥐 쳇바퀴 돌 듯 빙글빙글 겉돌았다.

'누구든 좋아하는 건 좋다고 말할 수 있지. 체면을 내세우면 남자가 멀어지게 마련이고. 나중에란 핑계는 필요 없어. 정말 생각이 있다면 그래선 안 되지. 그때가 되면 그녀가 얼마나 다정하고 예쁜 여자인지 알게 될 테니까. 하지만 젊은이들은 너무 쉽게 자신의 환경을 좇아가지. 이제 루퍼트도 예전과는 아주 달라. 그렇다고 우리 애들이 거만하기를 바라는 건 아니야. 그런 건 조금도 반갑지 않아. 하지만 루퍼트가 그 끔찍한 담배 장수 딸과 연을 맺는 건 용납할 수 없어. 어쩌면 정말 훌륭한 아가씨일지도 모르지만 그쪽은 우리와 같은 종류는 아냐. 죄다 힘든 얘기뿐이네. 불쌍한 바바라. 내가 뭔가 손을 쓸 수만 있다면, 무슨 일이든. 하지만 돈이 나올 데가 있어야지? 루퍼트가 사회생활을 시작할 수 있도록 해 주려고 가진 건 모조리 팔아 치웠잖아. 지금 정도의 생활조차 계속 유지하기 어려우니.'

세인트빈센트 부인은 마음을 딴 데로 돌리기 위해 《모닝 포스트》를 집어 들어 앞 페이지의 광고를 훑어보았다. 대부분 그녀가 익히 외우고 있는 내용들이었다. 자본을 원하는 사람들, 자본을 가지고 있어서 약속 어음만으로 그 돈을 빌려주겠다는 사람들, 이빨을 사고 싶어 하는 사람들(그녀는 늘 그 이유가 궁금했다.), 모피와 가운을 팔고 싶어 하는 사람들, 그리고 가격 문제에 대하여 낙관적인 생각을 지니고 있는 사람들.

순간 무언가 두 눈에 확 들어와 부인은 퍼뜩 정신을 차렸다. 그녀는 인쇄된 내용을 거듭 읽어 보았다.

점잖은 사람들에게만 임대합니다. 우아하게 가구가 완비된 웨스트민스터의 작은 집을 정말로 알뜰하게 쓸 사람에게 세놓습니다. 명목적 수준의 저렴한 집세. 주인이 직접 세놓음.

꽤 일반적인 광고였다. 그녀는 비슷하거나 거의 똑같은 내용의 광고를 무수히 보아 왔다. 명목뿐인 수준의 집세, 늘 바로 그 말에 함정이 있었다.

그럼에도 어지러운 심정을 떠나 기분을 전환하고 싶은 마음에 부인은 곧바로 모자를 집어 쓰고 예의 광고에 표시된 주소로 향하는 버스를 탔다.

그곳은 부동산 중개인 사무소였다. 새로 번창하는 사무실이라기보다는 좀 오래된 구식 업체였다. 세인트빈센트 부인은 좀 겁먹은 낯빛으로 오려 온 광고를 내밀어 보여 주고 세부 내용을 물었다.

그녀를 맞이해 준 흰머리의 늙은 신사가 생각에 잠긴 듯 턱을 쓰다듬었다.

"완벽합니다. 예, 부인, 완벽해요. 바로 그 집, 광고에 나온 그 집은 체비엇 7번지예요. 한번 직접 가 보시겠어요?"

"먼저 집세를 알고 싶은데요?"

"아! 임대료 말이죠. 정확한 액수는 아직 미정이에요. 하지만 명목에 지나지 않는 수준이란 걸 말씀드릴 수 있어요."

"이름뿐인 집세 수준이란 것도 생각하기 나름 아닌가요?"

노신사가 짤막하게 껄껄 웃어 보였다.

"예. 그건 꽤 낡은 수법이죠, 오래된 수법. 그러나 제 말을 믿으셔도 됩니다. 이번 경우는 그렇지 않거든요. 필경 일주일에 이삼 기니 정도 될 겁니다. 그 수준을 넘지는 않아요."

세인트빈센트 부인은 직접 찾아가 보기로 했다. 물론 정말로 그 집에 들어가 살 만한 형편이 되는 것은 아니었다. 그러나 어쨌든 봐야만 할 것 같았다. 그런 금액에 세를 놓는 걸 보면 뭔가 중대한 결함이 딸려 있을 것이었다.

그러나 체비엇 7번지 집 외관을 올려다보는 순간 가슴이 적잖게 두근거렸다. 앤 여왕조 양식의, 주옥같이 빛나는 집. 게다가 완벽한 상태였다! 집사 한 사람이 문을 열어 주었다. 그 하인은 회색 머리에 여린 구레나룻을 지녔으며, 묵상에 잠긴 대주교의 평온함이 깃들어 있었다. 친절한 대주교, 세인트빈센트 부인은 그렇게 생각했다.

집사는 호의적인 태도로 빈센트 부인을 맞아들였다.

"물론입니다, 부인, 보여 드리겠습니다. 언제든 입주하실 수 있습니다."

집사가 앞서 나가며 문을 하나하나 열어 보이며 방들을 설명했다.

"응접실, 서재, 그리고 이쪽은 화장(化粧)방입니다, 부인."

모든 게 완벽했다. 마치 꿈결 같았다. 당대를 대표하는 가구들이 가득했다. 그 하나하나는 많이 닳아 보였지만, 정성스레 닦고 문질러 윤이 났다. 올이 성긴 바닥 깔개는 고색이 창연하여 아름다웠다. 각 방에는 싱싱한 꽃들이 한 아름씩 담긴 꽃병들이 있었다. 집 뒤쪽으로는 그린 파크가 내다보였다. 집 전체가 고풍스러운 매력을 뿜어내고 있었다.

세인트빈센트 부인의 두 눈에 눈물이 고였다. 그녀는 눈물이 흐르지 않도록 안간힘을 썼다.

'안스테이스도 이런 모습이었지……. 안스테이스……. 혹시 저 집사가 내 심정을 눈치챈 것은 아닐까?'

만일 그렇다 하더라도, 그 하인은 어찌나 철저하게 훈련을 받았는지 내색할 줄을 몰랐다. 그녀는 이런 옛날 하인들이 마음에 들었다. 안전하고 편안한 느낌을 주는 사람들, 그들은 친구와도 같았다.

"정말 아름다운 집이군요. 아주 아름다워요. 정말 잘 구경했습니다."

부인은 부드러운 목소리로 칭찬했다.

"혼자 사실 건가요, 부인?"

"아들과 딸도 있어요. 하지만……."

그녀는 말을 잇지 못했다. 그토록 절실하고 또 절실하게 이 집을 원했다.

부인은 하인이 이해하고 있다는 것을 직감했다. 집사는 그녀를 쳐다보지도 않고 초연하고 담담한 어조로 이야기했다.

"마님, 제가 알기로 집주인께서 무엇보다 바라는 것은 알맞은 세입자입니다. 집세는 그분에게 그다지 중요하지 않아요. 이 집을 고맙게 여겨 진실로 알뜰하게 쓸 사람에게 세를 주고 싶어 하십니다."

"저야 당연히 고맙게 생각하죠."

부인은 낮은 목소리로 응한 뒤 나가려고 돌아섰다.

"덕분에 잘 둘러보았습니다."

"천만에요, 부인."

빈센트 부인이 길을 따라서 걸어 내려가는 동안, 그는 정중하게 똑바른 자세로 문간에 서 있었다.

'저 사람은 알고 있어. 나에게 미안해하고 있어. 자신도 옛날 사람이거든. 나 같은 사람이 세들어 살았으면 하는 거지. 노동자 계층도 아니고, 단추 제조업자도 아닌 사람! 우리 같은 사람들은 사라지고 있지, 그러나 우리는 뭉쳐야 해.'

빈센트 부인은 중개인에게 다시 가지 않기로 했다. 무슨 소용이 있단 말인가? 임차료는 낼 수 있을지 모르지만 거두어야 할 하인들이 있는걸. 그런 집을 하인 없이 관리하는 건 불가능했다.

이튿날 아침 편지 1통이 빈센트 부인의 접시 옆에 놓여 있었다. 집 중개인한테서 온 것이었다. 주당 2기니로 6개월 간 체비엇 7번지 집을 그녀에게 임대하겠다는 제안이었다.

"하인들도 집주인의 비용으로 그대로 남아 일한다는 조건, 생각해 보셨겠죠? 정말로 독특한 제안입니다."

그것은 진정 특별한 제안이었다. 그 내용에 어찌나 감탄했는지 빈센트 부인은 소리 내어 편지를 읽어 보았다. 소나기 같은 질문들이 이어졌고 그녀가 어제 있었던 일을 설명했다. 바바라가 외쳤다.

"신비스럽고 예쁜 우리 엄마! 정말 그렇게 근사하단 말이죠?"

루퍼트가 목청을 가다듬고 법정에서나 할 법한 반대 심문을 시작했다.

"이 모든 배후에 뭔가 있는 것 같아요. 이를테면 뭔가 '구린 데'가 있다고요. 단연코 구린 데가 있어요."

바바라가 코를 실룩거리며 받았다.

"내 달걀이야말로 구린데. 나 참! 대체 뭐가 수상하다는 거야? 루퍼트 오빠, 정말 오빠다운 말만 한다. 늘 아무것도 없는 데서 미스터리를 만들어 내는 사람이 바로 루퍼트 오빠잖아. 오빠가 늘 탐독하는 그 섬뜩한 추리 소설에 문제가 있는 거 아냐?"

루퍼트가 진중한 어조로 이었다.

"그 집세는 말도 안 돼. 도시에 살다 보면 온갖 종류의 희한한 사건에 안목이 생긴다고. 감히 말하지만, 이번 건은 뭔가 구린 데가 있어."

"터무니없는 생각 좀 그만해. 집주인은 돈이 아주 많은 사람이고, 그 집을 아주 아끼고 있어. 그래서 자기가 없는 동안 점잖은 사람들이 그 집에서 살아 줬으면 하는 거지. 얼추 그런 상황일 거야. 아마도 그 사람에겐 돈이 목적이 아니겠지."

"주소가 어떻게 된다고요?"

루퍼트가 어머니에게 물었다.

"체비엇 7번지."

"휴! 이거 정말 흥미로운걸. 거기는 리스터데일 경이 사라진 바로 그 집이에요."

그가 의자를 밀어냈다.

"확실한 얘기니?"

세인트빈센트 부인이 의심스럽다는 듯 물었다.

"틀림없어요. 그 집 말고도 런던 여기저기에 집들을 많이 가지고 있거든요. 하지만 리스터데일 경이 직접 살았던 곳은 그 집이에요. 리스터데일 경은 어느 날 저녁 클럽에 간다며 집을 나섰어요. 그 뒤로 아무도 그 사람을 다시 보지 못했고요. 어쩌면 동부 아프리카 같은 곳으로 사라졌을지도 모르죠. 하지만 어느 누구도 그 까닭을 몰라요. 어쩌면 그 집에서 살해당했는지도 몰라요. 엄마 말로는 집 안에 판벽이 많다고요?"

빈센트 부인이 힘없이 응했다.

"그래. 하지만……."

루퍼트가 상대에게 시간도 주지 않고 열을 내며 계속했다.

"판벽! 바로 그거예요. 집 안 어디엔가 후미진 곳이 있을 거예요. 그곳에 시체를 숨긴 뒤 계속 거기 그대로 뒀겠죠. 물론, 먼저 향유 처리를 했을 거고요."

"루퍼트, 얘야, 터무니없는 소리 그만둬."

어머니가 일침을 가했다.

"바보 멍청이 같은 생각은 그만해. 과산화수소 표백으로 금발이 된 여인을 너무 많이 등장시키는 거 아냐?"

바바라도 나섰다.

루퍼트가 근엄하게 일어섰다. 설익고 섣부른 나이가 허용해 주는 근엄함이었다. 그는 이어서 최후통첩을 발표했다.

"엄마, 그 집에 세들자고요. 내가 모든 흑막을 낱낱이 밝혀 낼 테니, 내가 해내는 걸 봐요."

사무실에 지각하지나 않을까 루퍼트가 서둘러 집을 나섰다.

두 여인의 시선이 마주쳤다.

"엄마, 우리 그 집에 들어갈 수 있을까요? 오, 그 집에서 살았으면." 바바라가 떨면서 중얼거렸다.

"하지만 하인들이 있어. 그 사람들도 먹어야 살잖니? 물론 누구라도 그들이 굶기를 바라진 않을 거야. 하지만 그게 바로 어려운 점이란다. 누구든 자기 혼자라면 쉽사리 해 나갈 수 있어."

빈센트 부인이 애처롭게 말했다. 이어 그녀는 가엾다는 듯 바바라를 바라보았고 딸은 고개를 끄덕였다.

"곰곰이 생각해 보자꾸나."

어머니가 일렀다.

하지만 사실상 그녀의 마음은 이미 정해졌다. 부인은 딸애의 두 눈이 반짝 빛나는 것을 보았다.

'짐 마스터튼한테 바바라가 좋은 환경에서 사는 걸 보여 줘야 해. 이번이 기회야, 아주 훌륭한 기회. 놓쳐선 안 돼.'

세인트빈센트 부인은 자리에 앉아, 제안을 받아들인다는 내용의 편지를 쓰기 시작했다.

II

"퀜틴, 이 나리꽃 어디에서 난 거죠? 우린 비싼 꽃을 살 만한 형편이 못 된다는 거 알죠?"

"예, 마님. 킹스 체비엇에서 보낸 겁니다. 이곳에서 오랫동안 행해 온 관례인걸요."

하인이 물러갔다. 세인트빈센트 부인은 안도의 한숨을 내쉬었다. 퀜틴이 없었다면 무슨 일인들 할 수 있었을까? 이 사람 덕분에 모든 일이 쉽게 풀렸다. 그녀는 가만히 생각해 보았다.

'영원히 지속하기에는 너무나도 달콤한 현실이야. 곧 깨어날 테지. 암, 깨어나고 말고. 모든 게 꿈이었다는 걸 알게 되겠지. 이곳에 온 지 벌써 2개월, 참으로 행복하게 지냈지. 섬광처럼 휙 지나간 시간들이었어.'

그곳에서의 삶은 진정 놀랄 만큼 즐거웠다. 집사인 퀜틴은 체비엇 7번지의 전제 군주다운 면모를 과시했다.

"마님, 모든 걸 저한테 맡겨 주시면 원만하게 해결해 드리겠습니다."

그는 공손하게 말했다.

퀜틴은 매주 부인에게 가계부를 가져 왔는데, 합계액이 놀랄 만큼 낮은 수준이었다. 하인이라야 요리사와 가정부, 그렇게 두 사람이 더 있을 뿐이었다. 두 사람 모두 품행이 방정하고 일 처리에도 능했지만, 집안을 이끌어 가는 사람은 퀜틴이었다. 이따금 사냥해서 잡은 고기와 닭고기가 식탁에 올라올 때면 퀜틴은 걱정하는 세인트빈센트 부인을 안심시켰다. 그는 리스터데일 경의 시골 저택인 킹스 체비엇, 또는 요크셔 지방 황무지에서 올라온 것들이라고 했다.

"이곳의 오래된 관습인걸요, 부인."

세인트빈센트 부인의 마음속에는 의심이 움텄다. 부재 중인 리스터데일 경이 그 말에 동의할까, 퀜틴이 자기 주인의 권한을 빼앗는 게 아닐까, 그녀로서는 의심하지 않을 수 없었다. 퀜틴이 그런 표현들을 좋아하는 게 분명했다. 그의 두 눈에는 그렇게 표현할 수 없는 것이 없는 것처럼 보였다.

루퍼트의 선언을 듣고 호기심이 발동한 세인트빈센트 부인은 그 다음 중개인과 대면할 때 리스터데일 경에 대하여 슬쩍 물어보았다. 백발이 성성한 늙은 신사가 바로 응대했다.

그랬다. 리스터데일 경은 동아프리카로 떠났으며, 지난 18개월 동안 그곳에서 체류하고 있었다. 중개인이 환하게 미소 지으며 말했다.

"우리 고객님은 약간 괴짜입니다. 혹여 기억하실지 모르겠지만, 그분은 아주 유별난 방식으로 런던을 떠나셨죠. 아무에게도 알리지 않고 말예요. 신문 기자들은 그걸 알아챘죠. 런던 경시청에는 문의하는 사람들이 쇄도했고요. 다행스럽게도 동부 아프리카에 계신 리스터데일 경 본인한테서 소식이 왔죠. 그는 자신의 사촌 카팩스 대령에게 위임장을 수여했습니다. 그래서 카팩스 대령이 리스터데일 경의 제반 업무를 행하고 있는 거죠. 예, 송구스럽습니다만 좀 유별납니다. 그분은 늘 거친 광야를 즐겨 여행했어요. 앞으로 수년간 영국으로 돌아오지 않을 수도 있어요. 이제 그분도 지긋한 나이가 되었지만 말예요."

"그 사람 그렇게 많이 늙진 않았어요."

세인트빈센트 부인이 나섰다. 언젠가 잡지에서 본 적이 있는, 엘리자베스 시대 뱃사람 같은 풍모에 턱수염을 기른 무뚝뚝한 얼굴이 불현듯 떠올랐다.

"중년입니다, 디브렛 귀족 연감에 의하면 쉰셋이에요."

흰 머리의 노신사가 일렀다.

이상의 대화 내용을, '젊은 신사'를 꾸짖어 주려는 목적에서 세인트빈센트 부인은 아들 루퍼트에게 전했다.

하지만 루퍼트는 조금도 기가 꺾이지 않고 선포했다.

"뭔가 구린 데가 있어요, 이제 더욱 뚜렷해졌어요. 이 카팩스 대령이란 자는 도대체 누구인데요? 리스터데일에게 무슨 일이라도 생기면 재산권을 주장하며 나오려는 거 아니겠어요? 필경 동아프리카에서 왔다는 편지도 위조한 것일지 모르죠. 3년쯤 흐른 뒤 카팩스 대령이 나서서 사망 추정을 하고, 재산권을 거머쥐겠지요. 그때까지 자기가 저택의 모든 업무를 처리하고 말이죠. 이거야말로 뭔가 구린 데가 있다니까요."

루퍼트는 짐짓 겸손하게 그 집에 세 드는 걸 찬성하여 주었다. 여가 시간에는 혹시 있을지 모를 비밀 방을 찾아내려는 듯 판벽널을 톡톡 두드려 보기도 하고, 정성스레 측량을 하기도 했다. 그러나 리스터데일 경 미스터리에 대한 루퍼트의 관심은 조금씩 식어 갔다.

담배 장수 딸에 대한 열의도 많이 가라앉았다. 결국 환경이 영향을 주는가?

바바라는 그 집을 아주 만족스러워했다. 짐 마스터튼이 집에 찾아 주었고, 그 뒤로도 자주 방문했다. 그 사람과 세인트빈센트 부인은 멋지게 어울렸다. 그러던 어느 날 그가 바바라에게 놀랄 만한 이야기를 했다.

"이 집이 당신 어머니에게 훌륭한 환경이 되고 있다는 거 아시죠?"

"어머니에게요?"

"예, 그래요. 이 집은 그분을 위해 지어진 집이에요! 어머님은 꽤 특별한 방식으로 이 집과 어울려요. 이 집에 뭔가 기묘한 느낌이 감도는 거 알아요? 왠지 괴기스럽고 홀리는 듯한."

바바라가 혼을 내듯 일렀다.

"자꾸만 루퍼트 오빠랑 닮아 갈 거예요? 오빠는 간악한 카팩스 대령이 리스터데일 경을 살해하고 그 시신을 마룻바닥 밑에 감춰 두었다고 철석같이 믿고 있어요."

마스터튼이 웃었다.

"루퍼트의 추리 열정이 존경스럽군요. 하지만 내가 얘기하는 건 그런 종류가 아녜요. 공중에 뭔가 떠다녀요, 뭔가 이해하기 어려운 분위기가."

바바라가 희색이 만면하여 어머니 앞에 나타난 것은 그들이 체비엇으로 이사 온 지 석 달쯤 되던 무렵이었다.

"엄마, 짐하고 나 말예요, 우리 약혼했어요. 그래요, 어젯밤. 오, 엄마! 이 모든 게 동화 속 이야기 같아요."

"오, 귀여운 내 딸! 정말 잘됐구나, 정말 기뻐."

어머니와 딸은 서로 꼭 껴안았다.

"엄마, 짐이 나를 좋아하는 만큼 엄마와 사랑에 빠진 거 알죠?"

이윽고 바바라가 장난스럽게 웃으며 선언했다.

세인트빈센트 부인이 아주 예쁘게 얼굴을 붉혔다. 딸이 이었다.

"그 사람 정말 그래요……. 엄마는 이 집이 나를 위해 그토록 아름다운 환경이 되어 준다고 했잖아요? 하지만 이 집은 내내 엄마를 위한 공간이었어요. 루퍼트 오빠와 나는 여기 사람이 아니에요. 이 집에 속한 사람은 엄마라고요."

"얼토당토않은 소리!"

"정말이에요. 뭔가 마법에 걸린 성 같은 기운이 감돌고 있어요. 엄마는 마법에 걸린 공주, 그리고 퀜틴은…… 오! 친절한 마법사."

세인트빈센트 부인이 웃음을 지었고, 마지막 대목은 인정했다.

루퍼트는 여동생의 약혼 소식을 차분히 받아들였다. 그는 현명하게 논평했다.

"부는 바람 속에 뭔가 그런 게 흐르고 있다고 생각했지."

루퍼트와 어머니는 단둘이서 저녁 식사를 했고, 바바라는 짐 마스터튼과 같이 바깥에 나갔다.

퀜틴이 포트와인을 앞으로 내밀어 놓고 슬며시 물러갔다.

"저분 참 기묘하고도 노련해요. 뭔지 모르게 묘한 구석이 있어요, 무엇인가 모르게."

루퍼트가 닫힌 문 쪽으로 고갯짓을 하며 선언했다.

"뭔가 구린 데는 없니?"

가녀린 미소를 지으며 세인트빈센트 부인이 가로막았다.

"아니, 엄마, 제가 하려던 이야기를 어떻게 아셨어요?"

심각한 표정으로 루퍼트가 물었다.

"얘, 그건 네가 특허 낸 표현 아니냐? 네 눈에 구리지 않은 게 어디 있어? 리스터데일 경을 죽여서 마룻바닥 밑에 숨겨 놓은 자는 다름 아닌 퀜틴이다, 너 지금 그렇게 생각하고 있는 거지?"

"판벽널 뒤."

루퍼트가 고쳐 주었다.

"엄마는 늘 조금씩 틀리시더라. 아녜요, 그 부분에 대해선 조사해 봤어요. 그 당시 퀜틴은 킹스 체비엇에 내려가 있었대요."

세인트빈센트 부인이 탁자에서 일어나 응접실로 걸어가면서 아들에게 미소를 지어 보였다. 루퍼트도 이제 어른이 다 된 걸까?

하지만 처음으로, 이상한 호기심이 불현듯 그녀를 엄습했다.

'리스터데일 경이 그토록 별안간 영국을 뜬 까닭은 대체 무엇일까? 배후에 뭔가 있을 거야, 갑작스런 결정을 내리게 된 동기가.'

퀜틴이 커피 쟁반을 들고 들어올 때까지 그녀는 여전히 그 문제에 대하여 곰곰이 생각하고 있었다. 느닷없이 그녀가 입을 열었다.

"리스터데일 경과 오랜 세월 함께 살았죠, 퀜틴?"

"그렇습니다, 마님. 21살 청년 시절부터였어요. 그때는 돌아가신 주인님을 모시던 시절이었어요. 당시 저는 3등 종복으로 시작했죠."

"리스터데일 경에 대해서 아주 잘 알고 있을 텐데, 그분은 어떤 사람인가요?"

퀜틴은 담담하고 침착한 어조로 대답을 하며 부인이 좀 더 편안하게 설탕을 퍼 갈 수 있도록 쟁반을 약간 돌려 주었다.

"리스터데일 경은 꽤 이기적인 신사였습니다, 마님. 타인에 대한 배려가 부족했어요."

퀜틴이 접시를 거두어 밖으로 가지고 나갔다. 세인트빈센트 부인은 어리둥절한 표정으로 얼굴을 찡그린 채, 커피 잔을 들고 앉아 있었다. 좀 전에 집사가 표현한 견해와는 별도로, 그의 말 속에 있는 뭔가 묘한 느낌이 그녀의 뇌리를 때렸다. 드디어 그것은 섬광처럼 그녀 앞에 환하게 모습을 드러내었다.

퀜틴은 "입니다."라고 하지 않고 "였습니다."라고 표현했다. 그렇다면 그가 생각하고, 믿고 있는 게 틀림없다. 빈센트 부인은 자신을 추슬렀다. 이제 그녀의 증세는 루퍼트만큼이나 악화되었다! 몹시도 지독한 불안감이 그녀에게 밀려들었다. 후에 부인은 자신의 의심이 바로 그 순간부터 시작된 것으로 꼽았다.

이제 바바라의 행복과 미래가 보장된 후에 부인은 생각을 정리할 여유가 생긴 것이었다. 자신의 의지와는 별개로, 그녀의 관심은 리스터데일 경 미스터리로 쏠리기 시작했다. 도대체 그 이야기의 진실은 무엇일까? 진실이 무엇이든, 퀜틴은 거기에 대해 뭔가 알고 있다. 참으로 기이한 표현이 아니었던가? '꽤 이기적인 신사……. 타인에 대한 배려가 부족하다.' 그 말 속에 무슨 뜻이 있을까? 퀜틴은 마치 판사가 판결을 내리듯 이야기했다, 초연하고도 불편부당하게.

퀜틴이 리스터데일 경 실종 사건에 연루된 걸까? 만약 어떠한 비극이라도 일어났다면, 그가 그 비극에 적극적인 역할을 했던 것일까? 루퍼트의 가정은 한때 생뚱맞은 것처럼 보였지만 이제 위임장이 동봉된 채 동아프리카에서 날아왔다는 그 편지에 의심의 화살을 돌리지 않을 수 없었다.

그러나 아무리 애를 써도 사악한 퀜틴이란 상상하기 어려웠다. 세인트빈센트 부인이 거듭 되뇌이는 바, 퀜틴은 좋은 사람이었다. 그녀는 마치 어린아이처럼 단순하게 그 단어를 사용했다. 퀜틴은 좋은 사람이다. 그러나 그 사람은 뭔가 알고 있다!

부인은 퀜틴의 주인에 대해 다시는 그와 이야기하지 않았다. 그 문제는 깨끗이 잊었다. 루퍼트와 바바라 역시 다른 여러 가지 할 일들이 있었고, 그 문제에 대하여 더 이상 이야기를 꺼내지 않았다.

빈센트 부인의 어렴풋한 추정이 현실에 모습을 드러낸 것은 8월 말로 접어들던 무렵이었다. 루퍼트가 모터사이클과 트레일러를 가지고 있는 친구 하나와 2주간 휴가를 떠났다. 그가 출발한 지 열흘쯤 지난 어느 날이었다. 세인트빈센트 부인이 책상에 앉아 뭔가 쓰고 있는데 루퍼트가 방 안으로 뛰어들어 그녀는 깜짝 놀랐다.

"루퍼트!"

그녀가 외쳤다.

"알아요, 엄마. 사흘이 더 지난 뒤에야 제가 집에 오기로 되어 있다는 거. 하지만 일이 있었어요. 엄마도 아시잖아요, 내 친구 앤더슨, 걘 우리가 간 곳을 별로 좋아하지 않았어요. 그래서 내가 킹스 체비엇을 한번 둘러보자고 했는데…….”

"킹스 체비엇? 거긴 왜?”

"엄마가 더 잘 알잖아요? 그곳에 뭔가 구린 데가 있는 것 같다며 늘 수상쩍어 했다는 거. 그래서 오래된 그 집을 둘러봤어요. 한데, 세를 주었더라고요. 아무것도 없었어요. 뭔가 찾아낼 거라는 기대를 한 것은 아니었지만요. 이를테면 그저 쿵쿵거리며 여기저기 냄새를 맡아 본 정도였죠.”

그랬다. 그녀가 보기에도, 이 순간 루퍼트는 영락없는 강아지 꼴이었다. 본능에 이끌려, 흐릿하고 불분명한 뭔가를 찾아 뱅뱅 돌아가며 뒤져 대는 멍멍이. 분주하게 또 신이 나서.

"14킬로미터쯤 떨어진 마을을 가로질러 가던 도중 바로 그 일이 벌어졌어요. 아니, 그 사람을 만났다는 얘기예요.”

"누구를 봤다는 거니?”

"퀜틴……. 그가 작은 오두막집으로 들어가고 있었어요. 이거 뭔가 구린 데가 있는걸! 그렇게 느끼고는 버스를 세웠죠. 그리고 되돌아갔어요. 내가 문을 두드렸고, 바로 그 사람이 열어 줬어요.”

"하지만 이해가 안 가는구나. 퀜틴은 외출한 적이 없거든…….”

"엄마, 제가 다 얘기해 드릴게요. 막지 마시고 가만히 듣고만 계시면. 그 사람은 퀜틴이었고, 한편으로 퀜틴이 아니었어요. 제 말 뜻을 이해하신다면 말이죠.”

세인트빈센트 부인은 전혀 이해할 수가 없었고, 그래서 루퍼트가 부연 설명을 했다.

"그 사람 퀜틴이 맞았어요, 그렇지만 우리 퀜틴은 아니라는 거죠. 그가 바로 진짜였어요."

"루퍼트!"

"엄마, 제 말 좀 들어 봐요. 저도 처음엔 감쪽같이 속았다니까요. 그래서 '퀜틴 맞아요?'라고 물었죠. 그랬더니만 그 노인네 왈, '맞습니다, 선생님. 그게 제 이름이에요. 제가 도와 드릴 일이 있을까요?' 그러고 나서 보니 우리 퀜틴이 아니었어요. 비록 목소리며 모든 게 아주 닮았지만 말예요. 제가 몇 가지 질문을 던졌고, 모든 게 밝혀졌어요. 그 늙은이는 뭔가 구린 데가 있는 지금 상황을 전혀 모르고 있었어요. 그 노인이 리스터데일 경 밑에서 집사로 일했던 것은 맞아요. 그 뒤에 바로 리스터데일 경이 아프리카로 떠난 것으로 추정되는 시점에 연금을 받고 은퇴하여 그 작은 집을 받은 거고요. 자, 이제 실마리가 좀 잡히잖아요. 우리 집에 있는 자칭 퀜틴이란 자는 협잡꾼이에요. 자신만의 목적을 위하여 퀜틴 시늉을 하는 거라고요. 내 가설에 의하면 이 사람은 그날 저녁 불쑥 나타나, 킹스 체비엇에서 온 집사인 체하면서, 리스터데일 경과 대면을 하고는 그를 살해하여 사체를 판벽널 뒤에 감추었던 거예요. 이 집은 오래된 집이고 구석진 곳에 비밀 장소가 있을 거라고요."

세인트빈센트 부인이 거세게 가로막았다.

"오, 제발 그따위 얘기는 그만하자. 견딜 수가 없구나. 그 사람이 왜? 내가 알고 싶은 것은 바로 이거야, 왜? 그가 만일 그런 일을 했다면, 난 잠시라도 그런 생각을 해 본 적도 없다만……. 대체 까닭이 무엇이란 말이니?"

"엄마 말씀이 맞아요. 동기…… 그게 중요하죠. 그래서 조사를 좀 해 봤어요. 리스터데일 경은 집을 여러 채 소유하고 있어요. 지난 이틀 동안 알아낸 바로는 지난 18개월 사이에 그의 집 대부분이 명목뿐인 집세만 받는 조건으로 우리 같은 사람들에게 임대되었어요. 거기다 하인들은 그대로 남아 일하는 조건으로. 게다가 그 각각의 경우에 퀜틴 자신이(자칭 퀜틴이라고 하는 사람 말이죠.) 집사로서 잠시 그곳에 있었대요. 아마도 보석이나 돈 같은 걸 리스터데일 경이 집들 가운데 한 곳에 몰래 숨겨 둔 게 아닐까요, 그중 어느 집인지는 그 일당도 모르는 거죠. 내가 일당이라고 추정했지만, 물론 이 퀜틴이란 자의 단독 범행으로 보여요. 그밖에도 그곳에……."

세인트빈센트 부인이 단호한 태도로 아들을 가로막았다.

"루퍼트! 제발 잠깐 좀 이야기를 멈춰 봐. 네 말을 들으려니 머리가 어지럽구나. 아무튼 네가 하는 얘기는 터무니가 없어……. 패거리며, 숨겨 둔 지폐 다발이며."

"또 다른 가정을 해 볼 수도 있어요. 리스터데일 경이 누군가에게 상처를 입힌 적이 있는데, 우리 집 퀜틴이 바로 그 사람이라는 거죠. 진짜 집사가 '사무엘 로우'라는 사람에 대하여 기나긴 이야기를 들려주었어요……. 보조 정원사였는데, 몸집이나 키가 퀜틴 자신과 비슷했고, 리스터데일 경에게 원한을 품고 있다고……."

세인트빈센트 부인이 깜짝 놀랐다.

'타인에 대한 배려가 부족하고…….'
무정하고 자로 잰 듯한 어조의 그 말이 부인의 마음에 다시 울렸다.
'물론 퀜틴은 그렇지 않아. 하지만 그 속뜻이야 없을 리가 있나?'
그녀는 깊은 생각에 빠져 루퍼트의 말이 거의 들리지 않았다. 루퍼트는 그녀가 듣지도 않는 말들을 뭔가 재빠르게 늘어놓고, 서둘러 방에서 빠져나갔다.
얼마 뒤 빈센트 부인이 깨어났다. 루퍼트는 어디에 갔을까? 그 아이가 무슨 일을 벌이려고 하는 걸까? 그녀는 루퍼트의 마지막 이야기들을 듣지 못했다. 어쩌면 경찰에게 달려간 것일까? 그런 경우엔……. 그녀가 급히 몸을 세우고 종을 쳤다. 늘 그렇듯 퀜틴이 신속하게 응답했다.
"종을 울리셨나요, 마님?"
"예, 좀 들어오세요, 문도 닫아 주시고."
집사가 복종했다. 진솔한 시선으로 하인을 살펴보며 세인트빈센트 부인은 잠시 침묵을 지켰다.
'이 사람은 나한테 친절했어……. 얼마나 자상했는지, 아무도 모르지. 아이들은 이해하지 못해. 루퍼트의 엉뚱한 이야기는 죄다 터무니가 없고……. 하지만 일면, 그 이야기 속에 뭔가 있을지도 모르지. 속단할 필요가 있을까? 결국 아무도 모르는 일 아냐? 그 이야기의 옳고 그름에 대하여, 이를테면……. 그리고 내 모든 것을 걸겠어, 그럼, 걸고말고! 이 사람이 좋은 사람이라는 데에다.'
조급하고 떨리는 심정으로 그녀가 말했다.

"퀜틴, 루퍼트가 방금 돌아왔어요. 킹스 체비엇에 갔었다고 하더군요. 그 근방의 마을에 말예요."

그녀가 말을 멈추었다. 하인이 여지없이 화들짝 놀라는 것을 눈치챈 까닭이었다.

"거기에서 누군가를 보았대요."

그녀가 신중한 말씨로 잇고는 생각했다.

'그 애가 이걸 경고했지. 그랬어.'

처음의 놀란 가슴을 추스린 퀜틴이 냉정한 모습을 되찾았다. 그러나 그의 두 눈은 뭔가 날카롭고 사리는 듯한 기운을 품은 채 세인트빈센트 부인의 얼굴에 고정되어 있었고, 그 눈동자 속에는 그녀가 예전에 볼 수 없었던 뭔가가 담겨 있었다. 처음으로 하인의 것이 아닌 한 남자의 눈빛이 드러난 것이다.

퀜틴은 잠시 머뭇거리다가 이윽고 역시 미묘하게 바뀐 목소리로 물었다.

"세인트빈센트 부인, 내게 그런 이야기를 하는 까닭이 뭐죠?"

그녀가 대꾸도 하기 전에 문이 활짝 열렸고, 루퍼트가 방 안으로 성큼성큼 걸어 들어왔다. 그 곁에 있는 사람은 자비로운 대주교의 풍모에 가냘픈 구레나룻을 한 인자한 중년 남자였다. 퀜틴!

루퍼트가 선언했다.

"제가 말씀드렸던 사람이 여기 왔어요. 진짜 퀜틴이. 바깥에 나갔다가 택시를 타고 있는 걸 찾아냈어요. 자, 퀜틴, 이 사람을 보시고 말씀해 주세요……. 사무엘 로우 맞나요?"

그것은 루퍼트에게 승리의 순간이었다. 하지만 그 시간은 짧았다. 그는 일순 뭔가 잘못 돌아가고 있다는 걸 눈치챘다. 진짜 퀜틴은 꽤 수줍고 불안해하는 반면, 두 번째 퀜틴은 기쁨을 감추지 못하고 환한 웃음을 지어 보이는 것이었다.

두 번째 퀜틴이 당혹스러워하는 복제 인간의 등을 두드렸다.

"이제, 괜찮아, 퀜틴. 언젠가는 드러내야 할 일이었잖나? 내가 누군지 이분들한테 얘기해 주지 않겠어?"

그 엄숙한 방문객이 자세를 가다듬고는 부끄러운 듯한 말씨로 선언했다.

"선생님, 이분은 우리 주인님, 리스터데일 경입니다."

III

다음 순간 많은 일들이 일어났다. 먼저 독단으로 치닫던 루퍼트는 완전히 풀이 죽었다. 루퍼트는 새로운 발견의 충격으로 벌어진 입을 다물지 못한 채, 무슨 일이 일어나는지 이해하기도 전에 문 쪽으로 얌전하게 방향을 틀고 있는 자신을 발견했다. 자신의 귀에 익숙하면서도, 익숙하지 않은 다정한 목소리가 닿았다.

"이봐, 젊은이, 이제 괜찮네. 누구 하나 다친 사람은 없잖나. 하지만 자네 어머님과 얘기를 좀 하고 싶네. 아무튼 굉장히 훌륭했어, 이렇게 나를 파헤치다니 말이야."

루퍼트는 닫힌 문을 응시하며 바깥의 마룻바닥에 서 있었다. 그의 곁에 서 있는 진짜 퀜틴의 입술에서는 부드러운 설명의 목소리가 끝없이 흘러나왔다. 방 안에는 리스터데일 경이 세인트빈센트 부인과 마주하고 있었다.

"외람되지만, 내가 설명을 좀 드릴까요? 나는 평생을 이기적인 악마로 살아왔어요. 그러던 어느 날 그 사실을 통절하게 느꼈던 거죠. 그런 나를 바꾸기 위해 적절한 이타주의를 실천하기로 다짐했어요. 환상에 빠져 있는 바보인 나는 결국 그런 식으로 일을 벌이기 시작했어요. 나는 여러 괴상한 데다 기부금을 보냈어요. 하지만 뭔가 해야 할 필요를 느꼈습니다. 이를테면 뭔가 사적인 일 말이죠. 나는 늘, 구걸할 수 없는 계층의 사람들에게 미안한 마음을 지니고 있었거든요. 침묵 속에 어렵게 살아야 하는 사람들……. 가난한 귀족 계층 말이죠. 나에겐 부동산이 많이 있어요. 나는 그런 사람들에게 그 집들을 빌려줘야겠다고 생각했어요. 집을 필요로 하고, 고맙게 쓸 사람들에게 말예요. 갈 길이 창창한 젊은 부부들, 세상에 첫발을 내딛는 아들과 딸을 둔 과부들. 퀜틴은 나에게 집사 이상의 존재였어요, 그는 내 친구죠. 그의 승낙과 도움 아래 나는 그의 인격을 빌렸어요. 나는 언제나 연극을 잘했거든요. 어느 날 밤 클럽으로 가던 도중 그런 아이디어가 떠올랐고, 나는 곧장 퀜틴에게 달려가 그 문제를 놓고 상의했습니다. 사람들이 나의 실종에 대하여 법석을 떠는 걸 보고는, 내가 동아프리카에서 편지를 보낸 것처럼 꾸몄던 겁니다. 그 서한을 통하여, 내 사촌 모리스 카팩스에게 그 모든 지시를 내렸죠. 자, 이상이 내 이야기의 자초지종입니다."

세인트빈센트 부인을 향해 뭔가 애원하는 듯한 눈빛과 함께 그는 다소 어설프게 말을 멈추었다. 그녀는 꼿꼿이 서서 두 눈으로 상대를 쉼 없이 바라보았다.

그녀가 입을 열었다.

"참 친절한 계획입니다. 흔치 않은 생각이죠, 당신의 성망을 더해주는 실천. 진정 고맙게 생각해요. 그러나 물론 우리가 더는 머무를 수 없다는 거 이해하고 있죠?"

"그럴 줄 알았습니다. 어쩌면 당신이 '자선'으로 규정하는 그런 친절을, 당신의 자존심이 허락하지 않는다는 것을."

"그럼 그렇지 않다는 말입니까?"

빈센트 부인이 차분하게 물었다.

"그렇지 않습니다. 내 쪽에서 그 대가로 뭔가를 요구하는 까닭이죠."

"무엇을 말이죠?"

"모든 것을요."

리스터데일 경의 음성이 울려 퍼졌다. 사람들을 지배하는 데 이력이 붙은 목소리였다.

"내가 23살 되던 해였어요. 나는 사랑하는 여자와 결혼했죠. 그녀는 1년 뒤에 세상을 떠났어요. 그 뒤로 무척 외로웠어요. 나는 어떤 여자와 만나게 되기를 몹시도 갈망했어요. 내 꿈속의 여인을……."

세인트빈센트 부인이 아주 낮은 목소리로 물었다.

"내가 그 사람인가요? 나는 이처럼 늙고 시들었는데."

리스터데일 경이 웃었다.

"늙어요? 당신은 당신 딸이나 아들보다도 더 젊어요. 그렇게 보시면, 나야말로 늙었어요."

이번에는 빈센트 부인의 웃음소리가 방 안에 울려 퍼졌다. 기쁨에 겨운 부드러운 잔물결이 일었다.

"당신 말예요? 당신은 아직 소년이에요. 차려입기 좋아하는 소년."

세인트빈센트 부인이 두 손을 내밀었고, 리스터데일 경이 그 손을 꼭 마주 잡았다.

필로멜 코티지

I

"다녀올게, 여보."

"잘 다녀오세요, 내 사랑."

알릭스 마틴은 시골풍의 작은 대문에 기대어 마을 방향으로 길을 따라 내려가는 남편의 모습이 점점 작아지는 것을 지켜보았다.

남편은 이제 막 커브길로 돌아서 시야에서 사라졌다. 그러나 알릭스는 여전히 같은 자세로 서서 무심코 바람에 날려 얼굴을 가린 풍부한 다갈색 머리털 타래를 매만져 풀어 주었다. 그녀의 두 눈은 꿈을 꾸듯 먼 데를 바라보았다.

알릭스 마틴은 아름답지 않았으며 엄밀히 표현하여 예쁘지도 않았다. 그러나 더 이상 사춘기 소녀가 아닌 한 여인의 얼굴로서 그녀의 얼굴이 어찌나 생기가 돌고 부드러워졌는지, 지난날 사무실 근무 시절의 동료들도 그녀를 거의 알아보지 못할 정도였다. 옛날에 알릭스 킹은 말쑥하고 사무적인 젊은 여자로, 약간의 효율성과 무뚝뚝한 태도, 확연한 능력과 냉철함 따위를 지니고 있었다.

알릭스는 일상의 고생을 통해 세상을 배웠다. 18살부터 33살까지 15년 동안, 그녀는 속기 타이피스트로 살아 나갔다. (그 가운데 7년은 병약한 엄마로.) 그녀가 지녔던 소녀다운 얼굴에 부드러운 선을 단단하게 만들어 놓은 것은 살아남기 위한 몸부림이었다.

물론 낭만적인 순간도 있었다. 동료 직원이었던 딕 윈디포드. 지극히 내성적인 여자인 알릭스는 딕이 자신을 좋아한다는 것을 내색하지는 않았지만 늘 알고 있었다. 겉으로 두 사람은 친구 사이였고 그 이상은 없었다. 딕은 얼마 안 되는 봉급을 쪼개 동생의 학비에 대 주어야만 하는 힘겨운 상황이었다. 그로서는 당분간 결혼을 생각할 수 없었다.

그러다가 갑자기 알릭스에게 일상의 고역으로부터 해방될 기회가 가장 예상하지 못했던 방식으로 찾아왔다. 먼 사촌이 몇 천 파운드나 되는 돈을 알릭스에게 물려주고 죽은 것이었다. 1년에 200여 파운드 가량을 받을 수 있는 수준이었다. 그것은 진정 알릭스에게 자유요, 생명이었다. 이제 그녀와 딕은 더 이상 기다릴 필요가 없었다.

그러나 딕은 뜻밖의 반응을 보였다. 사실 그가 알릭스를 사랑하는 자신의 마음을 직접 이야기한 적은 없었다. 이제 그는 더욱 그럴 생각이 없는 사람처럼 보였다. 딕은 알릭스를 피했으며 뭔가 기분이 언짢고 울적해 보였다. 알릭스는 금세 진실을 깨달았다. 그녀가 이를테면 자산가가 된 바람에 딕의 예민한 감정과 자존심이 그녀에게 청혼을 하는 데 걸림돌이 된 것이다.

그렇다고 딕을 좋아하는 알릭스의 마음이 변하지는 않았다. 오히려 그녀는 자신이 먼저 다가가야 할까 고민했다. 그러던 와중에 두 번째 예기치 못한 일이 벌어졌다.

알릭스가 친구의 집에서 제럴드 마틴을 만난 것이었다. 그는 격렬하게 그녀와 사랑에 빠졌고 두 사람은 일주일 만에 약혼했다. 늘 스스로를 '사랑에 빠지지 않는 스타일'이라고 생각했던 알릭스는 깨끗하게 휩쓸려 무너지고 말았다.

알릭스로서는 뜻하지 않게 전 애인을 자극한 셈이었다. 딕 윈디포드가 그녀를 찾아와 화를 내며 분통을 터뜨렸다.

"그 남자는 전혀 낯선 사람이야! 그자에 대해 당신이 뭘 알아!"

"그를 사랑하고 있다는 건 알아."

"고작 일주일 만에 어떻게 알 수 있다는 거야?"

"그럼 반드시 11년이나 되는 시간이 필요하다는 얘기야? 한 여자를 사랑한다는 사실을 깨닫는 데?"

알릭스가 성을 내며 외치자 딕의 얼굴에서 핏기가 가셨다.

"당신을 만난 뒤로 줄곧 당신을 아끼고 좋아해 왔어. 당신도 나를 좋아한다고 생각했는데."

"나도 역시 그렇게 생각했어. 하지만 그것은 사랑이 뭔지 몰랐던 때 얘기야."

알릭스의 솔직한 말에 딕이 또다시 울분을 터뜨렸다. 기도와 애원, 그리고 자기를 밀어내고 대신 들어앉은 남자에 대한 협박. 훤히 알고 있다고 생각했던 사람의 고요한 외관 속에 존재하던 화산이 터져 나오는 것을 보는 건 색다른 경험이었다.

이렇게 볕이 드는 아침, 자신의 작은 집 대문에 기대어 선 알릭스의 마음속에 그때의 일이 떠올랐다. 이제 결혼한 지 한 달이 되었고, 알릭스는 하루하루 한가롭고 행복한 시간들을 보내고 있었다. 그런데 그녀의 모든 것이 된 남편이 잠시 자리를 비운 사이, 일말의 초조감이 그녀의 완벽한 행복을 파고들었다. 불안의 원인은 바로 딕 윈디포드였다.

알릭스는 결혼한 뒤 3번이나 똑같은 꿈을 꾸었다. 그 상황은 서로 달랐지만 주요 사실들은 언제나 똑같았다. 꿈속에서 남편은 죽은 채 누워 있었고 그를 밟고 서 있는 딕 윈디포드의 모습이 보였다. 그녀는 뚜렷하고도 명확히 알 수 있었다. 남편에게 죽음을 불러온 치명적인 주먹을 날린 사람은 바로 딕이었다.

꿈 자체가 섬뜩하기도 했지만 그보다 더욱 끔찍한 게 있었다. 이를테면 깨어난 뒤 끔찍하다는 얘기였다. 왜냐하면 꿈속에서는 그 상황이 완벽하게 자연스러웠고 불가피해 보였다. 즉, 알릭스 마틴 그녀 스스로가 남편이 죽은 것을 기뻐했다는 것이었다. 그녀는 고맙다는 듯이 살인자에게 두 손을 내밀었고 이따금 그에게 감사했다. 꿈은 알릭스가 딕 윈디포드의 품에 안긴 채, 언제나 똑같은 방식으로 막을 내렸다.

II

알릭스는 꿈에 대해 남편에게 일절 이야기하지 않았다. 그렇지만 그 꿈은 은근하게, 스스로 인정하는 것 이상으로 그녀를 흔들어 놓았다.
'이것은 일종의 경고일까? 딕 윈디포드에 관한 경고?'
알릭스가 자신의 생각으로부터 깨어난 것은 집 안에서 울리는 날카로운 전화벨 소리 때문이었다. 집으로 들어가 수화기를 든 알릭스가 별안간 휘청거리더니 손을 뻗어 벽을 짚었다.
"지금 누구라고 하셨죠?"
"아니, 알릭스, 목소리가 왜 그래? 하마터면 몰라볼 뻔했잖아. 나야, 나. 딕이라고."
"오, 딕! 당신 지금, 지금 어디에 있어?"
알릭스가 간신히 대답했다.
"지금 '트래블러스 암즈'에 있어……. 이렇게 부르는 것 맞지? 당신 혹시 자기 마을에 술집이 있다는 것도 모르는 것 아냐? 나 지금 휴가 중이야. 낚시를 하러 왔거든. 오늘 저녁 식사 뒤에 당신들 두 사람을 좀 만나 보고 싶은데, 괜찮을까?"
"안 돼. 오면 안 돼."
알릭스의 목소리는 날카로웠다.
얼마간 침묵이 흐른 뒤 딕이 다시 묘하게 달라진 느낌의 목소리로 이야기했다.

"너그러이 받아 주시기를. 물론 성가시게 굴진 않을 거야."

그가 격을 갖추었다.

알릭스가 급히 끼어들었다. 딕은 지금 그녀의 반응이 예상 밖이라고 생각할 것이다. 그것은 정말 평상시 알릭스다운 행동이 아니었다. 그녀는 신경이 모조리 산산조각 날 것 같았다.

"사실 오늘 밤엔 다른 약속이 있거든."

목소리를 되도록 자연스럽게 내려고 안간힘을 쓰며 알릭스가 해명했다.

"그러면, 그러면 말이야, 내일 저녁 식사에 오지 않겠어?"

그러나 딕은 이미 그녀의 말속에 진정성이 담겨 있지 않다는 걸 분명히 눈치챈 듯했다. 그가 격식을 차린 말투로 받았다.

"고마워, 알릭스. 하지만 내가 언제 움직일지 몰라서 말이야. 친구 하나가 있는데 그가 나타나느냐 여부에 달려 있어. 아무래도 힘들겠다."

딕은 잠시 멈추더니 이내 급히 또 다른 어조로 덧붙였다.

"내 친구, 잘 지내시길 바라고, 이만."

알릭스는 다행스럽게 느끼면서 수화기를 걸어 놓았다.

"그 사람이 여기 오면 안 되지. 여기에 올 수 없어. 오, 나는 왜 이리도 멍청하지! 상상에 휘말려 이런 상황에 빠지다니. 하지만 어쨌든 딕이 오지 않는다니 다행이야."

알릭스는 스스로에게 되뇌었다.

탁자에서 시골풍의 골풀 모자를 집어 들고, 다시 정원 쪽으로 나아가던 앨릭스가 잠시 멈춰 현관 위에 새겨진 이름을 바라보았다.

필로멜 코티지.

"집 이름이 참 예쁘지?"

두 사람이 결혼하기 전 앨릭스가 제럴드에게 그렇게 말한 적이 있다. 그때 그는 웃었다.

"귀여운 런던내기 아가씨. 혹시 작은 나이팅게일 새가 우는 소리를 들어 봤어? 들어 보지 못했다면 다행이고. 나이팅게일들은 오직 연인들을 위해서만 지저귀거든. 어느 여름날 저녁, 집 밖에서 노래하는 그 새들을 우리가 함께 만나게 될 거야."

문간에 선 채, 그 뒤 실제로 남편과 함께 새들의 노랫소리를 들었던 순간을 떠올리며 앨릭스의 두 볼이 행복에 겨운 듯 발그레해졌다.

필로멜 코티지를 찾아낸 사람은 제럴드였다. 그는 흥분에 휩싸여 앨릭스를 찾아왔다. 두 사람을 위한 바로 그 집을 발견한 것이었다. 독특하고 주옥같은 일생일대의 기회. 더욱이 앨릭스 또한 그 집을 보고는 반하지 않을 수 없었다. 주위 환경이 다소 적적한 것은 사실이었다. 제일 가까운 마을에서도 3킬로미터나 떨어졌으니. 그렇지만 집 자체는 고(古)저택의 외관을 갖추었고, 욕실, 따뜻한 온수 시스템, 전기, 전화 등의 편의 시설까지 어찌나 세련되었던지 그녀는 곧바로 그 매력에 사로잡혀 포로가 되고 말았다. 그런데 걸림돌 하나가 튀어나왔다. 변덕스러운 부자 집주인이 세 놓기를 거부했던 것이다. 그는 오로지 집을 팔기만 한다고 했다.

꽤 높은 소득을 올리고 있는 제럴드 마틴이었지만, 자기의 자산에 손을 댈 수는 없었다. 기껏해야 1000파운드밖에 댈 수 없었는데, 집주인은 3000파운드를 요구했다. 그 집에 마음을 빼앗긴 알릭스가 구조에 나섰다. 그녀의 자산은 무기명 채권 형태였기에 곧바로 현금화할 수 있었다. 알릭스는 자산의 절반을 집 구매에 쾌척했다. 그렇게 필로멜 코티지는 두 사람의 집이 되었고, 알릭스는 잠시라도 그때의 선택을 후회해 본 적이 없었다. 물론 하인들은 전원적인 고적함을 반기지 않았다. 그래서 현재로서는 부부에게 하인이라고는 단 1명도 없었다. 그러나 가정 살림을 갈망해 왔던 알릭스는 근사하고 맛있는 요리를 하고, 집안 살림을 돌보는 일을 아주 즐겼다.

여러 가지 꽃들이 아름답게 만발해 있는 정원은 마을의 노인이 매주 2번씩 찾아와 돌봐 주었다.

알릭스가 코너를 돌아서 나올 때였다. 그녀는 예의 늙은 정원사가 꽃밭에서 몸을 숙이고 바쁘게 손을 놀리는 것을 보고는 놀라지 않을 수 없었다. 그가 일하는 날은 원래 월요일과 금요일인데, 오늘은 수요일이기 때문이었다.

"아니, 조지, 여기에서 뭘 하고 계세요?"

알릭스가 노인에게 다가가며 물었다.

노인이 껄껄 웃으며 허리를 펴고는 낡은 모자의 테를 만졌다.

"부인께서 얼마나 놀랄까 생각했어요. 하지만 오늘 올 수밖에 없었죠. 이번 금요일에 지주 댁에서 연회가 있거든요. 그래서 스스로 생각해 보았죠. 마틴 씨나 그의 훌륭한 부인이 괜찮다고 생각해 줄까, 이번 한 번만 금요일 대신 수요일에 일해 줘도 될까 하고 말입니다."

"아, 상관없습니다. 즐겁게 보내셨으면 좋겠네요."

"그럴 생각입니다. 배불리 실컷 먹고도 내가 돈을 내지 않아도 된다는 걸 생각하면 어찌 즐겁지 않겠습니까. 지주님은 언제나 소작인들이 편하게 앉아서 차를 마실 수 있도록 해 주시죠. 그뿐만 아니라 겸사겸사 당신들이 여행을 떠나기 전에 만나 뵙고, 화단 가꾸기에 관한 요구 사항이 있다면 들어 두는 게 좋겠다고 생각했습니다. 돌아오는 날짜는 아직 정해지지 않았죠, 부인?"

"네? 저희는 여행 계획이 없는걸요."

조지가 알릭스를 물끄러미 쳐다보았다.

"내일 런던으로 떠나시는 거 아닙니까?"

"아니요. 도대체 누가 그런 말을 하던가요?"

조지가 놀라서 머리를 뒤로 홱 젖혔다.

"어제 아랫마을에서 마틴 씨를 만났는데, 내일 두 분이 런던으로 가신다고 하셨어요. 언제 다시 돌아올지는 불확실하다고요."

알릭스가 웃으며 받았다.

"그럴 리가 없어요. 뭔가 오해하신 것 같아요."

말은 그렇게 했지만, 그녀로서는 여전히 제럴드가 정확하게 무슨 말을 했길래 노인이 엉뚱한 오해를 하게 되었을까 의아했다. 런던으로 떠난다니, 그녀는 한 번도 런던으로 돌아가고 싶다고 생각한 적이 없었다.

"나는 런던이 싫어요."

재빠르고 단호한 선언이었다.

"아! 내가 뭔가 잘못 들었나 보군요. 하지만 그분이 분명히 그렇게 이야기한 것 같은데……. 어쨌든 계속 이곳에 머물러 사신다니 기쁩니다. 괜히 여기저기 돌아다니는 거 별로 맘에 들지 않거든요. 런던 역시 시답잖게 생각하고 있어요. 저는 평생 그곳에 갈 필요도 없었고요. 거긴 자동차가 너무 많습니다. 그건 요즘 큰 골칫거리가 되고 있어요. 일단 자동차가 생기면, 어느 곳이건 가만히 붙어 있기가 생각처럼 쉽지는 않아 보여요. 이 집의 옛 주인이신 에이미스 씨도 참 점잖고 멋있는 신사 양반이었죠, 자동차를 1대 사기 전까지 말예요. 차를 사더니 결국 한 달도 못되어 이 집을 내놓았잖아요. 사실 방마다 배관을 하고 전기 시설도 설치한다고 집에다 돈도 상당히 들였는데 말이에요. '한 번 나간 돈은 다시는 돌아오지 않을걸요.' 내가 그렇게 얘기하면, 에이미스 씨는 '이 집으로, 2000파운드 중에 1페니도 놓치지 않고 모두 회수할 거요.'라고 말했죠. 결국 정말 그렇게 하더군요."

"그 사람, 3000파운드를 받아 갔어요."

앨릭스가 미소 지으며 응했다.

"2000입니다. 에이미스 씨가 요구했던 금액에 대해 그 당시 이야기가 떠돌았거든요."

조지가 거듭 주장했다.

"정말 3000이었다니까요."

알릭스가 받았지만 조지는 완강했다.

"숙녀들은 숫자에 약하죠. 에이미스 씨가 부인의 면전에서 철면피처럼 목청을 높이며 3000파운드를 달라고 주장할 수 있었겠습니까?"

"저에게 말한 게 아녜요. 남편에게 그렇게 말했다니까요."

알릭스가 고쳐 주었다.

조지는 다시 화단에 몸을 구부렸다.

"집값은 2000파운드였어요."

그는 고집을 꺾지 않았다.

III

알릭스는 노인과 더 이상 말다툼하고 싶지 않았다. 그녀는 화단 먼 곳으로 옮겨 가서 꽃가지를 한 아름이 될 정도로 뽑기 시작했다. 마침내 향기로운 꽃다발을 한 아름 안고 집 쪽으로 가던 알릭스는 화단의 잎사귀들 사이에 짙은 초록색의 뭔가 작은 물체가 드러나 있는 걸 발견했다. 몸을 구부려 집어 들어 자세히 보니 틀림없이 남편의 휴대용 일기장이었다.

알릭스는 호기심이 동하여 그 수첩을 펼치고는 내용을 훑어보았다. 결혼 생활을 시작할 무렵부터 알릭스는 충동적이고 감정적인 제럴드가 그답지 않은 깔끔함과 질서 정연한 성품을 지니고 있다는 것을 깨달았다. 매 끼니 지나치게 까다롭다 싶을 정도로 시간을 엄수했으며, 하루 일과를 언제나 시간표에 맞추어 엄격히 계획했다.

예를 들면, 오늘 아침만 해도 제럴드는 식사를 마치고 10시 15분에 마을로 간다고 말했었다. 그리고 정확히 10시 15분에 집을 나섰던 것이다.

일기장을 살펴보다가 5월 14일에 기입된 내용과 마주한 알릭스의 입가에 절로 미소가 서렸다.

"2시 30분, 성 베드로 성당에서 알릭스와 결혼함. 이런 멀쩡한 푼수 좀 봐."

한동안 페이지를 넘기며 중얼중얼 혼잣말을 하던 알릭스가 별안간 멈추었다.

"6월 18일, 수요일……. 아니, 이건 바로 오늘이잖아."

오늘자 빈칸에는 제럴드의 말쑥하고 정갈한 필체로 '오후 9시'라고 표시되어 있을 뿐, 더 이상 아무런 언급도 없었다. 저녁 9시에 도대체 무슨 일을 하겠다는 얘기인지 알릭스는 갸우뚱했다. 만일 이것이 그녀가 그토록 자주 읽는 소설 같은 이야기라면 틀림없이 이 일기장을 통해 모종의 놀랄 만한 사실들이 드러나지 않을까 생각해 보니 절로 웃음이 나왔다. 필경 다른 여자의 이름 같은 걸 발견하게 될 것이다. 그녀는 한가히 뒤쪽 페이지들을 넘겨 보았다. 날짜들, 약속들, 은밀한 상거래 메모 따위가 있었으나, 여자의 이름은 단 하나, 알릭스 자신의 이름뿐이었다.

그런데 일기장을 주머니에 넣고 꽃다발을 든 채 집으로 들어가는 순간 어렴풋이 불안감이 밀려왔다. 마치 딕 윈디포드가 바로 곁에서 되뇌듯 그가 한 말들이 거듭 그녀의 뇌리에 울리는 것이었다.

"그 남자는 전혀 낯선 사람이야! 그자에 대해 당신이 뭘 알아."

'맞는 말이야. 내가 그에 대해 알고 있었던 건 거의 없었어. 무엇보다 제럴드는 마흔이잖아. 40년을 살면서 그에게도 여자들이 있었겠지……'

알릭스는 신경질적으로 몸을 흔들었다.

'내가 지금 이런 생각에 빠지면 곤란하지.'

그녀에게는 훨씬 절박하게 처리해야 할 과제가 있었다. 딕 윈디포드한테서 전화가 왔다고 남편에게 말을 해야만 하나? 아님 말을 해서는 안 되는 것일까?

제럴드가 이미 마을에서 딕과 마주쳤을 가능성도 고려해 보아야 했다. 그렇다면 제럴드는 틀림없이 집에 돌아오자마자 그 사실을 알릭스에게 이야기할 것이고 모든 상황은 그녀의 손을 떠나가게 될 것이다. 그럼 다른 대책이 있나? 알릭스로서는 침묵하고 싶다는 바람이 간절했다.

알릭스가 제럴드에게 이야기하면 그는 분명히 딕 윈디포드를 필로멜 코티지로 초대하라고 제안할 것이다. 그 경우 그녀는 딕 자신이 이미 그런 뜻을 비쳤으며, 그가 오는 것이 싫어 그녀가 둘러댔다는 사실을 설명해야만 할 것이다. 그렇지만 만약에 왜 그랬는지 제럴드가 묻는다면 뭐라고 대답해야 하나? 남편에게 꿈 이야기를 해줄까? 그렇지만 그는 웃어 버리고 말 것이다. 아니면 상황이 그보다 더 나빠져서 제럴드 자신과는 달리 알릭스가 그 일에 의미를 부여하는 것을 알게 될 수도 있다.

조금 부끄럽다고 생각했지만 알릭스는 아무 말도 하지 않기로 했다. 그것은 그녀가 남편한테 감추는 첫 번째 비밀이 되었고, 그 사실을 의식하니 왠지 기분이 편치 않았다.

IV

알릭스는 점심시간 전, 제럴드가 마을에서 돌아오는 소리를 들었다. 그녀는 서둘러 부엌으로 들어가 바쁘게 요리를 하는 체하며 자신이 느끼는 심적 혼란을 숨겼다.

제럴드가 딕 윈디포드를 만나지 못한 건 분명해 보였다. 알릭스는 곧바로 안도감을, 뒤이어 당혹감을 느꼈다. 그녀는 이제 철저한 은폐 정책을 지키기로 했다.

알릭스가 남편의 휴대용 일기장을 떠올린 것은 두 사람이 간단히 저녁 식사를 마친 뒤였다. 부부는 담자색과 흰색의 자라난 꽃향기와 뒤섞인 달콤한 밤공기가 집 안으로 들어올 수 있도록 창문들을 활짝 열어 놓은 채 거실의 떡갈나무 의자에 앉아 있었다.

"여기, 당신이 물과 함께 꽃밭에 뿌려 둔 물건이야."

알릭스가 남편의 무릎에 수첩을 던져 주었다.

"아, 화단에 떨어뜨렸나 봐."

"그래, 이제 나는 당신의 모든 비밀을 알고 있고."
"그래도 무죄."
제럴드가 고개를 저으며 응했다.
"오늘 밤 9시 밀회 약속은 도대체 뭐야?"
"아, 그거……."
제럴드는 잠시 놀란 듯하더니 이내 무슨 생각에 기쁨을 느꼈는지 미소를 지어 보였다.
"그건 특별하게 멋진 여자, 알릭스와의 밀회 약속이야. 그녀는 다갈색 머리에 파란 눈을 지녔지. 당신과 아주 닮았어."
알릭스가 짐짓 엄중한 자세를 취했다.
"이해가 안 가. 당신은 핵심을 피하고 있어."
"그런 건 없는데. 사실은, 오늘 밤 음화(陰畵)를 현상하려고 메모해 둔 거야. 그래서 당신이 좀 도와줬으면 하는 거고."
제럴드 마틴은 열렬한 사진가였다. 조금 구형이긴 해도 훌륭한 렌즈가 장착된 카메라를 가지고 있었고, 암실처럼 꾸민 작은 지하방에는 자신만의 감광판을 만들어 놓기도 했다.
"게다가 그 일은 정확히 9시에 해야만 한다는 얘기지?"
알릭스가 빈정대듯 던졌다.
제럴드의 얼굴에 어쩔 줄 몰라 하는 낯빛이 스쳤다.
"오, 알릭스. 사람은 언제나 정확한 시간에 따라 할 일을 계획해야 해. 그래야 제대로 일을 마칠 수 있거든."
그가 성을 내는 듯한 태도로 일렀다.

알릭스는 잠깐 동안 침묵을 지키고 앉아 있었다. 짙은 색 머리를 뒤로 넘기고 깨끗하게 면도한 선명한 얼굴선이 어둠침침한 배경 속에 드러나 보이는 가운데, 제럴드는 담배를 피우며 의자에 앉아 있었다. 그때 불현듯 알 수 없이 두려움의 물결이 밀려왔다. 알릭스는 이렇게 외치지 않고서는 배길 수가 없었다.

"오, 제럴드, 당신에 대해 더 확실히 알고 싶어!"

그녀의 남편이 깜짝 놀란 표정으로 알릭스에게 고개를 돌렸다.

"하지만, 내 사랑 알릭스, 당신은 나에 대해 다 알고 있어. 이미 당신에게 모두 이야기해 주었잖아. 노섬벌랜드에서의 어린 시절, 남아프리카 공화국에서의 삶, 그리고 나에게 성공을 가져다준 최근 10년간의 캐나다 생활에 대해."

"오! 사업 얘기 말이지!"

알릭스가 비꼬자 제럴드가 갑자기 웃음을 터트렸다.

"아, 뭘 원하는지 알겠어, 연애담 말이군. 여자들은 다 똑같다니까. 사적인 얘기 외에는 통 관심이 없어요."

알릭스는 뭔가 불분명하게 중얼거리며 목이 타는 듯한 갈증을 느꼈다.

"그래, 연애에 관한 이야기도 있었을 거야. 내 말은…… 내가 알기만 했더라도……."

다시 잠깐 동안 정적이 흘렀다. 제럴드 마틴이 찡그렸다. 그의 얼굴에 망설이는 듯한 낯빛이 떠올랐다. 일단 이야기를 시작하자 그는 진중했고, 좀 전의 농담 투는 흔적조차 찾아보기 어려웠다.

"알릭스, 그게 현명한 일이라고 생각해? '푸른 수염'의 비밀의 방은 열지 않는 쪽이 좋지 않겠어? 내 인생에도 물론 여자들이 있었어. 그래, 부정하지는 않아. 내가 부정한다 해도 당신은 믿지 않겠지. 하지만 감히 가슴에 손을 얹고 당신 앞에서 맹세하건대, 그들 중 누구도 나에게 의미를 주지는 못했어."

제럴드의 목소리에는 아내를 달래 주려는 진지함이 서려 있었다.

"이제 만족해, 알릭스?"

그가 미소 지으며 물었다. 이어서 제럴드는 호기심 어린 눈빛으로 아내를 바라다보았다.

"당신 도대체 무슨 까닭으로 이런 불쾌한 이야기에 관심을 돌리게 되었어? 그것도 하고많은 밤 가운데 오늘 밤?"

자리에서 일어선 알릭스가 불안한 듯 서성거리기 시작했다.

"오, 나도 모르겠어. 하루 종일 신경이 곤두서 있었거든."

제럴드가 혼잣말을 하듯 낮은 목소리로 말했다.

"그것참 이상하군. 참 묘한 일이야."

"뭐가 그렇게 묘하다는 거야?"

"오, 알릭스, 그렇게 나한테 성내지 마. 내가 참 묘하다고 얘기한 건, 보통 당신은 아주 예쁘고 얌전하기 때문이야."

알릭스가 억지로 미소를 지으며 고백했다.

"오늘 모든 게 공모한 듯이 나를 못살게 굴었어. 조지조차 별 희한한 생각을 하고 우리가 런던으로 떠난다고 하지를 않나……. 당신이 그렇게 이야기했다는 거야."

"그 사람을 만났다고?"

제럴드가 날카롭게 물었다.

"금요일에 일이 있다면서 오늘 일하러 왔었어."

"주책바가지 영감."

제럴드가 화를 냈다.

알릭스가 놀란 낯빛이 되어 남편을 바라보았다. 남편의 얼굴은 분노에 차서 경련을 일으켰다. 그가 그토록 화를 내는 것은 일찍이 본 적이 없었다. 알릭스가 놀라는 것을 알아본 제럴드가 스스로를 다잡기 위해 애쓰며 말을 던졌다.

"에잇, 그 노인네 망령이 들었나 보군."

"도대체 당신이 뭐라고 했길래 조지가 그렇게 생각하는 거야?"

"내가? 난 아무 말도 안 했어. 적어도……. 오, 맞아, 생각난다. '아침에 런던으로 떠나는 것'에 대해 시답잖은 농담을 했거든. 아마도 그 말을 심각하게 받아들인 모양이군. 아니면 그 영감이 뭔가 잘못 들었거나. 물론 당신이 제대로 잡아 주었겠지?"

제럴드가 알릭스의 답변을 초조하게 기다렸다.

"물론이야. 하지만 그 사람은 한번 무슨 생각을 머리에 집어넣으면 그것을 꺼내 버리기가 쉽지 않은 종류의 노인이거든."

이어서 알릭스는 집값에 관해 들은 바를 이야기해 주었다.

제럴드가 잠시 침묵을 지키더니 느릿느릿 말했다.

"에이미스는 2000파운드는 현금으로, 나머지 1000파운드는 저당으로 받으려고 했지. 아마도 그래서 오해했나 봐."

"그래, 그럴 수도 있겠는걸."

알릭스는 시계를 올려다본 뒤 장난스럽게 손가락으로 가리켰다.

"자, 이제 일에 착수해야지, 제럴드. 계획보다 5분 늦었어."

제럴드 마틴의 얼굴에 묘한 미소가 떠올랐다.

"나, 생각을 바꿨어. 오늘 밤엔 사진 작업을 하지 않을 거야."

여자의 마음이란 신기한 것이다. 그날 밤 침대에 들었을 때 알릭스의 마음은 편안하고 느긋해졌다. 덧없는 행복감이 고개를 들고 그녀를 감쌌다. 옛날처럼 의기양양하게.

그러나 이튿날 저녁이 되자 모종의 미묘한 기운이 작동하여 그러한 안온감을 흔들어 놓았다. 딕 윈디포드는 다시 전화하지 않았다. 그럼에도 알릭스는 그의 영향력처럼 느껴지는 뭔가가 작용하고 있다고 느꼈다. 딕의 말이 거듭 되풀이하여 그녀의 가슴에 울렸다.

"그 남자는 전혀 낯선 사람이야! 당신이 그 사람에 대해 뭘 알아!"

그리고 그러한 말과 함께 떠오른 것은 뇌리에 선명히 각인된 남편 얼굴에 대한 기억이었다.

"그게 현명한 일이라고 생각해, 알릭스? '푸른 수염'의 비밀의 방을 열지 않는 쪽이 좋지 않겠어?"

제럴드는 도대체 왜 그런 말을 했을까?

그런 말들 속에는 일종의 경고가 들어 있었다. 위협의 메시지가. 그것은 사실상 이렇게 말한 것과 같았다.

"내 사생활을 알려 하지 않는 게 좋을 거야, 알릭스. 그러다가는 좀 언짢은 일이 생길 수 있거든."

금요일 아침에 이르러 알릭스는 제럴드의 삶 속에 한 여인이 있었다고 확신했다. 제럴드가 그토록 공을 들여 알릭스로부터 숨기고 싶어 했던 푸른 수염의 방. 느릿하게 깨어난 그녀의 질투가 이제는 마구 타올랐다.

수요일 밤 9시에 제럴드가 만나려고 했던 사람은 여자였을까? 사진을 현상하겠다던 이야기는 순간적으로 꾸며 낸 거짓말이었을까?

사흘 전만 해도 알릭스는 남편에 대하여 속속들이 알고 있다고 맹세할 수 있을 정도였다. 하지만 이제 남편은 생소하기만 한 낯선 사람처럼 보였다. 평소의 온화한 모습과는 전혀 달리 늙은 조지에 대해 지나치게 화를 내던 제럴드를 떠올렸다. 어쩌면 대수롭지 않은 일일지도 모른다. 그렇지만 그 일은 알릭스가 남편이라는 남자에 대해 전혀 모르고 있다는 것을 보여 준 사건이었다.

그날은 마을에서 해결해야 할 몇 가지 사소한 볼일들이 있었다. 오후가 되어 알릭스는 정원에 있는 제럴드에게 볼일을 보러 나갔다 오겠다고 말했다. 그런데 뜻밖에도 제럴드가 맹렬히 반대했다. 자신이 직접 나갔다 올 테니 집에 있으라고 고집하는 것이었다. 알릭스는 억지로 양보할 수밖에 없었다. 그러나 제럴드가 그렇게 고집 부린 것은 알릭스의 경계심에 기름을 붓는 의외의 행동이었다. 제럴드는 왜 그토록 집요하게 알릭스가 마을로 나가지 못하게 했을까?

불현듯 알릭스에게 생각이 떠오르면서 모든 상황이 투명하게 드러났다. 그녀에게는 일절 입을 다물고 있었지만, 제럴드가 실제로는 딕 윈디포드와 만났던 것이 아닐까? 두 사람이 결혼할 당시만 해도 깊이 잠들어 있었던 그녀 자신의 질투심 역시 나중에 깨어났다. 제럴드 또한 같은 경우가 아닐까? 알릭스가 딕 윈디포드를 다시 만나지 못하도록 제럴드가 고민하지 않았을까? 이 같은 설명은 사실들과 부합하며 알릭스의 어지러운 마음을 달래 주었기에, 그녀는 그 설명을 더욱 열정적으로 받아들였다.

그러나 티타임이 지나가면서 알릭스는 어쩐지 불안하고 초조해졌다. 그녀는 제럴드가 집을 나선 뒤 엄습해 온 유혹과 싸우고 있었다. 그 방을 깨끗이 청소해 줘야 한다는 당위성으로 양심을 달래며, 그녀는 2층으로 올라가 남편의 드레스 룸으로 향했다. 집안일을 하는 시늉을 내기 위하여 먼지떨이를 집어든 채였다.

"그런 확신이 든다면, 그게 사실이라면?"

의심을 살 만한 것들은 이미 수년 전에 깡그리 치워 버렸을 것이라고 스스로에게 일렀지만 아무 소용이 없었다. 오히려 남자들은 과장된 감정을 드러내면서도 가장 결정적인 증거물을 남겨 두는 습성이 있다고 생각했다.

마침내 알릭스는 굴복했다. 스스로에 대한 수치심으로 양쪽 뺨이 달아오른 채, 그녀는 숨이 넘어갈 정도로 떨며 서류 더미를 샅샅이 뒤졌고, 서랍들을 열어 보았으며, 남편의 옷 주머니들까지 뒤졌다. 서랍 단 2개만이 그녀의 손길을 피해 갔다. 서랍장 하단의 서랍, 그리고 책상 오른쪽의 작은 서랍, 그렇게 2개는 모두 잠겨 있었다. 그러나 알릭스에게는 이제 어떠한 수치심조차 남아 있지 않았다. 알릭스는 그중 적어도 하나에는 알렉스의 과거에 있을 상상의 여인에 대한 물증이 들어 있을 거라고 확신했다.

그녀는 제럴드가 아래층 찬장 위에 아무렇게나 열쇠를 던져 놓곤 하는 것을 생각해 냈다. 그 열쇠꾸러미를 가져와 하나하나 맞춰 보았다. 세 번째 열쇠가 책상 서랍에 들어맞았다. 알릭스는 애타는 마음으로 그 서랍을 열었다.

서랍 속에는 수표장 1권과 지폐가 가득 든 지갑이 있었고 뒤쪽으로 테이프로 묶어 놓은 편지가 한 다발 보였다.

호흡이 불규칙해지는 것을 느끼며 알릭스는 예의 테이프를 끌러 보았다. 그러고는 곧 얼굴이 화끈 달아올랐다. 그녀는 편지들을 서랍 안에 집어넣고 밀어 닫은 뒤 다시 잠갔다. 그 편지들은 제럴드 마틴과 결혼하기 전 알릭스 자신이 그에게 보낸 편지였던 것이다.

알릭스는 서랍장으로 관심을 돌렸다. 이제 자신이 구하는 것을 찾아내겠다는 기대보다는 하나도 남기지 않고 찾아보았노라 느끼고 싶은 열망이 더욱 컸다.

안타깝게도 제럴드의 열쇠꾸러미에 있는 어떤 열쇠도 문제의 서랍에 들어맞지 않았다. 이대로 물러설 수 없다고 생각하며 알릭스는 다른 방으로 들어가 열쇠꾸러미를 가지고 나왔다. 다행스럽게도 손님 방 옷장의 열쇠가 서랍장에 들어맞았다. 자물쇠를 풀어 서랍을 열었지만 그 안에는 이미 오래되어 빛이 바래고 더러워진 신문 스크랩 외에는 아무것도 없었다.

알릭스는 안도의 한숨을 내쉬었다. 그러면서도 한편으로는 이상했다. 제럴드가 어떤 문제에 관심이 있었길래 이렇게 정성스레, 먼지 쌓인 스크랩을 보관하고 있었던 걸까? 알릭스는 신문 쪼가리들을 훑어보았다. 그것들은 거의 모두 얼추 7년 전 미국에서 발행된 신문들이었으며, 악명 높은 사기꾼이자 중혼자, 찰스 르메트의 재판을 다룬 기사들이었다. 르메트는 사기 피해자들을 살해한 혐의까지 받고 있었다. 해골 1구가 그가 세놓던 집들 가운데 한 곳의 바닥 밑에서 발견되었다. 게다가 그 사람과 '결혼'했던 여자들 대부분은 행방불명 상태였다.

르메트는 미국 최고의 법률가 몇 사람의 도움을 받아 더할 나위 없는 기술을 동원하여 혐의로부터 자신을 방어했다. '증거 불충분'이라는 스코틀랜드 평결이야말로 이 사건을 가장 잘 설명해 줄 수 있는 것이었다. 증거가 없는 상황에서 그의 치명적 혐의는 무죄로 판결났다. 다만 고발당한 다른 혐의는 인정되어 장기간의 징역형이 선고되었다.

알릭스는 그 당시 세간을 떠들썩하게 했던 사건을, 그리고 3년 뒤 르메트의 탈옥이 불러일으킨 센세이션을 또한 떠올렸다. 그는 그 뒤로 다시 붙잡히지 않았다. 그 사람의 성격, 그리고 여자들을 다루는 범상치 않은 그의 힘과 관련된 많은 이야기들을 당시 영국 신문들까지 상세하게 보도했다. 게다가 법정에서 쉽게 흥분했다거나 완강히 혐의를 부인했다는 이야기, 또 심장이 약해 이따금 별안간 쓰러지기도 했다는 이야기도 떠돌았다. 무지한 자들은 그것이 르메트의 극적인 힘 덕분이라고 했다.

알릭스는 집어 든 신문 기사 쪼가리들 중에서 르메트의 사진을 발견했다. 그녀는 호기심을 갖고 그 사진을 살펴보았다. 긴 턱수염에 학자다운 풍모의 신사였다.

순간 알릭스는 그 얼굴에서 누군가를 떠올렸다. 누굴까? 불현듯 그녀는 놀라움에 몸서리쳤다. 그 얼굴은 제럴드, 바로 알릭스 자신의 남편이었던 것이다.

두 눈과 이마가 제럴드와 매우 흡사했다. 제럴드가 낡은 신문 기사 쪼가리를 보관해 온 이유는 그 때문이었으리라. 알릭스의 두 눈은 사진 옆의 기사 쪽으로 향했다. 피고의 수첩에는 모종의 날짜가 적혀 있었던 것으로 보였다. 신문 기사는 그 날짜들이 희생자들을 살해한 날짜들이라고 확신했다. 이어서 한 여자가 증거를 대면서, 르메트의 왼손 손바닥 바로 아래 손목 부위에 반점이 있었다는 사실을 들어, 그자가 피고가 틀림없다고 확인시켜 주었다.

알릭스가 신문을 내려 놓고 일어서려다 순간 휘청거렸다. 제럴드의 왼손 손바닥 바로 아래 손목에도 작은 흉터가 있지 않은가…….

V

방 전체가 빙글빙글 돌기 시작했다. 그녀도 단번에 이 같은 절대적인 확신의 단계로 뛰어오른 게 이상하다고 생각했다. 제럴드 마틴이 바로 찰스 르메트였다! 그녀는 알고 있었다, 그리고 섬광처럼 그 사실을 받아들였다. 조각 그림 맞추기 놀이에서 작은 조각들이

제자리를 찾아 맞추어지듯이 뿔뿔이 흩어져 뒤죽박죽되었던 파편들이 그녀의 뇌리에서 빙글빙글 돌았던 것이다.

집을 사기 위해 지불했던 돈……. 그녀의 돈……. 그건 오직 그녀의 돈이었다. 그녀가 제럴드에게 맡겼던 무기명 채권 말이다. 이제는 무시하려던 꿈조차 의미를 띠고 다가왔다. 알릭스의 마음속 저 깊숙한 곳에서 그녀의 잠재된 자아는 언제나 제럴드 마틴을 두려워했고 그로부터 도망을 치고 싶어 했다. 그리고 이러한 알릭스의 자아가 도움을 청하기 위해 바라본 이가 다름 아닌 딕 윈디포드였다. 이것은 또한 그녀가 일말의 의심이나 망설임 없이 너무나 쉽사리 진실을 받아들일 수 있었던 까닭이기도 했다. 이제 그녀는 르메트의 또 다른 희생자가 될 판이었다. 어쩌면 바로 이 순간…….

뭔가 기억해 낸 알렉스는 하마터면 비명을 내지를 뻔했다. 수요일, 저녁 9시, 지하실, 쉽게 들어 올릴 수 있는 판석으로 가려진 그것! 범인은 희생자 중 한 사람을 이미 지하실에 묻은 적이 있었다. 그 모든 일을 수요일 밤에 벌이기로 계획되었던 것이다.

'그런 내용을 사전에 그 질서 정연한 방식으로 적어 놓다니……. 미친 짓이야! 아니야, 다분히 논리적이야. 제럴드는 할 일을 늘 메모해 두었잖아. 그 인간에게 살인이란 여타의 일과 진배없는 비즈니스였던 거야. 그런데 내가 살아남을 수 있었던 이유는, 나를 구해 주었던 것은 도대체 뭐였을까? 제럴드가 마지막 순간에 누그러졌던 것일까? 아니야.'

섬광처럼 대답이 떠올랐다……. 그것은 바로 늙은 조지 때문이었던 것이다.

알릭스는 이제 제어할 수 없을 것 같이 화를 내던 남편을 이해할 수 있었다. 제럴드는 만나는 모든 사람에게 그들 부부가 런던으로 떠나갈 거라고 얘기해 둠으로써 길을 닦아 놓았던 것이 의심할 나위 없이 분명했다. 그 상황에서 예기치 않게 조지가 일을 하러 와서 알릭스에게 런던 이야기를 했고, 그녀가 반론을 제기했다. 늙은 조지가 그런 이야기를 뇌까리는 상황에서 그날 밤 알릭스를 없앤다는 것은 너무도 위험했다. 이 얼마나 절묘하게 일을 모면했는가! 만약 알릭스가 그 하찮은 일에 대해 언급하지 않았다면……. 알릭스는 소름이 돋는 것을 느꼈다.

곧이어 알릭스는 화석으로 굳어진 듯 꼼짝 않고 있었다. 대문이 삐걱 열리는 소리가 들렸던 것이다. 그녀의 남편이 돌아왔다.

일순 알릭스는 돌이 된 사람처럼 그 자리에 서 있었다. 이어서 발소리를 죽이고 창문 쪽으로 살금살금 걸어가 커튼 뒤에 숨어서 바깥을 내다보았다.

역시 그녀의 남편이었다. 제럴드는 미소를 지어 보이며 작은 콧노래를 부르고 있었다. 그는 두려움에 사색이 된 여자의 심장을 멎게 할 만한 물건을 들고 있었다. 바로 최신식 가래였다.

알릭스는 본능적인 깨달음에 다다랐다.

'바로 오늘 밤이구나…….'

하지만 아직 기회는 있었다. 작게 콧노래를 부르며 제럴드가 빙 돌아 집 뒤쪽으로 갔다.

일순의 망설임도 없이 알릭스는 계단을 따라 뛰어 내려가 집 밖으로 나왔다. 그러나 막 대문 밖으로 나서는 순간 집 반대쪽을 돌아서 나오는 제럴드와 마주치고 말았다.
"안녕. 어디를 그렇게 부리나케 뛰어가시나요?"
알릭스는 평소처럼 평온하게 보이려고 필사적으로 애썼다. 위험한 순간은 일단 지나갔다.
그러나 그가 의심하지 않도록 조심한다 해도 위험은 언제든지 다시 찾아올 수 있었다. 어쩌면 지금 바로…….
"산책로 끝까지 걸어갔다가 돌아오려던 참이었어."
그녀는 스스로 듣기에도 약하고 불확실한 목소리로 답변했다.
"좋아. 나도 같이 가자고."
"아니야, 제발, 제럴드. 나 지금 두통이 있어서 안 좋아……. 나 혼자 가고 싶어."
제럴드가 주의 깊게 알릭스를 쳐다보았다. 그녀는 순간적으로 의심의 기운이 그의 눈을 번득 스쳐 지나갔다고 생각했다.
"도대체 무슨 일이야, 알릭스? 안색도 핼쑥하고 떨고 있잖아."
"아무것도 아니야."
그녀는 억지로 무뚝뚝하게 대답하고 미소를 지어 보였다.
"머리가 좀 아픈 것뿐이야. 걸으면 곧 나아질 거야."
"그래, 하지만 당신이 나를 원하지 않는다고 말하는 건 좋지 않은걸. 당신이 나를 원하든 원치 않든, 나는 같이 갈 거야."
제럴드가 가볍게 웃으며 선포했다.

알릭스로서는 더 이상 저항할 수 없었다. 만약 그녀가 진실을 알고 있다고 제럴드가 의심한다면…….

알릭스는 애써 노력하여 차츰 평상시 자신의 모습을 되찾았다. 그럼에도 불구하고 그녀는 불안했다. 좀처럼 안심이 되지 않는지 제럴드가 이따금씩 곁눈질로 그녀를 쳐다보고 있는 것 같았다. 그가 의심을 완전히 누그러뜨리지는 않았다는 것이 느껴졌다.

집 안으로 들어간 뒤 제럴드는 알릭스더러 누우라고 하고는 오드콜론 향수를 가져와 그녀의 관자놀이를 씻어 주었다. 제럴드는 언제나처럼 헌신적인 남편이었다. 알릭스는 손과 발이 덫에 묶인 사람처럼 스스로는 어찌할 수 없다는 걸 느꼈다.

제럴드가 잠시라도 그녀를 혼자 내버려 둘 것 같지 않았다. 부엌에도 알릭스와 같이 들어갔고, 그녀가 미리 준비해 놓은 간단한 요리를 갖고 들어오는 것도 거들었다. 알릭스는 제럴드와 함께하는 저녁 식사가 역겨웠지만 억지로라도 먹어야 했다. 게다가 알릭스는 즐겁고 자연스러워 보이기까지 했다. 이제 알릭스는 자신이 생명을 걸고 싸우고 있다는 것을 깨달았다. 그녀는 도움의 손길로부터 수 킬로미터 떨어진 채 도와줄 이라고는 아무도 없는 상황에서 절대적으로 제럴드의 손아귀에 들어가 있는 것이었다. 제럴드의 의심을 잠재워 단 몇 분만이라도 그녀 혼자 내버려 두도록 하는 것이 알릭스에게 남은 유일한 기회였다. 그녀가 홀 안의 전화기로 다가가 도움을 청할 수 있을 정도의 시간 동안 말이다. 이제 그것이 그녀의 유일한 희망이었다.

제럴드가 이미 자신의 계획을 포기했던 적이 있었다는 것을 떠올리니 순간적으로 희망이 밀려왔다. 만약 오늘 저녁 딕 윈디포드가 부부를 만나러 올 거라고 제럴드에게 이야기한다면?

입속에서 그 말들이 맴돌았지만 알릭스는 곧바로 퇴짜를 놓았다. 제럴드가 두 번 물러설 것 같지는 않았다. 그의 고요한 외면 밑에는 그녀가 메스꺼워하는 일종의 의지, 일종의 의기양양함이 꿈틀거렸다. 오히려 그것은 범행을 재촉하는 꼴이 되고 말 것이다. 제럴드가 바로 지금, 이 자리에서 알릭스를 살해할 것이다. 그러고는 딕 윈디포드에게 조용히 전화를 걸어, 갑자기 누가 불러서 나갔다고 하겠지. 오! 딕 윈디포드가 오늘 저녁에 찾아와 주기만 한다면! 딕 윈디포드가…….

불현듯 좋은 생각이 뇌리를 스쳤다. 남편이 자신의 마음을 읽어낼까 두렵기라도 한 듯 그녀는 날카롭게 제럴드를 곁눈질했다. 계획이 그려지자 용기도 더욱 든든해졌다. 알릭스의 태도가 어찌나 완벽하게 자연스러웠는지 스스로 감탄할 지경이었다.

알릭스가 커피를 타서 현관 앞으로 들고 나갔다. 그곳은 한가한 저녁 시간이면 두 사람이 종종 나와서 앉아 있곤 하는 곳이었다. 제럴드가 갑자기 말을 꺼냈다.

"그런데 말이야. 우리 좀 있다 사진 작업을 하는 게 어때."

알릭스는 일순 몸서리치면서도 태연하게 대답했다.

"당신 혼자 할 수 있지? 오늘 밤엔 왠지 피곤해서 그래."

제럴드가 미소를 지어 보였다.

"금방 끝날 거야. 그리고 장담하지만, 나중에는 그렇게 피곤하지 않을 거야."

제럴드 스스로 그 말에 기뻐하는 것 같았다. 알릭스는 부르르 떨었다. 지금이야말로 그녀의 계획을 실천할 절호의 기회였다.

알릭스는 벌떡 일어나 태연스럽게 발표했다.

"생각해 보니 푸줏간에 전화 좀 해야겠어. 당신은 신경 쓰지 말고 여기 앉아 있어."

"푸줏간에? 이 한밤중에 말이야?"

"당신도 참. 가게는 물론 닫았지. 하지만 푸주한은 집에 있지 않겠어. 내일은 토요일이잖아. 다른 사람들이 집어 가기 전에 내일 일찍 저민 송아지 고기 좀 가져 달라고 해야겠어. 그 영감, 내 부탁은 들어줄 거야."

알릭스가 잽싸게 집 안으로 들어가면서 문을 닫았다. 제럴드의 목소리가 들렸다.

"문 닫지 마."

곧바로 그녀가 가볍게 응했다.

"나방 들어와. 나는 나방이 싫은걸. 제럴드, 내가 푸주한과 연애라도 할까 봐 그래?"

들어가자마자 알릭스는 전화 수화기를 집어 들고, '트래블러스 암즈' 전화번호를 불러 주었다. 전화는 곧바로 연결되었다.

"윈디포드 씨 말예요, 그 사람 아직도 거기에 있어요? 그 사람과 통화 좀 할 수 있을까요?"

그 순간 그녀의 심장이 쾅 하고 심하게 울렸다. 출입문이 활짝 열리고 제럴드가 홀 안으로 들어왔다.

"제럴드, 좀 나가 줘. 전화할 때 누가 듣는 거 정말 싫어."

그녀가 토라진 듯 던졌다.

제럴드는 그저 웃어 대더니 의자에 풀썩 자신을 던졌다.

"당신이 전화하고 있는 상대가 정말 푸주한이야?"

그의 물음에 알릭스는 절망에 빠졌다. 그녀의 계획이 실패했다. 딕 윈디포드가 금방 전화를 받을 것이다. 모든 위험을 감수하고 도와 달라고 외쳐야 하나?

알릭스는 들고 있는 수화기의 작은 키를 신경질적으로 눌렀다 놓았다 했다. 그렇게 하면 상대방이 이쪽 목소리를 듣게 하거나, 듣지 못하게 할 수 있었다. 그런 와중에 또 다른 아이디어가 알릭스의 머릿속을 밝혔다.

'꽤 어려운 일인데. 정신을 바짝 차리고, 적절한 말들을 생각해 내고, 조금도 더듬어서는 안 돼. 하지만 해낼 수 있을 거야. 해야만 해.'

바로 그 순간 그녀는 수화기 반대편에서 흘러나오는 딕 윈디포드의 목소리를 들었다. 알릭스는 숨을 길게 내쉬었다. 이어서 키를 꾹 누르고 이야기했다.

"필로멜 코티지……. 마틴 부인이에요. 좀 와 주세요."

(그녀가 키를 놓았다.) "내일 아침에요, 질 좋은 저민 송아지 고기 여섯 조각만 부탁해요."

(그녀가 다시 키를 눌렀다.) "중요한 일이에요."

(그녀가 키를 놓았다.) "정말 고맙습니다, 헥스워시 씨. 이렇게 밤늦게 전화 드린 게 좀 죄송스럽네요. 하지만 그 송아지 커틀릿은 정말로……."

(그녀가 다시 키를 눌렀다.) "사활이 걸린 문제예요."

(그녀가 키를 놓았다.) "좋아요……. 내일 아침."

(그녀가 다시 키를 눌렀다.) "되도록 빨리."

알릭스가 거칠게 숨을 몰아쉬며 수화기를 걸이에 다시 올려 두고는 돌아서 남편을 마주했다.

"당신, 푸주한에게 그렇게 이야기해도 괜찮아?"

"그건 늘 여자들이 쓰는 방법이야."

알릭스가 가볍게 받았다.

알릭스는 기쁨에 겨워 날아갈 것 같았다. 제럴드는 아무것도 눈치채지 못했다. 딕은 이해하지 못했다고 해도 올 것이다.

그녀가 거실로 들어가 전등을 켰다. 제럴드가 그녀를 따라왔다.

"당신 이제 기운이 넘쳐 보이는데?"

제럴드가 신기하다는 듯이 알릭스를 살펴보았다.

"그래, 두통이 사라졌어."

알릭스는 늘 앉던 자리에 가서 앉으며 남편에게 미소를 지어 보였다. 그는 그녀의 맞은쪽 자기 의자에 가서 앉았다. 그녀는 이제 살았다. 이제 8시 25분밖에 되지 않았지만, 9시가 되기 전 딕이 도착할 것이다.

"당신이 준 커피 말이야, 별로였어. 왜 그렇게 맛이 쓰던지."

제럴드가 불평했다.

"새로 나왔길래 마셔 보려는 거야. 싫다면 다시는 안 살게, 여보."

알릭스가 바느질거리를 집어 들고 꿰매기 시작했다. 제럴드는 책 두어 페이지를 읽고 있었는데, 갑자기 시계를 올려다보더니 읽고 있던 책을 옆으로 치웠다.

"8시 30분이네. 지하 방으로 내려가 일을 시작할 때가 되었어."

그 순간 바느질감이 알릭스의 손에서 미끄러져 떨어졌다.

"오, 아직이야. 9시까지는 기다리자고."

"아니야, 여보······. 8시 30분이야. 그게 내가 정한 시간이라고. 당신도 그만큼 일찍 잠자리에 들 수 있잖아."

"난 그래도 9시까지 기다릴 거야."

"내가 한번 시간을 정하면 꼭 지키는 거 알잖아. 이리 와, 알릭스. 나는 1분이라도 더 이상 기다리고 싶지 않다고."

알릭스가 그를 쳐다보았다. 자신도 모르게 공포의 파도가 물밀듯 그녀에게 밀어닥쳤다. 가면은 벗겨졌다. 제럴드의 두 손은 꼼지락거렸고, 두 눈은 흥분으로 번들거렸으며, 혀는 마른 두 입술 위를 쉴 새 없이 날름거렸다. 제럴드는 더 이상 애써 자신의 격정을 숨기려 하지 않았다.

알릭스는 생각했다.

'그래, 맞아. 저 사람은 기다리지 못해······. 이미 미쳐 있으니까.'

제럴드가 그녀에게 성큼 다가왔다. 이어서 한 손으로 알릭스의 어깨를 붙들어 그녀를 번쩍 일으켜 세웠다.

"자, 어서 여보……. 아니면 내가 당신을 업고 갈까."

그의 목소리는 경쾌했다. 그러나 그 뒤에는 그녀가 소스라칠 만한, 벌거벗은 사나움이 도사리고 있었다. 알릭스는 안간힘을 다하여 몸을 홱 틀어서 빠져나온 뒤 벽에 착 달라붙어 곱송그렸다. 알릭스는 힘이 없었다. 그녀는 도망칠 수 없었다……. 그녀는 아무것도 할 수 없었다……. 그리고 제럴드가 그녀에게 가까이 다가왔다.

"자, 알릭스."

"안 돼, 안 돼."

그녀는 소리를 질렀다. 그를 떨어내고 싶었지만 무기력한 헛손질이었다.

"제럴드, 그만해……. 당신에게 할 말이 있어, 고백할 게 있다고……."

순간 제럴드가 멈추었다.

"고백을 한다고?"

그가 관심을 보이며 물었다.

"그래, 고백할 게 있다고."

알릭스는 아무 단어나 사용했지만 필사적으로 계속 이어 갔다. 제럴드의 관심을 붙들어 가두어야 했다.

경멸의 낯빛이 그의 얼굴 위를 가로질렀다.

"옛날 애인이군그래."

제럴드의 비웃음에 알릭스가 답했다.

"아니야. 다른 거야. 그건 일종의……. 내 생각에……. 맞아, 일종의 범죄라고 볼 수 있어."

바로 그때 알릭스는 자신이 제대로 내질렀다는 것을 깨달았다. 이제 다시 그의 관심을 붙잡아 가두었다. 생각이 거기에 미치자 그녀의 정신도 되돌아왔다. 알릭스는 다시 한번 국면을 지배하는 지배자가 되었다.

"이제 좀 앉아."

알릭스가 고요히 이르고는 방을 가로질러 자신의 오래된 의자에 앉았다. 그러고는 몸을 구부려 바느질감을 집어 들기까지 했다. 하지만 겉으로 드러난 평온함 이면에서 그녀는 치열하게 생각하고 창작했다. 도움이 올 때까지 이야기를 지어내 제럴드의 관심을 붙들어 놓아야 했다.

알릭스가 천천히 이야기를 시작했다.

"내가 당신에게 말했지. 15년 간 속기 타이피스트로 일한 적이 있다고. 그 말은 완전히 진실은 아니야. 2번 정도 쉰 적이 있었거든. 첫 번째는 내가 22살이었을 때였어. 그때 한 남자를 만났어. 재산이 약간 있고 나이가 든 남자였지. 나와 사랑에 빠진 그 사람은 결혼해 달라고 했어. 내가 프러포즈를 받아들였고 우리는 결혼했어."

알릭스는 잠시 멈추었다.

"결혼한 후에 그 사람을 설득했어. 나를 수혜자로 해서 생명 보험에 들라고."

순간 남편의 얼굴에 이는 날카로운 관심의 기운을 본 알릭스는 새로운 자신감을 가지고 계속 이었다.

"전쟁이 났을 때 병원 약국에서 잠깐 일한 적이 있어. 그곳에서 나는 온갖 종류의 희귀한 약품과 독물을 다루었지."

그녀는 뭔가 회상하듯 멈추었다. 제럴드는 이제 이야기에 푹 빠져 있었다. 의심할 나위가 없었다. 살인자는 살인에 관심을 갖기 마련이다. 알릭스는 자신의 운을 바로 거기에 걸었고 성공한 듯했다. 그녀는 몰래 시계를 훔쳐보았다. 이제 8시 35분이었다.

"약국에 독극물 하나가 있었어, 좀 하얀 가루. 조금만 먹어도 바로 죽음에 이르지. 당신, 독극물에 대해서 좀 알아?"

알릭스는 걱정스레 물어보았다. 제럴드가 독극물에 대해 알고 있다면, 조심해야 할 것이다.

"아니, 별로. 몰라."

제럴드의 대답에 그녀가 안도의 한숨을 내쉬었다.

"그래도 히오신에 대해서는 들어 봤겠지, 물론? 조금 전 내가 말한 효과를 내는 게 히오신이야. 하지만 추적하는 건 전혀 불가능해. 의사들은 한결같이 심장 마비 진단서를 떼 주지. 나는 일하면서 그 약을 조금 훔쳐 두었어. 그 뒤로는 늘 가까운 곳에 보관했고."

알릭스가 스스로를 가다듬으며 잠시 멈추었다.

"계속해 봐."

"아니야, 미안하지만 지금은 말할 수 없어. 다음에 하지 뭐."

"지금, 지금 듣고 싶다니까."

그가 성마른 듯 말했다.

"우리가 결혼하고 한 달쯤 지났을 때였어. 나는 나이 든 내 남편에게 아주 잘했어, 아주 상냥하고 헌신적으로. 그 사람은 모든 이웃 사람들에게 내 칭찬을 했지. 내가 얼마나 충실한 아내였는지 모두들 알고 있었어. 나는 매일 저녁 남편에게 커피를 손수 끓여 주었는데, 어느 날 저녁 우리 두 사람만 있을 때, 그 치명적인 약을 남편이 마실 커피에 조금 집어넣었지…….”

알릭스가 다시 멈추고 조심스럽게 바느질을 했다. 평생 연기라고는 해 본 적이 없는 그녀였지만 이 순간만큼은 세계 최고의 여배우와 견줄 만했다. 알릭스는 실로 냉혈한 독살자 역할을 하고 있었다.

“꽤 평화로운 순간이었어. 나는 그를 처다보며 앉아 있었지. 일순 남편이 숨을 좀 헐떡거리더니 바람을 쐬고 싶다고 했어. 내가 창문을 열어 줬는데 의자에 앉은 남편이 몸을 움직일 수 없다고 했지. 그러고는 곧바로 죽었어.”

알릭스가 미소를 지으며 멈추었다. 8시 45분이었다. 이제 곧 사람들이 들이닥칠 것이다.

“그 보험금은 얼마였어?”

“약 2000파운드. 그 돈으로 투기를 했고 모두 잃었어. 나는 다시 사무실 일을 시작했지. 하지만 그곳에 오래 남아 있을 생각은 없었어. 이어서 또 다른 남자를 만났어. 나는 사무실에서 결혼 전의 성(姓)을 쓰고 있었거든. 내가 전에 결혼했다는 건 아무도 몰랐지. 그는 전남편보다 젊은 사람이었고, 좀 잘생긴 데다 꽤 유복했어. 우리는 서섹스에서 조용히 결혼했어. 그는 생명 보험에 들려고 하지 않았지만 물론 나를 수혜자로 해서 유언장을 만들어 두었지. 그는 내

첫 남편이 그랬던 것처럼 내가 손수 커피를 끓여 주기를 원했어."

알릭스가 회고하듯 미소를 짓고는 간단히 덧붙였다.

"나는 커피를 잘 끓이고."

그러고는 계속했다.

"우리가 살던 마을에 친구 몇 명이 있었어. 어느 날 저녁 식사를 마친 뒤 내 남편이 별안간 심장 마비로 죽었어. 그 친구들이 내 앞에서 슬퍼해 주었고. 나는 의사를 그다지 좋아하지 않았어. 그가 나를 의심했던 것 같지는 않아. 그렇지만 필시 남편의 갑작스런 죽음에 몹시 놀랐겠지. 내가 왜 사무실로 돌아갔는지 모르겠어. 일종의 습관일까. 두 번째 남편은 4000파운드 정도를 남겼어. 이번에는 그 돈으로 투기를 하지 않았어. 투자를 했지. 그리고 보다시피……."

알릭스는 중단하지 않을 수 없었다. 얼굴이 붉게 충혈되고 숨이 막힌 듯 캑캑거리며 제럴드가 떨리는 손가락으로 알릭스를 가리켰다.

"커피……. 오, 하느님! 그 커피!"

알릭스가 상대를 응시했다.

"커피 맛이 왜 그렇게 썼는지 이제 알겠어. 너, 악마! 또다시 그 속임수를 쓰려고 하다니."

제럴드가 두 손으로 의자의 양 팔걸이를 쥐었다. 그는 알릭스에게 펄쩍 뛰어오를 참이었다.

"나에게 독약을 먹이다니."

알릭스가 남편으로부터 물러서 난로 쪽으로 갔다. 일순 공포에 질린 채 그녀는 부인하려고 입술을 열었지만 이내 멈추었다. 이제 곧 그가 그녀에게 덤벼들 것이다. 그녀는 자신의 모든 힘을 모았다. 그리고 두 눈으로 상대를 붙들었다. 끊임없이, 그리고 꼼짝 못 하게.

"그래. 내가 당신한테 독약을 먹였어. 그 독이 이미 퍼지고 있을 거야. 이제 당신은 의자에서 움직일 수 없어……. 당신은 움직이지 못해……."

알릭스가 몰아붙였다.

'제럴드를 이대로 붙들어 둘 수 있다면……. 단 이삼 분만이라도……. 아! 저게 무슨 소리지?'

길거리에 발자국 소리와 대문이 삐걱 열리는 소리, 이어서 바깥길에 발걸음 소리가 들려 왔다. 바깥문이 열리고 있었다.

"당신은 움직일 수 없어."

그녀가 되뇌었다.

알릭스는 이어 남편을 지나쳐 방으로부터 곤두박질쳐서는 딕 윈디포드의 두 팔에 까무러치듯 안겼다.

"오, 하느님! 알릭스."

딕 윈디포드, 그가 외쳤다.

딕은 곧장 곁에 있는 남자 쪽으로 돌아섰다. 경찰 제복을 입은 키가 크고 튼튼한 남자였다.

"저쪽 방으로 가서 무슨 일이 있었는지 보세요."

딕이 알릭스를 조심스럽게 긴 소파에 눕힌 뒤 몸을 구부려 그녀를 내려다보았다.

"내 사랑, 불쌍한 내 여인. 대체 당신한테 누가 어떻게 했길래 이러는 거야?"

알릭스가 두 눈을 껌벅거리며 그의 이름을 더듬었다.

경찰관이 다가와서 팔을 붙들자 딕이 몸을 일으켰다.

"선생님, 그 방에는 의자에 앉아 있는 한 남자 외에 아무것도 없었습니다. 그 남자, 뭔가 심하게 겁을 집어먹은 것처럼 보였습니다. 그리고······."

"예?"

"저, 선생님, 그 사람은······ 죽었어요."

"곧이어서."

두 사람은 알릭스의 목소리를 듣고 화들짝 놀랐다. 그녀는 두 눈을 여전히 감은 채 꿈을 꾸듯 이야기했다. 그러고는 어딘가에서 인용을 하는 것처럼 말했다.

"그가 죽었다······."

기차를 탄 여자

"이제 난 망했어!"

조지 롤런드가 서러움에 복받쳐 탄성을 질렀다. 그러고는 자신이 조금 전까지 머물렀던 건물, 그 매연에 절고도 당당한 외관을 올려다보았다.

건물은 돈의 위력을 가감 없이 보여 주는 듯 웅대했다. 돈. 조지의 삼촌인 윌리엄 롤런드의 목소리를 빌려, 돈은 방금 자유롭게 자신의 마음을 밝혔다. 10분이라는 그 짧은 시간에 윌리엄의 둘도 없는 보배요, 재산 상속인이요, 앞길이 창창하고 유망한 미래의 젊은 경영인으로 주목받던 조지 롤런드, 그가 광대한 실업자 부대의 일원이 되고 말았다.

"이런 옷차림으로 가면 실업 수당도 주지 않을 테지."

조지가 우울하게 뇌까렸다.

"2펜스짜리 시라도 써서 팔아 봐? ('혹은, 주시고 싶은 만큼 주세요.') 아니야……. 그런 데는 또 소질이 없고."

조지는 실로 재봉술의 승리를 구현한 사람이었다. 그는 아름답고 우아하게 차려입었다. 벌판에 핀 백합이나 솔로몬도 조지를 따라올 수는 없었다. 그러나 사람은 옷만 가지고 살 수 없지 않은가. '어느 정도의 재봉 기술을 배워 두지 않았다면.' 더구나 조지 스스로도 그런 사실을 마음이 아프도록 알고 있었다.

"모든 건 지난밤, 그 잘나 빠진 쇼 때문이었어."

그가 애처롭게 돌아보았다.

어젯밤 그 잘나 빠진 쇼란 코번트 가든 무도회를 의미했다. 조지는 무도회에서 즐기다가 조금 늦게, 아니 오히려 이른 시간에 귀가했던 것이다. 사실대로 말하자면 집에 돌아온 것 자체를 기억하지 못했다. 삼촌의 하인인 로저스는 도움이 되는 친구였고 틀림없이 그 문제에 대하여 자세한 얘기를 해 줄 수 있을 것이다. 빠개지는 듯한 머리, 진한 차 1잔, 9시 30분이 아닌 11시 55분에야 출근한 것들은 재앙을 재촉했다. 지난 24년 동안 너그러이 봐주고 뒤를 받쳐 주던 윌리엄이 느닷없이 전혀 새로운 모습을 드러냈다. 조지가 내놓은 비논리적인 변명 때문에 윌리엄의 불쾌한 심경은 배가 되었다. (그때 이 젊은이의 머리는 중세 시대 모종의 고문 도구처럼 여전히 열렸다 닫혔다 하고 있었다.) 윌리엄 롤런드는 철저함을 자기 자신의 전부로 여기는 사람이었다. 그는 다만 몇 마디 짤막하고 간결한 말로 조카를 세상에 내던졌고 조지는 정처 없이 떠다니는 신세가 되었다. 윌리엄은 중단했던 페루 모 지방의 유전 탐사를 다시 시작했다.

조지 롤런드는 신발에 묻은 삼촌 사무실의 흙먼지를 탁탁 떨어내고 '시티 오브 런던'으로 내딛었다. 그는 현실적인 사람이었다. 현 상황을 돌아보기 위해서는 무엇보다 점심을 잘 먹는 게 중요하다고 생각했고, 그대로 실천했다. 이어서 조지는 저택으로 발길을 돌렸다. 로저스가 문을 열어 주었다. 여느 때와 다른 시간에 나타난 조지가 의아했겠지만 로저스는 잘 훈련된 얼굴로 놀라움을 내색하지 않았다.

"안녕, 로저스. 내 물건들 좀 싸 주시겠어요? 이곳을 떠나려고요."

"예, 선생님. 잠깐 여행하시는 건가요?"

"아주 가는 거예요, 로저스. 오늘 오후에 식민지로 갈까 해요."

"정말이세요, 선생님?"

"예. 적당한 배편이 있다면요. 배편에 대해서 좀 아세요, 로저스?"

"식민지 중 어디를 방문할 생각이신가요, 선생님?"

"아직 정하지 않았어요. 어디라도 괜찮을 것 같아요. 예를 들면 호주 같은 데가 있잖아요. 이 계획을 어떻게 생각하세요, 로저스?"

로저스가 조심스럽게 기침을 했다.

"예, 선생님, 그곳엔 정말로 일하고 싶은 사람에게는 언제든지 일자리가 있다고 들었습니다."

조지가 감탄과 관심 어린 표정으로 로저스를 응시했다.

"적절하게 표현해 주셨어요, 로저스. 그게 바로 내 생각이에요. 그러나 호주로 가지는 않을 겁니다. 아무튼 오늘은 아니에요. 『ABC 철도 안내서』좀 갖다 주시겠어요? 좀 가까운 곳을 골라 봐야겠어요."

로저스가 부탁받은 책자를 가져왔다. 조지는 아무 페이지나 펼쳐서 재빠르게 넘겨 보았다.

"퍼스, 여긴 너무 멀어. 푸트니 브릿지, 너무 가깝군. 램스게이트? 내가 갈 데가 못 되지. 레이게이트 역시 마음에 안 들고. 어, 여기 괜찮은 곳이 있군 그래! 야, 이것 봐라, '롤런드 캐슬'이 다 있네. 롤런드 캐슬이라고 들어 봤어요?"

"워털루에서 가는 걸로 알고 있습니다, 선생님."

"당신 정말 대단한 사람이에요, 로저스. 모르는 게 없다니까요. 자, 자, 롤런드 캐슬! 도대체 어떤 곳일까?"

"제가 보기에 대단한 곳은 아닙니다."

"그럼 더 좋죠, 경쟁이 덜할 테니까요. 이렇게 조용한 작은 시골 부락에는 봉건시대 인간들이 설치고 다니게 마련이죠. 롤런드가(家)의 마지막 인물이 가면 즉각적으로 환대를 해 줄 겁니다. 어쩌면 일주일도 안 되어서 나를 시장으로 뽑아 줄지도 몰라요."

조지가 탁! 소리와 함께 책자를 덮었다.

"주사위는 던져졌어요. 작은 여행 가방을 하나 꾸려 주시겠어요, 로저스? 요리사에게도 인사 말씀 전해 주시고요. 그녀더러 고양이 좀 빌려 달라고 할 수 있을까요? 딕 휘팅턴 이야기 알죠. 시장이 되려면, 고양이가 꼭 필요하단 말이죠(딕 휘팅턴은 14세기 영국 사람으로 가난한 고아였으나 우연히 고양이로 돈을 벌고 런던 시장까지 역임하며 자수성가한 인물 — 옮긴이)."

"죄송합니다, 선생님. 하지만 고양이는 좀 곤란합니다."

"왜죠?"

"새끼를 여덟이나 낳았답니다. 오늘 아침에요."

"설마! 이름이 '피터'였던가요."

"예, 그렇습니다. 우리 모두 깜짝 놀랐어요."

"경솔한 세례와 기만적인 성관계에 대한 사례 아닐까요? 좋습니다, 좋아요. 고양이 없이 그냥 가야겠네요. 이제 바로 짐을 꾸려 주시겠습니까?"

"예, 그러죠."

로저스가 머뭇거리더니 방 안으로 들어섰다.

"외람됩니다만 선생님, 저 같으면 오늘 아침 주인님께서 하신 이야기는 너무 심각하게 생각하지 않겠어요. 어젯밤 시(市) 만찬에 가셨었거든요, 게다가……."

"그만두세요. 무슨 말씀인지 알겠어요."

"그리고 통풍 증세가 좀 있으신 데다……."

"알아요, 알아. 우리 두 사람 모두에게 좀 힘겨운 오후죠, 로저스? 하지만 난 롤런드 캐슬에 가서 내 이름을 날려 보기로 작정했어요. 롤런드 캐슬, 역사적인 우리 종족의 요람! 연설할 때 이런 표현을 쓰면 어울리겠죠? 송아지 프리카세 요리 같은 게 나오면 언제라도 나한테 전보를 치세요. 아니면 조간신문에 은밀한 광고를 내서 불러 주세요. 자, 이제, 워털루를 향하여! 그 역사적인 전투의 전날밤, 웰링턴 장군이 외쳤던 그 한마디처럼."

그날 오후 워털루역은 최상이나 최고의 상태는 아니었다. 롤런드는 마침내 자신을 목적지까지 데려다 줄 기차를 찾아냈다. 그러나 그것은 특별할 것도 없고 눈에 확 띄지도 않는 기차였다. 어느 누구도 타 보고 싶어 할 리 없는 그런 기차. 조지는 기차 맨 앞부분, 1등 객차에 몸을 실었다. 안개가 대도시 상공에 정처 없이 내려앉았다 한순간 걷히더니, 다음 순간 다시 흘러들었다. 플랫폼은 쓸쓸했다. 칙칙거리는 기관차의 숨소리만이 정적을 깨뜨릴 뿐이었다.

그 순간 별안간 걷잡을 수 없는 속도로 다음의 상황이 벌어지기 시작했다.

먼저 한 여자가 나타났다. 그녀가 손잡이를 비틀어 문을 열고 뛰어들면서, 불안한 겉잠에 빠져들던 조지를 깨우며 외쳤다.

"오! 나를 숨겨 주세요, 제발 나를 좀 숨겨 주세요."

근본적으로 조지는 행동하는 사람이었다. 까닭을 묻기보다는 필사적으로 행동하고 노력하는 스타일. 객차에 숨을 곳이라고는 딱 한 군데밖에 없었다. 바로 좌석 밑. 단 7초 만에 여자는 그 자리로 들어갔고, 언저리에 아무렇게나 있던 조지의 여행 가방이 그녀의 은신처를 가려 주었다. 이윽고 격노로 달아오른 얼굴이 객차 창문에 나타났다.

"내 조카딸! 당신이 데리고 있지? 내 조카딸 내놓으시오."

조지는 조마조마한 마음을 숨긴 채 한쪽 구석에 기대어 1시 30분판 석간신문 스포츠란에 빠져 있었다. 그는 멀리서 자신을 부르는 걸 들었다는 듯 신문을 옆으로 치우며 공손하게 일렀다.

"무슨 일이십니까, 선생?"

"내 조카딸, 그 아이를 어떻게 했소?"

언제나 공격이 방어보다 낫다는 정책을 몸소 실천하려는 듯 조지는 행동에 돌입했다.

"도대체 무슨 소리를 하는 겁니까?"

조지가 외쳤다. 삼촌인 윌리엄을 제대로 본뜬 모습이었다.

느닷없이 사납게 나오는 조지를 보고 놀란 상대가 일순 멈추었다. 얼마간 달려온 듯, 여전히 숨을 좀 헐떡이는 그는 뚱뚱한 체구였다. 머리는 짧게 바싹 쳤고 호엔촐레른 왕가풍의 콧수염을 하고 있었다. 목소리는 쉬어 있었고, 뻣뻣한 몸가짐으로 보아 일반 옷보다는 제복에 더 익숙한 사람인 듯했다. 조지는 영국 토박이들이 외국인에 대해 가지는 편견을 그대로 갖고 있었다. 게다가 독일인인 듯한 외국인에 대해서는 특별한 혐오감이 더해졌다.

"지금 무슨 소리를 하고 있는 거냐고요, 선생?"

조지가 성난 듯 되풀이했다.

"그 애가 이 칸으로 들어오는 걸 봤단 말이오. 그 애를 도대체 어떻게 한 거요?"

조지가 신문을 옆으로 치워 버리고는 머리와 양 어깨를 창문 밖으로 불쑥 내밀고 으르렁거렸다.

"지금 말 다했습니까? 공갈 협박이란 말이지. 하지만 상대를 잘못 고른 것 같은데. 당신 같은 인간들 이야기, 오늘 아침《데일리 메일》에서 다 읽었소. 여보세요! 차장, 차장!"

그 소란을 감지하고 이미 멀리서부터 촉각을 세우고 있던 차장이 허둥지둥 달려왔다.

"여기요, 차장."

하류 계층이 그토록 숭배하는 권위를 풍기며 조지가 일렀다.

"이 사람이 성가시게 굴어요. 가능하다면 이 사람을 공갈 미수 혐의로 고발해야겠어요. 내가 자기 조카딸을 이곳에 숨겨 놓았다는 거예요. 이따위 일이나 획책하며 돌아다니는 외국인 패거리들이 있다는 거 알죠? 더 이상 방치해서는 안 돼요. 이 사람을 데려가지 않겠어요? 필요하다면 여기, 내 신분증이 있어요."

차장이 한 사람씩 차례로 쳐다보았다. 그의 마음은 곧 정해졌다. 교육받은 대로 외국인을 경멸하는 한편, 옷을 잘 차려입고 1등칸으로 여행하는 신사를 존중해 줄 수밖에 없었다.

차장이 침입자의 어깨 위에 손을 얹었다.

"이보시오, 저리 가시오."

이런 위기의 순간에 이방인의 영어는 도움이 되지 못하게 마련이다. 남자는 자기 나라말로 욕설을 격정적으로 퍼붓기 시작했다. 곧장 차장이 가로막았다.

"자, 이제 그만하시고 좀 비켜 주시겠소? 열차 출발할 때가 되었소."

역무원이 깃발을 흔들고, 호루라기를 불었다. 기차는 내키지 않는 듯 덜컹 소리와 함께 역을 빠져나가기 시작했다.

객차가 승강장으로부터 완전히 빠져나갈 때까지 조지는 관망하는 자세를 유지했다. 이어서 그는 고개를 수그려 여행 가방을 집어 들어 선반 위에 올려놓았다.

"자, 이제 괜찮아요. 밖으로 나와도 됩니다."

조지가 안심을 시켜 주자 여자가 기어 나왔다.

"오! 어떻게 감사를 드려야 할지……."

"괜찮습니다. 도와 드릴 수 있어서 오히려 기뻤습니다."

조지가 태연하게 화답했다. 그러고는 안심을 시키듯 여자에게 미소 지었다. 여자는 좀 어쩔 줄 몰라 하는 눈빛을 보였다. 늘 몸 가까이 지니고 있던 뭔가를 잃어버린 듯한 눈치였다. 바로 그 순간 그녀는 맞은편 좁다란 유리에 비친 자신의 모습을 발견했다. 객차 청소부들이 좌석 아래 부분을 매일 청소하는지, 또는 하지 않는지 여부는 의심해 볼 여지가 있었다. 여자의 상태로 봐서는 하지 않는 쪽인 것 같았다. 매연이며 흙먼지의 모든 미립자가 귀소하는 새처럼 그곳으로 찾아든 것 같은 형상. 사실 조지로서는 여자의 생김새를 제대로 들여다볼 시간조차 없었다. 그만큼 부지불식간에 들이닥쳤고 순식간에 기어들어 가서 몸을 감추었던 것이다. 그러나 자리 밑으로 사라졌던 사람은 분명히 말쑥하게 잘 차려입은 젊은 여자였다. 하지만 지금 그녀의 빨간색 작은 모자는 심하게 눌리고 구겨졌으며, 여자의 얼굴에는 먼지 줄무늬가 길게 그어져 있어 보기 흉했다.

"오!"

여자가 탄성을 지르고는 가방 속을 더듬었다. 진정한 신사의 재치를 발휘하여 조지는 굳건하게 시선을 창밖으로 보내고 템스 강 남쪽 런던 거리를 찬미했다.

"어떻게 감사를 드려야 할지 모르겠어요."

여자가 다시 말했다.

그 말을 이제 대화를 다시 시작해도 좋다는 신호로 받아들인 조지가 창밖에서 시선을 거두고, 또다시 공손히 인사했다. 이번에는 따뜻함이 많이 더해진 모습이었다.

'정말 사랑스러운 여자야! 이렇게 귀여운 여자는 처음 봐.'

조지의 태도에 배어 있는 열성은 이제 표시가 날 정도였다.

"당신은 정말 신사다운 모습을 보여 주었어요."

여자가 열정적으로 일렀다.

"아닙니다. 이 세상에서 제일 쉬운 일이었어요. 제가 도움이 되었다니 오히려 기쁠 따름이에요."

"근사했어요."

그녀가 힘주어 되뇌었다.

여태까지 본 여자 가운데 제일 예쁜 여자가 두 눈을 바라보면서 정말 근사하다고 이야기한다면 어찌 기쁘고 신나지 않겠는가. 조지는 마음껏 이 순간을 즐겼다.

얼마 뒤 힘겨운 침묵이 흘렀다. 아마도 좀 더 자세한 설명을 기대한다는 느낌이 여자에게 전해진 것이 아닐까. 얼굴이 약간 발그레하게 달아오른 여자가 불안한 듯 일렀다.

"참, 이건 난감한 부분인데……. 설명하기가 곤란하거든요."

그녀가 가엾고 불안한 표정으로 조지를 쳐다보았다.

"설명할 수 없다고요?"

"예, 그게…… 힘들어요."
"이 얼마나 완벽하게 근사한 일인가!"
조지가 뜨겁게 던졌다.
"실례하지만, 지금 뭐라고 하셨어요?"
"'이 얼마나 완벽하게 근사한 일인가!'라고 말했죠. 밤새도록 잠 못 들게 만드는 이야기책 있잖아요. 그런 책이랑 똑같아요. 첫 장에서 여주인공이 이렇게 주장하잖아요. '설명할 수 없어요.' 물론 끝에 가면 설명을 하죠. 결국 초장에 설명하지 못했던 진정한 까닭이란 없었다는 거예요. 이야기를 망친다는 것 이외에는 말예요. 내가 진짜 미스터리에 휘말리다니! 얼마나 기쁜지 모르겠어요. 이런 일들이 있으리라고는 생각하지 못했어요. 뭔가 엄청 중요한 비밀 문서 같은 것과 관련이 있으면 좋겠군요. 발칸 급행열차도 등장했으면 하고요. 발칸 급행열차라면 덮어 놓고 좋아하거든요."
눈이 휘둥그레진 여자가 의심스럽게 상대를 응시했다.
"왜 하필 발칸 급행열차라고 말씀하셨죠?"
그녀가 날카롭게 질문했다.
"설마 내가 경솔하게 말한 건 아니겠죠. 혹시 당신 삼촌이 그 열차를 타고 온 건 아닌가요?"
"우리 삼촌. 우리 삼촌……."
"예, 그래요. 나에게도 삼촌이 있거든요. 어느 누구도 삼촌 때문에 책임을 질 수는 없는 거 아닙니까. 생물 세계에서 어느 정도 격세유전이 나타난다, 나는 그렇게 보거든요."

여인이 별안간 웃어 대기 시작했다. 조지는 그녀의 말투에 외국인 억양이 약간 섞인 걸 감지했다. 처음에는 그녀를 영국인으로 생각했다.

"당신은 정말 참신하고 비범한 사람 같아요, 성함이?"

"롤런드. 내 친구들한테는 그냥 조지."

"내 이름은 엘리자베스……."

그녀가 돌연 멈추었다. 조지가 그녀의 일시적 혼란을 덮어 주기 위해 끼어들었다.

"나는 엘리자베스라는 이름이 마음에 들어요. 사람들이 설마 '베시'라고 부르진 않겠죠? 아니면 다른 끔찍한 이름으로 부르나요?"

여자가 고개를 저었다.

"좋아요. 이제 우리 서로 알게 되었으니 할 일을 먼저 해결하는 게 어때요? 좀 일어서 보시겠어요, 엘리자베스. 당신 코트 뒤 좀 털어 드릴게요."

그녀가 고분고분 일어섰다. 조지는 자신이 말한 대로 훌륭히 해냈다.

"고맙습니다, 롤런드 씨."

"조지. 친구들은 조지라 부른다고 했잖아요. 보세요, 조용하고 아늑한 내 객차로 들어와서 자리 밑으로 기어들고 당신 삼촌한테 거짓말을 하도록 유인해 놓고도 나와 친구가 되기 싫다는 건 아니겠죠?"

"고마워요, 조지."

"훨씬 듣기 좋군요."

"이제 저 괜찮아 보여요?"

엘리자베스가 자기 왼쪽 어깨 너머를 보려고 애쓰며 물었다.

"당신요? 오, 당신 말씀이죠. 아주 괜찮아 보이는데요."

조지가 엄히 자제하며 일렀다.

"보시다시피 모든 일은 순식간에 일어났어요."

"그랬을 겁니다."

"삼촌이 택시에 타고 있던 우리를 발견했어요. 역으로 와서 그가 내 뒤를 밟았다는 것을 알게 됐고, 이리로 쏜살같이 뛰어들었죠. 그런데…… 이 열차 어디로 가는 거죠?"

"롤런드 캐슬."

여자가 갸우뚱거렸다.

"롤런드 캐슬?"

"물론 곧장 가는 건 아니에요. 중간에 여러 번 멈추기도 하고, 천천히 가기도 하는 거죠. 하지만 자정 전에는 도착하리라 확신해요. 이 오래된 사우스…… 웨스턴 라인은 꽤 믿을 만해요. 느릿느릿 가지만 정확하죠. 서던 레일웨이가 오랜 전통을 그대로 지키리라 믿어요."

"글쎄요, 난 롤런드 캐슬에 가고 싶은 건지 잘 모르겠어요."

엘리자베스가 모호하게 얘기했다.

"섭섭하네요. 거기 재미있는 덴데."

"그곳에 가 본 적 있나요?"

"아뇨. 하지만 롤런드 캐슬이 마음에 들지 않는다면 갈 만한 다른 데도 많아요. 워킹, 웨이브릿지, 윔블던도 있고요. 모두 이 기차가 거쳐 가는 역이거든요."

"그렇군요. 좋아요. 그중 아무 데서나 내려서 자동차 편으로 런던에 돌아가는 게 낫겠네요. 그게 제일 좋을 것 같아요."

그녀가 얘기하는 동안 기차가 느려지기 시작했다. 조지가 뭔가 바라는 듯한 눈빛으로 엘리자베스를 바라보았다.

"제가 뭔가 도울 수 있다면……."

"아녜요, 정말. 이미 많이 도와주셨잖아요."

잠시 침묵이 흐른 뒤 엘리자베스가 불현듯 던졌다.

"설명을 드릴 수 있다면, 제가……."

"오, 그러지 않으셔도 됩니다! 모든 걸 망칠 수 있거든요. 하지만 내가 할 수 있는 일이 있을까요? 비밀 문서를 비엔나에 전해 준다든지 하는 과업 같은 것 말예요. 비밀 문서 같은 건 항상 존재하거든요. 제게 기회를 주시겠어요?"

이윽고 기차가 정차했다. 엘리자베스가 재빨리 플랫폼으로 뛰어내렸다. 그러더니 몸을 돌려 조지에게 이야기했다.

"당신, 진심인가요? 우리를…… 나를 위해 정말 뭔가 해 주실 수 있겠어요?"

"당신을 위해서라면 세상 무슨 일이든 하겠어요, 엘리자베스."

"당신한테 그 까닭을 밝힐 수 없어도요?"

"이유 같은 건 쓸모 없어요!"

"위험한 일일지라도?"

"위험할수록 더 좋아요."

일순 머뭇거렸지만 엘리자베스는 마음을 정한 것 같았다.

"창밖으로 몸을 기울여 보세요. 승강단을 내다보되 실제로는 보지 않는 것처럼 하고요."

조지가 좀 까다로운 듯한 이 주문을 그대로 지키려고 애를 썼다.

"저기 타고 있는 사람 보이죠? 키가 작고 짙은 턱수염에 가벼운 외투 차림을 한 사람 말이에요. 저자를 쫓아가세요. 그가 뭘 하는지, 그리고 어디로 가는지 보세요."

"그게 전부예요? 그럼 내가……."

엘리자베스가 상대의 말에 끼어들었다.

"추가적인 지시 사항은 추후에 보내 드릴게요. 저 사람을 살피세요, 그리고 이것을 지키세요."

그녀가 조지에게 봉인된 작은 봉투를 내밀었다.

"필사적으로 지켜야 해요. 이게 바로 모든 것을 푸는 열쇠랍니다."

기차가 움직이기 시작했다. 조지는 여전히 창밖을 응시하면서 엘리자베스의 훤칠하고 우아한 모습이 승강단을 따라 총총히 걸어가는 것을 지켜보았다. 한쪽 손에는 봉인된 작은 봉투를 쥔 채였다.

그 뒤로 여행은 심심하고도 단조로웠다. 열차는 느릿느릿 나아갔으며, 얼마 안 가서 멈추고 또 멈추었다. 쫓고 있는 사람이 내리지나 않을까, 조지는 기차가 역에 설 때마다 창문 밖으로 머리를 내밀었다. 이따금 대기 시간이 긴 경우에는 객차에서 내려와 승강단을 따라 오르락내리락하면서 남자가 아직 기차에 타고 있는지 확인했다.

기차의 종착지는 포츠머스였다. 검은 턱수염 여행자가 내린 곳은 바로 거기였다. 그는 이미 예약해 놓은 자그마한 이등 호텔 쪽으로 걸어갔다. 조지 역시 같은 곳에 방 하나를 잡았다.

두 방은 같은 복도에 면해 있었고, 방 2개를 사이에 두고 떨어져 있었다. 조지는 그런 배치가 마음에 들었다. 조지는 미행에 있어서는 완전히 초보자였지만 일을 원만히 수행해서 엘리자베스가 보낸 신뢰에 보답하고 싶었다.

저녁 식사 시간에 조지는 남자에게서 멀리 않은 곳에 앉았다. 식당 안에는 사람이 그렇게 많지 않았다. 조지는 식사하는 사람들 중 다수는 사업차 여행하는 사람들이었으며, 그들은 자기 음식을 즐기는 조용하고 훌륭한 사람들이라고 생각했다. 오직 한 남자가 특별히 그의 관심을 끌었다. 경마나 말을 좋아할 것 같은 복장에, 황갈색 머리와 콧수염을 한 키가 작은 남자였다. 남자 또한 조지에게 관심이 있는 듯했는데 식사가 끝나자 술 한잔하면서 당구 게임을 제안해 왔다. 그러나 바로 그때 검은 턱수염 남자가 모자와 외투를 입는 것을 알아챈 조지는 정중하게 거절했다. 다음 순간 조지는 어려운 미행 기술에 대한 새로운 통찰력을 체득하며 길거리로 나왔다. 추적은 길고도 지루한 것이었으며, 종국에 이르러선 갈 길이 묘연해지는 듯했다. 남자는 포츠머스 거리를 따라서 6킬로미터 여를 돌고 또 돌아 마침내 호텔로 돌아왔다. 조지는 뒤꿈치가 아파 왔다. 조지에게 어렴풋한 의심의 물결이 밀려왔다.

'저 사람 혹시 내 존재를 알고 있는 것은 아닐까?'

홀에 서서 이 문제에 대해 숙고하고 있는데 바깥 문이 활짝 열리고 황갈색 머리의 작은 남자가 들어왔다.

'저 사람도 산책을 했나 보군.'

순간 조지는 사무실의 아름다운 여자가 자신을 부르고 있다는 걸 알아챘다.

"롤런드 씨죠? 신사 두 사람이 당신을 찾아왔었어요. 외국인이었죠. 두 사람 모두 이 통로 끝의 작은 방에 있을 거예요."

조지는 약간 놀라서 문제의 방을 찾았다. 앉아 있던 두 남자가 벌떡 일어나 딱딱하게 인사했다.

"롤런드 씨? 우리가 누군지 알겠습니까, 선생?"

조지가 두 사람을 차례로 쳐다보았다. 방금 말한 사람은 나이가 많은 쪽으로, 영어를 훌륭하게 구사하는 회색 머리의 당당한 신사였다. 다른 한 사람은 금발의 튜턴족 외형에 여드름이 좀 있고 키가 큰 젊은이였다. 잔뜩 찌푸린 사나운 표정 때문에 그다지 매력적으로 보이지 않았다. 두 사람 모두 그가 워털루에서 부딪쳤던 늙은 신사가 아니라는 걸 확인하고 안심이 된 조지는 쾌활한 평소 모습을 그대로 보여 주었다.

"자, 편안히 앉으시죠. 만나 뵙게 되어 정말 반갑습니다. 우리 한 잔할까요?"

나이 든 남자가 거부의 손짓을 했다.

"고맙습니다만, 롤런드 경, 좀 곤란합니다. 우리에겐 이삼 분이라는 짧은 시간밖에 없습니다. 당신이 우리 질문에 대답할 수 있을 정도의 시간이지요."

"저를 귀족의 반열에 올려 주시다니 정말 감사합니다. 한잔할 수 없다니 안타깝군요. 한데 중요하다는 그 질문이 뭔가요?"

"롤런드 경, 당신은 어떤 숙녀와 동승하여 런던에서 출발했죠. 그런데 이곳에는 혼자 도착했어요. 그 숙녀분은 어디에 있습니까?"

조지가 벌떡 일어섰다. 그는 마치 소설 속 주인공이 이야기하듯 차갑게 받았다.

"무슨 말씀을 하시는 건지 도통 모르겠어요. 이만 나가 보시는 게 좋겠군요."

젊은 사람이 터뜨리듯 외쳤다.

"하지만 당신은 잘 알고 있잖습니까. 완벽하게 이해하고 있잖아요. 알렉사를 어떻게 하셨느냐, 이 말이에요!"

또 다른 이가 속삭였다.

"아, 조용히 얘기합시다. 제발 침착하게 좀 하시자고요."

"분명히 말씀드립니다. 그런 이름의 숙녀를 아는 바가 없어요. 뭔가 실수가 있는 것 같군요."

연장자가 예리하게 조지를 바라보고는 냉담하게 말했다.

"그럴 리가 없어요. 외람되지만 호텔 기록부를 조사해 보았습니다. 당신은 롤런드 캐슬의 G. 롤런드 씨라고 기재되어 있더군요."

"그건 내가 장난을 좀 친 거예요."

거북한 듯 얼굴을 붉힌 조지가 힘없이 설명했다.

"그거야말로 구차한 구실 같은데. 자, 자, 우리 지금부터 에두르지 말기로 합시다. 대공비 마마 어디 계십니까?"

"엘리자베스 말씀이신가요?"

분노에 못 이겨 악을 쓰면서 젊은 남자가 다시 앞으로 덤벼들었다.

"이런 무례한 자식 같으니라고! 마마를 그런 식으로 부르다니."

다른 이가 느릿하게 이었다.

"우리가 묻고 있는 분은 당신도 잘 알고 있겠지만, 카토니아 왕국의 대공비 마마 되시는 아나스타시아 소피아 알렉산드라 마리 헬레나 올가 엘리자베스입니다."

"오!"

조지가 힘없이 응했다.

그는 카토니아 왕국에 대해 알고 있는 모든 것을 떠올리려고 애를 썼다. 발칸 반도에 위치한 작은 왕국이었는데 그곳에서 모종의 혁명이 일어났던 것이 떠올랐다. 조지는 애써 정신을 집중하고는 신이 난 듯 던졌다.

"필경 우리는 같은 사람을 얘기하는 것 같군요. 단지 나만 그 사람을 엘리자베스라고 부르고 말이죠."

젊은 남자가 으르렁댔다.

"한번 붙어 보자는 거야? 그래, 한판 붙자고."

"싸우자고요?"

"결투 말이야!"

"나는 결투 같은 거 안 해요."

조지가 굳게 말했다.

"왜 안 해?"

상대가 불쾌한 듯 따졌다.

"다치는 건 정말 싫거든요."

"아하! 그래? 그럼 당신 코라도 부러뜨려 줄까."

젊은 쪽이 사납게 덤벼들었다. 정확하게 무슨 일이 일어났는지 알기는 어려웠다. 그러나 남자는 갑작스럽게 공중에서 반원을 그리더니 꽝 하는 둔탁한 소리와 함께 바닥으로 떨어졌다. 젊은 남자가 얼떨떨한 모습으로 자신을 추슬렀다. 조지가 즐겁다는 듯 빙그레 웃었다.

"내가 말했잖아요. 난 다치는 걸 두려워한다고. '주짓수'를 배워 두길 잘했죠."

잠시 침묵이 흘렀다. 두 외국인은 호감형의 이 젊은 남자를 의심스럽게 쳐다보았다. 희희낙락 태연한 모습 뒤에 위험한 성질이 숨어 있지나 않을까? 섬광처럼 의심이 솟구쳤다. 젊은 튜턴족의 얼굴이 격노에 못 이겨 하얗게 변하더니 씩씩댔다.

"당신, 후회할 거요."

그러나 나이 든 남자는 기품을 지키고 말했다.

"그게 마지막으로 할 말입니까, 롤런드 경? 대공비 마마가 어디에 계신지 알려 주기 싫다는 거죠?"

"글쎄 나도 모르는 일이라니까요."

"설마 나더러 그 말을 믿으라는 건 아니겠죠."

"원래 남의 말을 잘 못 믿는 성격이 아닌가요, 선생."

또 다른 이가 머리를 흔들어 대면서 웅얼거렸다.

"이게 끝은 아니야. 다시 연락하겠소."

두 남자가 자리를 떠났다.

조지는 한 손을 들어 이마를 문질렀다. 사건이 숨 돌릴 틈도 없이 진행되고 있었다. 유럽의 1등급 스캔들에 휘말려 든 게 분명했다.

"어쩌면 또 다른 전쟁을 의미할지도 몰라."

조지가 희망에 차서 말했다. 그러고는 검은 턱수염의 남자가 어찌고 있는지 알아보려고 샅샅이 뒤지며 다니기 시작했다.

조지는 커머셜룸 구석에 앉아 있는 남자를 발견하고 다른 쪽 구석으로 가서 앉았다. 3분 가량 지났을 때 검은 턱수염 남자가 일어서서 자신의 객실 쪽으로 향했다. 조지는 그를 쫓아가서 상대가 방 안으로 들어가 문을 닫는 것까지 지켜보았다. 조지가 안도의 한숨을 내쉬었다.

"나도 이제 좀 자야지. 정말 피곤해."

그때 끔찍한 생각이 뇌리를 때렸다. 만약 조지가 뒤를 밟고 있다는 것을 검은 턱수염 남자가 눈치챘다면? 만일 조지가 곤히 잠든 한밤중에 몰래 빠져나간다면? 얼마간 고민 끝에 이 난국을 타개할 한 가지 방안을 떠올렸다. 조지는 곧장 양말 하나를 골라 올을 줄줄 풀어서 기다란 자연색상의 양모사 한 가닥을 얻어냈다. 그러고는 인지 종이로 그 양모사 한쪽 끝을 상대방 문의 먼 쪽에 붙이고 그 실을 들고 복도를 가로질러 자기 방으로 돌아왔다. 조지는 양모사의 또 다른 끝을 작은 은종에 매달았다. 그 종은 지난밤 여흥의 유물이었다. 조지는 자신이 설치한 것을 만족스럽게 살펴보았다. 만에 하나 검은 턱수염 남자가 빠져나가려고 해도 벨 소리를 듣고 알아챌 수 있을 것이다.

문제를 해결한 조지는 지체 없이 침대를 뒤져 베개 밑에 은밀히 모셔 둔 작은 봉투를 꺼냈다. 그는 짧은 순간 공상에 잠겼다.

'아나스타시아 소피아 마리 알렉산드라 올가 엘리자베스. 오! 세상에, 그런 여자일 줄이야! 거참 궁금하군······.'

돌아가는 상황을 이해해 보려고 애를 태우느라 조지는 곧바로 잠들지 못했다.

'도대체 어떻게 된 일이지? 도피 중이라는 대공비, 봉인된 봉투, 그리고 검은 턱수염 남자. 그들 사이에는 무슨 관계가 있을까? 대공비는 무엇으로부터 몸을 숨기고 있는 걸까? 예의 봉인된 봉투가 나에게 있다는 사실을 그 외국인들은 알고 있었을까? 봉투 안에는 무엇이 들어 있을까?'

전혀 길이 보이지 않아 초조해진 조지는 이러한 문제들을 곰곰이 생각하다 어느새 잠에 빠져들었다.

조지가 잠에서 깬 것은 어렴풋이 울리는 종소리를 듣고서였다. 깨어나자마자 움직이는 류의 인간이 못 되는 그가 상황을 깨닫기까지는 1분 30초가 걸렸다. 불현듯 벌떡 일어난 조지가 슬리퍼를 신고 최대한 주의를 기울여 문을 연 뒤 복도로 빠져나갔다. 통로 맨 끝 쪽에서 흐릿하게 움직이는 그림자 조각이 남자가 어디로 가는지 보여 주었다. 되도록 소리가 나지 않게 움직이면서 조지는 상대의 뒤를 밟았다. 검은 턱수염 남자가 욕실로 사라지는 것을 겨우 때맞춰 볼 수 있었다. 그 사람의 방 바로 맞은편에도 욕실이 있다는 것을 생각해 볼 때 좀 이상한 일이었다. 욕실 문은 마침 조금 열려 있었다. 조지가 문 가까이 다가가 틈새로 들여다보니 남자가 욕조 옆에서 무릎을 꿇고 앉아 욕조 바로 뒤 굽도리 널에다 뭔가를 하고 있었다. 남자는 그곳에서 5분 가량 머물러 있다가 마침내 일어섰고 조지 역시 슬며시 물러났다. 조지는 방문의 그늘에 숨어서 남자가 앞을 지나쳐 자신의 방 안으로 들어가는 것을 지켜보았다.

"음, 좋아. 욕실의 미스터리는 내일 아침에 조사하지, 뭐."

조지는 침대에 올라 예의 소중한 봉투가 거기 그대로 있는지 확인해 보려고 베개 밑으로 손을 밀어 넣었다. 다음 순간 그는 허겁지겁 침대보를 모두 뒤집어 흔들었다. 봉투는 그 자리에 없었다.

이튿날 아침, 조지는 슬픔에 잠겨 달걀과 베이컨을 먹는 둥 마는 둥 했다. 그는 엘리자베스가 믿고 맡긴 소중한 봉투가 없어지도록 방치했다. 게다가 '욕실의 미스터리'는 사건과 전혀 상관 없어 보였다. 의심할 나위 없이 조지는 웃음거리가 되고 말았다.

아침 식사를 마치고 조지는 다시 위층으로 향했다. 객실 담당 여급이 몹시 당황한 얼굴로 통로에 서 있었다.

"무슨 문제가 있나요, 아가씨?"

조지가 친절하게 물었다.

"예, 선생님. 이 방 손님 말예요. 그분이 8시 30분에 깨워 달라고 했거든요. 그런데 아무런 대답이 없는 거예요. 문도 잠겨 있어요."

"그럴 리가 있나요."

조지가 응했다. 순간 뭔가 불안한 느낌이 가슴속에서 솟구쳤다. 조지는 서둘러 자기 방으로 들어갔다. 그리고 전혀 예기치 못했던 것과 맞닥뜨리면서 그가 그렸던 일체의 계획은 그 자리에서 유보되었다. 바로 거기, 보조 탁자 위에 전날밤 도난당했던 작은 봉투가 있었던 것이다.

조지는 봉투를 집어 들어 신중히 살펴보았다. 봉투는 틀림없이 똑같은 것이었다. 그런데 봉인이 뜯겨져 있었다. 조지는 아주 잠깐 망설이다가 봉투를 풀었다. 다른 사람들도 내용물을 열어 본 마당에 조지가 그것을 보지 말아야 할 까닭이 없었다. 게다가 내용물이 없어졌을 가능성도 있었다. 봉투 속의 종이를 풀어 보니 보석 케이스로 쓰이는 것과 같은 작은 판지 상자가 나왔다. 상자 안에는 면모(綿毛) 받침 위로 평범한 결혼 금반지가 얹혀져 있었다.

조지는 반지를 집어 들어 살펴보았다. 반지 안쪽에는 어떠한 문자나 기호도 새겨져 있지 않았다. 다른 결혼반지와 구별해 줄 수 있는 표시도 일절 없었다. 조지는 머리를 두 손으로 감싸 쥐고서 신음했다.

"미쳤어. 바로 그거야. 아주 미쳐 버렸다고. 제정신이 아니야."

불현듯 여급의 말이 떠올랐다. 그 순간 조지의 시선이 창문 밖에 있는 널찍한 난간으로 향했다. 그것은 조지가 평소에 시도할 수 있는 묘기는 아니었다. 하지만 호기심과 분노에 사로잡힌 그에게 어려움이나 위험 따위는 방해가 되지 않았다. 조지가 난간으로 뛰어

올랐다. 잠시 후 검은 턱수염 남자가 쓰던 방이 들여다 보였다. 창문은 열린 채였고, 방은 텅 비어 있었다. 조금만 더 가면 소방용 탈출구였다. 남자가 어떻게 사라졌는지는 분명해졌다.

조지가 창문을 통해 방으로 뛰어들었다. 사라진 남자의 소지품들이 여전히 여기저기 흩어져 있었다. 그것들 가운데 이 문제를 어느 정도 풀어 줄 수 있는 실마리가 있을지 몰랐다. 조지는 헝클어진 여행 가방의 내용물부터 시작해서 여기저기 뒤져 보았다.

조지가 움직임을 멈춘 건 어떤 소리 때문이었다. 아주 작은 소리였으나 의심할 나위 없이 방 안에서 나고 있었다. 조지의 시선이 커다란 옷장으로 옮겨 갔다. 조지가 손잡이를 틀어 문을 열자, 한 남자가 안에서 튀어나와서는 곧장 조지에게로 달려들었다. 상대는 하잘것없는 적수가 아니었다. 조지가 아는 온갖 특별한 기술들도 별로 쓸모가 없었다. 두 사람은 완전히 지쳐서야 서로 떨어졌다. 조지는 그제야 적수가 누구인지 확인할 수 있었다. 그는 다름 아닌, 식당에서 본 황갈색 콧수염의 키 작은 남자였다.

"당신, 도대체 뭐 하는 사람이에요?"

조지가 요구했다.

상대는 대답 대신 신분증을 꺼내어 조지에게 내밀었다. 조지가 소리 내어 그것을 읽었다.

"런던 경시청 소속 경감, 제럴드."

"예, 그렇습니다, 선생. 지금 상황이 어떻게 돌아가고 있는지 아시는 대로 말씀해 주실 수 있으신가요?"

조지가 조심스럽게 응했다.

"그러죠. 당신 말대로 하는 게 좋겠군요. 그 전에 우리 좀 편한 장소로 자리를 옮길까요?"

그들은 조용한 호텔 바의 구석에 앉았고 조지가 아는 바를 털어놓았다. 제럴드 경감은 공감을 하며 주의 깊게 들었다. 조지가 이야기를 끝내자 제럴드가 이렇게 받았다.

"당신이 말한 것처럼 몹시도 헛갈리는군요, 선생. 얽히고설킨 수많은 사연들에 도대체 종잡을 수가 없어요. 그렇지만 한두 가지 밝혀 드릴 수 있는 게 있어요. 나는 당신이 말한 검은 턱수염의 뒤를 쫓아 이곳에 왔습니다. 그의 이름은 마르덴버그입니다. 그런데 당신이 불쑥 나타났죠. 당신이 그런 식으로 그 사람을 지켜보는 걸 알아차리니 당신이 의심스러워지더군요. 하지만 나는 당신을 따라잡는 데 실패했어요. 지난밤 당신이 방을 나갔을 때, 나는 당신 방으로 몰래 들어갔어요. 당신 베개 밑에서 작은 봉투를 몰래 빼낸 사람이 바로 나예요. 하지만 봉투를 열어 보니 찾고 있던 물건이 아니었죠. 그래서 지체 없이 그 봉투를 당신의 방에 도로 갖다 놓았던 것입니다."

조지가 신중하게 받았다.

"이제야 뭔가 좀 보이기 시작하는군요. 결국 나는 지금까지 바보짓만 한 것 같고요."

"저는 그렇게 생각하지 않습니다, 선생. 당신은 초심자로서는 보기 드물게 잘했어요. 마르덴버그가 굽도리 널 뒤에 감춰 둔 것을 오늘 아침에 들고 나왔다고 하셨지요?"

조지가 우울하게 답했다.

"예, 하지만 그것은 형편없는 연애편지였어요. 빌어먹을, 못난 놈의 사생활이나 들춰내려고 헤매고 다닌 것은 아니란 말입니다."

"제가 좀 볼 수 있을까요, 선생?"

조지가 주머니에서 접힌 편지를 꺼내어 경감에게 건넸다. 경감이 그 편지를 펴 보았다.

"당신이 말한 대로군요. 하지만 시각을 조금만 달리해서 보면, 전혀 새로운 결과가 나올 수도 있거든요. 그리고 선생, 이것은 포츠머스항 방위 계획입니다."

"뭐라고요?"

"우리는 얼마간 마르덴버그를 감시했어요. 한데 그 사람은 우리가 상대하기에는 무척 영리한 친구였어요. 여자 하나를 전면에 내세우고, 더러운 일은 대부분 그녀에게 시켰으니까요."

조지가 가느다란 목소리로 받았다.

"여자요? 그 여자, 이름이 어떻게 됩니까?"

"그 여자는 여러 가지 이름으로 부른답니다. 가장 널리 알려진 이름은 베티 브라이트아이스. 미모가 아주 두드러지는 젊은 여자죠."

조지가 받았다.

"베티 브라이트아이스……. 감사합니다, 경감님."

"실례합니다만, 선생. 안색이 안 좋아 보이는데요."

"기분이 썩 좋질 않아요. 사실 아주 불편하군요. 내일 첫 기차를 타고 돌아가는 게 나을 것 같습니다."

경감이 자신의 손목시계를 쳐다보았다.

"하지만 그건 완행열차 같은데요. 좀 기다렸다가 급행열차를 타시죠."

조지가 쓸쓸하게 받았다.

"상관없어요. 어제 내가 타고 왔던 열차보다 더 느린 건 없을 겁니다."

이튿날, 다시 한번 1등 객차에 몸을 실은 조지는 한가로이 앉아 그날 신문 기사를 살펴보고 있었다. 불현듯 조지가 바짝 당겨 앉아, 코앞의 신문 지면을 응시했다.

어제 런던에서 낭만적인 결혼식이 있었다. 악스민스터 후작의 둘째 아들인 럴란드 게이프 경이 카토니아 왕국의 대공비 아나스타시아와 결혼했다. 결혼식은 지극히 은밀하게 거행되었다. 대공비는 카토니아에서 소요 사태가 일어난 뒤, 파리에서 삼촌과 같이 살고 있었다. 그녀는 럴란드 경이 카토니아 주재 영국대사관의 서기관이었을 때 그를 만났고, 그들의 관계는 그때부터 시작되었다.

"이거, 정말……."

조지는 자신의 심정을 표현해 줄 만한 강렬한 단어를 생각해 낼 수 없었다. 그는 계속 허공만 바라보았다. 그때 기차가 작은 역에 정차했고 어떤 숙녀가 올라탔다. 그녀는 조지의 맞은편에 앉았다.

"좋은 아침, 조지."

여자가 달콤하게 속삭였다.

"이게 누구야! 엘리자베스!"

조지가 소리 질렀다. 엘리자베스는 조지를 보며 빙그레 웃었다. 가능한 표현인지는 몰라도 그녀는 어느 때보다 더 사랑스러웠다.

조지가 머리를 쥔 채 외쳤다.

"이봐요. 제발 얘기 좀 해 봐요. 당신은 대공비 아나스타시아예요, 아니면 베티 브라이트아이스예요?"

그녀가 조지를 응시했다.

"둘 다 아니랍니다. 나는 엘리자베스 게이프예요. 이제 모든 걸 말씀드릴 수 있어요. 사과 드릴 일도 있고요. 아실지 모르겠지만, 우리 오빠인 럴란드는 언제나 알렉사를 사랑해 왔어요……."

"대공비를 말씀하시는 겁니까?"

"예, 그래요. 가족들은 그렇게 부르죠. 그러니까, 말씀드렸듯이 럴란드는 늘 알렉사를 사랑했어요. 알렉사도 오빠를 좋아했고요. 그런 와중에 혁명이 일어났죠. 그리고 알렉사는 파리로 갔어요. 두 사람은 관계를 매듭지으려고 했어요. 바로 그때 쉬투름 수상이 나타나 알렉사를 데려갔죠. 여드름투성이의 사촌인 칼 왕자와 억지로 결혼시키려고요."

"그 사람, 만난 적이 있는 것 같은데요."

"알렉사가 아주 싫어하는 사람이죠. 게다가 알렉사의 삼촌인 늙은 우스릭 왕자는 럴란드를 다시 못 만나게 했어요. 그래서 알렉사는 영국으로 도망쳤고 내가 그녀를 찾아가 만났지요. 그 뒤 스코틀랜드에 있던 럴란드에게 전보를 쳤어요. 마지막 순간, 우리는 택시를 타고 결혼 등기소로 가고 있었어요. 바로 그때, 또 다른 택시에 앉아 있던 사람과 정면으로 마주쳤어요. 그게 누구겠어요, 늙은 우스릭 왕자가 아니라면 말예요. 우리를 쫓아온 것이었어요. 우리는 그때 어찌할 바를 몰랐어요. 우스릭 왕자가 노발대발 난리를 피울지 몰랐으니까요. 어쨌든 그는 알렉사의 보호자였거든요. 그때 꽤 쓸 만한 아이디어가 떠올랐어요. 알렉사와 내가 옷을 바꿔 입는 것이었죠. 사실 요즘 여자들은 코 말고는 아무것도 안 보이잖아요. 나는 알렉사의 빨간 모자와 다갈색 랩코트를 걸쳤고, 그녀는 내 옷을 입었어요. 그러고 나서 기사에게 워털루로 가자고 했어요. 워털루에 도착했을 때 나는 택시를 빠져나와 급히 역으로 달려갔죠. 늙은 우스릭은 제대로 빨간 모자 뒤를 밟았어요. 택시에서 웅크리고 앉아 있던 다른 손님은 미처 생각하지 못했던 거예요. 물론 내 얼굴을 봐도 소용이 없었을 거예요. 아무튼 나는 바로 당신의 객차로 뛰어들었고, 나머진 당신의 손에 맡겼던 것이랍니다."

"거기까진 잘 알겠습니다. 문제는 나머지 부분이에요."

"잘 알고 있어요. 바로 내가 사과해야 할 부분이죠. 당신이 지나치게 언짢아하지 않았으면 해요. 아실지 모르겠지만, 당신은 가령 책에서 나오는 것 같은 진짜 미스터리를 무척이나 강렬하게 원했어요. 나로서도 그 유혹을 뿌리칠 수 없었고요. 나는 승강단에서 좀 못되 보이는 남자를 골랐고, 당신더러 그를 추적하라고 했죠. 그런 다음 당신에게 작은 봉투를 내밀었고요."

"결혼반지가 들어 있는."

"예, 그래요. 알렉사와 내가 산 거죠. 스코틀랜드에 있던 럴란드는 결혼식 바로 전까지 이곳에 올 계획이 없었거든요. 그리고 물론 내가 런던에 닿을 때쯤엔 그들이 그 반지를 원하지 않을 거라고 생각했죠. 아마도 커튼 고리 같은 걸 결혼반지로 사용하지 않을까요?"

"아, 그랬군요. 모든 게 이렇다니까요. 알고 나면 아주 간단하단 말이죠! 자, 괜찮으시다면, 엘리자베스."

조지가 엘리자베스의 왼쪽 장갑을 벗겼다. 아무것도 끼고 있지 않은 무명지를 확인한 조지가 안도의 한숨을 내뱉었다.

"잘됐어요. 결국 반지가 내버려질 일은 없겠네요."

엘리자베스가 탄성을 질렀다.

"오! 하지만 나는 당신에 대해 아무것도 모르는걸요."

"내가 얼마나 다정한지 알잖아요. 그건 그렇고, 방금 좋은 생각이 떠올랐어요. 당신은 이제 '레이디' 엘리자베스 게이프예요."

"조지, 당신 속물인가요?"

"사실은 좀 그래요. 내 궁극적 꿈은 조지 왕조차 나한테서 거액을 빌릴 정도로 부자가 되는 거죠. 하지만 지금 떠올린 건 삼촌이에요. 최근에 관계가 소원해졌거든요. 삼촌은 무시무시한 속물이에요. 내가 당신과 결혼해서 우리가 문중의 칭호를 갖게 된다는 걸 알게 되면, 그 즉시 나를 동업자로 모실 거예요!"

"오! 조지, 그분 아주 부자예요?"

"엘리자베스, 당신 돈에 따라 움직이는 사람인가요?"

"그럼요. 돈 쓰는 걸 좋아해요. 하지만 그보다 우리 아빠를 생각했어요. 딸 다섯을 둔 우아함 가득한 귀족 계층……. 아빠는 부유한 사위를 열망하셨어요."

"흠, 이거야말로 하늘에서 이루어지고, 땅에서 승인한 결혼 아닌가요? 우리 롤런드 캐슬에서 살까요? 거기 사람들은 분명히 나를 시장으로 추대할 거예요. 당신은 시장 부인이 되는 거예요. 오! 엘리자베스, 내 사랑! 이러면 법에 위배되겠지만, 그래도 당신한테 키스를 해야겠어요!"

6펜스의 노래

I

왕이 임명한 칙선 변호사 에드워드 팰리저 경은 퀸앤스클로즈 9번지에 살았다. 퀸앤스클로즈는 막다른 지역으로, 웨스트민스터의 한가운데 있으면서도 20세기의 소란으로부터 벗어나 평화롭고 오래된 구시대의 분위기를 애써 지켜 나가고 있었다. 그곳은 에드워드 팰리저 경에게 더할 나위 없이 알맞은 공간이었다.

에드워드 경은 당대 최고로 저명한 형사 변호사 가운데 한 사람이었다. 이제 더 이상 법정 일을 하지 않는 에드워드 경은 범죄 관련 서적을 모으는 걸 삶의 낙으로 삼았다. 본인이 직접 『악명 높은 범죄자들에 관한 기록』이라는 책을 쓰기도 했다.

어느 특별한 저녁, 에드워드 경은 서재의 난로 앞에 앉아 최고급

특선 블랙커피를 마시고 있었다. 롬브로소(이탈리아 범죄학자 — 옮긴이)의 책을 읽던 그가 고개를 저었다. 매우 독창적인 이론들이지만, 너무나 시대에 뒤떨어진 이야기였다.

그때, 방문이 거의 소리 없이 열렸고, 잘 훈련받은 하인인 아머가 두꺼운 털 융단을 밟으며 가까이 와서 조심스럽게 속삭였다.

"젊은 숙녀분이 만나 뵙고 싶어 합니다, 주인님."

"젊은 숙녀?"

에드워드 경은 짐짓 놀랐다. 일상적인 것과는 동떨어진 일이었다. 일순 조카딸인 에셀일지 모른다고 생각했지만, 그랬다면 아머가 에셀이 왔다고 얘기했을 것이었다.

에드워드 경이 신중하게 물었다.

"숙녀분께서 이름을 밝히지 않던가?"

"아니요, 하지만 주인님이 반드시 만나고 싶어 할 거라고 말씀하셨습니다."

"안으로 모시고 오게나."

에드워드 팰리저 경은 호기심이 이는 걸 느꼈다.

짙은 색 피부에 키가 큰 30살 가량의 여자가 방으로 들어왔다. 작은 검정 모자에 검은 코트와 치마를 말쑥하게 차려입은 그녀는 에드워드 경에게 다가와 손을 내밀었다. 그녀의 얼굴엔 상대를 알아보고 있다는 낯빛이 역력했다. 아머가 자기 뒤의 문을 소리 없이 닫고 물러갔다.

"에드워드 경, 저를 아시겠나요? 제 이름은 맥덜린 보건입니다."

"아, 물론이죠."

그가 상대가 내민 손을 따뜻하게 잡았다.

이제 에드워드는 상대를 완벽하게 기억해 냈다. 태곳적만큼이나 오래된 일로 느껴지는 미국으로부터의 귀국 여행! 당시 만났던 그 매력적인 아이를. 맥덜린은 그때 어린아이나 다름없었다. 에드워드는 그 아이를 좋아했다. 이제야 기억이 났다. 분별 있는 지긋한 나이의 신사다운 방식으로. 맥덜린 보건은 눈이 부시게 젊었다. 그토록 열정적이며, 영웅 숭배와 감동이 가득 넘쳤던 아이는 그렇게 예순이 가까운 남자의 마음을 사로잡았었다. 그런 기억을 떠올리려니 상대방 손을 마주 잡은 손에 온기가 더해졌다.

"이거 정말 반가워요. 자, 앉아요."

에드워드가 맥덜린에게 안락의자를 권했다. 편안한 분위기에서 이야기하며 에드워드는 그녀가 왜 자신을 찾아왔을까 궁금해하고 있었다. 마침내 소소한 이야기를 이어 가던 에드워드가 말을 멈추자, 침묵이 찾아왔다.

맥덜린은 의자 팔걸이 위에서 손을 쥐었다 폈다 되풀이했고, 혀로 두 입술을 축였다. 그러다 별안간 이야기를 꺼냈다.

"에드워드 경, 저를 좀 도와주세요."

느닷없는 얘기에 에드워드가 놀라 기계적으로 웅얼거렸다.

"예?"

맥덜린이 더욱 세세하게 이야기를 이었다.

"저한테 말씀하셨죠? 제가 만일 도움이 필요하면, 선생님이 저를 위해서 해 줄 수 있는 일이 있다면, 해 주시겠다고 말예요."

그렇다, 에드워드는 그런 말을 했다. 누구라도 그렇게 말할 수 있을 것이었다. 특히 헤어지는 순간이라면. 에드워드는 자기 목소리가 끊어진 순간을 기억하고 있었다. 그녀의 손을 들어 올려 자신의 입술에 맞추던 것을.

"만일 내가 해 줄 수 있는 일이 있다면……. 기억해요, 정말입니다……."

그렇다, 누구나 그런 말을 한다……. 그렇지만 그 말을 꼭 실행해야만 하는 경우는 아주아주 드물었다. 하물며 10년 가까이 지난 뒤에는 더욱 그랬다. 에드워드가 맥딜린을 흘긋 보았다. 그녀는 여전히 아주 잘생긴 모습이었다. 그러나 예전에 느꼈던 그녀의 매력은 사라지고 없었다. 손을 타지 않은 이슬 같은 젊음. 어쩌면 현재의 얼굴이 더 흥미로울 수도 있다. 젊은 남자라면 그렇게 생각했을지도 몰랐다. 그러나 에드워드 경은 대서양 항해가 끝날 무렵에 느꼈던 따듯함과 감정의 물결을 좀처럼 다시 느낄 수 없었다.

그의 얼굴이 뭔가 사리는 듯 딱딱해졌다. 그러나 곧 에드워드가 다소 활기차게 말을 이었다.

"좋습니다, 경애하는 아가씨. 내 힘이 닿는 일이라면 무엇이든 기꺼이 해 드리리다. 요즘 내가 누구한테든 변변한 도움이라도 줄 수 있을지 모르겠습니다만."

에드워드가 빠져나갈 길을 준비하고 있었는지는 모르나, 맥딜린은 전혀 눈치채지 못했다. 그녀는 한 번에 한 가지밖에 보지 못하는 사람이었고, 바로 그 순간 맥덜린이 본 것은 그녀 자신의 욕구였다. 그녀는 도와주겠다는 에드워드 경의 뜻을 당연하게 받아들였다.

"저희에게 큰 문제가 생겼어요, 에드워드 경."

"저희라고요? 당신, 결혼했나요?"

"아니요. 저희 오빠와 저를 말했던 거예요. 오! 물론 당숙과 당숙모도 포함되죠. 설명을 드려야겠네요. 저에겐 대고모님이신 크랩트리 양이 계세요…… 아니, 계셨어요. 에드워드 경께서도 신문에서 그분에 관해 읽어 보셨을 거예요. 정말 끔찍해요. 그분은…… 살해당하셨죠."

관심의 섬광이 에드워드 경의 얼굴을 밝혔다.

"아! 약 한 달 전이었죠?"

맥덜린이 끄덕였다.

"그보다는 조금 덜 됐어요. 3주 지났죠."

"예, 기억나는군요. 집에서 머리를 가격당했다죠. 용의자는 아직 붙잡히지 않았고요."

맥덜린 보건이 다시 고개를 끄덕였다.

"아직 그 사람을 붙잡지 못했어요. 어쩌면 영원히 붙잡을 수 없을 거 같아요. 붙잡아야 할 사람이 없을지도 모른다고요."

"뭐라고요?"

"예, 섬뜩한 일이죠. 신문에서는 그런 걸 일절 보도하지 않았어요. 하지만 경찰은 그렇게 생각하고 있어요. 그날 밤 집엔 아무도 들어오지 않았다는 거예요."

"그렇다면?"

"저희 넷 가운데 한 사람이라는 거죠. 틀림없다는 거예요. 그게 누구인지 사람들도 모르고, 저희들도 모르고……. 어쨌든 저희는 몰라요. 그래서 저희는 뒤가 구린 사람처럼 의아해하며 그저 서로 쳐다만 보고 있답니다. 오! 누군가 외부인의 소행이기를! 하지만 그렇게 보기는 어려우니……."

에드워드 경이 이야기 속에 더욱 빠져들어서 맥덜린을 응시했다.

"식구들이 혐의를 받고 있다는 말씀이죠?"

"예, 바로 그거예요. 물론 경찰이 그렇게 말하지는 않았어요. 그들은 아주 공손하고 친절하게 행동했어요. 그렇지만 집 안을 샅샅이 뒤졌고, 하녀인 마서를 비롯해 우리 모두를 거듭 심문했어요. 그러고도 범인이 누구인지 밝혀내지 못해서 이제는 손을 놓고 있어요. 정말 무서워요. 아주 끔찍하게 두렵다고요……."

"자, 맥덜린 양. 그만, 그만. 너무 그렇게 과장하지는 말아요."

"아녜요, 과장이 아니라고요. 저희 네 사람 중 하나예요. 틀림없어요."

"당신이 말하는 네 사람은 누군가요?"

맥덜린이 똑바로 앉아 침착하게 말했다.

"먼저 저와 쌍둥이 오빠인 매튜가 있어요. 릴리 크랩트리 대고모님은 저희 할머니의 여동생이셨죠. 저희는 14살 때부터 대고모님과 같이 살았답니다. 그리고 윌리엄 크랩트리 당숙이 계세요. 대고모님의 조카이신데 말하자면 대고모님 오빠의 아들이죠. 그분 역시 부인인 에밀리와 함께 저희랑 살아요."

"대고모님께서 그들에게 경제적인 도움을 주셨나요?"

"어느 정도는요. 하지만 윌리엄 당숙께서도 돈은 약간 가지고 있어요. 좀 몸이 약한 편이라 그냥 집에서 지내시긴 해도요. 그분은 꽤 조용하고, 일종의 몽상가라고 할 수 있죠. 그분이 그런 일을…….오! 그건 불가능한 일이라고 확신해요. 그런 생각조차 섬뜩한걸요!"

"나는 아직도 전혀 감이 잡히지 않아요. 전체적인 사실들을 쭉 한 번 설명해 줄 수 있겠어요? 괜찮다면 말예요."

"그렇게 하죠. 그렇지 않아도 말씀드리고 싶었어요. 아직도 그 모든 게 생생해요. 끔찍스럽게 뚜렷해요. 그날 저희는 차를 같이 마셨어요. 그리고 모두들 자기 볼일을 보려고 흩어졌지요. 저는 재봉틀을 돌리고 있었고 매튜는 기사를 타이핑하고 있었죠. 오빠는 기고 관련 일을 하거든요. 윌리엄 당숙은 우표와 씨름하고 있었고요. 에밀리 당숙모는 차를 마시러 내려오지 않았어요. 두통약을 먹고 자리에 누워 있었거든요. 그렇게 모두 나름대로 할 일이 있어 바빴지요. 그리고 7시 30분이 되어 저녁 식사를 차리기 위해 주방에 갔던 마서가 죽어 있는 대고모님을 발견했어요. 대고모님의 머리는……오! 끔찍하게도 온통 짓눌려 있었어요."

"흉기는 발견되었나요?"

"예. 문 옆 탁자에 늘 놓여 있던 묵직한 문진이었어요. 경찰이 그걸 가져가 지문 채취 작업을 했지만 아무것도 나오지 않았죠. 누군가 깨끗이 지워 버린 거예요."

"당신들은 처음에 어떻게 생각했죠?"

"물론 저희는 강도의 소행이라고 생각했어요. 책상 서랍 두세 개가 열려 있었거든요. 마치 뭔가 찾아내려고 했던 것처럼 말예요. 예, 그래요. 강도라고 생각했어요. 이어서 경찰이 찾아왔고, 대고모님께서 최소한 1시간 전에 돌아가셨다고 말했어요. 경찰은 누군가 집에 들어온 사람이 있었는지 마서에게 물었고, 마서는 없다고 대답했죠. 게다가 모든 창문은 안쪽에서 굳게 잠겨 있었고, 뭔가 함부로 흩트린 흔적은 전혀 찾아 볼 수 없었어요. 이어서 경찰들이 저희에게 질문을 던지기 시작했죠……."

맥덜린이 멈추었다. 그녀의 가슴이 벌떡거렸다. 놀라고 애원하는 듯한 두 눈이 위안을 받으려는 듯 애써 에드워드 경의 눈을 바라보았다.

"대고모님의 죽음으로 이익을 얻을 사람이 있나요?"

"그건 간단해요. 모두 똑같이 혜택을 받아요. 대고모님은 저희 네 사람들에게 똑같은 몫의 돈을 남겼거든요."

"그렇다면 그녀의 부동산 가치는 얼마나 되죠?"

"변호사에 따르면 유산세를 내고 나면 8만 파운드 가량 된다고 해요."

좀 놀란 듯 에드워드 경의 두 눈이 휘둥그레졌다.

"상당한 금액이군요. 대고모님의 재산 총액을 알고 있었죠?"

맥덜린이 고개를 가로저었다.

"아뇨, 저희 모두가 꽤 놀랐는걸요. 대고모님은 언제나 돈에 관해서라면 몹시도 신중하셨어요. 하인도 마서 단 하나만 두었고, 경제 문제에 관해서는 늘 말씀을 많이 하셨죠."

생각에 잠긴 에드워드 경이 고개를 끄덕였다. 맥덜린이 의자에 앉아 몸을 앞으로 좀 숙였다.

"선생님, 저를 도와주실 거죠, 그렇죠?"

맥덜린의 이야기 자체에 흥미를 느끼기 시작한 순간 튀어나온 그 한마디는 에드워드 경에게 불쾌한 충격으로 다가왔다.

"맥덜린 양······. 제가 무슨 일을 할 수 있겠습니까? 훌륭한 법률 자문을 원한다면, 괜찮은 사람을 소개해 줄 수 있습니다."

맥덜린이 가로막고 나섰다.

"제가 원하는 것은 그런 종류의 도움이 아니에요. 저를 개인적으로 도와주실 수 없겠어요? 친구로서."

"참 우아한 생각이네요, 그렇지만······."

"저희 집에 좀 와 주셨으면 해요. 오셔서 저희들에게 질문해 주세요. 에드워드 경께서 직접 보시고 손수 판단해 주시길 바랍니다."

"하지만 맥덜린 양······."

"저와 약속하셨잖아요. 언제, 어디에서나, 도움이 필요하다면······. 그렇게 말하셨어요."

애원하는 듯하면서도 확신에 찬 맥덜린의 두 눈이 상대를 향했다. 부끄러운 한편 신비하게도 에드워드 경의 마음이 움직였다. 그녀의 놀라운 진정성이, 10년 전의 공허한 약속에 대한 절대적 믿음이 신성한 속박처럼 에드워드를 사로잡았다. 얼마나 많은 남자가 그와 같은 말을 했겠는가? 그것은 거의 상투적인 표현이었다! 하지만 그 말을 실천해 달라고 부탁받은 사람이 과연 얼마나 되겠는가?
에드워드가 약간 맥없이 받았다.
"나보다 더 훌륭한 조언을 해 줄 수 있는 사람이 많을 거예요."
"당연히 나한테도 친구는 많아요."
에드워드는 상대방 말 속에 담긴 순진한 자기 확신 때문에 즐거워졌다.
"하지만, 그 가운데 똑똑한 사람은 없어요. 선생님 같은 사람은 없다고요. 선생님은 질문하는 데 익숙한 분이시죠. 그런 경험 때문에 선생님이라면 알아채실 거라고 생각했어요."
"뭘 알아챈단 말이죠?"
"저희 집 사람들이 무죄인지 아니면 유죄인지 말예요."
에드워드가 좀 험상궂게 웃었다. 에드워드는 대개 정말 그와 같은 것들을 알아챘다. 그것이 에드워드가 우쭐해하는 부분이었다. 많은 경우에 에드워드 자신의 의견이 배심원의 의견과 일치하지는 않았지만 말이다.
맥덜린이 모자를 이마 뒤로 신경질적으로 밀어 젖혔다. 그리고 방 안을 획 둘러본 후 말했다.
"여기는 참 조용한 것 같아요. 이따금 좀 시끄러운 게 그립지는 않으신가요?"
막다른 골목! 뜻하지 않게, 아무렇게나 튀어나온 그 말이 에드워드의 아픈 데를 건드렸다. 막다른 곳. 그렇다. 하지만 언제나 나갈 길은 있다. 바로 맥덜린이 들어왔던 길. 세상으로 되돌아가는 바로 그 길이……. 충동적이고 젊은이다운 무언가가 에드워드의 속에서 일었다. 맥덜린의 단순한 신뢰가 에드워드의 가장 좋은 심성에 호소한 것이었다. 그 문제의 특성은 또한 범죄학자로서의 에드워드의 본능을 깨웠다. 에드워드는 맥덜린이 얘기했던 사람들을 만나 보고 싶어졌다. 직접 판단해 보고 싶었다.

"내가 도움이 될 수 있을 거라고 정말 그렇게 확신한다면 돕겠어요. 하지만 그 어떤 것도 보장해 주지는 못합니다."

에드워드는 상대가 신이 나서 어쩔 줄 몰라 할 것이라 기대했다. 그러나 맥덜린은 그의 말을 아주 차분히 받아들였다.

"선생님께서 해 주실 줄 알았어요. 늘 선생님을 진정한 친구라 생각했거든요. 지금 저와 같이 가시겠어요?"

"아닙니다. 내일 방문하는 게 더 나을 것 같군요. 크랩트리 양의 변호사 이름과 주소를 좀 가르쳐 주겠어요? 그에게 몇 가지 질문을 해야 할지도 모르니까요."

맥덜린이 주소를 적어 에드워드에게 건넸다. 이어서 자리에서 일어난 맥덜린이 좀 수줍은 듯 말했다.

"정말, 정말, 대단히 고맙습니다. 안녕히 계세요."

"내가 어디로 찾아가면 되죠?"

"이런 멍청할 데가 있나. 첼시, 팰러타인 워크 18번지예요."

II

이튿날 오후 3시, 에드워드 펠리저 경이 차분하고 정연한 발걸음으로 팰러타인 워크 18번지로 들어섰다. 그사이에 에드워드는 몇 가지 사실을 알아낼 수 있었다. 그는 그날 아침 런던 경시청에 들렀다. 부청장이 에드워드의 옛날 친구였다. 이어서 에드워드는 고 크랩트리 양의 변호사와도 면담했고, 그 결과 상황을 좀 더 뚜렷이 알게 되었다. 돈과 관련한 크랩트리 양의 처리 방식은 조금 특별했다. 그녀는 수표장을 결코 사용하지 않았다. 대신 변호사에게 편지를 보내 특정 금액을 5파운드 지폐로 준비해 놓으라고 시키곤 했다. 금액은 거의 언제나 똑같이 300파운드였고, 1년에 4번이었다. 크랩트리 양은 그 돈을 찾으러 갈 땐 늘 사륜마차를 탔는데, 사륜마차를 유일하게 안전한 운송 수단으로 간주한 까닭이었다. 그 밖에 그녀가 집을 나서는 일은 일절 없었다.

런던 경시청에서 에드워드 경이 확인한 바로 재정 관련 문제는 매우 면밀하게 조사되었다. 사건이 일어난 것은 크랩트리 양이 다음 분할 금액을 가지러 갈 때가 거의 다 되어서였다. 기존의 300파운드는 필경 거의 모두 써 버렸을 것이다. 한데 바로 이것이 쉽사리 확인할 수 없는 부분이었다. 생활비 지출 내역을 검토한 결과, 1분기당 300파운드에 훨씬 못 미치는 것으로 명백히 드러났기 때문이다. 다른 한편 그녀는 곤궁한 친구들이나 인척들에게 5파운드 지폐들을 보내 주곤 했다. 사망 당시 집 안에 많은 돈이 있었는지 여부는 논란의 여지가 있었고 실제로 발견된 돈은 없었다.

팰러타인 워크로 향하는 에드워드 경의 마음속에서 맴돌고 있었던 것은 바로 이러한 의문이었다.

나이가 지긋하고 키가 작은 여자가 사리는 듯한 표정을 지으며, 대문을 열어 주었다. 에드워드는 좁다란 복도 왼편에 있는 대형 거실로 안내되었다. 이어서 맥딜런이 그를 맞으러 나왔다. 에드워드는 상대의 얼굴에 나타난 불안한 긴장의 흔적을 여느 때보다 더 뚜렷이 볼 수 있었다.

"당신이 나더러 질문을 해 달라고 했죠, 그래서 찾아왔습니다."

에드워드 경이 악수를 하며 빙그레 웃고는 말했다.

"먼저, 마지막으로 크랩트리 양을 본 사람이 누구이며 그때가 정확하게 몇 시 몇 분이었는지 알고 싶군요."

"차를 마신 뒤였어요, 5시였죠. 마서가 대고모님과 마지막으로 있었던 사람이고요. 마서는 그날 오후 가계부를 정리했어요. 릴리 대고모님께 거스름돈과 그 정리 내역을 가져다 드렸고요."

"당신은 마서를 믿습니까?"

"오! 절대적으로 믿어요. 마서는 30년간이나 릴리 대고모님과 같이 살았는걸요. 더할 나위 없이 정직한 분이세요."

에드워드 경이 수긍했다.

"또 다른 질문입니다. 당신의 당숙모인 에밀리 크랩트리 부인은 왜 두통약을 먹었습니까?"

"아, 예. 골치가 아팠거든요."

"당연히 그랬겠죠. 내가 묻는 건 아주머니께서 머리가 아팠던 특별한 이유가 있었느냐는 겁니다."

"아, 어느 정도요. 점심때 다툼 같은 게 있었어요. 당숙모는 꽤 신경질적이고 잘 흥분하세요. 그래서 릴리 대고모님과 간혹 싸우곤 했죠."

"그래서 점심때 그런 일이 있었단 말이군요?"

"예, 대고모님께서 하찮은 일에도 좀 까다롭게 구셨어요. 다툼은 아무것도 아닌 데서 시작되었죠. 그러더니 서로 맹렬하게 말을 해대는 것이었어요. 에밀리 당숙모는 필시 마음에도 없는 온갖 이야기들을 쏟아 놓았어요. 이 집을 나가서 다시는 돌아오지 않겠다는 둥, 밥 한술 뜨는 것도 눈치가 보여서 힘이 들었다는 둥, 모두 어리석은 말들뿐이었어요. 대고모님 역시 그녀와 윌리엄 당숙, 두 분이 빨리 짐을 싸서 나갈수록 더 좋다고 응수하셨죠. 하지만 사실상 모두 아무런 뜻도 없는 말이었어요."

"크랩트리 부부가 짐을 꾸려서 나갈 형편이 못 되었기 때문인가요?"

"단지 그 이유만은 아녜요. 윌리엄 당숙은 릴리 대고모님을 좋아했어요. 정말로요."

"어쨌든 그날은 말다툼을 한 날이 아니었나요?"

맥덜린의 안색이 고조되었다.

"제 얘길 하시는 거예요? 제가 패션모델이 되고 싶다고 해서 생긴 다툼 말인가요?"

"대고모님께서 동의해 주셨나요?"

"아니요."

"당신은 왜 모델이 되고 싶었습니까, 맥덜린 양? 그 생활이 꽤 매력적일 것이라고 생각했나요?"

"아니요, 하지만 어떤 일을 하건 여기서 계속 사는 것보다는 더 나을 거예요."

"그래요, 그렇다면 좋습니다. 그러나 이제 당신은 안정적인 수입이 생기게 되었지요, 안 그렇습니까?"

"오! 그래요, 이제 많이 달라졌어요."

맥덜린이 최대한 간단히 사실을 인정했다.

에드워드는 빙그레 웃고는 그 이야기를 더 이상 끌고 나가지 않았다. 그는 대신 다른 이야기를 꺼냈다.

"그리고 당신 오빠도 말다툼을 벌였나요?"

"매튜 말예요? 오! 아니에요."

"그렇다면 대고모님이 없어졌으면 하고 바랄 만한 동기가 전혀 없다고 봐야겠군요?"

에드워드는 상대의 얼굴에 인 순간적인 당황의 빛을 재빨리 알아채었다. 에드워드가 무심결인 듯 던졌다.

"내가 깜박했군요. 매튜는 큰 빚을 졌지요, 그렇지 않습니까?"

"예, 그래요. 가엾은 매튜."

"하지만 이제는 괜찮지 않습니까?"

맥덜린이 한숨을 쉬었다.

"예……. 이제는 안심이죠."

아직도 전혀 보이지 않았다! 에드워드가 서둘러 주제를 바꿨다.
"오촌 당숙과 당숙모, 그리고 오빠가 지금 집에 있습니까?"
"예, 선생님이 오신다고 얘기해 놓았거든요. 모두들 최대한 도와 주겠다고 했어요. 오, 에드워드 경, 그런 느낌이 들어요. 선생님은 곧 알게 될 거예요. 모든 게 다 괜찮다는 것을, 저희 중 누구도 그 일과 관련이 없다는 것을, 그리고…… 결국 외부인의 소행이었다는 것을 말예요."
"나는 기적을 만들어 내는 사람이 아니에요. 진실을 밝혀낼 수는 있지만, 그 진실을 당신이 원하는 대로 만들 수는 없습니다."
"못 만들어요? 선생님은 무슨 일이든 할 수 있을 것 같은데요. 무슨 일이든."
맥덜린이 방을 나갔다. 에드워드는 고개를 갸우뚱거리며 생각했다.
'대체 무슨 뜻으로 그런 말을 했을까? 내가 최후의 보루가 되어 주기를 바라는 걸까? 누구를 위해서?'
에드워드의 명상은 50살 가량 된 한 남자가 들어오면서 중단되었다. 그는 기골이 장대하였으나, 약간 구부정한 모습이었다. 옷차림새는 단정치 못했고, 머리는 아무렇게나 빗은 듯했다. 사람 좋아 보이는 인상이었지만 싱거워 보이기도 하는 남자였다.
"에드워드 팰리저 경? 오! 처음 뵙겠습니다. 맥덜린이 저를 이리로 보냈습니다. 이렇게 저희를 도와주시려고 하시니 정말 고맙습니다. 아무것도 발견할 수 있을 것 같지는 않지만 말입니다. 제 말씀은, 범인을 잡을 수 없을 거라는 얘기죠."

"당신도 강도의 소행이라고 생각한다는 거죠……. 누군가 외부에서 들어온 사람이 있었다?"

"예, 그렇다고 봐야 할 것 같습니다. 가족들 가운데 한 사람은 아니라는 거죠. 게다가 요즘 그런 놈들 꽤 영악스럽거든요. 고양이처럼 벽 같은 걸 타고 올라가질 않나. 어디든 자유자재로 들어갔다 나왔다 하죠."

"당신은 어디에 있었습니까, 크랩트리 씨? 그 비극이 일어났을 때 말입니다."

"저는 우표들 때문에 바빴죠……. 위층의 작은 거실에서요."

"아무 소리도 못 들으셨나요?"

"못 들었습니다. 하지만 저는 뭔가에 빠져 있을 때면 늘 아무것도 듣지 못합니다. 꽤 바보 같지만 그렇습니다."

"당신이 말하는 거실이란 이 방 위에 있습니까?"

"아닙니다, 뒤쪽에 있어요."

출입문이 다시 열렸다. 키가 작고 피부가 흰 여자가 들어왔다. 여자의 두 손이 신경질적으로 씰룩거렸다. 성마르고 들떠 보이는 여자였다.

"윌리엄, 왜 나를 기다리지 않았어요? 내가 기다리라고 했잖아요."

"미안해, 여보, 잊었어. 에드워드 팰리저 경이셔. 에드워드 경, 이쪽은 제 아내입니다."

"크랩트리 부인, 안녕하십니까? 맥덜린 양의 부탁으로 몇 가지 물어보고 있는데 괜찮으시겠죠? 당신들 모두 이 사건의 비밀이 밝혀

지기를 진정으로 갈망한다고 들었습니다."

"물론이죠. 하지만 저는 말씀드릴 게 없어요. 그렇죠, 윌리엄? 사건 당시 저는 자고 있었어요……. 마서가 소리를 질렀을 때야 깨어났고요."

크랩트리 부인은 두 손을 계속 꼼지락거렸다.

"당신 방은 어디에 있나요, 크랩트리 부인?"

"바로 이 위에 있어요. 하지만 나는 아무런 소리도 듣지 못했는걸요. 어떻게 들을 수 있었겠어요? 잠을 자고 있었는데."

에드워드는 그 말 외에는 크랩트리 부인으로부터 아무것도 얻을 수 없었다. 그녀는 아무것도 몰랐다. 아무 소리도 듣지 못했다. 잠을 자고 있었다. 부인은 깜짝 놀란 여자의 완강함으로 그 말만 되풀이했다. 그럼에도 에드워드 경은 그 말이 벌거벗은 진실일 수도(어쩌면, 진실이었을 수도) 있다는 것을 잘 알았다.

에드워드는 이윽고 양해를 구하며 마서에게 몇 가지 질문을 하고 싶다고 말했다. 윌리엄 크랩트리가 나서서 에드워드를 부엌으로 데려다 주겠다고 했다. 에드워드 경은 복도에서 앞문으로 성큼성큼 걸어오는 짙은 피부에 키가 큰 남자와 부딪칠 뻔했다.

"매튜 보건 씨 맞습니까?"

"예, 맞습니다. 하지만 난 시간이 없어요. 약속이 있거든요."

그때 층계에서 누이의 목소리가 들렸다.

"매튜! 오! 매튜, 약속했잖아……."

"나도 알아, 맥덜린. 하지만 안 돼. 지금 봐야 할 친구가 있다고.

그리고 쓸데없는 얘기를 맨날 되풀이해 봐야 무슨 소용이 있겠어. 이미 다 경찰과 한 얘기 아니냐고. 이따위 쇼는 이제 신물이 나."

앞문이 쾅 닫혔다. 매튜 보건은 그렇게 나가 버렸다.

에드워드 경은 주방으로 안내받았다. 다림질을 하고 있던 마서가 다리미를 손에 든 채, 잠시 멈추었다. 에드워드 경이 주방으로 들어오며 자기 뒤의 문을 닫았다.

"보건 양이 저더러 도와 달라고 했습니다. 제가 몇 가지 질문을 해도 괜찮으시겠지요?"

마서가 그를 보더니 고개를 저었다.

"저분들은 상관이 없어요, 선생님. 선생님께서 무슨 생각을 하시는지 알고 있습니다. 그렇지만 이번 경우는 다릅니다. 정말 보기 드물게 점잖은 신사 숙녀분들이세요."

"저 역시 그 점을 의심하지는 않습니다. 하지만 점잖은 것이 그들이 결백하다는 증거는 아니잖습니까?"

"물론 아니겠지요, 선생님. 법이란 재미있어요. 하지만 증거가 있습니다······. 선생님께서 말씀하시는 증거 말예요. 가족들 가운데 누구도 저 모르게 살인을 저지를 수는 없었을 겁니다."

"그러나 분명히······."

"제가 무슨 이야기를 하고 있는지 잘 알고 있어요. 자, 가만, 저 소리 좀 들어 보세요."

'저 소리'란 두 사람의 머리 위에서 들리는 삐걱 하는 소리였다.

"계단입니다, 선생님. 누군가 올라가거나 내려올 때 층계에서 좀 끔찍한 소리가 납니다. 아무리 살금살금 올라가도 소용없어요. 크랩트리 부인은 자기 침대에 누워 있었어요. 크랩트리 씨는 그 진절머리 나는 우표들과 빈둥거리고 있었고요. 맥딜린 양 역시 위층에서 재봉틀을 돌리고 있었습니다. 세 사람 중 누구라도 계단을 따라 내려왔다면, 제가 틀림없이 알았을 겁니다. 그런데 그분들은 내려오지 않았다는 거예요!"

에드워드는 적극적인 자신감으로 이야기하는 마서에게 감동했다.

'아주 훌륭한 증인이야. 마서의 말은 고려해 볼 가치가 있어.'

"당신이 눈치채지 못했을 수도 있잖습니까?"

"저는 알아챌 수밖에 없습니다. 이를테면 사전 통지 없이 알아챈다는 거죠. 어떤 문이 닫히고 누군가 나가는 것을 선생님께서 알아채듯이 말이죠."

에드워드 경이 논거를 바꿨다.

"좋아요. 세 사람에 대해서는 설명이 되었습니다. 하지만 네 번째 가족이 있지요. 매튜 보건 씨 또한 위층에 있었습니까?"

"아니요. 그분은 아래층의 작은 방에 계셨습니다. 주방 바로 옆이죠. 그리고 매튜 씨는 타자를 치고 있었어요. 여기에서 바로 들을 수 있습니다. 타자기는 잠시도 멈추지 않았어요. 단 1분도 중단하지 않았어요, 선생님. 맹세할 수 있어요. 꽤 귀찮고 귀에 거슬리는, 톡톡거리는 소리가 계속 났답니다."

에드워드 경이 잠깐 멈추었다.

"크랩트리 양을 발견한 사람이 당신이었죠?"

"예, 선생님, 맞습니다. 가엾은 머리에 피가 흥건해서는 거기에 누워 계셨어요. 톡톡거리는 매튜 씨의 타자기 소리 때문에 누구도 소리를 듣지 못했죠."

"어느 누구도 집 안으로 들어오지 않았다고 확신하신다고요?"

"저 모르게 어떻게 들어올 수 있겠어요? 종이 여기에서 울리는걸요. 게다가 출입문은 하나밖에 없거든요."

에드워드가 상대의 얼굴을 똑바로 쳐다보았다.

"크랩트리 양과는 돈독했겠군요?"

일말의 오차도 없이 진심 어린 따뜻한 빛이 마서의 얼굴에 일었다.

"예, 진정으로 사모했어요. 하지만 마님을 위해……. 오, 나도 나이가 들었으니 이제는 이야기할 수 있을 것 같아요. 소녀였을 때 저는 어떤 문제에 빠졌어요. 그때 마님께서 제 곁을 지켜 주셨죠. 그리고 모든 문제가 해결되고 난 뒤, 다시 저를 받아들여 주셔서 그분을 모시게 되었어요. 그분을 위해서 죽을 수도 있었습니다. 진실로 그렇게 할 수 있었어요."

마서의 말 속엔 진정성이 담겨 있었다. 그녀는 진심이었다.

"당신이 아는 한, 아무도 문으로 들어오지 않았다는 거죠?"

"누구도 그럴 수 없었을 거예요."

"나는 '당신이 아는 한'이라고 말했어요. 하지만 크랩트리 양이 만약 누군가를 기다리고 있었다면……. 그래서 몸소 문을 열어 주었다면……."

"오!"

마서는 꽤 놀란 듯했다.

"그것도 가능한 일이죠, 그렇죠?"

에드워드 경이 다그쳤다.

"예, 가능한 일이에요……. 하지만 좀처럼 쉽지 않다는 겁니다, 제 말은……."

마서가 놀랐다는 건 확연히 드러났다. 마서는 부정할 수 없었다. 그럼에도 부정하고 싶어 한다. 왜일까? 진실이 다른 데 있다는 걸 알고 있었던 까닭이다. 정말 그럴까? 집 안에 네 사람……. 그중 한 사람이 유죄란 말인가? 마서는 죄지은 그 사람을 숨겨 주려는 걸까? 층계에서 삐걱거리는 소리가 났을까? 누군가 몰래 내려왔고, 마서는 그게 누군지 알고 있었을까? 하지만 마서 자신은 정직하다……. 에드워드 경은 그 점에 관해서라면 확신하고 있었다.

에드워드가 마서를 바라보며 자신의 논점을 압박했다.

"크랩트리 양이 그랬을 수도 있잖습니까? 그 방의 창문에서는 길거리를 내다볼 수 있죠. 그녀는 자신이 기다리던 누군가를, 창문을 통해 볼 수 있었다는 겁니다. 그리고 홀로 나가 그 남자, 혹은 그 여자가 들어오게 문을 열었겠죠. 게다가 아무도 그 사람을 보지 못하기를 바랄 수도 있었고요."

마서가 어쩔 줄 몰라 했다. 그녀는 이윽고, 마지못해 말했다.

"예, 그럴 수 있어요, 선생님. 그 점에 관해서는 저도 생각하지 못했어요. 마님께서 어느 신사를 기다리고 있었다는 거……. 예, 충분히 그럴 수 있겠어요."

마서는 마치 그 가설의 장점을 인식하기 시작한 것 같았다.

"당신이 크랩트리 양을 마지막으로 본 사람이었죠, 맞습니까?"

"예, 그렇습니다. 차 그릇을 치우고 난 뒤였죠. 생활비에서 남은 거스름돈과 영수증 묶음을 마님께 갖다 드렸어요."

"그녀가 당신에게 돈을 줄 때, 5파운드짜리 지폐들로 주곤 했나요?"

마서가 놀란 목소리로 받았다.

"5파운드 지폐 1장이죠, 선생님. 생활비가 5파운드를 초과하는 경우는 없었어요. 제가 꽤 꼼꼼하게 챙겼답니다."

"크랩트리 양은 돈을 어디에 두었나요?"

"확실히 알지는 못합니다, 선생님. 마님의 몸에 지니고 다니셨다고 말씀드려야겠네요. 마님의 까만색 벨벳 가방에 말입니다. 침실 서랍들 가운데 한 곳에 보관했을 수도 있겠죠. 물론 서랍은 잠겨 있고요. 마님은 뭔가 잠그는 것을 아주 좋아하셨어요. 비록 열쇠를 잘 잃어버리셨지만 말이에요."

에드워드 경이 고개를 끄덕였다.

"얼마나 가지고 있었는지 모르시죠? 5파운드짜리 지폐로 말입니다."

"모릅니다, 선생님. 액수가 정확히 얼마인지도 잘 몰라요."

"그녀가 누군가를 기다리고 있다고 암시하는 듯한 말을 하지는 않았습니까?"

"그런 적은 없었습니다."

"확실합니까? 크랩트리 양이 구체적으로 무슨 말을 했나요?"

"아, 예. 마님께서는 고기를 파는 푸주한이 불량배요, 협잡꾼에 불과하다고 하셨어요. 그리고 제가 차를 원래 규정보다 4분의 1파운드 더 들여왔다고 말씀하셨습니다. 이어서 크랩트리 부인이 마가린 먹는 것을 안 좋아하시는 게 터무니없다고 하셨어요. 그리고 제가 거스름돈으로 받은 6펜스 은화 가운데 하나가 마음에 안 든다고 하셨어요. 떡갈나무 잎사귀가 새겨진 새 은화 가운데 하나가 가짜라고요. 마님을 설득하느라 무진 애를 먹었지요. 이어서…… 오, 생선 장수가 화이팅 대구 대신에 해덕 대구를 보냈다고 말씀하셨죠. 그리고 그 얘기를 생선 장수에게 했느냐고 물으시길래, 이야기했다고 대답했어요. 그리고…… 아, 예, 그게 전부인 것 같아요, 선생님."

마서의 이야기로 말미암아 사망한 숙녀의 모습이 에드워드 경에게 선명하게 떠올랐다. 그것은 일찍이 들은 어떠한 다른 묘사에서도 기대하기 어려운 효과였다. 에드워드가 무심결에 물었다.

"비위 맞추기가 좀 까다로운 분이었죠?"

"약간 까다로웠죠. 그렇지만 가엾은 마님은 바깥에 자주 나가지 않았어요. 그렇게 갇혀 지내니 뭔가 낙으로 삼을 만한 것이 있어야 했어요. 마님은 잔소리가 심했지만 마음이 따뜻했어요……. 거지가 찾아와도 아무것도 주지 않고 보내는 일은 없었어요. 예, 까다로웠는지 몰라도 진정 연민이 넘치는 분이셨죠."

"크랩트리 양이 자기를 추모해 줄 사람은 하나쯤 남긴 것 같아 기쁩니다, 마서."

늙은 하녀가 숨을 삼켰다.

"그 말씀은……. 오, 하지만 가족들 모두 마님을 좋아했어요. 진심으로…… 속으로는 말이에요. 식구들 모두 가끔 그분과 말다툼을 했지만, 별 뜻은 없었거든요."

에드워드 경이 고개를 들었다. 위에서 삐걱하는 소리가 들렸다.

"맥덜린 양이 내려오는 소리예요."

"어떻게 알 수 있죠?"

늙은 여인이 얼굴을 좀 붉히고는 웅얼거렸다.

"어떻게 걸으시는지 알거든요."

에드워드 경이 부엌을 서둘러 빠져나왔다. 마서 말이 맞았다. 맥덜린이 막 맨 아래 계단에 다다른 참이었다. 그녀가 희망 어린 눈빛으로 에드워드를 바라보았다.

"아직 진도를 많이 나가지 못했어요."

그녀의 낯빛에 답하여 에드워드 경이 그렇게 말하고 덧붙였다.

"크랩트리 양이 사망하신 날, 어떤 편지를 받으셨는지 혹시 아십니까?"

"한곳에 모아 놓았어요. 물론 경찰이 모두 조사해 보았고요."

맥덜린이 앞서서 넓은 응접실로 안내했다. 이어서 서랍 하나의 자물쇠를 푼 뒤, 은으로 된 구식 죔쇠가 달린 커다란 까만색 벨벳 가방을 꺼냈다.

"대고모님의 가방이에요. 모든 것들이 돌아가신 날 그대로 이 안에 들어 있어요. 제가 그 상태 그대로 보관해 두었거든요."

에드워드 경은 맥덜린에게 감사를 표한 뒤 가방 안의 내용물들을 탁상 위에 쏟았다. 물건들을 보니 늙은 괴짜 숙녀의 모범적인 핸드백 견본이라는 생각이 들었다.

가방 안에는 은화 몇 닢, 진저비스킷 2개, 조안나 사우스코트(영국의 예언가―옮긴이)의 박스에 관한 신문기사 쪼가리 3개, 실업자를 주제로 하여 지저분하게 인쇄된 시 1편, 올드 무어의 달력(1697년 이후 영국에서 출간된 달력―옮긴이) 1개, 커다란 장뇌 1개, 모종의 안경, 그리고 편지 3통이 들어 있었다. '루시'라는 사람으로부터 온 섬세한 글씨체의 편지, 시계 수리비 청구서, 자선 단체로부터 온 호소문이 그것이었다.

에드워드 경은 그 모든 것들을 꼼꼼하게 살펴보고 가방에 다시 챙겨 넣은 뒤 한숨을 쉬며 맥덜린에게 건넸다.

"고맙습니다, 맥덜린 양. 가방 속에 특별한 게 들어 있는 것 같지는 않습니다."

에드워드가 일어나 창문을 통해 현관 입구 계단이 잘 보이는 것을 확인하고서 맥덜린의 손을 잡았다.

"가시려고요?"

"예."

"하지만 아무런…… 아무런 문제가 없겠죠?"

"법률과 관계된 사람이라면 결코 이 같은 확실한 진술을 걸고넘어지지는 않을 겁니다."

에드워드 경이 준엄하게 말하고 집을 빠져나왔다.

에드워드는 생각에 깊게 빠진 채 길을 따라 걸어 나갔다. 수수께끼는 바로 여기 그의 손안에 있었다……. 그리고 에드워드는 그것을 풀지 못했다. 뭔가가 더 필요했다. 길을 가리켜 줄 수 있을 만한 뭔가 작은 것이면 충분했다.

순간 누가 손 하나를 그의 어깨에 대었다. 깜짝 놀라 돌아보니 매튜 보건이었다. 그는 조금 숨이 차 보였다.

"에드워드 경의 뒤를 쫓아왔습니다. 사과 드려야 할 것 같아서요. 30분 전의 제 못된 행실에 대해서 말이에요. 죄송스럽지만, 제 성미가 그렇게 좋은 편은 못 됩니다. 대고모님 사건에 이렇게나 신경을 써 주셔서 정말 감사합니다. 궁금하신 게 있으시면 무엇이든 물어보십시오. 제가 도와 드릴 수 있는 게 있다면……."

에드워드 경이 불현듯 굳어졌다. 그의 시선이 고정되었다……. 매튜가 아닌, 길을 가로질러 어딘가로. 왠지 어리둥절해진 매튜가 되풀이했다.

"제가 도와 드릴 수 있는 게 있다면……."

"당신은 이미 저를 도와주었어요, 친애하는 매튜. 바로 여기에 나를 멈춰 세우고, 그리하여 하마터면 놓칠 뻔했던 뭔가를 보게 해 주었으니까요."

에드워드가 거리를 가로질러 맞은편 작은 식당을 가리켰다.

"24마리의 지빠귀?"

매튜가 어리둥절해서 물었다.

"바로 그겁니다."

"하긴 좀 야릇한 상호죠……. 하지만 저기 음식은 꽤 괜찮을 거라고 생각합니다."

"실험 대상이 되기는 싫습니다. 모험하고 싶지 않아요. 그건 그렇고…… 내가 요람을 졸업한 지는 당신보다 더 오래되었지만, 우리 자장가는 내가 더 잘 기억할지도 몰라요. 제대로 기억하고 있는 거라면 얼추 이런 노랫말이었지요. '6펜스의 노래를 불러, 주머니엔 호밀이 가득, 24마리의 지빠귀, 파이로 구워…….' 그 나머지는 우리와 관계가 없어요."

에드워드가 급히 방향을 틀자 매튜 보건이 물었다.

"선생님, 어디로 가십니까?"

"다시 당신의 집으로 갑니다, 친구."

두 사람이 말없이 집으로 걸어가는 내내 매튜 보건은 동반자에게 어리둥절한 시선을 보냈다. 집에 도착한 에드워드 경이 안으로 들어가 서랍 속 벨벳 가방을 꺼내어 열었다. 그러고는 매튜를 쳐다보았다. 젊은이는 내키지 않는 듯 방을 나갔다.

에드워드 경이 탁자 위에 은화를 털어놓았다. 그리고 고개를 끄덕였다. 그의 기억은 틀리지 않았다.

에드워드가 일어서 종을 울린 뒤 손바닥에 뭔가를 올려놓았다. 마서가 벨소리에 에드워드를 찾았다.

"내가 올바로 기억하고 있다면, 마서, 당신이 나한테 이야기했지요. 새로 나온 6펜스 은화들 가운데 하나를 놓고, 돌아가신 당신의 주인과 사소한 언쟁이 있었다고 말입니다."

"예, 그랬죠."

"아! 하지만 마서, 신기하게도 여기 털어놓은 잔돈 중에는 새 은

화가 하나도 없어요. 6펜스짜리가 2개 있는데 다 오래된 것들이죠."

마서가 어리둥절한 낯으로 상대를 바라보았다.

"그게 무엇을 의미하는지 아시겠어요? 그날 저녁 누군가 집 안에 들어왔었다는 겁니다……. 당신의 주인에게서 6펜스 은화를 받아 간 사람……. 크랩트리 양은 이것을 받은 대가로 은화를 줬던 게 아닐까요?"

에드워드가 실업을 주제로 한 서투른 시를 집어 들고 재빨리 앞으로 내밀어 보였다.

마서의 얼굴을 한 번 쳐다보는 것으로 충분했다.

"게임은 끝났어요, 마서……. 나는 알고 있어요. 이제 모든 것을 이야기해도 괜찮습니다."

마서가 의자에 털썩 주저앉았다. 눈물이 그녀의 볼을 따라 흘러내렸다.

"사실입니다, 사실이에요……. 종이 제대로 울리지 않았어요……. 긴가민가했어요. 하지만 나가 보는 게 좋겠다고 생각했지요. 내가 문 앞에 다다른 것은 바로 웬 남자가 마님을 내려치는 순간이었어요. 5파운드 지폐 다발이 마님의 앞, 탁자 위에 놓여 있었죠. 결국 그 돈다발을 보고 일을 저질렀던 거예요. 마님께서 손수 문을 열어준 것을 보고는 혼자 집에 있을 거라고 생각했던 것이죠. 나는 아무 소리도 지를 수 없었어요. 너무 놀라서 몸뚱어리를 제대로 가눌 수도 없었어요. 순간 남자가 몸을 돌렸죠. 세상에! 그건 내 아들이었어요……. 오, 그 애는 늘 나쁜 아이였어요. 내가 언제나 줄 수 있는 만큼의 돈을 줘야 했죠. 이미 교도소에도 2번이나 갔다 왔어요. 그 애는 아마 나를 찾아왔던 걸 거예요. 그리고 마님께서는 내가 나가 보지 않았다는 걸 알고 몸소 문을 열어 주셨던 겁니다. 놀란 제 아들은 그 실업 전단지를 뽑아 내밀었고, 연민이 넘치는 마님께서는 그 애를 들어오라고 한 뒤 6펜스 은화 하나를 꺼내 주었죠. 그러는 동안 지폐 다발은 내내 탁자 위에 놓여 있었어요. 내가 마님께 잔돈을 주러 갔을 때 있었던 거기에, 그 모습 그대로 말예요. 순간 악마가 우리 아들 벤에게 들어가 결국 마님의 머리를 내려쳤던 것입니다."

"그다음에는?"

"오, 선생님, 제가 무슨 일을 할 수 있었어요? 내 피붙이요, 살붙이에게. 그 애 아빠는 나쁜 사람이었어요, 벤은 아빠를 닮아 갔죠. 하지만 내 아들이잖아요. 내가 그 애를 내보냈어요. 그러고는 여느 때처럼 저녁 식사를 차리러 주방으로 돌아갔지요. 내가 사악하게 행동했다고 보시나요, 선생님? 선생님께서 질문할 때 저는 거짓말을 하지 않으려고 애썼어요."

에드워드 경이 일어나 감정 어린 음성으로 말했다.

"가엾은 마서. 정말 안됐습니다. 하지만 잘 아시는 대로 법은 자기가 갈 길을 가야 할 겁니다."

"벤은 다른 나라로 도망쳤어요. 어디에 있는지 모릅니다."

"그렇다면 교수대를 면할 수도 있을 겁니다. 하지만 기대하지는 마세요. 맥덜린을 제게 좀 보내 주시겠어요?"

에드워드가 간단한 설명을 마치자 맥덜린이 감탄했다.

"오, 에드워드 경. 정말 훌륭하십니다……. 정말 대단한 일을 해내셨어요. 당신이 우리 모두를 구해 주셨어요. 어떻게 감사를 드려야 할지 모르겠어요."

에드워드 경이 빙그레 웃는 낯으로 맥덜린을 내려다보며 그녀의 손을 가볍게 톡톡 두드렸다. 꼬맹이 맥덜린은 오래전 아주 매력적이었다. 17살, 꽃 피는 시절……. 우아한 모습! 이제는 물론 그런 것을 완전히 잃어버렸다.

"다음에 또 친구가 필요하면……. 선생님께 바로 가겠어요."

에드워드 경이 놀란 듯 외쳤다.

"아니에요, 아닙니다. 당신이 그러기를 바라지 않아요. 나보다는 젊은 사람을 찾아가도록 해요."

에드워드는 고마워하는 식구들을 뒤로하고 솜씨 좋게 집을 빠져나왔다. 소리 높여 택시를 부른 에드워드가 안도의 한숨을 내쉬고 자리에 털썩 주저앉았다.

이슬을 머금은 17살의 매력조차 의심스러워 보였다. 하지만 그것은 훌륭한 범죄학 서적들로 가득한 서재와 진정 비교가 되지 않았다.

택시가 퀸앤스클로즈로 들어섰다.

에드워드의 막다른 골목으로.

진짜 사나이, 에드워드 로빈슨

I

빌이 우람한 두 팔을 앞으로 뻗어 마치사 비앙카를 번쩍 들어 올린 뒤, 그녀를 덥석 껴안아 가슴에 품었다. 그녀는 깊은 한숨을 내쉬며 입술을 내주었다. 예전에 꿈꿀 수조차 없었던 입맞춤을 나누면서…….

에드워드 로빈슨은 한숨을 내쉬며 『사랑이 왕일 때』를 내려 놓고, 지하철 차창 밖을 물끄러미 쳐다보았다. 열차는 스탬포드 브룩을 통과했다. 에드워드는 빌에 대해 생각하고 있었다. 빌은 여자 소설가들에게 사랑받는 남자 중의 남자다. 에드워드는 그의 우람한 근육과 수려하고 남자다운 겉모습, 그리고 열화와 같은 열정까지 부러워했다. 에드워드가 책을 다시 집어 들고, 당당한 마치사 비앙카(입술을 내주었던 여자)에 대한 묘사를 읽었다. 그녀의 아름다움은 황홀했고 그녀와의 시간은 위대한 도취를 선사했기에, 제아무리 막강한 남자라 해도 그녀 앞에선 도미노 쓰러지듯 무너졌다. 실신하듯 무력하게, 사랑에 빠져.

에드워드가 혼잣말로 뇌까렸다.

"하긴 그래. 모조리 허튼소리지, 허풍일 뿐이라고. 죄다 허튼소리! 그렇지만, 그래도 신기한 건……."

에드워드의 두 눈이 뭔가를 그리워하는 듯 멍해졌다. 낭만과 모험, 진정 그런 세계가 어딘가에 실제로 존재할까? 한 사람을 철저히 도취시킬 만큼 아름다운 여자가 정말로 존재할까? 불꽃처럼 타올라 자신을 삼켜 버리는 사랑, 그런 사랑이 현실적으로 가능할까?

"지금 이게 진짜 인생이야. 세상 모든 사람들처럼 나 역시 늘 똑같은 삶을 살아가야 하겠지."

에드워드가 웅얼댔다.

전체적으로 볼 때, 에드워드는 본인이 운 좋다는 점을 인정하지 않을 수 없었다. 그는 번듯한 직장에 다니고 있었다. 번창하는 기업의 사무원이었다. 건강 역시 좋았다. 부양가족도 없을 뿐더러 모드라는 여성과 약혼했다.

그러나 모드에 관해 생각만 해도 얼굴에 그늘이 들어서는 건 왜일까? 에드워드는 한 번도 인정한 적이 없었지만, 그는 분명 모드를 두려워했다. 물론 에드워드는 모드를 사랑했다. 그는 아직도 모드를 처음 만난 순간의 짜릿한 감흥을 잊지 않고 있었다. 두 사람이 처음 만났을 때, 4실링 11펜스짜리 싸구려 블라우스 위로 솟은 그녀의 하얀 목덜미를 보고 가슴이 얼마나 두근거렸던가? 얼마나 감탄했던가? 에드워드 로빈슨이 모드를 만난 건 영화관에서였다. 그때 에드워드와 함께 모드 뒤에 앉아 있었던 친구가 그녀와 잘 아는 사이였고, 두 사람을 소개시켜 주었다. 모드가 매우 우수한 사람이라는 건 의심할 나위가 없었다. 그녀는 잘생겼고, 영리하며, 아주 숙녀답다. 게다가 모든 문제와 관련하여 언제나 옳다. 모두 모드는 아주 훌륭한 아내가 될 수 있는 아가씨라고 이야기했다.

마치사 비앙카 역시 훌륭한 아내가 될 수 있을까? 그 점에 관해서는 에드워드로서도 다시 생각해 봐야 할 것 같았다. 어쩐지 그에 관해선 좀 회의적이었다. 에드워드로서는 상상할 수 없었다. 붉은 입술과 흔들거리는 몸매의 요염한 비앙카가 가령 사내다운 빌을 위하여 얌전히 앉아 단추를 달아 주는 모습을 말이다. 아니다, 비앙카는 허구일 뿐이다. 그리고 진짜 삶은 여기 있었다. 에드워드는 모드와 함께 아주 행복할 것이다. 그녀는 상식이 풍부하고…….

아무리 그래도 에드워드는 모드가 너무 예민하지 않았으면 좋겠다고 생각했다. 모드는 에드워드를 지나치게 몰아세우는 경향이 있었다.

물론 모드 특유의 상식과 신중함으로 말미암아 그렇게 행동할 수밖에 없었을 것이다. 모드는 분별이 있는 여자였다. 그리고 대개는 에드워드 또한 분별이 있었다. 그러나 이따금……. 가령 에드워드는 이번 크리스마스에 결혼하고 싶었다. 모드는 좀 더 기다리는 편이 훨씬 더 사리에 맞지 않느냐며 지적했다. 어쩌면 1년이나 2년 정도. 그의 봉급은 많지 않았다. 얼마 전에 에드워드는 모드에게 비싼 반지를 선물하려고 했었다. 하지만 그녀는 놀라서 반지를 도로 갖다 주고, 좀 더 싼 반지로 바꿔 오라고 억지로 시켰다. 실로 모드는 우수한 자질을 지녔지만 때때로 에드워드는 그녀가 결점은 더 많이 갖고, 장점은 덜 가졌으면 하고 바랐다. 에드워드가 무모한 행동을 하는 것도 실상 그녀의 탓이 컸다.

가령……

죄책감 때문에 에드워드의 얼굴이 빨개지고 뜨거워졌다. 에드워드는 모드에게 이야기해야만 했다. 그것도 되도록 빨리. 은밀하게 숨기고 있는 죄책감으로 인해 에드워드의 행동은 벌써부터 이상해지기 시작했다. 내일은 크리스마스이브, 크리스마스, 그리고 크리스마스 선물의 날(성탄절 이튿날)을 포함하는 사흘 연휴의 첫날이었다. 모드가 에드워드에게 그녀의 집으로 찾아와 가족들과 함께 보내는 게 어떻겠느냐고 제안했다. 에드워드는 멍청하고 어설픈 태도로, 그녀의 의심을 일으킬 것이 뻔한 태도로, 애써 그 순간을 모면했다. 그는 장구한 거짓말을 늘어놓았다. 시골에 사는 친구와 함께 보내기로 약속했다고 말했던 것이다.

하지만 시골에 사는 친구는 없었다. 에드워드에겐 오직 떳떳하지 못한 비밀이 생겼을 뿐이었다.

석 달 전, 에드워드는 이삼십만 명의 다른 젊은이들과 함께 한 신문사에서 개최하는 모종의 시합에 참여했다. 12명의 여자 이름을 인기순으로 배열하는 것이었는데 에드워드에게 꽤 좋은 생각이 떠올랐다. 자신이 선호하는 대로 배열했다가는 확실히 틀릴 것이었다. 다른 유사한 시합에 몇 번 참가해 본 에드워드는 거기서 느낀 바가 있었다. 우선은 12명의 이름을 에드워드 자신의 평가 순으로 배열하여 써 내려갔다. 그런 다음에는 명단의 꼭대기에서 하나, 그리고 맨 밑에서 하나를 번갈아 가며 배치하여 써 내려갔다.

결과가 발표되었다. 에드워드는 열두 명 가운데 여덟을 알아맞혔고, 1등 상금인 500파운드를 받았다. 당연히 운이라고밖에 볼 수 없는 결과였지만, 고집스럽게도 에드워드는 그것을 자기 '시스템'의 직접적 소산으로 간주했다. 그는 터무니없는 자신감으로 넘쳐 있었다.

이내 그는 예의 500파운드를 어떻게 처리하느냐 하는 문제에 빠졌다. 모드가 어떻게 나올지는 불 보듯 뻔했다. 아마 투자하라고 하겠지. 미래를 위한 작고 예쁜 밀알로 쓰라고. 물론 모드의 말이 옳았다. 에드워드도 알고 있었다. 그러나 시합에서 이겨 돈을 따낸 것은 세상 그 어떤 것과도 비교할 수 없는 전혀 새로운 경험이었다.

그 돈이 만일 에드워드에게 유산으로 남겨진 것이었다면? 에드워드는 종교적 가르침에 따라 당연히 차환 대부 혹은 저축 증권 따위에 투자하였을 것이다. 하지만 단순히 펜을 좀 놀려서 딴 돈, 믿기 힘든 요행과 운으로 벌어들인 돈이라면 어린아이가 받은 6펜스의 용돈과 같은 항목에 들어가야 하지 않을까? "너 자신을 위하여, 네가 쓰고 싶은 대로."

그에게는 출근길에 매일같이 지나치는 가게가 있었다. 그리고 그곳에는 에드워드의 꿈이 자리하고 있었다. 작은 2인승 승용차. 늘씬하게 빠진 전면부와 번쩍거리는 엔진 덮개 위로 465파운드라는 가격표가 선명히 적혀 있었다.

"내가 부자라면, 만약 진짜 그렇다면 너를 꼭 가지고 말거야."

에드워드는 날이면 날마다 차에 대고 그렇게 이야기했다.

이제 에드워드는 부자는 아닐지 모르겠지만 적어도 꿈을 실현할 수 있을 만큼의 목돈이 수중에 있었다. 저 자동차, 저 번쩍거리며 유혹하는 사랑스러운 녀석은 이제 에드워드의 것이었다. 에드워드가 기꺼이 그 돈을 지불한다면 말이다.

에드워드는 그 돈에 대해 모드에게 이야기하려고 했다. 그녀에게 일단 이야기하고 나면 어떤 유혹으로부터도 자신을 보호할 수 있으리라 생각한 까닭이었다. 놀란 낯빛으로 반대하는 모드의 면전에서 자신의 광기를 고집스럽게 밀고 나갈 용기는 에드워드에게 없을 것이었다. 그러나 우연하게도 그 문제를 매듭지은 사람은 바로 모드 그녀 자신이었다. 에드워드는 모드를 영화관에 데려갔다. 그가 산 건 그 극장에서 제일 좋은 좌석이었다. 모드는 부드러우면서도 단호하게 에드워드의 행동을 지적했다. 2실링 4펜스짜리 좌석에서도 똑같이 잘 볼 수 있는데 굳이 3실링 6펜스 좌석을 구매하여 에드워드가 그렇게 돈을 낭비하는 것을 이해할 수 없다고 했다.

에드워드는 그녀의 꾸지람을 들으며 찌무룩한 침묵을 지켰다. 모드는 상대방이 감동했으리라 생각하고는 만족스러워했다. 모드는 그렇게 계속 낭비하는 에드워드를 내버려 두어서는 안 된다고 생각했다. 그녀는 에드워드를 사랑했다. 그러나 그녀는 에드워드가 약하다는 것을 잘 알았다. 그녀의 과업은 에드워드가 가야 할 길을 갈 수 있도록 언제든지 곁에서 지키는 것이었다. 그녀는 꼼짝 않고 침묵을 지키는 에드워드를 만족스럽게 지켜보았다.

에드워드는 마치 밟아도 꼼짝 못하는 지렁이같이 모드의 말에 짓눌린 채 가만히 있었다. 그러나 에드워드가 자동차를 사야겠다고 마음을 먹은 것은 정확히 바로 그 순간이었다. 에드워드는 다짐했다.

"빌어먹을. 평생 단 한 번만이라도 내가 하고 싶은 대로 할 거야. 모드는 저리 가라지!"

그리하여 바로 이튿날 아침, 에드워드는 그 판유리의 궁전으로 걸어 들어갔다. 번쩍거리는 에나멜과 아스라한 쇠붙이의 영광이 있는 곳, 당당한 자태의 수감자들이 빛을 발하며 버티고 서 있는 공간으로. 이어서 에드워드는 스스로도 놀랄 정도로 태연스럽게 승용차를 샀다. 그것은 세상에서 제일 쉬운 일이었다.

그 승용차는 지난 나흘간 에드워드의 것이었다. 에드워드는 겉으로는 평온한 모습으로, 하지만 속으로는 황홀경에 도취하여 돌아다녔다. 아직 모드에게는 한마디도 하지 않았다. 지난 나흘간 점심시간을 이용해 에드워드는 이 사랑스러운 생명체의 취급 요령에 대한 설명을 들었다. 에드워드는 모범적인 학생이었다.

내일 크리스마스이브가 되면 에드워드는 그녀를 데리고 교외로 나갈 것이다. 모드에게는 거짓말을 했다. 필요하다면 또 거짓말을 할 것이다. 이 새로운 소유물이 에드워드의 몸과 마음을 사로잡았다. 에드워드에게는 이 생명체가 로맨스요, 어드벤처였다. 그토록 그리워하였지만 한 번도 가져 보지 못한 그 모든 것들이었다. 내일, 에드워드와 그의 여주인은 함께 길을 나설 것이다. 둘은 차갑고 날카로운 공기를 가르며 달려 나갈 것이다. 런던의 소란과 혼돈을 아주 멀리 뒤에 남기고 드넓고 투명한 밖을 향하여…….

에드워드 자신은 알아채지 못했지만, 이 순간 그는 시인과 아주 흡사했다.

'내일…….'

에드워드가 손에 든 책을 내려다보았다.『사랑이 왕일 때』. 그는 소리 내어 웃고는 주머니 속에 책을 집어넣었다. 자동차, 마치사 비앙카의 빨간 입술, 그리고 빌의 경이로운 무용(武勇), 그 모두가 함께 어우러지는 듯했다. 내일.

자기를 의지하는 사람들에게는 보통 심술궂게 나오는 날씨가 에드워드에게 친절한 모습을 보여 주었다. 에드워드에게 꿈같은 날을 선물한 것이었다. 반짝이는 서리, 옅은 파랑의 하늘, 그리고 연노랑의 태양.

그렇게 에드워드는 얼추 신비스런 모험과 사악한 방탕과 비슷한 기분에 휩싸여 차를 몰아 런던을 벗어났다. 하이드 파크 코너에서 문제가 있었다. 푸트니 브리지에서도 뜻밖의 애석한 사고가 있었다. 변속기가 꽤 말을 듣지 않았고, 브레이크는 자주 삐걱거렸다. 다른 자동차 운전자들이 에드워드에게 거침없이 욕설을 퍼붓기도 했다. 하지만 초심자로서 에드워드는 그렇게 나쁜 편은 아니었다. 이윽고 에드워드는 시원하게 뚫린 넓은 길로 나왔다. 운전자들의 기쁨과도 같은 큰길. 오늘 이 특별한 길은 자동차로 북적이지도 않았다. 에드워드는 자동차를 몰아 앞으로, 또 앞으로 나아갔다. 그는 이 빛나는 몸매의 생명체를 지배하는 데 취하여 신이 된 듯 의기양양하게 차갑고 흰 세계를 가로질러 내달렸다.

오늘은 광란의 날이었다. 에드워드는 점심을 먹기 위해 옛날식 여인숙에 들렀고, 그 뒤 차를 마시기 위해 다시 멈췄다. 이어서 내키지 않았지만 귀갓길에 나섰다. 다시 런던으로, 모드에게로. 불가피한 변명과 그에 대한 반박이 이어질 것이었다.

에드워드가 한숨을 내쉬며 생각을 떨쳐 버렸다.

'내일 할 일은 내일 생각하자.'

에드워드의 오늘은 아직 남아 있었다. 이보다 더 매혹적인 게 세상 어디에 있으랴. 그는 헤드라이트가 밝혀 주는 길을 따라 어둠 속을 가르며 미끄러져 나아갔다.

'아무렴, 최고로 행복한 순간이야!'

에드워드는 어디에든 차를 세우고 저녁 식사를 하고 싶었지만, 그럴 만한 시간이 없다고 판단했다. 어둠을 헤치고 운전하는 것은 만만치만은 않았다. 런던으로 돌아가는 길은 생각했던 것보다 시간이 더 많이 걸릴 것 같았다. 에드워드가 힌드헤드를 지나 데블스 펀치 보울 가장자리에 이르렀을 때 시계 바늘은 정확히 8시를 가리켰다. 달빛이 비추었고 이틀 앞서 내린 눈은 아직 녹지 않은 상태였다.

에드워드는 자동차를 세우고 전면을 우두커니 바라보며 앉아 있었다. 밤 12시가 되도록 런던으로 돌아가지 않는다 해도 문제될 게 뭐란 말인가? 아주 돌아가지 않는다 해도 또 무슨 문제가 될까? 이런 일탈을 한 번 했다고 내가 망가지기라도 한단 말인가?

에드워드는 자동차에서 나와 가장자리로 다가갔다. 바로 가까이로 내려가는 길이 유혹하듯 굽이굽이 펼쳐져 있었다. 에드워드는 그 마법에 굴복하고 말았다. 그 뒤 30분 동안 에드워드는 홀리듯 눈에 갇힌 세계를 방황했다. 에드워드는 이와 같은 세계를 만나리라고는 상상조차 하지 못했다. 게다가 그 모든 것은 에드워드 자신의 것이었다. 바로 위의 길 위에서 충직하게 에드워드를 기다려 주고 있는, 빛나는 그의 여주인이 그에게 선사한 것이었다.

얼마 후 에드워드는 다시 길을 따라 올라가서 승용차에 오른 뒤, 차를 몰고 나아갔다. 몹시도 평범한 사람에게 이따금 한 번씩 찾아오는, 순수한 미를 발견하는 순간의 현기증을 여전히 느끼면서.

이어서 한숨과 함께 정신을 차린 에드워드는 자동차 문의 사이드 포켓에 손을 밀어 넣었다. 아침 일찍 여분의 자동차 소음기를 넣어둔 곳이었다.

그러나 소음기는 더 이상 거기에 없었다. 주머니가 비어 있었던 것이다. 아니, 완전히 비어 있지는 않았다. 뭔가 조약돌 같이 딱딱하고 거칠한 게 만져졌다.

에드워드가 손을 깊숙이 집어넣었다. 다음 순간 에드워드는 오감이 마비된 사람처럼 멍하니 앉아 있었다. 그의 손에 잡힌 물건, 손가락들에 대롱대롱 매달려 있는 그 물건, 달빛을 받아 수십 개의 빛으로 반짝이는 그것은 다이아몬드 목걸이였다.

에드워드는 그것을 살펴보고 또 살펴보았다. 하지만 일말의 의심의 여지도 없었다. 필경 수천 파운드(다이아몬드의 크기가 컸기 때문이다)는 돼 보이는 다이아몬드 목걸이가 승용차 문의 사이드 포켓에 아무렇지도 않게 들어가 있었던 것이다.

대체 누가 그것을 거기에 넣어 두었을까? 에드워드가 도시를 떠날 때만 해도 들어 있지 않았을 것이다. 에드워드가 눈밭을 헤매고 있을 때 틀림없이 누군가 차에 탔다. 그리고 일부러 거기에 집어넣었을 것이다. 그렇다면 왜? 왜 에드워드의 자동차를 선택했을까? 혹시 목걸이 주인이 실수를 저지른 것은 아닐까? 아니면 훔친 목걸이였나? 그게 가능한 일인가?

불현듯 그 모든 생각들이 에드워드의 머릿속에서 소용돌이치며 지나갔고, 에드워드는 몸이 갑자기 굳으며 온통 찬 기운이 밀려오는 걸 느꼈다. 이 자동차는 에드워드의 것이 아니었다.

자동차는 에드워드의 것과 아주 비슷했다. 이것 역시 찬란한 진홍빛이었다. 마치사 비앙카의 입술처럼 빨갰고 길쭉하게 빠져 번쩍거리는 코와 보닛 부분 역시 똑같았다. 그러나 수백 군데의 작은 특징들을 보면서, 에드워드는 이것이 자기 차가 아니라는 것을 깨달았다. 그 빛나던 새 차와 달리 여기저기 흠집이 가 있었다. 사소하지만 틀림없이, 닳고 마모된 흔적들이 군데군데 보였다. 그렇다면…….

에드워드는 더 이상 고심하지 않고 서둘러 자동차를 돌리기로 했다. 하지만 에드워드는 자동차를 돌리는 데 서툴렀다. 자동차는 반대 방향으로 세워져 있었고, 에드워드는 매번 착각하여 핸들을 반대로 돌렸다. 게다가 발이 곧잘 가속 페달과 브레이크 사이에서 뒤얽히며 끔찍한 재앙을 초래했다. 하지만 결국에는 성공했고 자동차는 곧바로 언덕을 따라 다시 올라갔다.

에드워드는 조금 멀리 떨어진 곳에 또 다른 승용차가 세워져 있었던 것을 기억했다. 하지만 아까는 그 자동차를 특별히 알아채지 못했다. 산책을 위해 우묵한 곳으로 내려갔지만 돌아올 때 그 길과 다른 길을 따라 돌아왔기 때문이었다. 오솔길을 따라 올라오니 자신의 차라고 생각했던 차 바로 뒤에 있는 길로 나오게 되었던 것이었다. 에드워드가 보았던 다른 자동차가 틀림없이 에드워드의 차였다.

10분 가량 지나 에드워드는 다시 한번 자기가 차를 세웠던 지점에 다다랐다. 그러나 길섶에 세워진 차는 단 한 대도 없었다. 에드워드가 타고 있는 이 자동차의 주인이 에드워드의 차를 타고 떠난 모양이었다. 그 사람 역시 둘이 비슷하게 생겨 헷갈렸으리라.

에드워드가 주머니에서 다이아몬드 목걸이를 꺼내어, 당혹스런 표정을 지으며 손가락 사이로 돌려 보았다.

'이제 어떻게 한담? 제일 가까운 경시청으로 달려갈까? 상황을 설명하고, 목걸이를 건네주고, 내 자동차 번호를 알려 줘야 하나? 가만, 내 차 번호가 뭐였더라?'

그는 생각하고 또 생각했다. 하지만 끝끝내 기억해 낼 수 없었다. 에드워드는 차갑게 주저앉는 기분을 느꼈다. 이 상태로 경찰서에 가면 제일 얼빠진 멍청이처럼 보일 것이다. 번호 중에는 숫자 8이 있었다. 그렇지만 그게 에드워드가 기억해 낼 수 있는 전부였다. 물론 그게 문제가 될 일은 없었다. 적어도……. 에드워드가 불안한 눈빛으로 다이아몬드를 쳐다보았다.

'만약 경찰에서 이상하게 생각한다면……. 아니야, 그럴 리야 있나? 그래도 그들이 만일……. 내가 자동차와 다이아몬드를 훔쳤다고 생각한다면? 누구든지 그렇게 생각할 수 있지 않을까? 제정신이 박힌 사람이라면, 어찌 귀중한 다이아몬드 목걸이를 아무렇지 않게 자동차의 사이드 포켓에 쑤셔 넣어 둘 수 있겠어?'

에드워드는 밖으로 나와 자동차 후미로 돌아갔다. 차량 번호는 'XR10061'이었다. 그 번호는 자기 차 번호가 결코 아니라는 사실 이외의 것을 알려 주지 못했다. 이어서 에드워드는 체계적으로 차에 있는 모든 주머니를 수색해 보기로 했다. 다이아몬드가 나왔던 주머니에서 그는 또 다른 것을 찾았다. 연필로 짤막한 글귀를 적어 둔 작은 종이 쪼가리였다. 에드워드는 헤드라이트 불빛 곁에서 글귀를 쉽사리 읽어 볼 수 있었다.

"10시에, '그린', 세일러스 레인 코너에서 만나요."

에드워드는 '그린'이라는 지명을 기억하고 있었다. 그날 아침 일찍 거리의 이정표에서 보았던 것이다. 일순 에드워드는 마음을 정했다.

'그런 마을을 찾아가야지. 세일러스 레인을 찾아서 메모를 쓴 사람을 만나야지. 그리고 상황을 설명해 주자. 그렇게 하는 편이 동네 경찰서에서 바보 꼴을 당하는 것보다 훨씬 나을 거야.'

에드워드는 거의 신이 나서 길을 나섰다.

'이 모든 게 모험 아니냐. 날이면 날마다 생기는 일도 아닌걸.'

다이아몬드 목걸이로 인해 이야기는 더욱 흥미롭고 불가사의해졌다.

에드워드는 그린을 찾아내는 데 조금 고생했고, 세일러스 레인을 찾는 데 조금 더 어려움을 겪었다. 그러나 도중에 두 번 정도 물어본 후 기어코 성공했다.

약속한 시간에서 이삼 분이 지났다. 이윽고 에드워드는 좁다란 길을 따라 조심스럽게 차를 몰았다. 솔터스 레인이 갈라지는 곳이라던 왼쪽 편을 주의 깊게 내다보면서.

목적지는 에드워드가 귀퉁이 하나를 돌아 들어가는 순간 바로 보였다. 거기로 가까이 가는데 어떤 사람이 어둠 속에서 불쑥 나타났다.

여자의 목소리가 외쳤다.

"드디어! 도대체 얼마 만이야, 제럴드!"

여자는 그렇게 말하면서 곧장 자동차 전조등 불빛 속으로 뛰어들었고 에드워드는 일순 숨을 죽였다. 그 여자는 에드워드가 여태까지 보아 온 중에서도 가장 수려한 외모를 지니고 있었다.

그녀는 아주 젊었다. 머리칼은 칠흑처럼 까맣고, 주홍빛 입술이 고혹적이었다. 그녀가 걸친 묵직해 보이는 외투가 흔들거리며 열리자 에드워드는 그 여자가 차려입은 완벽한 야회복을 확인할 수 있었다. 불꽃같은 이브닝드레스가 그녀의 완벽한 몸매를 그대로 드러냈다. 여인의 목에는 매혹적인 진주 목걸이가 걸려 있었다.

그녀가 느닷없이 입을 열었다.

"아니, 당신은 제럴드가 아니잖아요."

에드워드가 얼른 답했다.

"아니에요. 내가 설명할게요."

에드워드가 호주머니에서 다이아몬드 목걸이를 꺼내, 내밀었다.

"내 이름은 에드워드……."

에드워드는 계속할 수 없었다. 그 아가씨가 손뼉을 치면서 끼어든 것이었다.

"물론 에드워드겠죠! 정말 반가워요. 하지만 푼수 같은 지미가 승용차와 함께 제럴드를 보내겠다고 전화했거든요. 이렇게 찾아오시다니 용감하시네요. 정말 보고 싶었거든요. 6살 이후로 오늘 처음 보는 거예요. 기억나세요? 목걸이는 제대로 가지고 있군요. 주머니에 도로 집어넣으세요. 경찰관이라도 와서 보면 어떡해요. 그건 그렇고 바깥에서 기다렸더니 추워 죽겠어요! 차에 좀 타도 될까요?"

에드워드는 달콤한 꿈결처럼 자동차의 문을 열었고, 그녀는 에드워드 곁으로 가볍게 뛰어올랐다. 순간 아가씨의 모피 털이 에드워드의 뺨을 스쳤다. 비 갠 뒤의 제비꽃 향기처럼 묘한 냄새가 코끝을 자극했다.

에드워드에게는 어떤 계획도 없었고 별다른 생각조차도 없었다.

급기야 아무런 생각도 없이 에드워드는 그 모험에 자신을 내던졌다. 그녀는 그를 에드워드라 불렀다. 그가 만일 다른 에드워드라 한들, 무슨 문제가 있겠는가? 이 아가씨는 이내 그에 대해 알게 될 텐데. 그때까지 게임은 계속될 것이다. 에드워드가 클러치를 작동시켰고 두 사람은 미끄러지듯 나아갔다.

이어서 여자가 소리 내어 웃었다. 그 웃음은 그녀의 나머지 모든 것들처럼 매력적이었다.

"자동차에 대해 많이 모르는 것 같군요. 그쪽 동네 사람들, 자동차가 별로 없나 봐요?"

도대체 '그쪽 동네'가 어디란 말인가? 에드워드는 고민 끝에 소리 높여 던졌다.

"예, 별로 많지 않아요."

"내가 운전하는 게 더 나을 것 같아요. 주 도로에 닿을 때까지만 말이에요. 이 동네 골목길은 굽이져서 빠져나가는 게 생각처럼 수월치만은 않거든요."

에드워드가 운전대를 기꺼이 여자에게 넘겼다. 두 사람은 밤 공기를 획획 가르며 미끄러져 나아갔다. 에드워드도 은근히 겁을 집어먹을 정도의 속도와 무모함이었다. 여자가 에드워드에게 고개를 돌렸다.

"나는 속도를 즐겨요. 당신은 어때요? 그런데…… 당신, 제럴드와 조금도 닮지 않았네요. 세상 어느 누가 당신들을 형제로 알겠어요? 내가 상상했던 것과도 전혀 다르다고요."

"내 생각에 나는 아주 평범한 사람인 것 같은데요. 맞습니까?"

"평범하지는 않아요……. 다만 좀 달라요. 당신을 알아보지 못하겠네요. 참, 우리 가엾은 지미는 괜찮아요? 많이 지쳐 있지 않나요?"

"지미는 괜찮아요."

"그렇게 말하는 건 쉽지요. 하지만 발목을 삔 건 지독하게도 운이 나빴어요. 지미가 당신께 모든 얘기를 해 주던가요?"

"아니요, 전혀. 나는 까맣게 모르고 있어요. 당신이 설명해 줄 수 있을까요?"

"그 일은 꿈처럼 제대로 진행되었어요. 지미가 자기 여자 친구의 옷을 차려입고 현관문으로 들어갔어요. 나는 지미에게 일이 분 가량 시간을 준 뒤, 창문으로 기어올랐고요. 그때 애그니스 라렐라의 하녀는 애그니스의 옷가지며 보석들을 비롯한 모든 물건을 펼쳐 놓고 있었죠. 순간 아래층에서 누가 커다란 고함을 내질렀어요. 이어서 폭죽이 터지고, 모두들 '불이야!' 하고 외쳤죠. 하녀가 밖으로 뛰쳐나왔어요. 나는 곧장 뛰어들어 목걸이를 집어 들고는 순식간에 방을 빠져나와 아래로 내려갔죠. 이어서 펀치 볼 건너 뒷길을 이용해서 집 밖으로 나왔어요. 그리고 나를 픽업해 줄 장소를 적은 쪽지와 목걸이를 승용차 사이드 포켓에다 집어넣었죠. 마지막엔 부츠를 벗어 버리고 호텔에서 루이스와 합류했어요. 완벽한 알리바이죠. 루이스는 내가 나간 것조차 전혀 모를 테니까요."

"그렇다면 지미는?"

"아, 지미에 대해선 당신이 나보다 더 잘 알 텐데요?"

"나한테 한마디도 해 주지 않았다니까요."

에드워드가 가볍게 대꾸했다.

"아, 너저분한 복장을 한 지미는 스커트에 발이 걸리는 바람에 발목을 삐고 말았어요. 결국 사람들이 지미를 들어 자동차로 데려다 주었고, 라렐라의 운전수가 집까지 태워 줬어요. 만일 운전수가 차문 포켓에 손을 집어넣었다면? 상상만 해도 섬뜩한 일이죠!"

에드워드가 그녀를 따라 웃었지만 마음은 바빴다. 이제 에드워드는 어느 정도 상황을 이해했다. '라렐라'라고 하는 이름은 어렴풋이 들어 본 기억이 있었다. 그것은 부(富)를 의미하는 이름이었다. 이 여자, 그리고 지미라고 하는 미지의 남자, 그렇게 두 사람은 목걸이를 훔쳐 내기로 공모하고 실제로 성공했다. 하지만 발목을 삔 탓에, 그리고 라렐라의 운전사 때문에 지미는 여자에게 전화를 걸기 전, 미처 승용차 주머니를 확인할 수 없었다. 어쩌면 그러고 싶지 않았는지도 모른다. 그러나 또 다른 미지의 남자 '제럴드'가 언제든 기회가 되는 대로 그 속을 들여다볼 것은 뻔한 이치였다. 그리고 그 속에서 남자는 에드워드의 소음기를 발견할 것이다!

"잘 나가네요."

여자가 던졌다.

전차 1대가 쏜살같이 그들을 지나갔다. 두 사람은 런던 외곽에 들어섰다. 그들은 번개처럼 차량의 행렬 속으로 휙 들어갔다가 다시 나왔다. 에드워드는 식겁을 했다. 이 여인은 탁월한 운전수였다. 게다가 그녀는 모험을 즐겼다!

약 25분 뒤 두 사람은 딱딱한 광장으로 들어서, 당당하게 버티고 선 건물 앞에 차를 세웠다.

여자가 일렀다.

"우리 여기서 옷 좀 갈아입자고요. 이제 리츠스에 가야 하니까요."

"리츠스?"

에드워드는 그 유명한 나이트클럽을 거의 경건한 자세로 발음했다.

"예, 그래요. 제럴드가 당신께 말하지 않던가요?"

"아니요. 내 옷은 어떡하죠?"

에드워드가 쌀쌀맞게 응하자 그녀가 얼굴을 찡그렸다.

"정말 아무 얘기도 못 들었나요? 당신 옷은 우리가 입혀 줄 거예요. 아무튼 일을 제대로 매듭지어야 해요."

풍채도 당당한 하인이 문을 열어 주고는 두 사람이 들어갈 수 있도록 옆으로 비켜 주었다.

"제럴드 챔프니스 씨가 전화를 했었어요, 영애님. 그는 당신과 통화하시기를 몹시도 간절하게 바랐어요, 하지만 전갈은 남기려 하지 않았죠."

에드워드가 독백했다.

'아무렴, 당연히 통화하고 싶었겠지. 어쨌든 이제야 완전한 내 이름을 알겠군. 에드워드 챔프니스. 한데 이 여자는 도대체 누굴까? 지금 영애님이라고 불렀잖아? 대체 무슨 까닭에 목걸이를 훔쳤을까? 브리지 카드놀이 빚?'

에드워드가 가끔 읽는 신문 연재소설에서, 작위를 지닌 아름다운 여주인공은 언제나 브리지 놀이 빚으로 비참해졌다.

예의 우람한 하인이 에드워드를 다른 곳으로 데려가, 좀 사근사근하게 구는 시종에게 인계했다. 얼추 25분이 지난 뒤 에드워드는 홀에서 여자와 재회했다. 그녀는 새빌가(街)에서 맞춘 야회복장으로 갈아입었는데, 그녀의 체형에 맞춰 고상하게 잘 어울렸다.

정말로 대단한 밤이었다!

두 사람은 승용차에 올라 그 유명한 리츠스로 향했다. 다른 사람들과 마찬가지로 에드워드 역시 리츠스에 관한 스캔들 기사들을 읽은 적이 있었다. 뭐라도 되는 사람들, 별의별 사람들이 다 하나둘 리츠스를 찾았다. 에드워드는 누군가 진짜 에드워드 챔프니스를 아는 사람이 나타나지나 않을까 가슴 졸였다. 하지만 에드워드는 그 '진짜'가 몇 년간 분명히 영국 밖에 있었다는 것을 떠올리며, 스스로를 달랬다.

벽과 맞닿은 작은 테이블에 자리를 잡은 두 사람은 이내 칵테일을 홀짝였다. 칵테일! 소박한 에드워드에게 그것은 방탕한 인생의 순수한 집결체나 다름없었다. 정묘하게 수놓아진 숄을 어깨에 걸친 여자는 태연하게 칵테일을 홀짝였다. 불현듯 그녀가 자신의 어깨에서 숄을 떨어트리고 일어섰다.

"우리 같이 춤춰요."

지금 에드워드가 완벽하게 해낼 수 있는 한 가지 일이 있다면, 그것은 춤추는 것이었다. 에드워드와 모드가 호화로운 넓은 댄스홀에서 춤을 추면 좀 실력이 부족한 친구들은 자리를 지키고 탄복하여 바라보곤 했었다.

"오, 하마터면 잊을 뻔했네. 이제 목걸이를 주세요."

여자가 갑자기 떠오른 듯 말하고는 손을 내밀었다. 완전히 어리둥절해진 에드워드가 자기 주머니에서 목걸이를 꺼내 건넸다. 어처구니없게도 그녀는 태연하게 그 목걸이를 자기 목에 걸었다. 이어서 에드워드의 넋을 빼 놓을 듯한 미소를 흘렸다. 그녀가 속삭였다.

"이제 우리 춤춰요."

두 사람은 춤을 추었다. 리츠스 전체를 통틀어 그보다 더 완벽한 커플은 찾아볼 수가 없었다.

마침내 두 사람이 다시 자리로 돌아왔을 때, 건달패 티를 풍기는 늙은 신사가 에드워드의 동반자에게 말을 걸어 왔다.

"아, 노린 아가씨, 늘 춤을 추시는군요! 좋아요, 좋아. 폴리오 대위께선 오늘 밤 여기 오십니까?"

"지미는 발목을 다쳤어요."

"저런! 어떻게 그런 일이?"

"아직 자세한 건 몰라요."

그녀가 소리 내어 웃고 앞으로 나아갔다.

에드워드는 머리가 핑 도는 걸 느끼며 그녀를 쫓아갔다. 이제 좀 알 것 같았다. 레이디 노린 엘리엇, 그 유명한 레이디 노린이 바로 이 여자였다. 어쩌면 영국에서 가장 많이 입에 오르내리는 여자가. 아름다운 외모로 세상에 널리 알려진 인물이자 대담무쌍함으로 유명한 인물, '브라이트 영 피플'이라는 그룹의 지도자. 그녀가 근위 기병대의 제임스 폴리오 대위와 약혼한 사실이 최근 발표되기도 했다.

하지만 목걸이는 뭘까? 에드워드는 목걸이에 대하여 여전히 이해할 수 없었다. 자신의 정체가 드러나는 위험을 감수해야 하겠지만 알아야만 하지 않겠는가?

두 사람이 다시 자리에 앉았을 때, 에드워드가 물었다.

"왜 그랬죠, 노린? 대체 이유가 뭐예요?"

노린이 꿈을 꾸듯 빙그레 웃어 보였다. 여자의 두 눈은 먼 데를 향하고 있었다. 무도(舞蹈)의 여운이 여전히 그녀를 휘감고 있는 듯했다.

"당신은 이해하기 어려울지 모르겠네요. 똑같은 일상에 너무나 지루해진 거예요……. 언제나 똑같은 일상. 보물 사냥도 얼마간 아주 좋았죠. 하지만 결국 그 모든 것들에 익숙해졌어요. 그때 떠오른 아이디어가 '강도질'이었어요. 50파운드 입회비를 내고 제비뽑기로 결정하죠. 이번이 세 번째였고, 지미와 나는 애그니스 라렐라를 뽑았어요. 규칙은 간단해요. '강도질은 사흘 안에 끝마쳐야 하고, 그 수확물은 최소한 1시간 동안 공개된 장소에서 착용해야 한다. 이를 어길 경우, 권리는 몰수되고 100파운드의 벌금을 물어야 한다.' 지미가 발목을 뺀 것은 꽤 불운한 일이었어요. 그래도 판돈은 우리가 몽땅 쓸어 올 거예요."

에드워드가 숨을 크게 들이쉬며 받았다.

"아, 그렇군요. 그랬어요."

이어서 노린이 몸에 두른 숄을 잡아당기면서 일어섰다.

"저 아래 선착장으로 날 좀 태워다 주세요. 어딘지 좀 무시무시하고 재미있는 데로. 잠깐만요……."

그녀가 팔을 들어 올려 자기 목에 다이아몬드 목걸이를 풀었다.

"이건 당신이 갖고 있는 게 더 낫겠어요. 이것 때문에 살해당하고 싶진 않거든요."

두 사람은 함께 리츠스에서 빠져나왔다. 그들의 자동차는 비좁고 어두운 뒷골목에 세워져 있었다. 두 사람이 모퉁이를 돌아 차로 다가가던 바로 그때, 또 다른 승용차가 길 귀퉁이로 들어왔다. 곧이어 한 젊은 사람이 차 안에서 튀어나와 소리를 질렀다.

"오, 노린, 드디어 당신을 찾았군. 이거 정말 큰일났어요. 얼간이 지미가 엉뚱한 차를 타고 갔단 말이오. 그 다이아몬드가 지금 어디에 있는지 아무도 몰라요. 일이 완전히 꼬이고 말았어요."

레이디 노린이 상대방을 응시했다.

"무슨 말씀이세요? 다이아몬드는 우리가 갖고 있어요……. 적어도 에드워드가 말예요."

"에드워드?"

"그래요."

노린이 작은 손짓으로 자기 곁에 있는 남자를 가리켰다. 에드워드가 이렇게 생각했다.

'처절하게 꼬인 사람은 바로 나로군. 십중팔구 이 사람이 제럴드야. 에드워드의 형제라는 그 사람.'

젊은 사람이 에드워드를 노려보며 느릿느릿 일렀다.

"방금 뭐라고 그러셨어요? 에드워드는 스코틀랜드에 있다고요."

"오!"

노린이 탄성을 지르고는 에드워드를 노려보았다.

여자의 얼굴에 혈색이 떠오르다 이내 사라졌다.

"그럼 당신……. 진짜예요?"

그녀가 낮은 음성으로 웅얼거렸다. 에드워드가 상황을 파악하는 데 단 1분밖에 걸리지 않았다. 여자의 두 눈에는 경외가 서려 있었다…….

'저건 감탄일까? 정말 감탄일 수 있을까? 내가 정말 설명해야 하나? 그렇게 얌전하게 굴 필요요! 끝까지 즐겨야지!'

에드워드가 예의바르게 고개를 숙였다.

"당신께 감사를 드려야 할 것 같습니다, 레이디 노린."

최고의 노상 강도라도 된 듯한 어투로 에드워드가 일렀다.

"최고로 신나고 즐거운 저녁이었죠."

그러면서 방금 다른 사람이 내린 승용차를 흘긋 쳐다보았다. 번쩍이는 보닛의 주홍빛 승용차, 바로 에드워드의 자가용이었다!

"그리고 행복한 저녁 시간을 보내시길 빌겠어요!"

단번에 펄쩍 뛰어 에드워드가 차 안으로 들어갔고, 클러치를 밟았다. 자동차가 앞으로 나아갔다. 제럴드는 마비된 채 서 있었으나, 노린은 보다 민첩했다. 자동차가 미끄러져 나아가는 순간, 그녀가 쫓아가 차체 밖의 발판 위로 뛰어올랐다.

승용차가 방향을 틀어 길 귀퉁이로 부리나케 돌아서 이내 멈추어

섰다. 조금 전의 뜀뛰기로 여전히 헐떡거리며 노린이 손을 내밀어 에드워드의 팔 위에 얹었다.

"그거 주세요……. 오, 그거 나한테 도로 주셔야 해요. 애그니스 라렐라에게 돌려줘야 하거든요. 신사답게 굴길 바라요……. 오늘 저녁 우리 둘 다 재미있게 놀았잖아요……. 같이 춤도 추고……. 우리는 친구였어요. 이제 나한테 그걸 주시겠어요? 어서요."

한 여인, 그녀의 아름다움에 몽롱하게 취하고 말았지. 이런 여자가 있었다니…….

에드워드 역시 그 목걸이를 얼른 없애 버리고 싶을 뿐이었다. 이것은 아량을 베풀 수 있는, 신이 내린 기회였다.

에드워드가 목걸이를 주머니에서 꺼내어 여자가 내민 손에 떨어트리며 일렀다.

"우리는 친구였어요."

"아."

그녀의 두 눈이 글썽거리며 빛났다.

이어서 난데없이 노린이 에드워드에게 고개를 돌렸다. 일순 에드워드가 그녀를 안았다. 그녀의 입술은 그의…….

다음 순간 노린이 뛰어내렸다. 진홍빛 승용차는 세차게 앞으로 돌진했다.

로맨스!

어드벤처!

II

크리스마스 날, 12시. 에드워드 로빈슨이 클라팜의 집 아늑한 응접실로 성큼 걸어 들어왔다. 관례적인 "메리 크리스마스."라는 인사와 함께.

호랑가시나무 크리스마스 장식을 다듬고 있던 모드가 차갑게 인사를 받았다.

"당신 친구하고 시골에서 재미있게 보냈어?"

"모드, 들어 봐. 당신한테 한 말은 거짓말이었어. 실은 경기에 나가서 우승 상금으로 500파운드를 땄고, 그 돈으로 자동차를 샀어. 당신이 난리를 칠까 봐 이야기해 주지 않았던 거고. 그게 첫 번째 이야기야. 내가 자가용을 1대 구매했고, 거기에 대해선 더 이상 거론할 게 없겠지. 두 번째 일은 바로 이것······. 더 이상 긴 세월, 질질 끌고 싶지는 않다고. 내 장래는 꽤 밝고, 진심으로 다음 달 당신과 결혼하고 싶어. 무슨 말인지 알겠어?"

"오."

모드가 여리게 받았다.

에드워드가 이랬었나? 이 사람이 에드워드일 수 있나? 이토록 능란하게 이야기하는 사람이?

에드워드가 던졌다.

"대답은? 예스야, 노야?"

모드가 왠지 홀린 듯 상대방을 물끄러미 쳐다보았다. 그녀의 두 눈에 서린 것은 외경과 감탄이었다. 에드워드는 그러한 낯빛을 바라보며 몽롱하게 취하지 않을 수 없었다. 에드워드를 짜증나게 했던, 잔소리쟁이 어머니 같은 모습은 사라지고 없었다.

지난밤 노린 역시 그렇게 에드워드를 쳐다보았다.

그러나 레이디 노린은 저 멀리 사라졌다. 곧바로 로맨스의 영역 속으로, 마치사 비앙카와 나란히. 그러나 지금 이 사람은 진짜다. 이 사람은 에드워드의 여자였다.

"예스야, 노야?"

에드워드가 되뇌며 모드에게로 한 발 가까이 다가섰다.

"예스. 그런데 에드워드, 무슨 일 있었어? 오늘 당신 좀 달라 보여."

모드가 더듬거렸다.

"그래. 지난 24시간 동안 나는 한 마리의 지렁이 대신에 한 사람의 남자였어. 그리고 오, 하느님, 그 효과를 보고 있다고!"

에드워드가 두 팔로 모드를 껴안았다. 슈퍼맨, 빌이 그랬던 것처럼.

"나를 사랑하고 있어, 모드? 말해 봐, 당신, 나를 사랑해?"

"오, 에드워드! 당신을 경모해……."

사고

"그리고 다시 강조하지만, 같은 여자야. 의심할 여지가 없다고!"

헤이독 대령이 간절하고도 맹렬한 친구의 표정을 들여다보고 한숨을 내쉬었다. 에번스가 그렇게 확신에 차 들떠 있는 게 이내 못마땅했다. 오랫동안 바다와 함께 살아오면서, 이 늙은 해군 대령은 자신과 상관없는 일에는 관여하지 않는다는 원칙을 체득했다. 하지만 그의 벗 에번스, 전 경시청 수사과 경감은 전혀 다른 인생철학을 지니고 있었다. 청년 시절 그의 좌우명은 '접수된 정보에 근거하여 행동하기'였다. 그리고 그것을 더욱 활용하여 자기 자신이 정보를 찾아내는 수준에까지 이르렀다. 에번스 경감은 매우 현명하며 민활한 수사관이었고, 그에 따라 에번스에게 돌아온 진급이라는 영예는 매우 정당한 것이었다. 이제 현직에서 은퇴하여 자신이 꿈꿔 왔듯 시골에 아담한 집을 짓고 살고 있지만, 그의 직업적 본능은 여전히 살아 숨쉬고 있었다.

"한 번 본 얼굴은 쉽게 잊어버리지 않는다고."

에번스가 만족스러운 듯 되풀이하며 말했다.

"앤터니 부인……. 그래, 앤터니 부인이 틀림없어. 자네가 메로우든 부인이라고 말했을 때 벌써 알아봤다고."

헤이독 대령의 마음이 불안한 듯 동요했다. 메로우든 부처는 에번스를 제외하면, 그와 가장 가까운 이웃이었다. 따라서 이처럼 메로우든 부인을 과거 그 유명했던 재판의 여주인공과 동일시하는 것을 듣고 있자니 괴로웠다.

"그건 오래전에 있었던 일이야."

헤이독이 힘없이 말하자 언제나 그렇듯 에번스가 정확히 짚어 주었다.

"아홉 해, 아홉 해 하고도 석 달 전이지. 자네, 그 사건 기억하나?"

"어렴풋이."

"앤터니 씨가 평소 비소를 먹어 왔던 것으로 밝혀졌지. 그래서 앤터니 부인이 석방됐던 것이고."

"그래, 그렇게 못할 이유도 없었잖은가?"

"그럴 이유는 세상 천지에 없었지. 당시의 증거를 근거로 내릴 수 있는 유일한 평결이었어. 절대적으로 옳았다고."

"그러면 다 된 거 아닌가. 이제 우리가 맘고생 할 일은 없잖나?"

"누가 마음고생을 해?"

"에번스 자네가 말이야."

"전혀야, 전혀."

"이미 지난 일이고, 끝났어. 메로우든 부인이 한때 불행하게도 살인 혐의로 재판을 받고 석방되었다면, 그것은……."

"석방되는 게 불운한 일이라고 보기는 힘들지 않겠어?"

헤이독 대령이 좀 성마르게 받았다.

"자네, 내 말뜻을 알잖나? 과거에 그 가엾은 여인이 꽤 고통스러운 경험을 거치며 살아왔다면, 지금에 와서 우리가 쑤시고 들출 필요는 없지 않겠어?"

에번스는 답하지 않았다.

"에번스, 그 여자는 결백했어……. 자네가 방금 그렇게 이야기했잖아."

"그녀가 무죄라고는 말한 적은 없어. 석방되었다고 그랬지."

"똑같은 얘기 아니야?"

"꼭 그렇지는 않아."

헤이독 대령은 담배 파이프를 의자 옆에다 대고 톡톡 쳐서 재를 털어 내다가 이내 멈추었다. 그러고는 꽤 사리는 눈빛으로 자세를 바로 한 뒤 말했다.

"이봐, 이봐. 자네 얼추 이렇게 생각하지? 그녀가 무죄가 아니었다고 말이야?"

"그렇게 말하고 싶지는 않아. 나는 다만 모른다는 거야. 앤터니는 비소를 먹는 버릇이 있었고 그의 아내가 갖다 주곤 했지. 어느 날, 앤터니는 실수로 너무 많이 먹었어. 그 실수가 그의 것인지, 아니면 앤터니 부인의 것인지는 아무도 알 수 없었고. 이어서 배심원들이 의심스러운 점을 선의로 해석해 준 것은 아주 적절했지. 재판은 공정하게 진행되었고, 나 역시 그런 걸 흠잡을 생각은 없어. 하지만 역시 마찬가지로 나는 알고 싶을 뿐이야."

헤이독 대령이 다시 한번 담배 파이프로 관심을 돌렸다. 그는 편안한 음성으로 던졌다.

"하지만 그 일은 우리가 상관할 바가 아니라고."

"글쎄, 꼭 그럴까……."

"그렇지만 결단코……."

"잠깐 내 얘기 좀 들어 봐. 이 사람, 메로우든 말이야……. 그날 저녁, 자기 실험실에서 여러 가지 실험들을 하며 시간을 보냈지……. 자네도 기억하겠지?"

"그래. 그가 비소에 관한 '마시의 실험(비소를 검출하는 데 사용하는 매우 예민한 수단으로, 비소가 독극물로 사용되던 시절 법의학 독물학 분야에서 특히 많이 활용되었다. 화학자 제임스 마시가 개발하여 1836년 처음으로 발표했다 — 옮긴이)'에 대해 얘기했지. 그러곤 부인을 향해 '당신이 잘 알고 있잖아요, 당신 전공 아니에요?' 하면서 껄껄 웃었어. 메로우든이 잠시라도 부인을 의심했다면 그렇게 말하지 않았을 거야……."

에번스가 가로막았다.

"그가 알았다면 그렇게 말하지 않았을 거라는 얘기지. 두 사람이 결혼한 지 몇 년 되었지…… 6년이라고 했던가? 그 사람 아주 까맣게 모르고 있어. 자기 부인이 한때 악명 높았던 앤터니 부인이었다는 사실을 말일세."

"그렇다고 내가 알려 주지는 않을 걸세."

헤이독 대령이 퉁명스럽게 던졌다.

에번스가 개의치 않고 계속했다.

"자네 때문에 방금 얘기가 끊겼네. 마시의 실험을 마친 뒤, 메로우든은 실험관에서 어떤 물질을 가열했어. 그 금속 찌꺼기를 물에 용해했고, 이어서 질산은을 첨가하여 그걸 침전시켰어. 바로 염소산염 실험이었지. 특별할 것도 없는 간단한 실험이야. 그러나 탁자 위에 펼쳐져 있던 책에서 이런 글귀를 읽어 볼 수 있었다네. '황산은 염소산염을 분해하며 산화염을 방출한다. 가열하면 격한 폭발이 일어난다. 따라서 그 혼합물은 차게 두어야 하며, 아주 적은 양으로만 사용해야 한다.'"

헤이독이 친구를 물끄러미 바라보았다.

"그게 어떻다는 얘긴가?"

"바로 이거야. 직업상 우리들도 실험을 했었어. 살인과 관련된 테스트를 말이지. 그러한 실험들을 고찰하고 잔여물을 분석하면서, 새로운 사실들을 더해 갔다네. 물론 그런 과정에서 증거의 일반적 오류나 편견을 감안했어. 그러나 또 다른 성격의 '살인 테스트'가 있다고. 꽤 정밀하지만, 동시에 상당히 위험한 실험! 살인자는 한 번의 범행으로는 좀처럼 만족하지 않거든. 그자에게 시간을 주는 거야. 그렇게, 의심조차 시들해지는 시점에 또 다른 범죄를 저지르게 되는 거라고. 어떤 남자를 체포했다고 해 봐……. 그가 아내를 살해했는지 살해하지 않았는지에 대해서는 그 사람에게 뚜렷한 혐의는 없다고 하고. 그의 과거를 들여다보는 거야……. 그 사람에게 몇 명의 아내가 있었고, 그들 모두가 이를테면, 좀 의심스럽게 죽었다고 한다면? 알 수가 있지! 자네도 이해하겠지만 나는 지금 법률적 차원에서 이야기하고 있는 것은 아니야. 윤리적인 확신을 가지는 것에 관한 이야기야. 그런 믿음이 생기면 자네는 증거를 찾아 계속 나아갈 수 있어."

"그래서?"

"거의 결론에 다다랐어. 그 남자처럼 들여다볼 과거가 있다면 문제는 간단해지겠지. 그러나 만일 초범을 붙잡았다면? 그런 경우 자네는 예의 실험에서 아무런 결과도 얻을 수 없겠지. 그러나 만약 그 피고인이 석방되었다면, 또 다른 이름으로 새 삶을 시작했다면……. 그 살인자는 범행을 되풀이할 것인가? 아니면 그렇지 않은가?"

"참으로 모골이 송연해지는군!"

"이래도 우리가 참견할 바가 아니라고 주장할 텐가?"

"물론이야. 메로우든 부인이 완벽히 결백한 여자가 아니라고 생각할 까닭이 없어."

전 경감이 일순 말을 아꼈다. 이어서 그가 천천히 일렀다.

"그녀의 과거를 들여다본 결과 아무것도 찾지 못했다고 자네한테 얘기했지? 그건 사실이 아닐세. 의붓아버지가 있었어. 18살 처녀 적에 그녀는 어떤 젊은 남자를 좋아했다네. 그런데 그녀의 계부는 엄하게 두 사람을 떨어트려 놓았어. 그러던 어느 날 그녀가 의붓아버지와 같이 좀 위험스런 벼랑 지대를 따라 산책을 했었어. 그리고 사고가 있었지. 계부가 절벽 가장자리로 너무 가까이 갔고, 한 발 내딛는 순간 바닥이 무너져 내려서는 떨어져 죽었다네."

"자네 설마 그렇게 생각……."

"그것은 사고였어, 사고! 앤터니가 비소를 과다 복용한 것도 사고였다고. 그녀에게 또 다른 남자가 있었다는 게 드러나지 않았다면, 그 여자는 기소되지 않았을 거야. 한편 그 남자는 도망쳤어. 아마 배심원들은 몰라도 그 남자는 무죄를 믿을 수 없었나 보지. 내 감히 말하지만 헤이독, 그 여자에 관한 또 다른…… '사고'가 우려되네!"

늙은 대령이 양 어깨를 으쓱해 보였다.

"사건이 있은 지 아홉 해가 되었어. 왜 지금 자네가 말하는 '사고'가 또 일어날 것이라는 말인가?"

"나는 '지금'이라고 말하지 않았어. '언젠가'라고 했을 뿐이야. 적절한 동기만 갖추어지는 언젠가 말이야."

헤이독 대령이 다시 한번 으쓱했다.

"그럼 그런 사태를 어떻게 미리 막을 텐가? 나로서는 좋은 생각이 떠오르지 않는데."

"나도 몰라."

에번스가 애달프게 답했다.

"그렇다면 나는 차라리 그냥 내버려 두겠네. 남의 일에 끼어들어서 좋은 일 생기는 거 봤나?"

그러나 그 조언이 전 경감의 구미에 맞지는 않았다. 그는 무던하면서도 의연한 사람이었다. 친구와 헤어져 마을로 내려가는 그의 뇌리에는 모종의 성공을 거둘지도 모르는 어떤 행동에 관한 생각이 소용돌이쳤다.

우표 몇 장을 사기 위해 우체국으로 들어서던 에번스는 마침 자신의 걱정거리인 조지 메로우든과 부딪혔다. 그 꿈꾸는 듯한 모습의 전직 화학 교수는 몸집이 작고, 품행은 부드럽고 얌전하였으며, 대개는 아주 싱거워 보였다. 조지 메로우든은 상대방을 알아보고 다정스레 인사를 건넸다. 그러면서 부딪히며 바닥에 떨어뜨린 편지를 줍느라 상체를 숙였다. 에번스 또한 몸을 숙여 상대방보다 더 민첩하게 움직여서 그 편지들을 먼저 쥐었다. 그는 사과의 말과 함께 그것을 주인에게 돌려주었다.

에번스는 편지들을 건네주면서 힐끔 내려다보았다. 봉투에 적힌 주소가 불현듯 그의 모든 의심을 새로이 북돋았다. 꽤 유명한 보험 회사의 상호가 적혀 있었던 것이다. 에번스는 곧바로 결심했다. 한편 간특하지 않은 조지 메로우든은 어떻게 하여 전 경감과 함께 마을 길을 따라 걸어 내려가게 되었는지 거의 깨닫지 못했다. 게다가 어떻게 하여 생명 보험을 주제로 대화를 나누게 되었는지도 전혀 알아채지 못했다.

에번스는 힘들이지 않고 목적을 이루어 냈다. 메로우든이 몸소 나서서 알려 주었던 것이다. 메로우든은 아내를 수혜자로 한 생명 보험을 들었다며 문제의 회사에 대한 에번스의 의견을 물었다.

"내가 좀 현명치 못한 투자를 했거든요. 그 결과로 수입이 줄었습니다. 만일 내게 무슨 일이 생긴다면, 아내는 아주 궁핍한 처지에 빠지게 될 거예요. 그때 이 보험금이 해결해 줄 수 있을 겁니다."

"부인이 그런 생각에 반대하지 않았나요? 반대하는 여자들도 있거든요. 재수가 없다든지 하는 식인 거죠."

에번스가 별 생각 없는 듯 물었다.

"오, 마거릿은 대단히 이성적이에요. 미신과는 거리가 멀답니다. 애당초 집사람이 먼저 그런 생각을 했어요. 내가 걱정하는 게 싫었나 봐요."

메로우든이 씩 웃으며 답했다.

에번스는 필요한 정보를 기어코 얻어 냈다. 에번스는 메로우든과 곧바로 헤어졌다. 그의 입술은 굳게 다물려 있었다. 고 앤터니 씨 역시 죽기 이삼 주 전에 부인을 수혜자로 하여 생명 보험에 들었었다.

본능에 의존하는 버릇이 있는 에번스는 확신에 차 있었다. 하지만 실천은 또 다른 문제였다. 그가 바라는 것은 죄를 저지르는 범인을 그 자리에서 체포하는 것이 아니었다. 범죄를 미연에 방지하는 것이었다. 그리고 그것은 체포와는 전혀 다른 일이며, 훨씬 더 어려운 일이기도 했다.

에번스는 온종일 깊은 생각에 잠겨 있었다. 그날 오후, 지역 대지주의 마당에서 앵초단(1883년 조직된 보수당 단체 ― 옮긴이) 축연이 열렸다. 에번스는 축연에 참가하여 동전 던지기 놀이를 비롯해 돼지 몸무게 알아맞히기, 코코넛 피하기 놀이도 했다. 그러는 동안에도 그는 얼이 빠진 듯 줄곧 산만한 표정이었다. 에번스는 수정(水晶)으로 점을 보는 점쟁이 자라에게 들러 반 크라운을 지불하고 그녀의 점에도 빠졌다. 점을 보는 동안, 에번스는 재직 시절 점쟁이들을 단속하던 일을 떠올리고는 실소했다.

에번스는 노래를 부르듯 웽웽거리는 단조로운 점쟁이의 음성에 그다지 주의를 기울이지 않았다. 그러나 말미에 가서 주문이 그의 관심을 붙들었다.

"그리고 당신은 이제 곧……. 정말로, 이제 곧…… 죽느냐 사느냐 하는 갈림길에 놓이게 되노라……. 한 사람이 죽느냐 사느냐."

"예? 그게 무슨 말입니까?"

에번스가 퉁명스레 받았다.

"결정……. 당신은 결정을 내려야만 해. 그리고 매우 조심하지 않으면 안 돼. 아주아주 조심하지 않으면……. 당신이 만약 실수라도 저지르면…… 아주 작은 실수라도……."

"예?"

점쟁이가 몸을 떨었다. 에번스 경감은 그 모든 게 다 허풍이라는 것을 알고 있었지만 그럼에도 마음이 동요됐다.

"경고하노라……. 당신은 절대로 실수를 저질러선 안 돼. 만일 저지르면…… 오, 그 결과가 뚜렷이 보이는구나! 죽음……."

'참으로 묘하군. 지독히도 괴이해. 죽음이라니. 그런 것을 미리 밝혀내다니!'

"내가 만에 하나 실수라도 하면 죽음을 초래한다, 그 말입니까?"

"그래."

벌떡 일어선 에번스가 반 크라운을 건네주면서 말했다.

"그렇다면 실수를 해서는 곤란하겠네요, 그렇죠?"

에번스는 꽤 가볍게 이야기했다. 하지만 천막을 나서는 그의 턱은 굳게 다물려 있었다. 말하기는 쉽다……. 하지만 확실히 행동하기란 그리 쉽지만은 않은 일이었다. 에번스는 절대 실수를 저질러선 안 된다. 한 생명, 그토록 유약한 인간의 생명이 거기에 달려 있었다.

그런데 그를 도와줄 사람이 아무도 없었다. 에번스는 저 멀리, 그의 동무 헤이독의 형체를 건너다보았다. 그는 도움이 되지 않았다. "그냥 내버려 둬."가 헤이독의 좌우명이었다. 그리고 그런 태도는 지금 전혀 도움이 되지 않는 것이었다.

헤이독은 어떤 여자와 이야기하고 있었다. 그 여자가 헤이독과 인사한 후 에번스 쪽으로 다가오자 그는 그녀를 알아보았다. 바로 메로우든 부인이었다. 그 즉시 에번스는 일부러 그녀가 지나갈 길로 들어섰다.

메로우든 부인은 상당히 수려하게 생긴 여자였다. 그녀는 넓고 고요한 이마, 아주 아름다운 다갈색 두 눈동자, 그리고 차분한 표정을 지녔다. 이탈리아 성모 마리아를 닮은 외모였다. 머리를 가운데에서 가르고, 두 귀 뒤로 넘긴 모습이 더욱 그랬다. 그녀의 목소리는 깊지만 다소 졸린 듯했다.

메로우든 부인이 에번스에게 환하게 웃어 보였다. 만족스러운 듯 반기는 미소였다.

"당신인 줄 알았어요, 앤터니 부인……. 아니, 메로우든 부인."

에번스가 유창하게 입을 열었다. 상대를 보지 않는 듯 눈여겨보면서 일부러 실수한 것이었다. 메로우든 부인의 두 눈이 휘둥그레 커졌다. 급히 들이쉬는 숨소리가 들렸다. 그러나 그녀의 두 눈은 흔들리지 않았다. 메로우든 부인은 당당하고도 굳세게 상대방을 물끄러미 쳐다보았다. 그러고는 침착하게 말했다.

"남편을 찾고 있었어요. 어디에서 그 사람 본 적 있으세요?"

"조금 전 저쪽에서 얘기를 나누었습니다."

두 사람은 조용하고 즐겁게 이야기를 나누면서 에번스가 가리킨 방향으로 나란히 걸어갔다. 경감은 점점 커지는 경탄의 마음을 느꼈다. 세상에 이런 여자가! 철저한 자기 통제. 이 놀라운 평정의 자세. 대단한 여자였다. 그리고 지극히 위험한 여인이었다. 에번스는 확신했다.

처음 시작은 만족스러웠으나 에번스는 아직도 몹시 불안했다. 자기를 알아보았다는 것을 그녀가 눈치채도록 한 꼴이었다. 그녀는 몸을 사릴 것이다. 이제 성급하게 나서지 않을 것이다. 그러나 메로우든 씨 문제가 남아 있었다. 그에게 경고를 해 줄 수만 있다면…….

두 사람은 부인의 키 작은 남편을 찾아냈다. 그는 동전 던지기 놀이에서, 본인 몫으로 떨어진 자기(瓷器) 인형을 멍하니 살펴보고 있었다. 그의 아내가 집으로 가자고 했고, 메로우든 씨가 열렬히 동의했다. 메로우든 부인이 경감에게 고개를 돌렸다.

"에번스 씨, 같이 가시겠어요? 조용하게 차라도 한잔 드시죠?"

그녀의 목소리에 희미한 도전의 기운이 담겨 있는가? 에번스는 그렇다고 느꼈다.

"고맙습니다. 메로우든 부인. 그렇게 하죠."

세 사람은 즐겁고 일상적인 이야기들을 나누면서 집으로 걸어갔다. 해는 밝았고 산들바람이 부드럽게 불어왔으며 그들을 둘러싼 모든 것들이 여느 때처럼 즐거웠다.

그들은 마침내 매혹적이고 고풍스러운 주택에 도착했다. 하녀는 축제에 나갔다고 메로우든 부인이 설명했다. 모자를 벗어 두기 위해 잠깐 방으로 들어갔던 부인은 다시 나와, 차를 준비하고 작은 은제(銀製) 등불 위에 주전자를 올렸다. 이어 그녀는 난로 옆 선반에서 작은 사발 3벌과 받침 접시를 꺼내었다.

"아주 특별한 중국산 차가 조금 있어요. 우리는 늘 중국식으로 마셔요. 잔이 아니라 사발에다 말이에요."

그녀가 잠시 멈추고 사발 속을 들여다보았다. 그러고는 그것을 다른 것으로 바꾸면서 성가신 듯 외쳤다.

"조지⋯⋯. 당신 정말 왜 그래요? 이 탕기들을 또 가져갔던 거예요?"

"미안, 여보. 크기가 딱 알맞아서. 주문한 것들이 아직 안 왔어요."

"이러다가는 우리 모두 독을 먹고 말 거예요."

그의 부인이 애매하게 웃으며 말했다.

"메리가 실험실에서 사발들을 찾아내서는 도로 여기에 갖다 놓는다고요. 그릇 안에 뭔가 특별한 게 들어 있지 않으면 씻을 생각도 안 하고 말예요. 당신, 저번에는 청산가리를 담아 두기도 했잖아요. 정말 생각만 해도 끔찍하다고요."

메로우든 씨는 조금 거슬린 듯 보였다.

"메리가 실험실 물건들을 함부로 손대고 있단 말이에요? 실험실 물건에는 손대지 말라고 해요."

"하지만 우리가 거기서 차를 마신 뒤 종종 찻잔들을 그대로 놔두잖아요. 메리가 어떻게 알겠어요? 생각 좀 해 봐요, 여보."

교수가 홀로 웅얼대며 실험실로 들어갔다. 메로우든 부인이 빙그레 웃으며 끓는 물을 그릇에 부었다. 이어서 작은 은 램프의 불꽃을 훅 불어서 껐다.

에번스는 미궁에 빠진 듯했다. 그럼에도 가늘게 명멸하는 빛 한 줄기가 뇌리를 스쳤다. 무슨 까닭인지 몰라도 메로우든 부인은 자신의 패를 보여 주고 있었다. 이것은 '사고'가 될 것인가? 메로우든 부인은 자신의 알리바이를 사전에 준비하기 위해 치밀하게도 일부러 이 모든 것을 이야기해 주는 것인가? 그리하여, 어느 날 '사고'가 일어나면 에번스로서는 그녀에게 유리한 증언을 하지 않을 수 없게 된다. 그렇다면 그것은 큰 오산이다. 왜냐하면 그 전에…….

에번스가 급히 숨을 들이쉬었다. 메로우든 부인이 차를 탕기에 차례로 부었다. 하나는 에번스 앞에 차리고, 하나는 그녀 자신 앞에 놓았다. 또 다른 하나는 남편이 앉곤 하는 의자와 가까운, 난로 곁 자그마한 테이블 위에 차려 놓았다. 작고 신비스런 미소가 그녀의 입가에 어린 것은 부인이 예의 마지막 잔을 테이블 위에 내려놓을 때였다. 무언가를 저지른 미소였다. 에번스는 알 수 있었다!

대단하고도 위험한 여자. 기다림도, 준비도 없었다. 오늘 오후, 바로 오늘 오후……. 지금 여기서 에번스를 증인으로 세워 두고 말이다. 그 담대함에 숨이 막힐 지경이었다.

참으로 영악하다. 지독스럽게 영특하다. 에번스는 아무것도 입증할 수 없을 것이다. 그녀는 에번스가 의심할 수 없다는 점에 착안했다. '너무 빨리' 찾아왔기 때문이다. 번개가 스치듯 빠른 생각과 행동. 이 여자…….

에번스가 깊은 숨을 내쉬고 앞으로 몸을 수그렸다.

"메로우든 부인, 내겐 좀 유별난 취미가 있어요. 그러니 내 부탁을 좀 들어주실 수 있겠어요?"

부인은 미심쩍은 듯하면서도 느긋한 모습이었다.

자리에서 일어난 에번스가 메로우든 부인 앞의 사발을 들고, 작은 테이블로 건너갔다. 그러고는 테이블 위의 사발 대신 그 사발을 내려놓았다. 원래 있던 사발은 도로 가져와 메로우든 부인 앞에 놓았다.

"자, 이제 차를 드시죠."

부인의 두 눈이 에번스의 것과 마주쳤다. 흔들리지 않는, 헤아리기 어려운 눈빛이었다. 여인의 얼굴에서 핏기가 서서히 가셨다.

메로우든 부인이 손을 뻗어 잔을 집어 들었다. 에번스는 숨을 죽였다. 지금까지 모든 게 그의 실수였다면?

메로우든 부인이 사발을 자신의 입술로 올렸다. 바로 그 마지막 순간, 부인은 진저리를 치면서 몸을 앞으로 수그리고 급히 그 잔을 고비 화분에 쏟아 버렸다. 이어서 그녀가 다시 자리에 똑바로 앉아 에번스에게 반항 어린 시선을 던졌다.

에번스가 긴 안도의 한숨을 내쉬고 다시 제자리에 앉았다.

"그래서요?"

여자의 음성은 달라졌다. 조금은 비웃는 듯한, 굽히지 않는 느낌이었다.

에번스가 차분하게, 그리고 찬찬히 대답했다.

"당신은 아주 똑똑한 여자예요, 메로우든 부인. 이런 일이 되풀이되어서는 안 됩니다. 무슨 뜻인지 아시죠, 부인?"

"예, 어떤 의미인지 이해합니다."

그녀의 목소리는 굴곡이 없고 감정마저 담겨 있지 않았다. 에번스는 만족을 느끼고 고개를 끄덕였다. 이 여자는 영리한 여인이었다. 교수대에 서고 싶지는 않을 것이다.

"당신, 그리고 당신 남편의 만수무강을 위하여."

에번스가 의미심장하게 말하고는 이어서 차 그릇을 자신의 입술로 가져갔다.

곧이어 에번스의 얼굴이 달라졌다. 심하게 일그러진 것이다. 그는 일어서려고 애를 썼다……. 무언가를 외치려고 했다……. 그의 몸이 굳어 갔다. 얼굴은 자줏빛으로 변해 갔다. 그러다 뒤로 나자빠져 의자에 널브러졌다. 사지가 격하게 요동쳤다.

메로우든 부인이 에번스를 쳐다보면서 몸을 숙였다. 작은 미소가 그녀의 입술을 스쳤다. 부인이 에번스에게 이야기했다. 아주 부드럽고, 사근사근하게.

"당신은 실수를 저질렀어요, 에번스 씨. 내가 조지를 죽이려 한다고 생각하셨죠? 어리석은 생각…… 참으로 어리석은 생각이었어요."

메로우든 부인은 죽은 남자를 바라보며 그의 곁에 얼마간 더 앉아 있었다. 감히 그녀의 길을 가로막고 사랑하는 남자로부터 그녀를 떼어 놓으려 했던 세 번째 남자를.

메로우든 부인의 얼굴에 미소가 넓게 퍼졌다. 그녀는 어느 때보다 더 성모 마리아 같았다. 곧이어 메로우든 부인이 목소리를 높여 남편을 불렀다.

"조지, 조지! 오, 이리 좀 와 봐요! 끔찍한 사고가 벌어진 것 같아요……. 가엾은 에번스 씨……."

제인은 구직 중

I

제인 클리블랜드가 바스락거리며 《데일리 리더》를 훑어보다가 이내 한숨을 내쉬었다. 마음속 저 깊숙한 곳에서 솟아 나오는 한숨이었다. 대리석 상판의 식탁, 그 위에 놓여 있는 수란 토스트와 작은 찻주전자를 그녀는 메스껍게 쳐다보았다. 배고프지 않아서가 아니었다. 오히려 그 반대라고 해야 할까? 제인은 지독하게 허기져 있었다. 얇게 썬 감자 튀김, 그리고 가능하면 강낭콩까지 곁들여 잘 요리한, 비프스테이크 200그램 정도는 능히 먹을 수 있을 것 같았다. 차보다는 좀 더 구미를 돋워주는 약간의 포도주와 함께 말이다.

그러나 재원(財源)이 거의 바닥 난 젊은 여자에게 선택의 여지랄 게 별달리 없었다. 수란과 차 한 주전자를 시킬 수 있었던 것도 제인에게는 행운이었다. 내일도 가능할지에 대해서는 좀 비관적이었다. 만약 일을 구하지 못한다면…….

제인은 다시 한번《데일리 리더》의 광고란에 눈길을 돌렸다. 간단히 말해서 제인은 실직 상태였다. 그리고 상황은 점점 더 심각해지기만 했다. 허름한 하숙집을 관리하는 양가 태생의 점잖은 주인 아줌마는 벌써부터 이 아가씨를 의심스런 눈초리로 흘겨보고 있었다.

그러나 오랜 습관대로 그녀는 턱을 분연히 내밀며 독백했다.

"그렇지만 나는 지성을 갖추었고 인물도 괜찮잖아. 거기다 교육도 받았어. 도대체 더 바랄 게 뭐란 말이야?"

《데일리 리더》의 광고란에 실린 구인 광고들은 다양한 경험의 속기 타자수, 약간의 투자 자본을 갖춘 사업체 임직원, 양계장의 이익을 함께 나눌 숙녀(이곳 또한 어느 정도의 지참금을 요구했다.), 그리고 수많은 요리사, 가정부, 잔심부름을 맡아 줄 하녀 등을 구하고 있었다. 특히 잔심부름을 해 줄 하녀를 찾는 광고가 눈에 띄었다.

"이것도 괜찮을 것 같은데. 하지만 그곳 역시 경험자를 원하고 있으니 나 같은 사람은 힘들지 않을까. 뭐, 감히 말하지만 '의지의 젊은 처녀'로서 갈 데가 한 군데도 없으려고? 하지만 의지만 가진 젊은 처녀에겐 이렇다 할 봉급도 주지 않지."

다시 한숨을 쉰 제인이 신문을 펼쳐 들고 건강한 젊음의 정력을 다해 수란을 공격했다.

마지막 한 입까지 목으로 넘겼을 때, 제인은 다른 면을 펼쳐 차를 마시며 개인 인사 광고란을 살펴보았다. 개인 광고란은 언제나 마지막 희망이었다.

만약 2000파운드 정도만 가지고 있었다면, 일을 훨씬 더 쉽게 해결할 수 있었을 것이다. 적어도 좋은 기회가 7개 정도 있었고, 모두 다 못해도 연간 3000파운드 이상의 수입을 가져다준다고 했다. 제인이 입술을 조금 비죽거렸다.

"내게 2000파운드가 있다 해도 그 돈을 떼어 놓기는 그리 쉽지 않겠지."

빠른 속도로 칼럼 맨 밑까지 훑어내린 제인이 곧이어 힘들이지 않고 다시 거슬러 올라갔다. 오랜 경험에서 나온 솜씨였다.

버려진 옷가지들에 놀라운 가격을 쳐 주겠다는 여자도 있었다. "귀댁을 직접 방문하여 옷가지들을 봐 드립니다." 어떤 것이든지 사겠지만 그중에서도 주로 이빨을 찾는다는 신사들도 있었다. 작위를 지닌 마나님이 해외로 떠나면서 모피류를 헐값에 처분하겠다는 내용도 있었다. 형편이 어려워진 목사도 있었고, 고단하게 일하는 미망인, 불구가 된 장교도 있었다. 그들 모두 적게는 50파운드에서, 2000파운드까지의 돈이 필요하다고 했다. 제인은 별안간 동작을 멈추었다. 그녀는 찻잔을 내려 놓고, 다시 한번 광고를 찬찬히 읽어 보았다.

"물론, 이런 데는 함정이 있지. 이런 광고에는 늘 올가미가 있게 마련이야. 조심해야지. 그래도······."

제인 클리블랜드를 매혹시킨 광고의 내용은 다음과 같았다.

만약 당신이 25살에서 30살 사이의 젊은 숙녀이고, 두 눈은 짙은 파란색이며 밝은 금발, 검은 눈썹과 속눈썹, 곧게 뻗은 코, 날씬한 몸매의 소유자라면, 또 키가 170센티미터이고 더불어 흉내를 잘 내고 불어를 할 줄 안다면 부디 오후 5시에서 6시 사이에 엔더슬레이가(街) 7번지를 방문해 주십시오. 좋은 소식을 들을 수 있을 것입니다.

"순진한 궨덜린(오스카 와일드의 희극「진지해지는 것의 중요성」의 주인공 이름 — 옮긴이), 그렇지 않다면 여자애들이 왜 잘못된 길로 빠지겠어."
제인이 중얼거렸다.
"아무렴, 확실히 조심해야만 해. 한데 이런 광고치고는 너무 조건이 까다롭잖아. 이건 좀 이상하네……. 한번 찬찬히 따져 볼까."
제인이 하나하나 점검해 나갔다.
"25살에서 30살이라……. 그렇지, 나는 26살이니까 통과. 짙은 파란색 두 눈동자, 이것도 괜찮고. 화사한 금발……. 까만 눈썹과 속눈썹……. 모두가 합격. 쭉 뻗은 코? 그렇단 말이지. 어쨌든 이 정도면 충분히 쭉 뻗었어. 매부리코나 들창코는 아니니까. 게다가 나는 늘씬하지……. 요즘 기준으로도 날씬해. 하지만 키가 167센티미터밖에 안 되잖아……. 뭐, 하이힐을 신으면 되지. 남 흉내도 잘 내고. 대단치는 않지만 그래도 목소리는 흉내 낼 수 있으니까. 마지막으로 불어도 어느 정도 할 수 있고. 나야말로 적임자잖아. 한 치의 오차도 없이 완벽해. 그 사람들, 내가 나타나면 아주 기뻐한 나머지 덤벼들다 엎어지지나 않을까 몰라. 제인 클리블랜드, 나가자, 이기자."

제인이 단호하게 광고를 찢어 핸드백 속에 집어넣었다. 어느새 활기차진 목소리로 그녀는 계산서를 요구했다.

4시 50분, 제인은 엔더슬레이가 주위를 정찰하고 있었다. 엔더슬레이가 자체는 작은 거리로, 옥스퍼드 서커스 지역과 가까운 널찍한 두 거리의 틈바구니에 끼어 있었다. 동네는 허름하면서도 꽤 그럴듯해 보였다.

7번지는 주위의 건물들과 크게 달라 보이지 않았다. 사무실들이 갖춰진 것처럼 보였다. 그 건물을 올려다보는 순간, 제인은 불현듯 깨달았다. 파란 눈에, 금발이고, 곧은 코와 날씬한 몸매를 갖춘 25살에서 30살 사이의 숙녀가 그녀 혼자만은 아니라는 사실을. 필경 런던은 그런 여자들로 꽉 찬 듯했고, 그중 적어도 사오십 명이 엔더슬레이가 7번지 주위에 무리지어 있었다.

"경쟁이군. 아무렴 나도 얼른 줄을 서야지."

제인이 얼른 줄 뒤로 붙어 섰고, 바로 그때 또 다른 여자 셋이 길모퉁이를 돌아 나왔다. 그리고 그들 뒤로 또 다른 여자들이 오고 있었다. 제인은 바로 곁에 있는 여자들을 평가하면서 속으로 기뻐했다. 제인은 각각에게서 뭔가 잘못된 점을 애써 찾아냈다. 짙은 색이 아닌 노란 속눈썹, 파란색보다는 회색에 가까운 눈동자, 염색으로 만든 금발, 재미있게 변형된 코 생김새들, 그리고 모든 걸 포용하는 자비로운 사람만이 날씬하다고 평가해 줄 수 있을 것 같은 몸매. 제인의 사기가 고조되었다.

"나에겐 그 누구 못지않은 확실한 기회가 있다고 믿어. 그런데 도대체 무슨 일을 하는 걸까? 미인 합창단 같은 것이었으면 좋겠다."

줄은 천천히, 그러나 꾸준히 앞으로 움직였다. 곧이어 두 번째 무리의 아가씨들이 안에서 건물 밖으로 쏟아져 나왔다. 그들 가운데 일부는 고개를 처들었고, 다른 일부는 멋쩍게 웃었다. 제인이 기쁜 듯 중얼거렸다.

"떨어졌군. 그나저나 내 차례가 되기도 전에 꽉 차면 안 되는데."

줄은 계속해서 앞으로 나아갔다. 개중에는 애가 탄 듯 작은 거울을 들여다보는 사람, 열을 내며 코에다 분을 바르는 사람, 입술연지를 마구 칠하는 사람도 보였다.

"내게 좀 더 멋있는 모자가 있었으면 얼마나 좋았을까."

제인이 서글픈 듯 속삭였다.

이윽고 제인의 순서가 돌아왔다. 출입문 내부에는 한쪽으로 유리문이 있었고, 그 위로 '커스버트선스'라는 상호가 새겨져 있었다. 구직자들은 이 유리문을 통해 한 사람씩 들어가도록 되어 있었다. 차례가 되자 제인은 숨을 깊이 내쉬고, 안으로 들어갔다.

안쪽은 직원들을 위한 공간으로 보이는 외곽 사무실이었다. 사무실 뒤로 또 다른 유리문이 있었다. 제인은 그 문으로 들어가라는 지시를 받고, 좀 더 작은 방으로 들어갔다. 방 안에는 커다란 책상이 있었고, 이국풍의 두터운 콧수염에 날카로운 눈초리를 한 중년 남자가 앉아 있었다. 그의 시선이 제인에게로 향하더니 곧이어 그가 왼쪽의 문 하나를 가리켰다.

"여기에서 좀 기다리시오."

파삭파삭한 목소리였다.

제인은 시키는 대로 했다. 새로 들어간 방에는 이미 사람들이 여럿 있었다. 모두 5명이었는데 몸을 똑바로 세우고 서로를 쳐다보며 앉아 있었다. 가능성 있는 후보군에 들어간 것이 확실해 보였다. 제인의 기가 다시 살아났다. 그렇지만 광고 조건에 관한 한, 나머지 여자들 모두 제인 자신과 똑같은 선발 가능성을 지니고 있다는 것을 인정하지 않을 수 없었다.

시간이 흘렀다. 꽤 많은 무리의 여자들이 안쪽 사무실로 들어 갔다. 그중 대부분은 퇴짜를 맞고 복도로 이어지는 또 다른 문으로 빠져나갔다. 그러나 뽑힌 사람이 이따금 한 사람씩 늘며 선발 그룹이 불어났다. 6시 30분이 되었을 때 방에 모인 여자는 모두 14명이었다.

제인은 안쪽 사무실에서 누군가 수군거리는 목소리를 들었다. 곧이어 이국적으로 생긴 그 신사, 군인다운 풍모의 콧수염을 보고 제인이 마음속으로 '대령'이라는 별명을 지어 준 신사가 문간에 나타났다.

"괜찮으시다면, 한 번에 한 사람씩 이야기합시다. 도착하신 순서대로 말입니다."

제인은 물론 명단에서 여섯 번째였다. 그녀가 불려 들어가기까지 20분 정도가 흘렀다. '대령'은 뒷짐을 진 채 서 있었다. 그는 제인에게 질문 공세를 했고, 불어 실력을 테스트하였으며, 이어서 그녀의 키를 쟀다. 이윽고 대령이 불어로 말했다.

"아가씨, 당신이 이 일에 알맞을 수도 있을 겁니다. 확실히는 모르는 일입니다만, 가능하다는 얘깁니다."

"무슨 일을 하는 자리인지 물어봐도 괜찮을까요?"

제인이 직설적으로 물었다.

그가 어깨를 으쓱해 보였다.

"아직은 말씀드리기가 좀 곤란합니다. 당신이 뽑히면…… 그때 알려 줄 겁니다."

"뭔가 참 비밀스러워 보이네요. 하지만 완전히 잘 알기 전까지는 어떤 것도 받아들일 수 없을 거예요. 실례하지만, 그 업무가 무대에 서는 일과 관련이 있나요?"

"무대요? 절대로 아닙니다."

"오!"

다소 놀란 듯 제인이 소리를 냈고, 남자가 제인을 흘겨보았다.

"당신은 지성을 지녔습니까, 맞습니까? 분별력도?"

"충분한 지성과 분별력을 갖추었죠. 보수는 어떻게 되나요?"

제인이 얌전히 일렀다.

"급여는 2주일 근무에 2000파운드가 지급됩니다."

"오!"

제인이 가냘프게 말했다.

인색하지 않은 금액에 어찌나 놀랐는지, 회복되는 데 시간이 좀 걸렸다.

대령이 이야기를 재개했다.

"다른 젊은 숙녀 한 분을 이미 뽑아 놓았습니다. 물론 당신도 그녀와 동등하게 자격이 있습니다. 아직 보지 못한 다른 분들도 있을 겁니다. 다음 진행 절차에 대해서는 따로 연락을 드릴 겁니다. 해릿지 호텔을 알고 있습니까?"

제인이 놀라서 헉 소리를 내었다. 영국에 사는 사람치고 해릿지 호텔을 모르는 이가 있을까? 그 유명한 호텔은 메이페어의 한 뒷골목에 수수한 모습으로 서 있으며, 왕족들과 저명인사들이 수시로 드나드는 곳이었다. 오늘 아침만 해도 오스트로바 왕국 폴린 대공비가 영국에 도착했다는 신문 기사를 읽은 참이었다. 대공비는 러시아 난민들을 돕기 위한 성대한 바자회의 개막식에 참여하기 위해 왔고, 물론 해릿지 호텔에 묵는다고 했다.

"예."

"좋습니다. 이제 그곳으로 가십시오. 거기 가서 스트렙티치 백작을 찾은 다음, 당신의 카드를 보여 주십시오. 아, 당신 카드 가지고 있습니까?"

제인이 카드를 꺼내 앞으로 내밀었다. 대령이 그녀로부터 그걸 받아 한 모퉁이에 아주 작게 'P'자를 적어 넣었다. 대령은 카드를 제인에게 다시 돌려주었다.

"백작이 그걸 확인하고 당신과 이야기할 겁니다. 거기 'P'자가 내가 보낸 사람이라는 표십니다. 최종 결정은 그 사람, 그리고 또 다른 사람이 내릴 겁니다. 그분이 당신을 적임자로 판단하면, 관련 사항들을 이야기해 줄 겁니다. 그걸 듣고 당신은 그의 제안을 수용하거나 거절할 수 있습니다. 어떻습니까, 괜찮겠습니까?"

"예, 아주 좋습니다."

이윽고 거리로 나온 제인이 중얼거렸다.

"아직까지는 문제점이 안 보여. 하지만 없을 수가 없지. 세상 천지에 그냥 주는 돈 같은 건 없으니까. 이건 틀림없이 범죄와 관련된 일일 거야! 그것밖에 남아 있는 게 없다고."

제인은 기운을 냈다. 제인은 어느 정도 절제된 범죄라면 반대하지 않았다. 요사이 신문들은 여자 강도들이 이룩한 여러 가지 위업에 관한 얘기로 꽉 차 있었다. 제인 역시 모든 게 여의치 않을 경우, 몸소 그런 사람이 되겠노라 진지하게 생각했다.

제인은 조금 떨면서 해릿지 호텔의 고급스러운 입구로 들어섰다. 그 어느 때보다 더 그녀는 새 모자가 있었으면 하고 생각했다. 그러나 용감하게 사무실로 걸어가, 카드를 내밀고는 일말의 머뭇거림도 없이 스트렙티치 백작을 찾았다. 직원이 좀 이상스럽게 바라본다는 생각이 머릿속을 스쳤다. 하지만 직원은 카드를 받아, 제인이 알아듣지 못할 정도의 낮은 음성으로 지시 사항을 말하고는 키 작은 급사에게 그것을 주었다. 얼마 지나 급사가 돌아왔고, 제인은 그를 따라갔다. 엘리베이터를 타고 올라간 두 사람은 복도를 따라 걸어서 커다란 양문형 입구에 이르렀다. 급사가 문을 두드렸다. 잠시 뒤 제인은 커다란 방으로 안내되었다. 그녀의 바로 코앞에는 키가 크고 마른, 노란 턱수염의 사나이가 느린 속도로 흰 손으로 그녀의 카드를 쥐고 있었다. 그 남자가 천천히 카드를 읽었다.

"제인 클리블랜드 양, 나는 스트렙티치 백작이라고 합니다."

남자의 입술이 별안간 벌어지며 고르게 난 흰 치아 두 줄이 드러났다. 미소를 지으려는 듯했으나 안타깝게도 그다지 즐거워 보이지는 않았다.

"광고를 보고 지원한 걸로 알고 있습니다. 크라닌 대령이 당신을 이리로 보냈고요."

'그 남자가 정말 대령이었구나.'

제인은 자신의 명민함에 고무되었다. 그렇지만 겉으로는 그저 고개 숙여 인사를 할 뿐이었다.

"몇 가지 질문을 좀 드려도 괜찮겠습니까?"

백작은 답변을 기다리지 않고 크라닌 대령이 했던 것과 매우 흡사한 질문 공세를 해 대기 시작했다. 그러고는 이어진 제인의 답변이 만족스러운 듯 고개를 한두 번 끄덕였다.

"아가씨, 저 문까지 천천히 걸어갔다가 다시 돌아와 보겠어요?"

제인이 그의 말대로 하면서 생각했다.

'이 사람들 어쩌면 나한테 패션모델을 시키려는 걸까? 하지만 패션모델한테 2000파운드를 주는 데가 어디 있어? 좌우간 아직은 질문을 하지 않는 게 더 좋을 것 같아.'

스트렙티치 백작이 낯을 잔뜩 찌푸렸다. 하얀 손가락들로 탁자를 톡톡 두드리다가 벌떡 일어서더니, 인접한 방의 문을 열고는 안에 있는 누군가에게 이야기했다.

백작은 곧 자기 자리로 돌아왔다. 이어서 키가 작은 중년 숙녀가 등 뒤로 문을 닫으면서 안으로 들어왔다. 그 여자는 뚱뚱하고 지독하게 못생겼지만, 중요한 사람으로서의 분위기를 풍기고 있었다.

백작이 말했다.

"안나 미카엘로브나, 이 아가씨를 어떻게 생각하십니까?"

예의 숙녀는 마치 전시회에 밀랍 인형이라도 되는 것처럼 제인을 위아래로 열심히 훑어보았다. 그녀는 어떤 종류의 겉치레 인사도 하지 않았다. 이윽고 중년 숙녀가 입을 열었다.

"괜찮겠어요. 솔직히 말해 말 그대로 '실질적 닮음'이라는 점을 놓고 볼 때, 닮은 데라고는 거의 없군요. 하지만 몸매와 피부색은 다른 어느 누구보다 더 훌륭하며 썩 좋아 보입니다. 당신은 어떻게 생각하시나요, 표도르 알렉산드로비치?"

"당신 말씀에 동의합니다, 안나 미카엘로브나."

"이 아가씨가 불어를 할 줄 압니까?"

"탁월합니다."

제인은 점점 더 꼭두각시가 되는 듯한 기분을 느꼈다. 이 수상한 사람들 중에 누구도 제인이 한 사람의 인간이라는 것을 생각해 주지 않는 듯했다.

"하지만 이 아가씨, 분별력은 있습니까?"

제인을 심하게 노려보며 나이 많은 숙녀가 물었다.

스트렙티치 백작이 제인에게 불어로 일렀다.

"이분은 포포렌스키 공주님이십니다. 공주께서 당신이 분별력이 있느냐고 물으셨잖습니까?"

"제가 할 일에 관해서 설명을 받기 전까지는, 어떤 약속도 하기가 어렵습니다."

제인이 공주에게 대답했다.

"저기에 계신 분이 하시는 말씀이 바로 그 말이에요, 우리 귀여운 아가씨. 이 아가씨 제법 똑똑해 보이는군요……. 다른 사람들보다 더 명석해 보여요. 말해 봐요, 귀여운 아가씨. 당신은 용기 있는 사람이기도 한가요?"

숙녀의 말에 제인이 어쩔 줄 모르며 답했다.

"잘 모르겠습니다. 다치는 것을 특별하게 좋아하지는 않습니다. 하지만 그런 것을 견뎌 낼 자신은 있습니다."

"아! 내 말은 그게 아니에요. 위험을 꺼리지 않느냐고 물어본 것이랍니다."

"위험! 그런 거라면 괜찮습니다. 오히려 위험을 좋아하는걸요."

"그럼 당신은 가난한가요? 돈을 많이 벌고 싶나요?"

"저를 한번 써 보세요."

제인이 열정에 가까운 뭔가를 담아서 대답했다.

스트렙티치 백작과 포포렌스키 공주가 눈길을 주고받은 다음 동시에 고개를 끄덕였다.

"내가 관련 내용들을 설명해도 될까요, 안나 미카엘로브나?"

백작이 묻자 공주가 고개를 가로저었다.

"마마께서 직접 하시길 바라십니다."

"그렇게 하실 필요가 있을까요."

"아무튼 그게 마마의 명령입니다. 당신이 아가씨와의 면담을 끝내는 대로 내가 안으로 데려갈 거예요."

스트렙티치가 어깨를 으쓱해 보였다. 분명히 즐거워 보이지는 않았다. 마찬가지로 분명하게도 마마의 칙령에 불복할 뜻은 없어 보였다. 그가 제인에게 고개를 돌렸다.

"포포렌스키 공주께서 당신을 폴린 대공비 마마께 알현시켜 드릴 겁니다. 놀라시면 안 됩니다."

제인은 조금도 놀라지 않았다. 그녀는 실제로 살아 숨쉬는 대공비를 직접 알현한다는 생각에 들떠 있었다. 제인에게는 사회주의적인 데가 전혀 없었다. 이 순간 그녀는 모자에 대한 염려마저 거두었다.

포포렌스키 공주가 제인을 인도했다. 그녀는 역경에 처한 현실에도 불구하고, 애써 모종의 엄숙함을 담은 걸음걸이로 한 발짝 한 발짝 뒤뚱거리며 나갔다. 일종의 대기실인 옆방을 통과하여 지나갔고, 곧이어 공주가 뒤쪽 벽에 나 있는 문 하나를 두드렸다. 안쪽에서 어떤 목소리가 응답했다. 문을 연 공주가 안으로 들었고 제인이 그녀의 뒤를 바짝 따라붙었다.

"마마, 소개 올리겠습니다. 이쪽이 제인 클리블랜드 양입니다."

공주가 엄숙한 목소리로 말했다.

방 저편 끝, 커다란 안락의자에 앉아 있던 젊은 여자가 펄쩍 뛰어 앞으로 달려왔다. 그 여자는 일이 분 정도 제인을 뚫어져라 쳐다보더니 이내 쾌활하게 웃었다.

"오, 참으로 근사하군요, 안나. 우리가 이렇게 보란 듯이 성공할 줄은 상상도 못했거든요. 이리 와 보세요, 나란히 선 우리 두 사람 한번 보자고요."

대공비는 제인의 팔을 붙잡아 방 저쪽으로 데리고 가서는 벽에 걸려 있는 긴 전신 거울 앞에 멈추어 섰다. 그녀가 신이 난 듯 외쳤다.

"자, 보세요! 완벽한 한 쌍이에요!"

이미 폴린 대공비를 처음 본 순간부터 제인은 이해가 되었다. 대공비는 필경 제인보다 나이가 한두 살 더 많은 젊은 여자였다. 그녀는 제인과 똑같이 환한 금발에 똑같이 날씬했다. 키는 필시 제인보다 약간 더 큰 듯했다. 나란히 서서 보니 닮은 점이 더욱 뚜렷해졌다. 코면 코, 눈이면 눈, 서로 비슷했으며, 피부색은 거의 완벽하게 같았다.

대공비가 손뼉을 쳤다. 그녀는 아주 명랑하고 쾌활한 여자로 보였다.

"이보다 더 좋을 수는 없어요. 나를 대신해서 표도르 알렉산드로비치에게 축하해 주세요, 안나. 정말 훌륭한 일을 해냈다고 말예요."

"마마, 아직까지 이 아가씨는 자신이 해야 할 일에 대하여 모르고 있습니다."

공주가 낮은 음성으로 중얼거렸다.

"그래요. 내가 잊었군요. 내가 그녀에게 말할게요. 우리 두 사람만 있게 해 주세요, 안나."

태도가 조금 차분해진 대공비가 일렀다.

"하지만, 마마······."

"우리 두 사람만 있겠다고 했잖아요."

그녀가 성난 듯 바닥에 발을 굴렀다. 안나 미카엘로브나는 상당히 내키지 않는 듯한 모습으로 방을 나갔다. 대공비가 자리에 앉았고, 이어서 제인더러 똑같이 하라고 손짓했다.

"늙은 여자들 좀 피곤하지 않아요? 그렇지만 그런 분들이 필요하곤 하죠. 안나 미카엘로브나가 제일 나은 편이에요. 자, 이제, 미스······ 아, 맞아요. 미스 제인 클리블랜드. 그 이름이 마음에 드는군요. 당신도 마음에 들고요. 당신은 동정심이 있어 보여요. 나는 동정심이 있는 사람을 단번에 알아볼 수 있거든요."

"아주 현명해 보이십니다, 마마."

제인이 처음으로 입을 열었다.

"그래요, 나는 현명해요. 자, 이제 관련 사항들을 설명해 줄게요. 설명할 게 그렇게 많지는 않아요. 당신은 오스트로바 왕국의 역사를 알고 있나요? 사실상 우리 가족 모두가 죽었어요······. 공산주의자들한테 학살당했죠. 어쩌면 우리 혈통 중 남은 사람은 내가 마지막일 겁니다. 하지만 나는 여자이고, 옥좌에 앉을 수가 없지요. 그 사람들이 나를 그냥 내버려 둘 것 같으세요? 그렇지 않답니다. 어디를 가든 나를 암살하려는 시도들이 있거든요. 우스운 일이죠? 보드카에 절은 그 짐승들은 균형 감각조차 잃어버렸어요."

"알겠습니다."

뭔가 해야 할 일이 있다는 것을 깨달으며 제인이 답했다.

"나는 대부분의 시간을 은둔하며 살고 있어요. 스스로를 보호할 수 있는 곳에서요. 그러나 이따금 공적인 행사에 참여해야 해요. 여기 있는 동안에도 몇 개가 예정되어 있죠. 돌아가는 길에는 파리에서도 행사가 있어요. 아는지 모르겠는데, 헝가리에 내 별장이 있어요. 그곳에서 멋진 스포츠를 즐길 수 있죠."

"정말이세요?"

"최고죠. 나는 스포츠를 좋아해요. 이런 것은 당신한테 이야기해 주면 안 되는데……. 하지만 이야기하고 싶어요. 왜냐하면 당신 얼굴엔 동정심이 보이거든요. 그곳에서 여러 계획들을 세우고 있어요……. 당신도 이해하겠지만 아주 조용하게 말이에요. 이 모든 것을 감안할 때 매우 중요한 것은, 적어도 2주일간은 내가 암살당하면 안 된다는 거예요."

"그러나 경찰이 틀림없이……."

"경찰 말인가요? 그래요. 그렇지 않아도 그 사람들이 아주 잘하고 있다고 믿고 있어요. 게다가 우리 역시…… 밀정들을 두고 있어요. 어떤 시도라도 탐지될 경우, 우리는 예고를 받을 수 있어요. 하지만 다시 얘기하지만 그런 사전 경고를 받지 못할 수도 있거든요."

대공비가 어깨를 으쓱했다. 제인이 느릿하게 일렀다.

"이제 좀 이해가 가네요. 제가 당신의 대역을 해 주기를 바라시는 건가요?"

대공비가 진지하게 말했다.

"특정한 경우에만 그래요. 당신은 나와 가까운 곳에 대기하고 있어야 합니다. 알겠나요? 앞으로 2주일간, 2번이 될지, 아니면 3번이나 4번이 될지는 몰라도 당신을 부를 수 있어요. 모두 공식 행사에 참여하는 일일 겁니다. 당연한 얘기지만 사적인 자리에서는 나를 대신할 일은 없을 거예요."

"물론 그건 안 되겠지요."

"당신은 정말 잘할 수 있을 거예요. 광고를 생각해 내다니, 표도르 알렉산드로비치는 꽤 유능한 사람이에요, 그렇죠?"

"제가 암살될 수도 있지 않나요?"

대공비가 어깨를 으쓱했다.

"물론 그런 위험은 있어요. 하지만 우리가 입수한 비밀 정보에 따르면, 그들이 원하는 것은 나를 납치하는 것이에요. 바로 죽이는 게 아니죠. 그렇지만 솔직히 말해서…… 그들이 폭탄을 투척할 수도 있어요. 언제든지 일어날 수 있는 일이죠."

"잘 알겠습니다."

제인은 대공비의 낙천적인 모습을 흉내 내려고 애썼다. 그녀로서는 돈 이야기를 꺼내고 싶은 마음이 굴뚝같았다. 그렇지만 그런 이야기를 어떻게 요령껏 시작해야 할지 도대체 알 수가 없었다. 다행히 대공비가 나서서 그녀의 고민을 덜어 주었다. 그녀가 아무렇지도 않은 듯 일렀다.

"물론 당신에게 충분히 보상해 줄 거예요. 표도르 알렉산드로비치가 정확하게 얼마를 제시하였는지는 잘 생각나지 않는군요. 우리는 프랑이나 크로네로 계산합니다."

"크라닌 대령이 얼추 2000파운드를 주겠다고 말했어요."

폴린 대공비의 얼굴이 환해졌다.

"바로 그거에요. 이제 생각나네요. 그 정도가 충분하지 않은가요? 아니면 3000파운드로 하는 게 더 나을 것 같아요?"

"아, 어느 쪽이든 당신께 마찬가지라면 3000파운드로 하겠어요."

"당신은 사업가답군요, 그렇죠? 나도 비즈니스 쪽을 생각했어요. 하지만 나는 돈에 대해 전혀 모르거든요. 내가 바라는 것은 갖지 않으면 안 된다. 그게 전부예요."

그것은 단순하면서도 존경스러운 마음의 자세처럼 느껴졌다. 대공비가 사려 깊게 이어 나갔다.

"그리고 물론 당신이 이야기한 것처럼 위험도 없지 않아요. 당신이 위험을 꺼리는 것처럼 보이지는 않습니다. 나도 그런 것을 꺼리지 않거든요. 당신이 나 대신 내 역할을 해 주었으면 하고 바라는 이유가 내가 겁쟁이라서 그런 거라고 생각하지는 않겠죠? 이제 아시겠지만 내가 결혼해서 적어도 아들 둘 정도를 갖는 것이 오스트로바 왕국에는 아주 중요한 의미가 있어요. 그 뒤로는 내게 무슨 일이 생겨도 상관없어요."

"알겠습니다."

"이제 받아들이는 건가요?"

"예, 그렇게 하겠습니다."

제인이 굳게 받았다.

대공비가 격렬하게 손뼉을 몇 번 쳤다. 포포렌스키 공주가 곧바로 나타났다.

"제인에게 모든 것을 이야기해 주었어요, 안나. 우리가 바라는 일을 해 줄 거예요. 그리고 3000파운드를 지급하기로 했어요. 표도르 더러 그 금액을 적어 놓으라고 하세요. 제인은 정말 나랑 비슷해요, 그렇죠? 하지만 나보다 더 잘생긴 것 같은데요."

공주가 뒤뚱거리며 방을 나가더니 곧이어 스트렙티치 백작과 돌아왔다.

"이제 모든 문제들이 정리되었어요, 표도르 알렉산드로비치."

백작이 절했다.

"이 아가씨가 제대로 해낼 수 있을까요?"

그가 제인을 의심스럽게 바라보며 물었다.

"제가 보여 드릴게요. 허락해 주시겠습니까, 마마?"

제인이 얼른 나서서 대공비에게 물었다.

대공비가 기쁜 표정으로 고개를 끄덕였다.

제인이 일어서서 말했다.

"안나, 이거야말로 정말 근사하군요. 우리가 이렇게 큰 성공을 거두리라고는 상상조차 못했거든요. 이리 와 보세요. 우리 두 사람, 나란히 서서 한번 보자고요."

이어서 제인은 대공비가 그렇게 했던 것처럼, 상대방 여자를 거울 앞으로 데려갔다.

"자, 보이죠? 완벽한 한 쌍!"

말씨, 자세, 그리고 몸짓, 그 모든 것은 대공비를 그럴듯하게 모방

한 것이었다. 공주가 고개를 끄덕이고, 이어 웅웅거리는 찬동의 목소리를 표했다.

"정말 잘했어요. 대부분의 사람들이 속아 넘어갈 거예요. 당신은 정말 영리해요. 내 생명을 구하기 위해서라지만 나는 다른 사람을 흉내 내지는 못할 것 같아요."

대공비가 감사한 듯 칭찬했다.

제인은 그녀의 말을 믿었다. 대공비는 대개 자신의 모습 그대로 살아가는 젊은 여자가 아닐까 하는 생각이 머리를 스친 적이 있었다.

"안나와 세부 내용을 조정하시면 되겠어요. 안나, 제인을 내 침실로 데려가세요. 내 옷을 몇 가지 입혀 보시죠."

대공비가 고개를 끄덕여 우아하게 인사를 했다. 이어서 제인은 포포렌스키 공주의 안내로 밖으로 나갔다.

"이 옷이 바자회에서 대공비가 입으실 의상입니다."

늙은 숙녀가 검은색과 흰색이 대담하게 어우러진 의상을 들어 보이며 설명했다.

"사흘 뒤에 공식 행사가 진행됩니다. 그때 당신이 마마의 역할을 해야 할지도 모릅니다. 아직은 확실하지 않습니다. 관련 정보를 받지 못했거든요."

안나의 분부대로 제인은 자신의 추레한 복장을 벗고 그 드레스를 입어 보았다. 드레스는 제인의 몸에 완벽하게 맞았다. 상대방이 흡족스러운 듯 고개를 끄덕였다.

"이거야말로 거의 완벽하군요······. 약간 길 뿐이에요. 당신이 대공비 마마보다 이삼 센티미터 가량 작군요."

제인이 얼른 응했다.

"그 문제는 쉽게 해결할 수 있어요. 대공비 마마가 낮은 굽의 신발을 신고 계신 걸 보았거든요. 내가 만일 똑같은 종류로 굽이 높은 신발을 신는다면 그 문제는 단번에 풀릴 겁니다."

안나 미카엘로브나가 그녀에게 신발을 보여 주었다. 대공비가 평상시 예의 의상과 함께 착용하는 신이었다. 띠가 달린 도마뱀 가죽 구두. 제인은 그것을 기억하고 있다가 똑같은 모양에 굽만 다른 신발을 장만했다.

"당신은 마마의 옷과 전혀 다른, 눈에 띄는 색상과 원단의 의상을 입는 게 좋을 거예요. 갑자기 역할을 바꿔야 할 일이 생길 경우, 그러면 바꿔치기한 것이 덜 드러나 보일 테니까 말예요."

안나 미카엘로브나의 설명에 제인이 잠시 생각했다.

"불타는 듯한 붉은빛 매러케인 드레스가 어떨까요? 거기다 평범한 유리 코안경을 쓰면 어떨까 해요. 그렇게 하면 겉모습이 아주 많이 달라질 거예요."

두 가지 제안 모두 승인되었다. 이어서 그들은 좀 더 세밀한 것들을 협의했다.

제인은 100파운드를 받아서 호텔을 나왔다. 필요한 옷을 구매하고, 뉴욕의 '몽트소 양'이라는 이름으로 블릿츠 호텔 방을 예약하라는 지시도 받은 후였다.

이틀 뒤 스트렙티치 백작이 블릿츠 호텔로 제인을 찾아왔다.

"이거야말로 완벽한 변신이군요."

백작이 절을 하며 말했다.

제인도 답례로 그를 흉내 내어 머리를 숙였다.

제인은 새로운 의상과 호화로운 생활을 마음껏 즐겼다.

"모든 게 아주 좋아요. 당신이 찾아왔다는 건 내가 드디어 바빠지고, 돈도 벌 일이 생겼다는 뭐 대충 그런 의미겠죠?"

"맞습니다. 정보가 입수되었습니다. 어쩌면 바자회를 마치고 돌아오는 길에 마마를 납치하려는 시도가 있을 것 같습니다. 그 자선 행사는 당신도 아시다시피 오리온 하우스에서 열립니다. 런던에서 16킬로미터 가량 떨어진 곳이죠. 마마는 자선 행사에 몸소 참여해야 합니다. 개인적으로 말이죠. 그 바자회를 주최하는 안체스터 백작부인이 마마를 개인적으로 알기 때문이죠. 우리의 계획은 이렇습니다."

제인은 백작의 설명을 주의 깊게 들었다. 그녀가 몇 가지 질문을 했고 이윽고 자신이 맡게 될 역할을 완벽하게 이해한다고 선언했다.

이튿날, 동이 트면서 세상이 맑고 또 밝게 빛났다. '런던 시즌'의 중요한 행사들 가운데 하나인 이 바자회를 하기에 더없이 좋은 날이었다. 영국에 들어와 사는 오스트로바 난민을 돕기 위해 안체스터 백작부인이 주최한 이 행사는 오리온 하우스에서 열릴 예정이었다.

변덕이 심한 영국 날씨를 감안하여 행사는 오리온 하우스의 널찍한 실내에서 열렸다. 오리온 하우스는 500년 동안 대대로 안체스터 가(家) 백작들의 소유였다. 행사에서는 여러 가지 소장품들이 대여되었다. 그중에서도 기발한 것은 100여 명의 사교계 여성들이 본인의 목걸이에서 진주를 하나씩 빼내어 기부한 것이었다. 각각의 진주는 이튿날 경매로 매각할 예정이었다. 그 밖에도 마당에서는 여러 가지 여흥과 볼거리가 벌어졌다.

제인은 일찍이 몽트소 양의 신분으로 그곳에 가 있었다. 그녀는 붉은빛 매러케인 드레스에 빨간색 작은 종 모양 모자를 썼다. 구두는 높은 굽의 도마뱀 가죽신이었다.

폴린 대공비의 도착은 그 자체로 멋진 의식이었다. 그녀는 단상까지 호위를 받았고, 한 어린이가 그녀에게 장미꽃 다발을 정중히 올렸다. 폴린 대공비는 짤막하지만 우아하게 연설을 끝내고 바자회 개시를 선언했다. 스트렙티치 백작과 포포렌스키 공주 또한 그녀의 곁을 지켰다.

폴린 대공비는 제인이 보았던 의상을 입고 있었다. 대담한 검은 무늬가 들어간 흰 드레스 차림에 테 위로 수많은 흰색 물수리 깃이 늘어져 있는 까만색 작은 종 모양 모자를 쓰고 있었는데, 모자에 달린 자그마한 레이스 베일이 얼굴 중간 부분까지 내려와 있었다. 제인은 씩 웃었다.

대공비는 판매대에 들러 물건을 몇 가지 사기도 하며, 한결같이 고상한 자태로 바자회를 둘러보았다. 이윽고 폴린 대공비가 떠날 준비를 했다.

제인은 대공비 역을 물려 맡기 위해 서둘렀다. 그녀는 포포렌스키 공주와의 면담을 요구하여 대공비와의 알현을 신청했다. 대공비가 뚜렷한 목소리로 답했다.

"아, 그래요! 몽트소 양이라! 그 이름을 기억해요. 미국 신문 기자 아닌가요? 몽트소 양은 우리를 위하여 많은 일을 해 줬어요. 기꺼이 그녀를 위해 간단한 인터뷰라도 해 주고 싶군요. 방해받지 않고 조용히 진행할 만한 데가 있을까요?"

곧바로 대공비가 쓸 수 있도록 작은 대기실 하나가 마련되었다. 스트렙티치 백작이 파견되어 몽트소 양을 데려왔다. 백작이 물러간 후 포포렌스키 공주가 현장을 지키고 있는 사이 두 사람은 재빠르게 옷을 바꿔입었다.

3분여가 지난 뒤 문이 열리고 대공비가 나타났다. 그녀는 장미꽃 다발을 얼굴까지 들어 올리고 있었다.

우아하게 절을 한 대공비는 안체스터 부인에게 불어로 몇 마디 인사말을 한 후 밖으로 나왔다. 그러고는 기다리고 있던 자신의 승용차에 올라탔다. 포포렌스키 공주가 그 옆자리에 앉았고, 자동차는 바깥으로 빠져나갔다.

"아, 이제 끝났다. 마마께서는 몽트소 양의 역할을 잘하고 있을까요? 궁금하군요."

"아무도 알아채지 못할 겁니다. 조용히 빠져나갈 수 있을 거예요."

"옳으신 말씀이에요. 저, 괜찮았어요?"

"맡은 역을 아주 출중하게 해냈어요."

"백작님은 왜 우리와 함께 가지 않는 거예요?"

"그분은 남아 있어야 했어요. 누군가 대공비 마마의 안전을 지켜주어야 하니까요."

"행여나 누군가 우리한테 폭탄을 던지지는 않겠죠."

제인이 불안한 듯 말했다.

그때 속도를 더해 가며 자동차가 옆길로 쏜살같이 내려갔다.

"어! 우리 지금 대로를 벗어나고 있잖아요. 왜 그런 거죠?"

제인이 펄쩍 뛰어 앞쪽으로 머리를 내밀고, 운전수에게 까닭을 물었다. 하지만 운전수는 그저 웃고는 속력을 높였다. 제인이 다시 자리에 앉아 속삭이듯 말했다.

"첩자였단 말이지. 공주님, 우리는 제대로 하고 있어요. 내가 이 모습을 더 오래 유지할수록 대공비 마마는 더 안전하실 수 있겠죠. 아무튼 마마께 충분한 시간을 드려야 합니다. 런던으로 안전하게 돌아가실 수 있도록."

제인은 위험이 도사린 상황에서 오히려 사기가 고조되었다. 폭탄이 달갑지는 않았지만 이런 일은 제인의 모험심을 자극했다.

별안간 브레이크 소리와 함께 자동차가 미끄러지며 멈춰 섰다. 한 남자가 승용차 발판으로 뛰어올랐다. 그는 연발 권총을 들고 있었다.

"손 들어."

남자가 윽박질렀다.

포포렌스키 공주는 두 손을 잽싸게 치켜들었다. 그러나 제인은 거드럭거리듯 남자를 째려보았다. 두 손은 무릎 위에 그대로 둔 채였다.

"이 무슨 무례한 행동인지, 저자에게 물어보세요."

제인이 자신의 동반자인 포포렌스키 공주에게 불어로 말했다.

하지만 공주가 답변도 하기 전에 예의 남자가 가로막았다. 그는 모종의 외국말로 소나기 같은 말들을 쏟아 내었다.

단 한 마디도 알아듣지 못한 제인은 어깨를 으쓱할 뿐 아무 말도 하지 않았다. 운전수가 자기 자리에서 내려 예의 남자와 합류했다.

"고명하신 숙녀분, 차에서 좀 내려오실 수 있겠습니까?"

그가 씩 웃으며 말했다.

꽃다발을 다시 얼굴 앞으로 치켜들고 제인이 승용차에서 내렸다. 포포렌스키 공주가 뒤를 따랐다.

"자, 이리로 좀 오실 수 있겠습니까?"

제인은 그 남자의 놀리는 듯한 무례한 태도를 신경 쓰지 않았다. 그녀 스스로 걸어 나아가 너저분하고 야트막한 집 가까이 이르렀다. 그 가옥은 자동차가 멈춰 섰던 지점에서 100미터 가량 떨어져 있었다. 그들이 왔던 길은 집 대문과 진입로에서 끝나는 막다른 도로였다. 진입로는 다시 이 아무도 세 들어 살지 않는 것 같은 건물로 이어졌다.

남자가 여전히 권총을 흔들며 두 여자 뒤에 바짝 따라붙었다. 그들이 계단으로 오르려는 순간 남자가 그들을 휙 스치며 앞질러 나가 왼쪽의 문 하나를 활짝 열었다. 텅 빈 방이었고, 외부에서 들여온 것으로 보이는 테이블 1개와 의자 2개가 놓여 있었다. 제인이 먼저 들어가서 자리에 앉았다. 곧이어 안나 미카엘로브나가 제인을 따라서 앉았다. 남자가 문을 쾅 닫고 열쇠를 돌렸다.

제인이 창가로 다가가 바깥을 내다보았다.

"물론 여기서 뛰어내릴 수는 있겠죠. 하지만 멀리 도망가지는 못할 거예요. 그보다는 당분간 여기에 머물며 주어진 상황에서 최선을 다해야겠죠. 저 사람들이 먹을 것을 갖다 줄는지 모르겠군요."

약 30분이 지났을 때 그녀의 궁금증은 해결되었다.

커다란 사발에 담긴, 김이 모락모락 나는 수프와 마른 빵 두 조각이 제인 앞의 테이블 위에 놓였다.

문이 다시 닫히고 잠긴 후 제인이 신이 난 듯 던졌다.

"확실히 귀족들을 위한 호화 식단은 못 되는군요. 먼저 시작하시죠? 아니면 제가 먼저?"

포포렌스키 공주는 겁에 질린 듯 음식이라는 말 자체에 손사래를 쳤다.

"어떻게 음식이 넘어가겠어요? 우리 마마가 어떤 위험에 처해 있는지도 모르는 상황인데?"

"마마는 괜찮을 겁니다. 정말 염려되는 것은 바로 나예요. 저 사람들이 엉뚱한 사람을 잡았다는 것을 알게 되면 결코 즐거워할 리가 없죠. 안 그래요? 지독히 불쾌하게 생각할 거예요. 그러니까 도도한 대공비 시늉을 되도록 오래, 하는 데까지 하다가 기회가 되면 도망을 쳐야겠죠."

포포렌스키 공주는 대답이 없었다.

어찌나 배가 고팠던지 제인은 수프를 남김없이 모두 먹었다. 수프는 맛이 좀 이상했지만 따듯하고 풍미가 있었다.

식사를 마치자 왠지 졸리기 시작했다. 포포렌스키 공주는 조용히 흐느끼는 듯 싶었다. 제인은 불편한 의자에서 가장 덜 불편한 방식으로 자세를 잡아 보았다. 그러고는 머리가 수그러지도록 내버려 두었다.

제인은 그렇게 잠에 빠져들었다.

II

제인은 깜짝 놀라 잠에서 깨어났다. 아주 오랜 시간 잠을 잔 듯했다. 왠지 머리가 무겁고 찌뿌드드했다.

그때 갑자기 시선에 뭔가 잡혔다. 그것은 다시 그녀의 감각 기관들을 흔들어 일깨웠다.

제인 자신이 붉은색 매러케인 드레스를 입고 있는 것이 아닌가?

제인은 자세를 바로 하고 앉아, 주위를 둘러보았다. 그녀는 여전히 텅 빈 집의 그 방에 있었다. 모든 게 그녀가 잠들기 전의 그대로였지만, 두 가지 사실만 예외였다.

첫째는 포포렌스키 공주가 더 이상 보이지 않다는 것이었다. 두 번째는 불가사의하게도 그녀 자신의 의상이 바뀌었다는 점이었다.

"꿈을 꾼 건 아니야. 꿈을 꾸었다면 내가 여기 있을 리가 있나."

제인은 창문 너머를 바라보았다. 그리고 두 번째 중대한 사실을 감지했다. 잠들기 전에는 햇빛이 창으로 쏟아져 들어왔었는데 이제

이 건물은 볕이 든 진입로 위로 뚜렷한 그림자를 던지고 있었다.

"이 집은 서향이구나. 내가 막 잠들었을 때가 오후였으니 지금은 다음 날 아침이란 얘기겠군. 그렇다는 건 누가 수프에다 약을 탔단 말이고. 그러니까…… 오, 정말 모르겠어. 모든 게 제정신이 아닌 것 같아."

제인은 일어서서 문 쪽으로 걸어갔다. 그 문은 잠겨 있지 않았다. 집 안 여기저기를 둘러보았지만 적막 속에 텅 비어 있었다.

제인은 지끈거리는 머리에 손을 얹고 뭐라도 생각해 내려고 애를 썼다. 순간 그녀는 앞문 곁에 떨어져 있는 찢어진 신문을 발견했다. 그 신문에는 시선을 끄는 표제가 휘황하게 인쇄되어 있었다.

'영국에 나타난 미국 여자 강도. 빨간 드레스의 여인, 오리온 하우스 바자회에서의 강도 행각으로 세상을 떠들썩하게 하다.'

제인은 비틀거리며 햇빛 속으로 나아갔다. 계단에 앉아 기사를 읽는 동안 그녀의 두 눈은 차츰 휘둥그레졌다. 정황은 간단하고도 명료했다.

폴린 대공비가 자리를 뜨자마자 3명의 남자와 빨간 드레스의 여자가 연발 권총을 꺼내 들고 손님들을 잡아 두었다. 그들은 100여 개의 진주를 훔쳐서 최신형 경주용 자동차를 타고 도주했다. 지금까지 그들은 체포되지 않았다.

최신 호외 기사(이 신문은 석간이었다)에는 '빨간 드레스의 여자 강도'가 뉴욕의 '몽트소 양'이라는 이름으로 블릿츠 호텔에 투숙하고 있었다는 사실을 싣고 있었다.

"속았어. 완전히 속아 넘어갔다고. 그럴 줄 알았지, 꼭 함정이 있다니까."

그 순간 그녀는 깜짝 놀랐다. 괴상한 소리가 대기를 울렸다. 어떤 남자가 어떤 말을, 일정한 간격을 두고 빈번하게 되풀이했다.

"빌어먹을."

목소리가 말했다.

"빌어먹을. 빌어먹을!"

짜릿한 소리였다. 그 목소리는 그녀 자신의 기분을 그대로 표현해 주었다. 제인은 계단을 따라 뛰어 내려갔다. 층계 귀퉁이 곁에 젊은 남자가 누워 있었다. 그는 땅바닥으로부터 머리를 들어 올리려고 무진 애를 쓰고 있었다. 그러더니 그가 제인이 일찍이 보기 어려웠던 멋있는 얼굴을 번쩍 들었다. 주근깨 가득한 얼굴에 좀 야릇한 표정을 지은 젊은 남자가 소리 냈다.

"제기랄, 내 머리. 제기랄. 나 원 참······."

그가 이내 멈추고 제인을 멍하니 바라보았다.

"틀림없이 꿈일 거야."

남자의 속삭임에 제인이 답했다.

"나도 그렇게 말했죠. 하지만 꿈이 아녜요. 당신은, 무슨 일이 있었죠?"

"누군가 내 머리를 때렸어요. 다행스럽게도 내 머리는 원래 나빴지만요."

몸을 추슬러 앉은 남자가 이어서 표정을 몹시 일그러뜨렸다.

"이제 곧 내 뇌도 돌아가기 시작할 거예요. 그러고 보니 내가 아직도 여기에 그대로 있군요."
"어떻게 이곳에 오게 되었죠?"
제인이 호기심에 물었다.
"얘기하자면 상당히 길어요. 그런데 당신, '아무개 대공비'가 아닙니까?"
"아니요, 나는 그저 평범한 제인 클리블랜드예요."
"당신은 아무튼 평범해 보이지는 않네요."
젊은 남자가 그녀를 쳐다보곤 솔직하게 감탄하며 말했다.
"물이나, 뭐라도 좀 갖다 드릴까요? 괜찮겠어요?"
얼굴이 붉어진 그녀가 머뭇거리며 물었다.
"그 말씀은 관례적인 것 같군요. 여기에 있는지 몰라도, 위스키가 더 낫겠어요."
제인은 좀처럼 위스키를 찾을 수 없었다. 남자는 물 한 모금을 마시고 좀 나아진 듯 이야기했다.
"제 모험담을 먼저 말씀드릴까요? 아니면 당신 이야기부터 먼저 하시겠어요?"
"당신 먼저 하세요."
"제 얘기에 뭐 그리 대단한 내용은 없어요. 낮은 굽 구두를 신고 방으로 들어갔던 대공비가 나올 때는 높은 굽으로 바꿔 신은 것을 우연히 알아채게 되었어요. 불현듯 의심이 떠올랐죠. 나는 일이 묘하게 돌아가는 것을 좋아하지 않거든요. 결국 오토바이를 타고 그 승용차를 쫓아갔어요. 당신이 이곳으로 끌려오는 것도 봤죠. 10여 분이 지난 뒤, 커다란 경주용 차가 맹렬히 질주하며 다가왔어요. 붉은색 옷차림을 한 여자가 남자 셋과 내렸어요. 그녀는 낮은 굽 신발을 신고 있었죠. 그들은 집 안으로 들어갔어요. 곧이어 그 여자는 흑색이 섞인 백색의 옷차림을 하고 밖으로 나와 승용차를 타고 사라졌어요. 늙은 여자와 키가 큰 노란 턱수염의 남자도 함께였죠. 나머지 사람들은 경주용 자동차를 타고 떠났어요. 나는 그들이 모두 떠났다고 생각했어요. 그래서 저 창문으로 들어와서 당신을 구하려고 했지요. 바로 그 순간 누군가 등 뒤에서 내 머리를 쳤습니다. 그게 전부예요. 이제 당신 차례입니다."

제인이 자신의 모험담을 상대방에게 이야기해 주었다.

"당신이 쫓아온 것은 내게 엄청난 행운이었어요. 그렇지 않았다면 내가 얼마나 끔찍한 구렁에 빠졌을까요? 대공비는 완벽한 알리바이를 갖게 되었겠죠. 대공비는 손님들이 억류되기 전에 바자회를 떠났고, 자신의 차를 타고 런던에 도착했죠. 어느 누가 이 기막히고 얼토당토않은 내 얘기를 믿어 주겠어요?"

"정말 그래요."

두 사람이 어찌나 자신들 각자의 이야기에 흠뻑 빠졌는지 주위 상황도 외면한 채 까맣게 잊고 있었다. 불현듯 두 사람은 흠칫 놀라서 그들 앞에 선 한 남자를 올려다보았다. 그는 키가 컸는데, 슬픈 얼굴로 벽에 기대어 서 있었다. 남자가 두 사람을 향해 고개를 끄덕였다.

"굉장히 재미있군요."
"당신은 누구시죠?"
제인이 물었다.

슬픈 얼굴을 한 남자의 두 눈이 얼마간 반짝였다.

"수사관 파렐 경감입니다. 당신과 이 젊은 숙녀의 이야기는 정말 재미있게 잘 들었습니다. 나 역시 숙녀분의 이야기를 믿기가 그렇게 쉽지만은 않았죠, 한두 가지만 아니었으면 말입니다."

"예를 들어서?"

"아, 모르셨나요. 진짜 대공비가 파리에서 운전수와 눈이 맞아 달아났다는 얘기를 오늘 아침에 들었습니다."

제인이 흠칫 놀랐다.

"그리고 우리는 이 미국 '여자 강도'가 영국으로 들어왔다는 것을 알고 있었어요. 그리고 무슨 일이 벌어지리란 것을 예감했지요. 우리는 조만간 그 사람들을 붙잡을 겁니다. 그 점에 대해서는 약속할 수 있습니다. 잠시 실례 좀 할까요?"

경감이 층계를 따라 뛰어 올라가 집 안으로 들어갔다.

"아!"

제인이 탄성을 냈다. 그 속에는 많은 힘이 담겨 있었다.

"그렇게 신발을 구별해 내다니, 당신은 정말 영리한 사람이에요."

난데없이 그녀가 일렀다.

"천만에요. 저는 신발 업계에서 자랐어요. 우리 아버지는 '신발왕'이라 할 수 있죠. 아버지는 내가 신발 업계에 종사하고…… 결혼하여 자리 잡고 살기를 바라셨어요. 그렇고 그런 얘기예요. 특별할 것 없는 사람이에요. 다만 원칙이 있을 뿐이죠. 그러나 나는 화가가 되고 싶었어요."

남자가 한숨을 쉬었다.

"그건 참 유감이네요."

제인이 상냥하게 대꾸했다.

"6년 동안 열심히 했어요. 6년 동안. 하지만 못 본 체할 수 없는 사실이 있었죠. 내가 형편없는 화가라는 거예요. 나는 마음을 추슬러 그 일을 그만두고 돌아온 탕아처럼 집으로 돌아갔어요. 썩 괜찮은 일자리가 나를 기다리고 있었어요."

제인이 부러운 듯 맞장구쳤다.

"일자리가 있다니 대단하네요. 어디서 '신발 신는' 일자리를 좀 구해 주실 수 있겠어요?"

"그것보다 더 좋은 일자리를 구해 드릴 수 있어요, 당신 맘에 든다면."

"오, 뭔가요?"

"아직은 아니에요. 나중에 말해 줄게요. 어제까지 나는 결혼하고 싶다고 느낀 여자를 만나지 못했었거든요."

"어제요?"

"바자회에서 그녀를 보았죠……. 바로 그 사람, 유일한 '그녀'를 말이에요!"

남자가 제인을 뚫어져라 쳐다보았다.

"저 참제비고깔 꽃 참 예쁘죠?"

제인이 고운 두 뺨을 분홍빛으로 물들이고 서둘러 말했다.

"저건 루핀 꽃이에요."

"상관없어요."

"정말 그래요."

그가 제인에게로 가까이 다가갔다.

일요일의 열매

"이야, 정말 좋다! 유쾌, 통쾌, 상쾌야."

도로시 프랏이 네 번째로 내지른 탄성이었다.

"힝, 그 늙은 고양이에게 이런 내 모습을 보여 줬어야 하는데. 그녀와 그녀의 제인에게!"

그렇게 가차 없이 '늙은 고양이'라고 불린 사람은 도로시의 친애하고 존경하는 고용주, 매켄지 존스 부인이었다. 부인은 식모들의 적절한 세례명에 대해 확고한 생각을 가지고 있었다. 도로시에게는 본인이 꺼리는 '제인'이라는 이름이 도로시보다 더 낫다고 주장했다.

옆자리에 앉은 도로시의 동반자는 곧바로 응대하지 않았다. 거기에는 그럴 만한 까닭이 있었다. 만일 당신이 단돈 20파운드에 고물 중에서도 고물인 '베이비 오스틴' 중고 자동차를 구입했다고, 그리고 이제 막 두 번째로 끌고 나왔다고 가정해 보라. 필경 순간순간의 비상 상황에 대처하기 위해 두 발과 두 손을 놀려 가며 어려운 난국을 타개하는 데 모든 신경을 집중해야 할 것이다.

"어어……. 아!"

에드워드 팔그러브 씨가 낸 소리였다.

끼익 하는 끔찍한 소리와 함께 위기를 모면한 것이었다. 운전을 하는 사람이라면 진저리를 쳤을 만했다.

"당신, 정말 여자하고는 얘기 안 해?"

도로시가 푸념했다.

그 순간 에드워드는 도로시의 말에 대답하지 않아도 괜찮게 되었다. 다른 승합차를 몰던 사람이 그를 향하여 거침없이 욕설을 퍼부은 까닭이었다.

"뭐, 저런 사람이 다 있어."

도로시가 고개를 쳐들고 한마디 했다.

"저 친구더러 이 브레이크를 한번 써 보라고 그래."

그녀의 연인이 씁쓸히 말했다.

"브레이크에 무슨 문제가 있는 거야?"

"그 위에 발을 올려놓을 수는 있겠지, 물론 말이야. 하지만 도무지 말을 안 듣는다고."

"오, 테드, 20파운드로 세상 전부를 가질 수는 없잖아. 어쨌든 우린 여기 있잖아. 진짜 자가용을 타고 일요일 오후에 교외로 나가고 있는 거야. 다른 사람들과 똑같이."

다시 한번 끼익 하는 소리와 찌직거리는 소리가 이어졌다.

"아, 이제 좀 나아지려나 보다."

승리감으로 희색이 도는 에드워드가 말했다.

"훌륭한 운전 솜씨야. 멋있어."

도로시가 감탄하며 외쳤다.

연인의 칭찬에 한껏 고무된 에드워드가 햄머스미스 브로드웨이를 가로지르려다가 경찰관에게 호되게 욕을 먹었다.

"아, 저런! 어쩌자는 거야. 경찰은 도대체 왜 저럴까. 요즘에 저 사람들 하는 걸로 봐서 많이 좋아진 줄 알았는데. 말투도 공손해지고 말이야."

도로시가 말했다. 자동차는 좀 누그러진 채 햄머스미스 다리를 향하고 있었다.

"어차피 나도 이 길로 가고 싶지는 않아. 그레이트 웨스트로(路) 쪽으로 내려가 빠져나가려고 했거든."

에드워드가 애처로이 이야기했다.

"그러면 덫에 더 걸리는 셈이지. 며칠 전 우리 주인 아저씨도 그랬거든. 5파운드나 물었다고."

에드워드가 너그럽게 평가했다.

"경찰이 그렇게 나쁘기만 한 것은 아니야. 그 사람들 요새 부자들도 제대로 갈겨 주고 있다고. 봐주는 것 없이 말이야. 자동차 판매장에 들러 눈 하나 깜짝 안 하고 롤스로이스 두어 대 정도는 살 수 있는 놈들, 그런 놈들 생각만 해도 난 화가 난단 말이야. 말도 안 되는 일이잖아. 내가 그놈들보다 못한 게 뭐라고."

도로시가 한숨을 쉬었다.

"게다가 그 보석들은 어떻고. 본드가에 즐비한 그 가게들. 다이아몬드며, 진주며, 그 밖에 알 수 없는 보석들! 여기 앉아 있는 날 봐. 울워스 백화점에서 산 진주 목걸이나 목에다 걸고 있지."

도로시가 쓸쓸하게 그런 문제를 떠올리며 생각에 빠졌다. 에드워드는 다시 한번 온 정신을 운전에만 쏟을 수 있었다. 두 사람은 사고 없이 리치몬드를 간신히 통과했다. 경찰관과 티격태격하면서 에드워드의 신경이 바짝 곤두서기는 했지만, 에드워드는 이제 덜 걸리적거리는 길을 택했다. 길이 이어지는 한 그저 앞 차를 따라 쫓아가는 것이었다.

이런 방식으로 나아가다 보니 에드워드는 한적한 시골길을 따라 달리게 되었다. 연륜 있는 운전자라면 천금을 주고서라도 애써 찾아내고 싶어 할 만한 아늑한 길이었다.

"이렇게 환상적으로 빠져나오다니, 이런 걸 걸출하다고 하나."

에드워드가 모든 공(功)을 자신에게 돌리며 자찬했다.

"오, 사랑스럽고도 아름다운 동네, 그렇게 불러야지. 그리고 내가 선언하노라, 앞에 과일 파는 사람이 나타났다고."

아니나 다를까. 가까운 모퉁이에 고리버들로 엮어 만든 테이블 위로 과일 광주리들이 펼쳐져 있었다. 그 옆으로 "과일을 더 먹읍시다."라는 문구가 적힌 깃발이 휘날리고 있었다.

"얼마입니까?"

온 힘을 다해 핸드 브레이크를 잡아 당겨 '소기의 목적'을 달성한 에드워드가 걱정스러운 낯빛으로 주인에게 물어보았다.

"사랑스런 딸기죠."

주인은 곰살궂지 않게 생긴 얼굴로 곁눈질을 했다.

"바로 숙녀분을 위한 것이죠. 잘 익은 과일, 막 따온 신선한 향기 좀 맡아 보세요. 체리도 있고요. 진짜 영국산이랍니다. 체리 한 소쿠리 드릴까요, 아가씨?"

"네, 정말 싱싱해 보여요."

"생긴 것도 사랑스럽죠. 아가씨, 이 광주리가 행운을 가져다줄 것입니다."

남자가 마침내 친절하게도 에드워드에게 답해 주었다.

"2실링입니다, 선생. 엄청 싼 겁니다. 바구니 안에 든 걸 보고 나면 동의하실 거예요."

"정말 굉장히 좋아 보이네요."

도로시가 거들었다.

에드워드가 한숨을 쉬고 2실링을 지불했다. 그의 정신은 온통 계산에 팔려 있었다.

'이제 차를 마셔야 하고…… 기름도 넣어야 하지……. 이런 식의 주말 자동차 나들이를 당신들 말마따나 싸다고는 볼 수 없지. 여자를 데리고 나오는 게 이래서 힘들다는 거야! 보는 것마다 사 달라고 하니, 원.'

예의 곰살궂지 않게 생긴 자가 목소리를 냈다.

"감사합니다, 선생. 그 체리 바구니 안에는 당신이 지불한 돈 이상의 값어치를 하는 것이 들어 있습니다.”

곧이어 에드워드가 무자비하게 발을 밟았고, 베이비 오스틴이 사나운 셰퍼드 개처럼 떨다가 체리 행상에게로 대들었다.

“미안합니다. 기어가 들어가 있는지 몰랐네요.”

에드워드가 던졌다.

“조심해야지, 에드워드. 저 사람 다칠 뻔했잖아.”

도로시가 일렀다.

에드워드는 대꾸하지 않았다. 칠팔백 미터를 더 달리자 개울둑가에 아주 좋은 데가 나타났다. 오스틴을 길섶에 세워 둔 에드워드와 도로시는 둑 위에 다정스럽게 앉아 체리를 먹었다. 문득 두 사람은 일요일자 신문이 발 아래 버려져 있는 걸 발견했다.

“신문에 뭐가 나왔어?”

에드워드가 입을 열었다. 그는 바닥에 등을 대고 길게 누운 채 모자를 기울여 두 눈을 가리고 있었다.

도로시가 신문 표제들을 훑어보았다.

“애달픈 부인. 터무니없는 이야기. 지난 주 익사자, 28명에 이르러. 사망한 것으로 보고된 비행사. 세기의 보석 약탈 사건. 일금 5만 파운드에 상당하는 루비 목걸이 분실. 오! 테드! 5만 파운드래. 상상만 해도!”

도로시가 계속 읽어 나갔다.

“백금 위에 얹은 루비 21개로 만들어진 목걸이가 파리에서 등기 우편으로 운송되었다. 도착한 꾸러미 속에는 보석들은 간데없고 조약돌만 두세 개 들어 있었다."

"우체국에서 누가 훔쳤나 보지. 프랑스 우편 서비스란 정말 형편없다니까."

"그런 목걸이 한 번만 봤으면……. 비둘기 피처럼 붉은 색깔, 사람들은 그 색깔을 그렇게 부른대. 그런 목걸이를 걸면 어떤 기분일까. 어떨지 정말 궁금해."

"아, 당신은 결코 그런 기분을 느껴 볼 일이 없을걸."

에드워드가 익살맞게 받았다.

도로시가 고개를 젖혔다.

"왜 없어, 나는 그래 보고 싶은데. 여자들이 세상으로 나아가는 방법은 때로 놀라워. 내가 무대 위 주인공이 될 수도 있어."

"얌전한 여자들이 갈 데라고는 어디에도 없어."

에드워드가 사람 기죽이듯 일렀다.

도로시가 대응하려고 입을 열었으나 이내 스스로 삼가고 중얼거렸다.

"그 체리 좀 줘. 지금 나 혼자 다 먹고 있잖아. 남아 있는 거라도 당신이랑 나눠야겠는걸……. 어어, 바구니 바닥에 이게 뭐야?"

도로시가 무언가를 꺼내 들었다. 그것은 핏빛 돌들로 길게 이어진 반짝이는 사슬이었다.

두 사람은 한결같이 경외의 눈빛으로 그 물건을 쳐다보았다.

"지금 바구니 안이라고 말했어?"

에드워드가 비로소 대꾸했다.

도로시가 고개를 끄덕였다.

"바로 그 안에…… 과일 아래 있었어."

두 사람은 또다시 상대방을 멍하니 쳐다보았다.

"저게 도대체 어떻게 바구니 안에 들어 있는 거야?"

"상상이 안 돼. 참 이상한 일이잖아. 테드, 신문에서 그 기사를 읽자마자 바로……. 루비에 관한 그 기사 말이야."

에드워드가 소리 내어 웃었다.

"내 손 안에 들어온 일금 5만 파운드, 당신 지금 그렇게 생각하고 있는 거야, 맞지?"

"나는 이상하다고 했을 뿐이야. 분명 백금 위에 얹은 루비라고 했지? 백금은 좀 흐릿한 은빛 금속이야, 바로 이것처럼. 번득이는 것 좀 봐, 정말 사랑스런 광채야! 모두 몇 개나 되는 거야?"

도로시가 헤아려 보았다.

"아, 이거 봐, 테드, 정확히 21개야."

"설마!"

"그렇다니까. 신문이랑 똑같다고. 테드, 이게 행여나……."

"가능성은 있어. 이런 걸 구분하는 방법이 있어……. 유리에다 긁어 보는 거야."

그러나 테드는 망설이는 투였다.

"그건 다이아몬드를 알아볼 때 쓰는 방법이고. 그건 그렇고 테드, 당신도 봤지만 그 남자 정말 묘하게 생기지 않았어? 과일을 팔던 그 남자……. 왠지 기분 나쁘게 생겼지. 게다가 좀 생뚱맞은 데도 있었어. 바구니에 우리가 지불한 값어치 이상의 것이 있다고 했잖아."

"그렇지. 하지만 내 말 좀 들어 봐, 도로시, 무슨 까닭에 그 사람이 우리한테 5만 파운드를 넘겨주겠어?"

도로시가 풀이 죽은 듯 고개를 저었다.

"그럴 리야 없지. 경찰이 그 사람을 뒤쫓고 있다면 몰라도."

"경찰이라고?"

에드워드는 좀 핼쑥해졌다.

"그래. 신문에 그렇게 나왔거든. '경찰이 실마리를 찾았다.'라고."

에드워드의 척추를 따라 오한이 스쳐 내렸다.

"난 이런 거 싫어, 도로시. 경찰이 우리를 쫓는다고 상상해 봐."

도로시가 입을 떡 벌린 채 상대방을 물끄러미 바라보았다.

"하지만 우리가 뭔 일을 저지르기나 했어, 테드? 바구니에서 이걸 발견했을 뿐인걸."

"하지만 그런 얘기는 해 봤자 괜히 멍청하다는 소리밖에 안 들어! 있을 수 없는 일이거든."

"그래, 불가능한 일이지. 오, 테드, 정말 이게 그 목걸이라고 생각해? 정말 동화 같은 이야기잖아!"

"아니야, 아니야. 이건 동화 같은 이야기가 아니야. 무고한 주인공이 억울하게 누명을 쓰고 14년 형을 받아 다트무어 교도소로 가는 이야기지. 나는 오히려 그런 이야기 같다고."

하지만 도로시는 귀 기울이지 않았다. 그녀는 예의 목걸이를 목에 걸었다. 이어서 손가방에서 자그마한 거울을 꺼내고는 비춰 보았다.

"공작 부인이 목에 걸고 다니는 것과 똑같아."

그녀가 취한 듯 웅얼거렸다.

"그럴 리가 없어. 가짜야. 모조품이란 말이야."

에드워드가 사납게 말했다.

"맞다니까, 에드워드. 충분히 그럴 만하잖아."

도로시가 여전히 거울 속 모습에 빠져 응대했다.

"가짜야. 다른 건 생각하기 어려워. 세상에 그런 우연은 없다고."

"비둘기 피……."

도로시가 웅얼댔다.

"근거 없는 소리야. 내가 하고 싶은 말이 바로 그거야. 이봐, 도로시. 지금 내 말을 듣고 있는 거야, 아니면 딴청 피우는 거야?"

도로시가 거울을 옆으로 치웠다. 그녀가 목에 두른 루비에 한 손을 얹고 에드워드에게로 몸을 돌렸다.

"나 어때?"

에드워드는 자신의 번민을 망각한 채 도로시를 물끄러미 바라보았다. 그로서는 도로시의 이와 같은 모습을 일찍이 본 적이 없었다. 그녀에게는 뭔가 승리자의 분위기가 감돌았다. 그에게 전혀 낯선, 위풍당당한 아름다움. 자신의 목에 5만 파운드 가치의 보석을 걸치고 있다는 믿음. 그러한 믿음이 도로시 프랫을 전혀 다른 여인으로 만들어 준 듯했다. 그녀는 오만해 보일 정도로 평온한 모습이었다. 클레오파트라와 세미라미스, 그리고 제노비아(모두 고대의 여왕과 왕

비들 — 옮긴이)를 한데 합쳐 놓은 것 같은 자태였다.

"당신 정말…… 정말 놀라워."

에드워드가 조아리며 말했다.

도로시는 소리 내어 웃었다. 웃음 또한 전혀 다른 느낌이었다.

에드워드가 나섰다.

"잠깐 내 말 좀 들어 봐. 이러고 있을 때가 아니야. 경시청 같은 데라도 갖다 줘야 하지 않겠어?"

"멍청한 소리. 당신이 사람들은 믿지 않을 거라고 방금 말했잖아. 어쩌면 절도 혐의로 교도소에 갈지도 모른다고."

"그렇지만…… 별다른, 뾰족한 수가 없잖아?"

"그냥 가지고 있자."

새로운 도로시 프랫이 주장했다.

에드워드가 상대방을 물끄러미 바라보았다.

"그냥 가져? 미쳤군."

"우리는 이걸 발견했을 뿐이야, 안 그래? 값나가는 거라고 생각할 필요가 있을까. 그냥 가지자고. 내가 그냥 걸치고 다닐게."

"경찰이 당신을 체포할 거야."

도로시가 그 문제를 잠깐 동안 생각해 보았다. 그러고는 일렀다.

"좋아. 그럼, 이걸 팔자. 그러면 당신, 롤스로이스 1대쯤은 살 수 있을 거야. 어쩌면 2대도 가능하겠지. 나는 다이아몬드나 반지 같은 걸 살 수 있고."

에드워드는 여전히 멍했다. 도로시는 조급하게 굴었다.

"지금 당신 앞에 기회가 나타난 거야……. 그걸 취하느냐, 마느냐는 당신에게 달려 있어. 우리는 이걸 훔치지 않았어. 나도 그런 건 용납 못 한다고. 그냥 이 목걸이가 우리한테 왔을 뿐이야. 그리고 그건 어쩌면, 우리가 원하는 모든 것을 가질 수 있는 유일한 기회일지 모른다고. 기백은 몽땅 어디에다 뒀어, 에드워드 팔그러브?"

에드워드가 자기 목소리를 찾았다.

"지금 판다고 했어? 그게 그렇게 생각처럼 쉬울 줄 알아? 보석상이 당장 물어보지 않겠어? 그 굉장한 물건이 어디서 났느냐고."

"이런 건 보석상에게 갖다 주는 게 아니야. 추리 소설도 안 읽어 봤어, 테드? 이런 물건은 장물아비에게 갖다 주는 거야."

"그렇다 해도 내가 장물아비를 어떻게 알겠어? 난 곱게 자랐다고."

"남자는 모르는 게 있으면 안 돼. 그게 남자들이 존재하는 까닭인걸."

에드워드가 그녀를 바라보았다. 도로시는 차분하면서도 굽히지 않았다.

"당신이 이럴 줄은 몰랐어."

에드워드가 힘없이 입을 열었다.

"나는 당신 기백이 이보단 더 좋을 줄 알았어."

잠시 정적이 흘렀다. 이윽고 도로시가 벌떡 일어서서 경쾌하게 말했다.

"자, 이제 집에 가는 게 좋겠어."

"목걸이를 그대로 하고 갈 참이야?"

도로시가 목걸이를 벗어 경외의 눈빛으로 바라본 뒤 자신의 핸드백 속에 떨어트렸다. 에드워드가 나섰다.
"도로시, 잠깐만. 그것 말이야, 나한테 줄래?"
"싫어."
"달라니까. 나는 정직하라고 배웠어, 내 사랑."
"그래, 계속 정직하게 살라고. 당신은 이 목걸이에 상관할 필요가 없단 말이야."
"도로시, 목걸이를 줘. 내가 할게. 내가 장물아비를 찾아낼게. 당신이 말한 것처럼 이것은 우리가 누릴 수 있는 유일한 기회야. 솔직히 우연으로 우리 손에 들어온 거고……. 2실링을 지불하고 산 거야. 골동품 가게 신사들이 한평생 매일같이 하면서 자랑스러워하는 일과 다를 바가 없지."
에드워드가 무모하게 졸랐다.
"바로 그거야! 오, 에드워드, 당신 정말 근사하다!"
도로시가 목걸이를 건네주자 에드워드가 그걸 자신의 주머니에 넣었다. 에드워드는 신경이 곤두서는 동시에 우쭐해졌다. 어쩐지 자신이 불쌍한 놈처럼 느껴지기도 했다. 그런 기분으로 에드워드는 오스틴의 시동을 걸었다. 두 사람은 어찌나 흥분하였는지 차 마시는 건 까맣게 잊어버렸다. 둘은 말없이 런던으로 되돌아왔다. 한번은 교차로에서 순경이 다가왔고, 에드워드 심장은 일순 멈추었다. 두 사람이 사고 없이 집에 도착한 것은 기적이었다.
에드워드가 도로시에게 한 마지막 말 속에서는 기백이 느껴졌다.

"이번 일은 계속 밀고 나가자고. 5만 파운드야! 충분히 값어치 있는 일이야!"

그날 밤, 에드워드는 굵은 무늬가 있는 죄수복과 다트무어 감옥 꿈을 꾸었다. 일찍 잠에서 깨어난 그의 몰골은 꽤 수척하고 꾀죄죄했다. 이제 장물아비를 찾아 나서야 했지만 어떻게 찾아야 할지 전혀 감이 잡히지 않았다.

회사에서의 일은 건성으로 때웠고, 점심시간 전에 2번이나 호되게 야단을 맞았다.

'장물아비를 어떻게 찾아낸담? 화이트채플 부근으로 가야 할까, 아니면 스텝니 쪽이 아닐까?'

사무실로 돌아오니 에드워드 앞으로 전화가 와 있었다. 수화기에서 도로시의 목소리가 흘러 나왔다. 비극적이고 눈물 어린 음성으로 그녀가 말했다.

"테드 맞지? 지금은 전화를 쓰고 있지만 존스 부인이 언제 나날지 몰라. 그러면 바로 끊어야 해. 테드, 아직 아무 일도 하지 않았지? 그렇지, 테드?"

에드워드의 답변은 부정이었다.

"잠깐, 내 말 좀 들어 봐, 테드. 그러면 안 돼. 나 밤새 잠을 못 잤어. 정말 끔찍했다고. 도둑질을 하지 말라는 성경 말씀이 떠올랐어. 어제는 내가 제정신이 아니었나 봐……. 분명 돌았었던 거야. 아무 일도 하면 안 돼. 알았어, 테드, 내 사랑?"

에드워드에게 안도감이 스며들었을까? 어쩌면 그랬을지도 모른다. 하지만 에드워드는 인정하고 싶지 않았다.

"끝까지 밀고 나간다고 한번 말하면, 나는 그렇게 밀고 나가."

에드워드는 강철 같은 두 눈을 지닌 막강한 슈퍼맨 같은 목소리로 말했다.

"그렇지만 테드, 내 사랑. 그러면 안 된다니까. 오, 맙소사, 존스 부인이 오고 있어. 잠깐, 테드, 오늘밤 존스 부인은 만찬 약속이 있어서 나가거든. 잠깐 빠져나가서 당신을 만날 수 있어. 나를 만나기 전에 아무런 일도 하면 안 돼. 8시에 길모퉁이 근처에서 봐."

그녀의 목소리가 천사의 속삭임으로 바뀌었다.

"예, 마님. 잘못 걸려 온 전화 같아요. 블룸스베리 0234번을 찾네요."

6시에 사무실을 나선 에드워드는 가판대에서 커다란 표제 하나를 발견했다.

'보석 강도의 최신 정황.'

그는 서둘러 동전 한 닢을 꺼냈다. 안전하게 지하철 안으로 들어가 솜씨 좋게 자리를 확보해 낸 뒤 에드워드는 열심히 지면을 훑어보았다. 에드워드는 자신이 원하던 내용을 어렵지 않게 찾아낼 수 있었다. 억누르고 있던 숨이 에드워드의 입에서 새어나왔다.

"하······. 이거 참······."

이어서 바로 옆에 있는 또 다른 기사가 그의 시선을 붙들었다. 에드워드가 그 구절을 모두 읽었다. 그는 바닥으로 미끄러져 내리는 신문을 붙잡지 않았다.

일말의 오차도 없이 정각 8시에 에드워드는 약속 장소에서 기다리고 있었다. 창백하지만 여전히 예쁜 도로시가 숨을 헐떡이며 달려와 그와 마주했다.

"아직 아무런 일도 안 했지, 테드?"

"그래. 아무런 일도 하지 않았어."

에드워드가 자기 주머니에서 루비 사슬을 꺼내 들었다.

"이걸 목에다 걸지 그래."

"하지만, 테드······."

"경찰이 그 루비를 모두 찾아냈어. 제대로 말이야. 게다가 그것을 훔친 사람까지 잡았어. 그리고 자, 이걸 읽어 보라고!"

에드워드가 신문을 도로시의 코앞으로 들이댔다. 도로시가 기사를 읽어 내렸다.

기발한 광고 전략

유명한 울워스 백화점의 아성에 도전하고자 하는 영국 토종 '파이브페니 페어'가 영리한 새 광고 묘안을 채택했다. 그들은 어제 과일을 바구니에 담아 판매했다. 앞으로 매주 일요일 그러한 판매가 진행될 예정이다. 그리고 바구니 50개 중에 하나 꼴로 여러 다른 색상의 돌로 만든 모조 목걸이가 들어 있다. 목걸이는 바구니의 금액에 비하여 훌륭한 가치를 지니고 있다. 어제의 행사로 말미암아 흥미롭고 즐거운 여러 이야기들이 꽃을 피웠고, 돌아오는 일요일에도 '과일 더 먹기' 캠페인은 큰 인기를 끌 것이다. 파이브페니 페어가 기지를 발휘한 데 축하를 드리며, 그들의 '영국산 애용 운동'에 커다란 행운이 따르

길 빈다.

"와…… 멋있다!"

"정말이야. 나도 똑같이 느꼈어."

그때, 지나가던 사람이 종이 쪽지 1장을 에드워드에게 내밀며 말했다.

"자, 이거 받아요, 형씨. 덕이 있는 여자의 값어치는 루비보다 더 높다."

"바로 이거야! 이걸 보면 당신 기가 살아나겠는걸."

에드워드가 질렀다.

"모르겠어. 말 그대로 좋은 여자처럼 보이고 싶지는 않아."

도로시가 미심쩍게 답했다.

"당신은 원래 좋은 여자처럼 보이지는 않는다고. 그래서 저 사람이 이 종이를 내게 준 거였어. 그런 루비를 목에 걸고 있으니 어떻게 좋은 여자로 보이겠어."

도로시가 소리 내어 웃었다.

"오, 테드. 사랑스럽기도 해라. 자, 우리 영화나 보러 갈까?"

이스트우드 씨의 모험

앤터니 이스트우드 씨는 천정을 쳐다보았다. 이어서 방바닥을 내려다보았다. 그러더니 시선을 또다시 바닥으로부터 서서히 오른쪽 벽으로 옮겼다. 곧이어 급작스럽게 다시 한번 앞에 놓인 타자기로 눈길을 주었다.

때 묻지 않은 흰색 종이의 순결함, 그것은 대문자로 쓰인 어떤 제목으로 말미암아 더럽혀졌다.

'두 번째 오이의 미스터리'

이야기는 그렇게 시작되었다. 흥미를 자아내는 제목으로. 앤터니는 누구든 제목을 보는 순간 곧바로 사로잡힐 거라고 생각했다. 사람들은 말할 것이다.

"두 번째 오이의 미스터리라, 도대체 무슨 이야기일까? 오이라고? 두 번째 오이? 한번 읽어 봐야겠는걸."

그리고 사람들은 그 매력에 홀려 짜릿한 전율을 느낄 것이다. 세상에! 그 유명한 추리 문학의 거장이 이처럼 즐겁고 재미있는 줄거리를 엮어 내다니, 이렇게나 단순한 채소를 소재로!

그 모두가 좋은 얘기다. 앤터니 이스트우드는 그 이야기를 어떤 모양으로 만들어야 할지 누구 못지않게 잘 알고 있었다. 문제는 어찌된 영문인지 시작을 하지 못하고 있다는 것이었다. 이야기의 두 가지 핵심은 제목과 줄거리였다. 나머지는 단순한 기초 작업일 뿐이었다. 간혹 제목 자체가 스스로 줄거리로 이끌어 주기도 했다. 그 다음 모든 것은 평이한 항해였다. 그러나 이번 경우에는, 제목만이 계속하여 페이지 상단을 장식하고 있었다. 줄거리의 낌새조차 떠오르지 않았다.

다시 앤터니 이스트우드는 천정, 바닥, 벽지 따위에서 영감을 구했다. 그렇지만 아직 그 어떤 것도 모양을 만들어 내지 못했다.

'여주인공을 소니아라고 부를까.'

앤터니는 스스로를 다그쳤다.

'소니아, 또는 덜로리스가 좋겠어. 그녀는 창백한 상앗빛 피부를 지녔고, 건강이 나빠서 창백한 건 아니지. 두 눈은 깊이를 헤아릴 수 없는 호수의 느낌으로. 남자 주인공은 조지라고 해야겠다. 존도 괜찮고. 아무튼 뭔가 짤막하고 영국적인 이름으로 하자. 정원사. 정원사는 꼭 있어야겠지. 어떻게 해서든 그 굉장치도 않은 오이를 끌어들여야 하는데……. 정원사는 스코틀랜드계로 해야 할 것이고, 그는 재미있게도, 때 이른 서리에 대하여 비관적이다.'

이런 방법은 더러 먹혀들곤 했지만 오늘 아침에는 그런 것 같지 않았다. 물론 소니아와 조지, 그리고 그 재미있는 정원사가 뇌리에 뚜렷이 떠오르기는 했지만, 그들 모두 뭔가 활동적으로 일할 기미를 전혀 보여 주지 않고 있었다.

앤터니가 처절하게 생각했다.

'물론 오이 대신에 바나나로 할 수도 있을 거야. 또는 상추, 아니면 브뤼셀 양배추…… 브뤼셀 양배추! 그래, 그게 어떨까? 그건 벨기에 수도 브뤼셀을 가리키는 암호야……. 도난당한 '무기명 수표', 못된 벨기에 남작…….'

희미한 한 줄기 빛이 나타나는 듯하였으나 곧바로 사그라졌다. 벨기에 남작의 이미지가 구체적으로 떠오르지 않았다. 그뿐만 아니라 갑자기 때 이른 서리와 오이는 어울리지 않는다는 생각이 들었다. 그런 깨달음 때문에 그가 떠올린 스코틀랜드 출신 정원사의 재미있는 한마디는 퇴색되어 버리고 말았다.

"아뿔싸!"

소리를 지른 앤터니가 일어서 《데일리 메일》을 집어 들었다. 누군가 불가사의하게 살해되었을지도 몰랐다. 번민하는 작가에게 영감을 불러일으키는 방식으로. 그러나 오늘 아침 뉴스는 주로 정치나 외교 문제에 관한 것이었다. 앤터니는 지겨운 듯 신문을 내던져 버렸다.

급기야 책상 위에서 소설 1편을 집어 든 앤터니는 두 눈을 감은 채 아무 페이지나 펼치고는 손가락으로 톡톡 두드리며 책을 짚었다. 그렇게 운 좋게 가리킨 단어는 '양'이었다. 곧이어 경이롭고도 찬연하게 모든 이야기가 앤터니의 뇌리에서 술술 풀려 나갔다. 사랑스러운 처녀……. 애인이 전쟁에서 죽고 머리가 어지러워진 그녀는 스코틀랜드 산악 지방에서 양들을 돌보았다……. 죽은 애인과의 신비스런 조우, 왕립 미술원 그림 같은 양 떼와 달빛의 마지막 효과. 여자는 죽은 채 눈밭에 누워 있고 바로 그곳에 두 줄의 발자국이…….

참으로 아름다운 이야기였다. 앤터니는 한숨을 짓고 씁쓸히 고개를 저으며 이야기 속에서 빠져나왔다. 앤터니는 아주 잘 알고 있었다. 문제의 편집자가 그런 이야기를 원하지 않는다는 것을. 그가 바라는 이야기, 그리고 그가 가져야 한다고 고집을 부리는 이야기는 (게다가 공교롭게도 그는 꽤 괜찮은 금액을 이미 지불했다) 온통 신비로운, 짙은 피부색의 여인에 관한 것이었다. 젊은 남자 주인공이 누명을 쓰게 되어 애달프게 상심한 그녀, 이어서 불현듯 비밀이 풀어 헤쳐지면서 전혀 의외의 사람이 저지른 것이 드러나고 터무니없는 실마리로 말미암아……. 그야말로 '두 번째 오이의 미스터리'에 해당하는 그런 이야기.

앤터니가 생각했다.

'하지만 십중팔구 그 친구는 '비열한 살인자' 같은 왠지 냄새나는 제목으로 바꿔 부를 거야. 나한테 물어보지도 않고 말이야! 오, 저 놈의 몹쓸 전화통.'

앤터니가 성을 내며 성큼성큼 걸어가 수화기를 집어 들었다. 지난 1시간 동안 벌써 2번이나 전화통에 불려 갔었던 터였다. 한번은 잘못 걸려 온 전화였고, 또 한번은 저녁 식사를 하자며 유혹하는 전화였다. 앤터니가 지독히도 싫어하는 경박한 사교계 부인, 결코 굽힐 줄 모르는 집요한 여자에게서 온.

"여보세요!"

그가 수화기에다 대고 소리를 질렀다.

대답한 것은 외국어 억양의 느낌이 가미된 부드럽고 달콤한 여자의 목소리였다. 목소리가 상냥하게 일렀다.

"내 사랑, 당신이야?"

"아, 어, 글쎄요. 누구시죠?"

앤터니가 조심스럽게 말했다.

"나야, 나. 카르멘. 잘 들어, 내 사랑. 나는 지금 쫓기고 있어, 위험에 처해 있다고. 곧바로 나한테 와 줘. 죽느냐 사느냐 하는 문제야."

"죄송합니다만, 전화를 잘못 거신 것 같아……."

앤터니가 공손하게 응했다.

앤터니가 말을 끝내기도 전에 여자가 다시 끼어들었다.

"마드레 데 디에스(오, 어머니)! 사람들이 따라오고 있어. 내가 뭘 하는지 알면 나를 죽일 거야. 나를 저버리지 마. 지금 바로 와 줘. 당신이 오지 않으면 난 죽어. 여기는 커크가(街) 320번지야. 암호는 오이. 쉿……."

그러고는 딸까닥 소리가 들렸다. 상대방이 전화를 끊은 것이었다.

"세상에 이런 황당한 데가."

꽤 놀란 앤터니가 푸념했다.

그는 담배 단지로 다가가 조심스럽게 자기로 만든 파이프를 채웠다.

"이건 아마도 내 잠재의식이 만든 모종의 신비로운 효과일 거야. 그 여자가 어찌 오이라고 말할 수 있겠어? 지독히도 괴상한 일이지. 대체 오이라고 말을 한 거야, 아니면 하지 않은 거야?"

앤터니가 안절부절못하고 방 안을 서성였다.

"커크가 320번지. 도대체 무슨 꿍꿍이속이지? 다른 남자를 기다리고 있는 거겠지. 제대로 설명해 줄 걸 그랬군. 커크가 320번지. 암구호는 오이라고 했지……. 오, 이럴 수가! 이건 말도 안 돼. 아무래도 뇌가 혼선을 일으켜 환각을……."

앤터니가 타자기를 못마땅하게 노려보았다.

"너는 도대체 뭐하는 놈이냐, 한번 얘기 좀 해 볼래? 아침 내내 너만 바라보고 있었잖아. 결국 나한테 해 준다는 게 고작……. 작가는 실생활에서 줄거리를 얻어 내야 해, 실생활에서. 너, 내 말 들리니? 그리고 나는 그런 걸 얻으러 지금 바깥에 나간단 말이다."

앤터니가 모자를 집어 머리에 쓰고, 자신의 귀중하고 오래된 법랑 세공품들을 사랑스럽게 바라본 다음 아파트를 나섰다.

커크가는 길고도 복잡한 거리로 알려진 곳으로 주로 골동품 가게들이 많았다. 그곳에는 온갖 종류의 가짜 물건들이 터무니없는 가격에 나와 있었다. 오래된 놋쇠 제품을 파는 점포들, 유리 제품 가게들, 퇴락한 중고 제품 상점들, 그리고 헌옷을 취급하는 중고 의류 거래상들도 적지 않았다.

320번지는 오래된 유리 제품을 주로 취급하는 가게였다. 가게는 온갖 종류의 유리 제품들로 넘쳐났다. 머리 위로 샹들리에와 촛대 장식들이 흔들거리며 반짝이고, 중앙 통로의 양옆에 와인 잔들이 즐비하게 놓여 있었다. 앤터니는 앞으로 나아갔다. 그는 아주 조심스럽게 움직여야 했다. 아주 늙은 여자가 가게 뒤편에 앉아 있었다. 그 여자는 많은 대학생들이 부러워할 만큼 여자치고는 콧수염이 파릇했다. 게다가 몸가짐까지 사나웠다.

여자가 앤터니를 쳐다보더니 단속하는 듯한 목소리로 말했다.

"뭐가 필요하십니까?"

앤터니는 쉽사리 흔들리는 젊은이였다. 그는 곧바로 독일 라인 백포도주 잔처럼 생긴 제품의 가격을 물어보았다.

"6개에 45실링입니다."

"아, 그래요. 그럴듯해 보이네요. 이것들은 얼마입니까?"

"정말 아름다운 것들이죠, 오래된 '워터포드' 두 개들이 1쌍을 18기니에 드릴게요."

앤터니는 스스로 문제를 키워 가고 있음을 자각했다. 얼마 뒤에는 이 늙은 여자의 맹렬한 시선이 거는 최면에 걸려, 뭐라도 사게 될 것이다. 그럼에도 그는 가게를 떠날 줄을 몰랐다.

"저건 어떻게 됩니까?"

앤터니가 샹들리에 하나를 가리키며 물었다.

"35기니."

"아! 내 능력 밖이군요."

앤터니가 안타깝다는 듯 말했다.

"어떤 물건을 찾으십니까? 혹시 결혼 선물을 찾으십니까?"

앤터니가 상대방 말꼬리를 붙들었다.

"예, 바로 그겁니다. 하지만 그 사람들 비위 맞추기가 쉽지 않아서요."

뭔가 작정을 한 듯 일어서며 여인이 말했다.

"아, 근사한 모양의 오래된 유리 제품을 싫다고 할 사람은 없지요. 여기 오래된 식탁용 유리병이 있어요. 그리고 이쪽에는 멋있고 귀여운 리큐르 술잔 세트가 있습니다. 신부에게 안성맞춤이죠······."

다음 10분간 앤터니는 고통을 견뎌 내야 했다. 여자는 상대방을 확고히 장악했다. 유리 장인이 만든 온갖 견본 제품들이 눈 앞을 발맞추며 지나갔다. 그는 몹시도 지쳤다.

"멋있어요, 아름답습니다."

앤터니는 받침 달린 커다란 잔을 내려놓으며 마지못해 외쳤다. 원하지도 않는 걸 억지로 봐 달라며 내놓은 물건이었다. 이어서 뭔가 떠오른 듯 그가 불쑥 뱉었다.

"아, 저 말예요, 이곳에 전화가 있습니까?"

"아니요, 없어요. 바로 맞은편 우체국에 '전화 사무실'이 있습니다. 그건 그렇고, 이 받침 달린 잔은 어때요? 아니면 이 훌륭하고 오래된 큰 술잔은?"

여자가 아닌 앤터니로서는 아무것도 사지 않고 살며시 가게를 빠져 나가는 데 영 소질이 없었다.

"차라리 저 리큐르 술잔 세트가 더 낫겠어요."

앤터니가 씁쓸한 듯 답했다.

그것은 아마도 제일 값싼 물건인 듯했다. 결국 예의 샹들리에를 낙찰하자 간담이 다 서늘해졌다.

앤터니는 쓰라린 가슴으로 물건값을 치렀다. 늙은 숙녀가 꾸러미를 싸는 것을 보던 그의 마음속에 불현듯 용기가 다시 솟아났다.

'그래 봐야 저 여자가 나를 괴짜라고 생각하고 말겠지. 게다가 저 사람이 날 어떻게 생각하든 그게 무슨 상관이란 말이야?'

"오이!"

앤터니가 또렷하게, 단호히 질렀다.

쭈그렁 할멈이 물건을 꾸리다가 별안간 멈추었다.

"예? 지금 뭐라고 했어요?"

"아무 말도."

앤터니가 뻔뻔하게 시치미를 뗐다.

"오이라고 했던 것 같은데."

"예, 그렇게 말했어요."

앤터니가 대들듯 답했다.

"왜 진작 말하지 않았죠? 내 시간만 낭비했잖아요. 저쪽 문으로 들어가 2층으로 올라가세요. 여자가 당신을 기다리고 있어요."

마치 꿈을 꾸듯 앤터니는 여자가 가리킨 문을 지나 지독히도 더러운 층계를 따라 올라갔다. 계단 꼭대기에는 문이 하나 있었고, 조금 열려 있어 그 안의 아담한 거실이 들여다보였다.

의자에 앉아 두 눈은 꼼짝없이 문을 바라보며 뭔가 잔뜩 기다리는 듯한 낯빛을 하고 있는 자는, 다름 아닌 웬 여자였다.

바로 저 여자! 앤터니가 작품 속에 그토록 자주 등장시켰던, 핼쑥한 상앗빛 살갗을 지닌 저 여인. 그리고 여인의 두 눈동자가 앤터니를 사로잡았다.

'바로 저 눈동자! 저 여자는 영국계가 아니야. 그건 단번에 알아볼 수 있지. 이국적인 느낌을 지녔어. 저 여자 옷차림의 고결한 소박함 속에서도 그 점이 그대로 드러나지.'

앤터니는 조금 머뭇거리며 문간에 멈추어 섰다. 설명의 순간이 다가온 듯했다. 하지만 그러기도 전에 기쁨의 외침과 함께 여자가 일어나더니 앤터니의 품 안으로 안기는 것이었다.

"드디어 당신이 왔어. 정말 와 주었어. 오, 성도들과 성모 마리아! 그들을 찬양할지어다."

기회라면 결코 놓칠 줄 모르는 앤터니는 열을 내며 맞장구를 쳤다. 이내 여자가 물러서더니 매혹적인 수줍음을 띤 채 상대방의 얼굴을 쳐다보았다.

"당신을 도저히 알아보지 못할 것 같아. 정말 못 알아보겠어, 전혀."

"못 알아본다고?"

앤터니가 맥없이 받았다.

"정말 몰라보겠어. 당신의 두 눈동자마저 전혀 다른 것 같아. 내가 생각했던 것보다 10배나 더 잘생겼어."

"내가 말이야?"

앤터니가 자기 자신에게 일렀다.

'아이고, 진정하자, 진정. 흥분하지 말고. 상황은 아주 괜찮게 돌아가고 있다고. 정신을 잃어선 곤란하지.'

"다시 키스해도 괜찮겠어?"

앤터니가 뿌듯하게 받았다.

"그럼, 물론이지. 마음껏 해도 돼."

꽤 즐거운 막간의 시간이 흘렀다. 앤터니가 생각했다.

'도대체 나란 놈은 누구란 말이지? 이 여자가 기다리던 놈이 나타나지 않으면 얼마나 좋을까. 정말 멋있는 여자야.'

여자가 갑자기 앤터니로부터 물러섰다. 순간적으로 두려움의 빛이 그녀의 낯에 서렸다.

"누군가 당신을 뒤쫓지는 않았어?"

"그런 일은 절대 없었어."

"아, 하지만 그치들 말이야, 꽤 교활하거든. 당신은 나만큼 그들을 알지 못해. 보리스, 그자는 악귀야."

"내가 곧 당신을 위해 보리스를 처리해 주겠어."

"당신은 사자야······. 그래, 사자. 그치들은 몽땅 다 깡패고. 내 말 좀 들어 봐. 내가 다 알고 있어. 그들이 그걸 알았다면 나를 죽였을 거야. 나는 겁이 났고 어떻게 해야 할지 몰랐어. 그리고 당신을 생각했지······. 쉿, 저게 무슨 소리지?"

그것은 아래층 점포에서 나는 소리였다. 앤터니에게 그 자리에 그대로 있으라고 손짓을 하면서, 여자가 살금살금 층계 쪽으로 나아갔다. 그러고는 곧 멍한 눈빛으로 하얗게 질린 낯이 되어 돌아왔다.
"마드레 데 디오스(성모 마리아)! 경찰이야. 이리로 올라오고 있다고. 당신, 칼 가지고 있어? 아니면 권총이라도? 뭐든 가지고 있느냐고?"
"내 귀여운 여인, 설마 내가 경찰관을 죽일 거라고 기대하는 것은 아니겠지?"
"오, 하지만 당신은 미쳤어……. 미쳤다고! 그들이 당신을 붙들어 갈 거야. 당신이 죽을 때까지 목을 매달아 둘 거라고."
"그들이 어떻게 한다고?"
앤터니가 대꾸했다. 지독히 불쾌한 느낌이 척추를 가로질렀다.
층계에서 발자국 소리가 들렸다.
"이리로 오고 있어. 무조건 아니라고 그래. 그게 마지막 희망이야."
여자가 속삭였다.
"그건 별로 어렵지 않지."
앤터니가 낮은 목소리로 답했다.
1분 뒤 두 사람이 방으로 들어왔다. 그들은 사복 차림이었다. 그러나 오랜 세월 받아 온 훈련을 말해 주듯 기관원 느낌을 풍겼다. 둘 가운데 키가 작은 사람, 고요한 회색 눈에 약간 까무잡잡한 남자가 대표자였다. 그 남자가 던졌다.
"당신을 안나 로젠버그 살해 혐의로 체포합니다, 콘래드 플렉만 씨. 당신이 말하는 모든 것은 당신에게 불리한 증거로 사용될 수 있습니다. 이것이 구속 영장입니다. 순순히 따라오는 게 좋을 겁니다."

여자의 입술에서 반쯤 억눌린 비명이 새어 나왔다. 앤터니가 차분하게 미소 지으며 앞으로 내딛으며 가볍게 말했다.

"지금 실수하고 있는 겁니다. 내 이름은 앤터니 이스트우드예요."

하지만 두 남자는 앤터니의 말에 조금도 흔들리는 것 같지 않았다. 두 사람 가운데 아직 말하지 않고 있던 사람이 일렀다.

"그건 천천히 확인해 보기로 하고. 우선 우리를 좀 따라오셔야겠어요."

"콘래드, 콘래드, 제발 저 사람들 따라가지 마."

여자가 울부짖었다.

앤터니가 남자들을 쳐다보았다.

"이 젊은 숙녀에게 작별 인사를 해도 되겠습니까?"

앤터니가 기대했던 것보다 더 신사적으로 두 남자가 문 쪽으로 비켜 주었다. 앤터니는 여자를 데리고 창가의 모퉁이로 다가가, 상대에게 재빠르고 낮은 음성으로 속삭였다.

"내 말 좀 들어 봐요. 내가 한 말은 사실이었어요. 나는 콘래드 플렉만이 아니에요. 오늘 아침 당신이 전화를 걸었을 때, 교환원들이 당신한테 잘못된 번호로 연결해 주었던 것 같아요. 내 이름은 앤터니 이스트우드입니다. 나는 당신의 호소에 답하여 이곳에 왔던 것뿐이에요. 왜냐하면……. 어쨌든, 나는 이렇게 왔어요."

여자가 상대방을 의심스럽게 쳐다보았다.

"당신이 콘래드 플렉만이 아니라고요?"

"아닙니다."

"오! 당신한테 키스했는데!"

여자가 비탄에 젖은 듯 외쳤다.

"괜찮습니다. 초기의 기독교도들은 그런 식으로 인사했다고 하지 않습니까. 꽤 자연스러운 거죠. 자, 나는 이 사람들을 쫓아갈 작정입니다. 곧바로 내 신분을 증명해 보이겠어요. 그동안 나는 걱정하지 말고, 당신의 소중한 콘래드에게 경고해 줄 수 있을 거예요. 그다음에는……."

"예?"

"에, 바로 이거예요. 내 전화번호는 노스웨스턴 1743번……. 그들이 잘못된 번호를 연결해 줄 수 있으니 조심하시고."

여자가 앤터니에게 눈물 반, 미소 반의 매혹적인 눈길을 던졌다.

"잊지 않겠어요. 진실로, 잊지 않겠어요."

"그러면 됐소. 이만 안녕. 그리고……."

"예?"

"초창기 기독교들이 했던 것……. 한 번 더 해도 괜찮을까요?"

그녀가 두 팔을 뻗어 앤터니의 목을 껴안았다. 여자의 입술은 상대를 살짝 건드렸을 뿐이었다.

"당신을 좋아해요. 예, 당신을 정말 좋아합니다. 그것을 기억해 주세요. 무슨 일이 있더라도 그럴 수 있죠?"

앤터니가 내키지 않는 듯 뒤로 물러나 포획자들한테 다가갔다.

"이제 당신들과 같이 갈 준비가 되었어요. 설마 이 젊은 숙녀까지 가둘 생각은 없겠죠?"

"물론 그럴 필요는 없습니다."

키 작은 남자가 상냥하게 답했다.

'이 런던 경시청 직원들, 참 괜찮은 친구들이군.'

남자들을 쫓아서 좁다란 계단 통로를 따라 내려가며 앤터니가 생각했다.

가게 안에는 늙은 여자의 흔적조차 보이지 않았다. 하지만 뒤쪽 문에서 뭔가 거친 숨소리가 들려왔다. 예의 노파가 그 뒤에 숨어 사태를 조심스럽게 관찰하는 게 아닐까?

너저분한 커크가로 다시 발길을 내딛으면서 앤터니가 긴 숨을 내쉬고 두 사람 가운데 작은 이에게 말했다.

"자 이제, 경감님⋯⋯. 당신, 경감이 맞죠?"

"예, 선생. 수사관 베랄 경감입니다. 이쪽은 수사관 카터 경사."

"자, 베랄 경감. 이제 제대로 말할 때가 되었어요. 물론 제대로 들어 줘야 할 때도 왔고요. 나는 콘래드 아무개가 아니란 말입니다. 내 이름은 앤터니 이스트우드예요, 이미 당신들한테 이야기해 주었듯이 말이죠. 그리고 나는 전업 작가예요. 나를 따라서 내 아파트로 함께 가 준다면, 내 신분을 만족스럽게 확인할 수 있을 겁니다."

사실적으로 이야기하는 앤터니의 모습에 두 남자는 감명을 받은 듯했다. 처음으로 뭔가 잘못된 게 아닌가 하는 느낌이 베랄의 얼굴을 스쳐 지나갔다. 하지만 카터의 마음을 움직이는 것은 더욱 어려웠다.

"하, 그래요? 하지만 아까 그 숙녀가 당신을 '콘래드'라고 제대로 부르는 것 못 들으셨습니까?"

카터가 비웃었다.

"아! 그건 또 다른 문제예요. 당신 두 분한테 솔직히 일러두지만…… 에, 그러니까, 개인적인 까닭 때문에 나는 그 숙녀분께 콘래드라는 사람으로 통했죠. 잘 아시겠지만 그것은 개인적인 문제입니다."

"꽤 그럴듯하군요? 아무튼 선생, 우리와 같이 갑시다. 택시 좀 불러 주세요, 조."

지나가던 택시가 멈추어 섰고 세 사람이 올라탔다. 앤터니는 두 사람 가운데 더 쉽게 설득할 수 있을 것 같은 베랄을 상대로 자신에 대해 설명하면서 마지막 시도를 했다.

"이봐요, 존경하는 경감님. 댁들이 내 아파트로 같이 가서 내 말의 진실 여부를 가리는 게 무슨 해라도 끼친단 말입니까? 원한다면 택시는 그대로 세워 둘 수도 있잖아요. 꽤 후한 제안 아닌가요? 어떻게 하든 5분의 차이조차 나지 않을 텐데."

베랄이 앤터니를 찬찬히 살펴보았다. 그러고는 불현듯 일렀다.

"그렇게 합시다. 좀 이상해 보이지만 당신 말이 거짓은 아닌 것 같고 엉뚱한 사람을 잡아들여 경찰서에서 웃음거리가 되고 싶지는 않으니 말입니다. 당신 주소가 어떻게 되지요?"

"브란덴버그 맨션 48호."

베랄이 몸을 기울여 택시 운전수에게 주소를 외쳤다. 세 사람 모두 목적지에 이를 때까지 아무 말 없이 앉아 있었다. 목적지에 도착하자 카터가 먼저 뛰어내렸고 이어서 베랄이 앤터니더러 카터를 쫓아가라고 손짓하며 말했다.

"언짢은 표정을 지을 필요는 없어요. 우리 모두 다정하게 들어가는 거예요. 이스트우드 씨가 친구 몇 명을 집에 데리고 온 것처럼 말이죠."

앤터니는 그 제안을 몹시 고맙게 생각했다. 더불어 경시청 수사과에 대한 앤터니의 평가 점수는 점점 더 올라갔다. 그들은 복도에서 운이 좋게도 수위인 로저스를 만났다. 앤터니가 멈추어 섰다.

"아! 안녕, 로저스!"

앤터니가 아무렇지 않은 듯 인사했다.

"안녕하세요! 이스트우드 씨."

수위가 정중하게 응대했다.

로저스는 너그러움의 모범을 보여 주는 앤터니를 흠모했다. 모든 이웃이 다 그렇게 대해 주는 것은 아니었다.

앤터니가 층계 맨 아래에 한 발을 올려놓은 채 멈추고 지나가는 투로 말했다.

"잠깐, 로저스. 내가 여기서 살기 시작한 지 얼마나 되었죠? 여기 이 친구들과 방금 그런 이야기를 좀 하고 있었거든요."

"글쎄요, 선생님. 가만 있자, 벌써 4년 가까이 되는 것 같은데요."

"나도 바로 그렇게 생각했어요."

앤터니가 두 수사관에게 승리의 눈길을 던졌다. 카터는 투덜댔다. 그러나 베랄은 환하게 웃었다.

"좋습니다. 하지만 그것으로 충분하지는 않습니다, 선생. 우리 이제 올라갈까요?"

앤터니가 열쇠로 아파트 문을 열었다. 앤터니는 하인인 시마크가 바깥에 나간 것을 떠올리며 안심했다. 지금 이 재앙은 목격자가 적을수록 좋았다!

타자기는 앤터니가 집을 나갈 때 그 상태 그대로 있었다. 카터가 테이블을 향해 성큼 걸어가 종이 위에 적힌 제목을 음침한 목소리로 읽었다.

"두 번째 오이의 미스터리."

"내가 쓰고 있는 이야기입니다."

앤터니가 태연히 설명했다.

"좋은 증거군요, 선생."

베랄이 두 눈을 반짝이며 고개를 끄덕였다.

"그런데 선생, 그 이야기는 어떤 내용입니까? 두 번째 오이의 미스터리가 뭐죠?"

"아, 딱 걸렸네요. 바로 그 두 번째 오이가 이 모든 소동의 근원이죠."

카터가 앤터니를 집요하게 노려보았다. 갑자기 고개를 젓더니 뭔가를 암시하듯 자기 이마를 친 카터가 혼잣말로 중얼거렸다.

"이런 한심하고 얼빠진 친구 같으니라고."

앤터니가 얼른 던졌다.

"자, 두 분 신사님들. 본론으로 들어갑시다. 여기 내 앞으로 온 편지들이 있어요. 그리고 예금 통장과 제 앞으로 온 편지들도 있고요. 뭘 또 보여 드릴까요?"

베랄이 앤터니가 들이민 문서들을 찬찬히 살펴보더니 정중하게 나섰다.

"내 입장에서는. 이 정도면 충분합니다. 이제 확신이 들어요. 하지만 내 마음대로 당신을 풀어 줄 수는 없습니다. 당신이 몇 년 동안 이스트우드 씨로서 여기에 거주해 온 게 확실해 보이지만, 콘래드 플렉만과 앤터니 이스트우드가 동일한 사람일 수도 있어서 말이죠. 아시겠죠? 따라서 아파트를 철저히 수색하고, 당신의 지문을 채취하고 본부에 전화도 해 봐야 할 것 같군요."

"납득되는 말입니다. 손 닿는 대로 내 간악한 비밀을 캐내도 좋다고 말씀드리죠."

경감이 씩 웃었다. 수사관치고는 꽤 유별나게 인간적인 사람이었다.

"선생은 카터와 함께 작은 방에 들어가시겠습니까? 내가 일하는 동안 말입니다."

"좋습니다. 하지만 좀 다른 방식으로 하면 안 될까요?"

앤터니가 마지못해 말했다.

"가령?"

"당신과 나, 우리 두 사람이 위스키 두어 잔이나 음료수를 들면서 방을 쓰도록 하죠. 우리의 친구인 경사가 열심히 수색하는 동안에 말이죠."

"선생이 좋다면."

"예, 난 그게 더 좋겠습니다."

두 사람은 카터가 능숙한 솜씨로 책상 내용물들을 조사하도록 맡겼다. 방을 빠져나오던 그들은 카터가 수화기를 집어 들고 런던 경시청으로 전화를 거는 소리를 들었다.

"그렇게 나쁘지는 않네요."

앤터니는 위스키와 탄산수를 바로 곁에 두고 자리를 잡은 채, 친절하게 잔심부름을 해 가며 베랄 경감의 시중을 들었다.

"내가 먼저 마실까요? 위스키에 독이 들어 있나, 안 들어 있나 확인해 드리기 위해?"

경감이 빙그레 웃었다.

"이 모든 게 사실은 원칙에는 어긋나는 일입니다. 하지만 우리는 우리의 직업 세계에서 잘 알려지지 않은 것들을 알고 있죠. 나는 처음부터 실수하고 있다는 것을 깨달았어요. 그렇지만 또 일상적인 관례를 쫓아가야 하거든요. 관료적 형식을 벗어날 수는 없습니다. 안 그렇습니까, 선생?"

앤터니가 안타까운 낯빛을 했다.

"그건 꽤 어려운 일이겠지요. 하지만 저 경사는 경감님처럼 허물없이 대해 주지는 않더군요, 그렇죠?"

"아, 카터 경사는 괜찮은 사람입니다. 느끼셨겠지만 그를 속이는 건 좀처럼 쉽지 않습니다."

"예, 눈치챘습니다."

앤터니가 받았다. 그러고는 덧붙였다.

"그런데 경감님, 나 자신에 대해 좀 알고 싶은데 혹시 반대하십니까?"

"어떤 방식으로 말이죠, 선생?"

"왜 이러십니까, 내가 호기심에 애간장을 태우고 있다는 거 아시잖습니까? 안나 로젠버그는 어떤 사람이었나요? 그리고 내가 왜 그녀를 죽였다는 거죠?"

"내일 신문에서 모든 것들을 읽어 보실 수 있습니다."

"내일요? 그게 혹시 수천 년 뒤를 의미하는 건 아니겠죠? 지극히 온당한 이 호기심 좀 풀어 주실 수 없겠습니까, 경감님? 공식적인 함구령은 던져 버리고 모든 걸 털어놓으시죠."

"이건 반칙입니다, 선생."

"존경하는 경감님, 우리가 언제쯤 절친한 친구 사이가 될까요?"

"좋습니다……. 안나 로젠버그는 독일계 유태인으로 햄프스테드에 살았어요. 그녀는 뚜렷한 생계 수단도 없이 해마다 점점 더 부자가 되었죠."

"나는 바로 그 반대입니다. 나에겐 눈에 보이는 돈벌이 수단이 있지만, 해마다 점점 더 가난해지기만 하거든요. 나도 햄프스테드로 가서 살면 좀 나아질까요? 햄프스테드는 기운을 북돋아 주는 곳이라고 들었습니다."

베랄이 이었다.

"그녀는 한때 헌옷 장수였어요……."

앤터니가 다시 끼어들었다.

"바로 그겁니다. 나 역시 전쟁 뒤에 내 군복을 팔았죠……. 카키색 군복이 아니라 다른 물건들 말이에요. 아파트 내부가 온통 빨간색 바지들이며, 황금빛 레이스 따위로 꽉 차 있었죠. 아주 근사하게 진열되어 있었어요. 체크무늬 정장의 뚱뚱한 남자가 가방을 든 허드레 일꾼과 같이 롤스로이스를 타고 도착하더군요. 남자는 그 옷 무더기의 값으로 1파운드 10실링을 쳐 주겠다고 했지요. 2파운드를 채우려고 내가 사냥 코트와 자이스 표 안경을 더했습니다. 곧이어 신호하자, 일꾼이 가방을 열고 물건들을 퍼담듯 마구 집어넣었죠. 뚱뚱한 남자는 내게 10파운드 지폐를 내밀면서 거스름돈을 요구했습니다."

"얼추 10년 전이었어요. 런던에 스페인에서 온 정치 망명자들이 몇 명 있었어요……. 그들 중 젊은 아내와 아이가 딸린 돈 페르난도 페라레즈라는 사람이 있었죠. 그 사람들은 몹시도 가난했고 부인도 아팠어요. 안나 로젠버그는 그들이 세 들어 살고 있는 집을 찾아와, 팔 만한 물건들이 있는지 물어보았죠. 돈 페르난도는 때마침 외출 중이었고, 그의 아내가 매우 아름다운 스페인 숄을 내놓았어요. 그 숄은 신비스러운 방식으로 수를 놓은 물건으로, 스페인을 떠나기 전에 남편이 그녀에게 준 마지막 선물 가운데 하나였어요. 집으로 돌아와 그 숄을 팔아 치웠다는 이야기를 듣고 돈 페르난도는 격하게 분노를 터뜨렸지만 끝내 그 물건을 도로 찾지는 못했어요. 문제의 헌옷 장수를 찾아내는 데 성공하였지만, 옷 장수는 이미 그 숄을 다른 여자한테 되팔았다고 말했지요. 이름도 모르는 여자한테요. 돈 페르난도는 절망에 빠졌습니다. 2달 뒤 그는 길거리에서 칼에 찔렸고 그 상처 때문에 사망했어요. 그 사건 이후로 안나 로젠버그에게는 수상하게도 돈이 넘쳐나는 듯했어요. 그 뒤로 10년간 그녀의 집은 적어도 8번 이상 강도를 당했죠. 그중 4번은 실패로 끝나 범인들을 아무것도 가져가지 못했습니다. 나머지 4번의 경우, 자수로 만든 숄이 도난당한 물건 중에 있었어요."

경감이 이야기를 잠시 멈추었으나 앤터니의 조급한 손짓에 계속 이어 나갔다.

"일주일 전, 프랑스 수녀원에서 카르멘 페라레즈가 이 나라에 도착했습니다. 돈 페르난도의 작은 딸인 그녀는 곧장 햄프스테드에 사는 안나 로젠버그를 찾아갔어요. 그곳에서 카르멘 페라레즈는 늙은 여자와 한바탕 격렬하게 싸움을 벌였다고 합니다. 그리고 카르멘 페라레즈가 떠나며 남긴 말을 하인들 가운데 한 사람이 귓결에 들었다고 합니다.

'당신은 아직도 그것을 가지고 있어요. 그동안 당신은 그것 때문에 점점 더 부자가 되었어요……. 그러나 내가 엄중히 선언하지만, 그 물건은 궁극적으로 당신에게 불행을 가져다줄 겁니다. 당신은 그 물건에 대한 윤리적 소유권이 없습니다. 그리고 언젠가 당신이 그 1000송이 꽃의 숄을 가졌던 것을 후회할 날이 올 겁니다.'

그런 일이 있고 사흘이 지난 뒤 카르멘 페라레즈가 자신이 묵고 있던 호텔에서 불가사의하게도 사라졌죠. 그녀의 방에서 어떤 이름과 주소가 나왔어요. 콘래드 플렉만이라는 이름이었죠. 그리고 골동품 거래상이라고 하는 사람의 메모지도 있었죠. 카르멘이 가지고 있는 것으로 알고 있다고 하면서, 그 모종의 자수 숄을 처분할 의향이 있는지 묻는 내용이었어요. 그 메모에 적힌 주소는 가짜였어요.

그 모든 미스터리의 한가운데 숄이 있다는 건 명백한 사실입니다. 어제 아침 콘래드 플렉만이 안나 로젠버그를 찾아갔어요. 안나 로젠버그는 1시간 이상 콘래드 플렉만과 단둘이 있었어요. 콘래드와 대면하면서 어찌나 떨고 하얗게 질렸는지, 콘래드 플렉만이 떠난 뒤 곧바로 침대로 가야 할 정도였죠. 하지만 콘래드가 또다시 그녀를 찾아오면, 언제든지 들여보내라는 지시를 내렸다고 합니다. 지난밤 안나 로젠버그가 9시경에 집을 나간 뒤, 돌아오지 않았습니다. 그녀는 오늘 아침 콘래드 플렉만이 살고 있는 집에서 발견되었죠. 가슴을 칼에 찔린 채였습니다. 그녀의 바로 옆 방바닥에…… 무엇이 있었다고 생각하십니까?"

앤터니가 숨 쉬었다.

"그 숄? 1000송이 꽃이 수놓인 숄 말이군요."

"뭔가 그것보다 훨씬 더 섬뜩한 것이었어요. 그 숄의 모든 비밀을 설명해 주고 그 숨겨진 가치를 뚜렷하게 밝혀 주는 뭔가……. 잠깐 실례합니다. 아마도 저 소리는……."

그것은 종소리였다. 앤터니는 최선을 다하여 조급한 마음을 참고 방을 나간 경감이 돌아오기를 기다렸다. 앤터니는 이제 자신의 상황에 꽤 익숙해진 기분이 들었다. 그들은 지문을 채취하면 곧바로 실수를 깨달을 것이었다.

그다음에 어쩌면 카르멘에게서 전화가 오지 않을까 앤터니는 생각했다.

'1000송이 꽃을 수놓은 숄! 그 얼마나 신비로운 이야기인가. 카르멘의 절묘하고 짙은 아름다움에 어울릴 만한 배경이 되는 이야기. 그리고 카르멘 페라레즈…….'

앤터니가 문득 백일몽으로부터 깨어났다. 베랄 경감이 왜 아직도 돌아오지 않는지 의아했다. 앤터니가 일어서 문을 당겨 열었다. 아파트가 이상하리만치 조용했다.

'이 사람들, 떠난 건가? 나에게 단 한 마디도 남기지 않고?'

앤터니는 옆방으로 향했다. 텅 비어 있었다. 거실도 마찬가지였다. 이상하게도 비어 있었다! 게다가 왠지 어질러지고 휑뎅그렁한 모습이었다.

'맙소사! 법랑 세공품들……. 은 세공품!'

앤터니가 미친 듯이 아파트 여기저기를 살펴보았다. 구석구석이 똑같은 처지였다. 집 전체가 발가벗겨져 있었다. 값어치가 나가는 물건 일체, 앤터니가 아껴 수집해 온 그 귀한 애장품들이 깡그리 사라지고 없었다.

앤터니가 신음을 내며 비틀비틀 의자로 걸어갔다. 머리는 두 손으로 감싸 쥐었다. 그때 현관문 종이 울리면서 퍼뜩 정신이 들었다. 앤터니가 문을 열어 보니 로저스가 서 있었다.

"선생님, 실례합니다. 하지만 그 신사분들이 방금 선생님께 뭔가 필요할 거라고 했거든요."

"신사들요?"

"선생님의 친구분들 말입니다. 제가 그 사람들이 짐을 싸는 걸 도와주었거든요. 아주 운이 좋게도 지하실에서 꽤 훌륭한 상자 2개를 찾아냈어요."

로저스의 시선이 바닥으로 향했다.

"그리고 정성껏 어질러진 바닥을 청소했습니다."

"로저스, 여기에서 물건들을 꾸렸어요?"

앤터니가 신음했다.

"물론입니다, 선생님. 선생님이 그렇게 하라고 시키지 않았나요? 키가 큰 신사가 저더러 그렇게 하라고 했거든요. 선생님이 저쪽 끝 작은 방에서 또 다른 신사분에게 열심히 이야기하는 것을 보고 방해하고 싶지 않았습니다."

"내가 그 사람한테 이야기한 것은 아니에요. 그자가 나한테 말했지. 몹쓸 놈."

로저스가 기침을 하고 웅얼댔다.

"정말 안타깝습니다. 그렇게까지 궁핍하실 줄은."

"궁핍이라?"

"그 귀하디귀한 선생님의 소장품들을 내놓으시다니 말입니다."

"에? 오, 그래요. 하하하하!"

앤터니가 서글픈 웃음을 던졌다.

"그 사람들 지금쯤 이미 멀리 떠났겠죠? 그 사람들…… 내 친구들 말이에요."

"오, 그럴 거예요. 아까 전에 제가 그 상자들을 택시에 실어 주었고 키 큰 신사가 다시 위층으로 올라갔죠. 곧이어 두 사람 모두 아래로 뛰어 내려와 바로 차를 몰고 떠나갔어요……. 실례합니다만 선생님, 뭔가 잘못되었습니까?"

로저스로서는 물어볼 만도 했다. 앤터니가 토해 낸 공허한 신음 소리 때문에 뭔가 이상하다고 생각한 것이었다.

"몽땅 잘못됐어요. 아무튼 고마워요, 로저스. 당신을 나무랄 수는 없죠. 나 좀 혼자 있게 해 주세요, 전화 통화 좀 해야 하겠어요."

5분 뒤 앤터니는 자신의 이야기를 드라이버 경감에게 퍼부었다. 경감은 수첩을 손에 쥔 채 앤터니 맞은편에 앉아 있었다. 드라이버 경감, 동정심이라고는 없는 사람. 진짜 경감과 그렇게 비슷하지도 않은 사람! 앤터니가 회고했다. 사실상 눈에 띌 정도로 야단스러워 보였다. '자연'보다 '예술'이 우월하다는 사실을 단적으로 보여 주는 또 다른 예랄까.

앤터니가 자신의 이야기를 마무리하자 경감이 수첩을 덮었다.

"어떻습니까?"

앤터니가 애가 탄 듯 던지자 경감이 받았다.

"그림처럼 뚜렷하게 보입니다. 그 사람들 패턴 패거리입니다. 그치들 요즘 약삭빠른 짓을 꽤 벌이고 다니거든요. 엷은 피부에 키가 큰 남자, 키가 작고 가무잡잡한 남자, 그리고 여자 1명."

"여자 1명?"

"예, 굉장히 훌륭한 외모이고 피부가 거무스름합니다. 보통 미끼 역할을 하죠."

"스페인 숙녀 말입니까?"

"자신을 그렇게 소개하기도 합니다. 그 여자는 햄프스테드에서 태어났어요."

"내가 기운을 북돋아 주는 동네라고 말했던 그곳이군."

앤터니가 중얼거렸다.

"예, 틀림없습니다."

경감이 나가려고 일어서며 답했다.

"그 여자가 당신에게 전화를 걸어 허풍을 늘어놓았겠죠……. 당신이 틀림없이 찾아와 줄 거라고 판단했을 겁니다. 이어서 당신은 골동품을 취급하는 '마더 깁슨스'로 쫓아갑니다. 그 노인은 자기 방을 빌려주는 대가로 돈을 받는 것을 부끄러워하지 않죠. 사람들이 길거리 같은 데서 만나는 건 좀 어색할 테니……. 연인들 말이에요. 아시다시피 범죄를 꾸미는 것도 아니고……. 당신은 거기에 제대로 걸려들었어요. 이어서 그자들이 당신을 이곳으로 데려오는 겁니다. 한 사람이 당신 앞에서 이야기를 늘어놓는 사이에 다른 사람이 약탈물을 챙겨 들고 사라지는 거죠. 패터슨 일당이 맞아요. 바로 그자들 솜씨입니다."

"그렇다면 내 물건들은 어떡합니까?"

앤터니가 애가 타서 물었다.

"할 수 있는 데까지 해 보겠습니다, 선생. 하지만 패터슨 일당이 얼마나 약아빠진 놈들인지 아시겠죠."

"정말 그런 것 같아요."

앤터니가 쓸쓸하게 답했다.

경감이 나가 버리자마자 문 종소리가 울렸다. 앤터니가 쫓아가 문을 열었다. 작은 소년이 꾸러미 하나를 들고 서 있었다.

"소포예요, 선생님."

앤터니는 좀 이상하다고 느끼며 그것을 받아 들었다. 그는 소포 같은 것을 받을 일이 없었다. 꾸러미를 들고 거실로 돌아와 끈을 풀어 보니 그것은 리큐르 술잔 세트였다!

"이런 염병할!"

그 잔들 가운데 하나의 바닥에 자그마한 조화 장미 한 송이가 눈에 띄었다. 앤터니의 마음은 다시 커크가의 2층 방으로 날아갔다.

'당신을 좋아해요. 예, 당신을 정말 좋아합니다. 그것을 기억해 주세요. 무슨 일이 있더라도 그럴 수 있죠?'

'그녀가 그렇게 말했었지. 그 어떤 일이 생겨도……. 그게 진심이었을까…….'

"그건 아무 소용도 없어."

앤터니가 다부지게 스스로를 추슬렀다.

앤터니의 시선이 타자기로 향했다. 이어서 그는 꽤 굳은 얼굴을 하고 자리에 앉았다.

'두 번째 오이의 미스터리'

앤터니의 얼굴은 다시 꿈속에 빠져드는 듯 아스라한 빛을 띠었다.

'1000송이 꽃의 숄…… 시신 옆 방바닥에서 발견된 것은 도대체 무엇이란 말인가? 그 모든 비밀을 설명해 주는 섬뜩한 물건?'

물론 그 이야기는 아무것도 아니다. 앤터니의 관심을 붙들기 위하여 꾸며 낸 이야기에 불과했으니. 게다가 이야기꾼은 오래된 아라비안나이트의 수법까지 써먹었다. 가장 흥미로운 시점에 이야기를 끊어 버리는 수법 말이다.

'하지만 그 모든 미스터리를 풀어 줄 무시무시한 뭔가가 있지 않을까? 누군가 이 일에 집중한다면 문제를 풀 수 있지 않을까?'

앤터니가 타자기에 있던 종이를 찢어 내고 다른 것으로 갈아 끼웠다. 그러고는 새로운 표제를 타이핑했다.

'스페인 숄 미스터리'

앤터니는 얼마 동안 아무 말없이 제목을 눈여겨보았다. 곧이어 재빠르게 타자를 치기 시작했다.

황금 공

I

조지 던다스, 이 남자는 런던 도심의 구시가지, '시티 오브 런던'의 길거리에 우두커니 서서 뭔가 골똘히 생각하고 있었다.

지금 그의 주위로는 각양각색의 일꾼들과 임금 노동자들이 밀물처럼 밀려왔다 썰물처럼 빠져나갔다. 그러나 정묘하게 주름이 잡힌 바지를 화사하게 차려입은 조지는 그러한 주변 사람들을 의식하지 않았다. 그는 생각에 빠져 있었다.

'앞으로 어떻게 해야 하나?'

그에게 뭔가 일이 있었다! 조지와 그의 부유한 삼촌('리드베터와 길링'이라는 업체를 이끌어 가는 이프럼 리드베터) 사이에, 흔히 하류층 사람들이 즐겨 쓰는 표현하듯 '말'이 나돌았다. 엄밀하게 이야기해서 '말'은 거의 일방적으로 리드베터 씨 편을 들어 주었다. 리드베터 씨의 입술에서 격한 분개의 말들이 세찬 강줄기처럼 쏟아져 나왔다. 그러한 말들이란 게 거의 되풀이되고 있다는 사실은 리드베터 씨의 걱정거리가 아닌 듯했다. 어떤 이야기를 단 한 번 아름답게 말하고 그대로 놔두는 것은 리드베터 씨의 모토가 아닌 모양이었다.

주제는 단순했다. 앞길이 창창한 젊은이가 보여 준 괘씸하고 어리석은 행동과 간사함, 휴가 신청조차 내지 않고 주중에 무단으로 결근을 감행한 사실. 자신이 생각할 수 있는 모든 것을 이야기하고 그중 몇 가지는 두어 번 말한 리드베터 씨가 잠시 숨을 돌리기 위하여 말을 멈춘 뒤 왜 그런 짓을 했느냐고 조지에게 물었다.

조지는 간단하게 대답했다. 그냥 하루 쉬고 싶었다고. 사실 휴가를 원했던 거라고.

그렇다면 토요일 오후와 일요일은 왜 있는지 리드베터 씨는 묻지 않을 수 없었다. 성령 강림절 주간을 지낸 지도 얼마 되지 않았고, 8월 공휴일도 곧 다가오는데?

조지는 토요일 오후나 일요일, 일반 공휴일 따위는 별로 좋아하지 않는다고 받았다. 그가 바라는 것은 진짜 쉬는 날, 어디 좋은 장소를 찾아갈 수 있는 날, 런던 사람 절반이 이미 몰려 있는 곳이 아니라 정말 괜찮은 장소를 찾아갈 수 있는 날이라고.

리드베터 씨는 죽은 누이의 아들을 위하여 할 만큼 했다고 답했다. 자기가 조카에게 기회를 주었다는 사실을 그 누구도 부정하기는 어려울 것이라고. 그러나 아무 소용이 없는 것 같았다. 조지는 앞으로 자기가 하고 싶은 일을 하기 위하여, 토요일과 일요일을 포함하여 닷새의 진짜 휴가라도 즐기겠다는 태세였다.

"나는 황금 공 같은 기회를 네게 던졌다. 너는 그것을 놓치고 말았고."

리드베터 씨가 마지막 시적(詩的) 영감으로 선언했다.

조지는 방금 자기가 그 공을 잡은 것 같다고 대꾸했다. 결국 리드베터 씨는 시를 내다 버리고 노여움을 터트렸다.

"당장 나가."

그리하여 조지는 묵상에 빠지게 되었다.

'삼촌이 좀 누그러지실까, 그렇지 않을까? 어쩌면 마음속 깊은 곳에서는 나에 대한 애정을 지니고 계신 것은 아닐까, 아니면 냉정한 환멸뿐인가?'

전혀 기대하기 어려운 목소리가 "안녕!" 하고 소리를 낸 것은 바로 그때였다.

보닛이 굉장히 긴 빨간색 관광용 자동차가 조지 곁의 연석에 멈추어 섰다. 운전석에는 아름답고 사교계에서 유명한 아가씨, 메리 몽트소가 앉아 있었다.(그 묘사는 적어도 연간 4회 이상 그녀의 사진을 싣는 화보 신문에 나오는 표현이었다.) 그녀는 뿌듯한 얼굴로 조지를 보고 빙그레 웃었다.

"이렇게 섬 같은 남자는 처음 봤어요. 차에 좀 타시겠어요?"

"그것참 듣던 중 반가운 소리네요."

조지가 서슴없이 대답하고 그녀의 곁에 올라탔다.

그들은 천천히 움직였다. 도로가 붐벼 다른 대안이 없었다. 메리 몽트소가 말했다.

"이 도시는 지겨워요. 시내가 어떤지 이제 다 알았어요. 다시 '런던'으로 돌아갈 작정이에요."

조지는 그녀가 잘못 알고 있는 지리를 고쳐 주는 대신 멋있는 생각이라며 칭찬했다. 그들은 때로 서서히 나아갔고, 더러는 사납게 돌진하며 속도를 높였다. 메리 몽트소가 끼어들 수 있는 기회를 포착한 경우에 그랬다. 그런데 메리 몽트소는 그렇게 끼어드는 기회를 좀 낙관하는 것 같았다. 조지는 사람은 결국 한 번밖에 안 죽는다는 생각을 떠올려야 했다. 그러면서도 그는 말을 붙이지 않는 게 최상책이라고 느꼈다. 조지로서는, 이 흰 피부에 금발의 운전자가 맡은 일에만 충실하기를 바란 것이었다.

다시 말을 붙인 쪽은 메리였다. 그것도 하이드 파크 코너를 급작스럽게 돌아 나오는 순간에.

"나랑 결혼하는 거 어떻게 생각하세요?"

그녀가 아무렇지 않은 듯 물었다.

조지가 순간 헉 소리를 내며 놀랐다. 하지만 그것은 뭔가를 부술 듯 덤벼드는 커다란 버스 때문이었을 것이다. 조지는 자신의 재빠른 순발력을 자랑스러워했다.

"정말 좋습니다."

조지가 쉽게 응했다.

"예. 아마도 언젠가는 할 수 있을지 몰라요."

메리 몽트소가 모호하게 말했다.

두 사람은 아무 사고 없이 곧은 길로 들어섰다. 그 순간 조지는 하이드 파크 코너 지하철 역에 새로 걸린 커다란 포스터들을 보았다. '심각한 정치 상황'과 '입원 중인 대령' 사이에 '공작과 결혼하는 사교계 아가씨, 그리고 '엣지힐의 공작과 몽트소 양'이 보였다.

"엣지힐의 공작은요?"

조지가 엄중히 물었다.

"나하고 빙고 말예요? 우리는 약혼했어요."

"그럼, 조금 전에 말한 것은······."

"오, 그거요. 글쎄요, 실제로 누구와 결혼할지는 아직 정하지 않았거든요."

"그렇다면 왜 그 사람과 약혼을 했나요?"

"내가 약혼할 수 있나 알아보기 위해 했을 뿐이에요. 모두들 무척 어려운 일이라고 생각하는 모양인데, 조금도 힘들지 않았거든요!"

"정말로, 에······. 빙고라는 사람 참 안됐군요."

조지는 진짜 공작을 별명으로 부르는 게 거북했지만 참았다.

"천만에요. 빙고에게 도움이 될 만한 게 있다면, 결국 그에게도 좋은 일이죠······. 내가 보기에는 어려울 것 같지만."

조지가 또 다른 것을 발견했다. 이번에도 역시 길거리 전단을 통해서였다.

"앗, 그러고 보니 애스컷 경마장에서 결승전이 있군요. 내가 왜 그런 생각을 못 했을까요? 오늘 당신이 가려고 했던 데가 바로 거기라고."

"나는 휴일을 원했어요."

메리 몽트소 양이 한숨을 쉬더니 애처로이 대꾸했다.

"나랑 같네요. 그래서 우리 삼촌이 나를 뺑 차 버렸어요, 굶든 말든."

조지가 신이 난 듯 응했다.

"그럼 조지, 우리 두 사람이 결혼할 경우에 내 연봉 2만 파운드가 도움이 좀 될까요?"

"예, 틀림없이. 어느 정도 안락한 생활을 즐길 수 있을 겁니다."

"집 얘기가 나왔으니 말인데요, 우리 같이 시골로 가서 우리들이 살 만한 집을 찾아볼까요."

그 계획은 간단하면서도 매혹적인 듯했다. 두 사람은 푸트니 브릿지를 간신히 뚫고 나아가 킹스턴 우회로에 다다랐고, 계속하여 메리가 안도의 한숨을 내쉬며 가속 페달을 힘껏 밟았다. 두 사람은 아주 빨리 목적지에 닿을 수 있었다. 메리가 느닷없이 웬 소리를 외치며, 극적으로 한 손을 뻗어 뭔가를 가리킨 것은 30분이 지난 뒤였다.

두 사람 바로 앞 언덕마루에 집이 하나 아늑하게 자리 잡고 있었다. 부동산 중개인들이 '고풍스러운' 매력이라고 묘사하는(안타깝게도 실제로는 그렇지 못한) 그런 종류의 집. 이 나라 대부분의 부동산 광고가 단 한 번이라도 그대로 현실로 나타났다고 가정해 보면, 이 집이 어떤지 얼추 감을 잡을 수 있을 것이다.

메리가 흰 대문 바깥에 차를 세웠다.

"자동차는 그대로 놔두고 올라가서 한번 봐요. 우리 집이에요!"

"물론 우리 집이죠. 하지만 지금은 다른 사람들이 살고 있는 듯하네요."

메리는 손을 내저으며 '다른 사람들'을 무시해 버렸다. 두 사람은 굽이진 안쪽 접근로를 따라 함께 걸어갔다. 가까이에서 보니 그 집은 더욱 근사해 보였다.

"가까이 다가가서 창문으로 들여다보자고요."

메리가 나섰지만 조지는 머뭇거렸다.

"다른 사람들 생각은 하고 있는 거예요?"

"그 사람들을 생각할 필요는 없죠. 우리 집인데요……. 그 사람들은 이 집에 어쩌다가 살게 된 것뿐이에요. 게다가 오늘은 날이 아주 아주 좋으니 그들은 모두 나갔을 거예요. 그리고 누군가에게 잡히면, 그러니까…… 파든…… 파든스텡거 부인 집인 줄 알았다고 대답하는 거죠. 실수를 해서 미안하게 됐다고 말하고요."

"예, 그 정도면 충분하겠군요."

조지가 차분하게 받았다.

두 사람은 각각 창문을 통해 안을 들여다보았다. 실내는 꽤 화사하게 장식되어 있었다. 두 사람이 서재 쪽을 막 살펴보려는 찰나 등 뒤 자갈 바닥을 밟는 소리가 났다. 두 사람이 돌아서 보니 좀처럼 흠잡을 데 없는 하인이 버티고 있었다.

메리가 소리 내고 가장 매혹적인 미소를 지으면서 물었다.

"오! 파든스텡거 부인 계신가요? 서재에 계신가 하고 지금 막 들여다보던 참이었어요."

하인이 받았다.

"파든스텡거 부인 말씀이십니까? 예, 집에 계십니다, 아씨. 이쪽으로 좀 오시겠습니까?"

두 사람은 그 순간 할 수 있는 유일한 일을 했다. 그를 따라 간 것이다. 조지는 이러한 일이 벌어질 확률이 얼마나 될지 계산하고 있었다. 파든스텡거와 같은 이름으로는 얼추 2만 대 1 정도의 확률로 일어날 일이었다. 그의 동반자가 속삭였다.

"내게 맡기세요. 괜찮을 거예요."

조지는 아주 흔쾌히 메리에게 일임했다. 지금 상황에서는 여성적인 기교가 요구된다고 판단해서였다.

두 사람은 응접실로 안내받았다. 하인이 방을 나가자마자 곧바로 문이 다시 열리고, 과산화수소로 표백한 머리에 몸집이 크고 피부색이 불그레한 여자가 기다렸다는 듯 안으로 들어왔다.

메리가 그녀에게 다가가 짐짓 놀란 모습으로 외쳤다.

"아니! 에이미가 아니잖아요! 정말로 이상한 일이네요!"

"정말 이상스러운 일이오."

엄한 목소리가 들렸다.

파든스텡거 부인 뒤로 한 남자가 들어왔다. 덩치가 거대한 남자는 불도그 같은 낯을 음험하게 찌푸리고 있었다. 조지는 그렇게 기분 나쁘게 생긴 괴물은 처음 본다고 생각했다. 그 남자가 문을 닫고 등을 문에 기댔다. 그러고는 비웃듯 되풀이했다.

"꽤 이상스러운 일이고말고. 하지만 당신들의 약은 수작은 훤히 알고 있지!"

남자가 별안간 특대형 연발 권총처럼 보이는 물건을 불쑥 내밀었다.

"두 손 들어, 두 손 들란 말이야. 벨라, 이 사람들 좀 훑어."

조지는 추리 소설을 읽으면서 왕왕 '훑는다'는 말이 나올 때마다 무슨 뜻인가 했었다. 이제야 그 뜻을 알 것 같았다. 벨라(별명은 파든스탱거 부인)는 조지나 메리가 모종의 치명적 무기를 몸에 지니고 있지나 않을까 확인했다.

"당신들이 꽤 똑똑한 줄 알았지? 이렇게 아무것도 모르는 척하면서 들어오고 말이야. 이번엔 당신들 실수한 줄 알라고……. 아주 커다란 실수. 친구며 친척들이며 아마 다시 보기 어려울걸. 아! 당신들 생각도 그렇지, 안 그래?"

조지가 움직였다.

"허튼수작 말아. 움직이면 바로 쏜다."

"조지, 조심해요."

메리의 떨리는 목소리에 조지가 감정을 실어 대응했다.

"알았어요. 아주 조심해야죠."

남자가 일렀다.

"자, 이제 나가자고. 벨라, 문을 열어. 두 사람, 두 손을 머리 위로 들어. 자, 숙녀 먼저……. 좋았어. 나는 당신들 뒤를 따를 테니 홀을 가로질러 위층으로 가……."

두 사람은 시키는 대로 했다. 다른 대안은 없었다. 메리는 두 손을 번쩍 든 채 층계를 올라갔고 조지가 그 뒤를 쫓아갔다. 두 사람 뒤에는 연발 권총을 손에 쥔 거구가 따랐다.

꼭대기에 이르자 메리가 모퉁이를 돌았다. 바로 그 순간, 일말의 경고도 없이 조지가 맹렬한 뒷발차기로 남자를 후려갈기고 그의 허리를 움켜잡았다. 상대방 남자가 뒤로 뒤집히면서 계단 아래로 굴러 떨어졌다. 조지는 순식간에 상대방을 쫓아 뛰어 내려가서 상대의 가슴 위로 무릎을 꿇고 눌렀다. 남자가 밑으로 떨어질 때 놓쳤던 연발 권총, 조지는 오른손을 뻗어 그 권총을 집어 들었다.

벨라가 비명을 지르고 베이즈 천으로 된 문으로 물러갔다. 메리는 종잇장처럼 하얗게 질린 낯빛이 되어 층계를 뛰어 내려왔다.

"조지, 저 사람 죽이지 않았죠?"

상대방 남자는 미동도 않고 누워 있었다. 조지가 몸을 숙여 상대를 보았다.

"죽인 것 같지는 않은데요. 하지만 나가떨어진 건 확실해요."

"오, 하느님."

메리가 급하게 숨을 내쉬었다.

"아주 깔끔합니다."

그것은 허용 가능한 수준의 자화자찬이었다.

"이게 모두 다 늙은 노새한테 배운 기술 아니겠습니까. 어, 뭔가요?"

메리가 조지의 손을 잡아당겼다.

"나가요. 얼른 떠나자고요."

그녀는 열을 내며 소리 질렀다.

"이 친구를 묶을 만한 게 있으면 좋겠는데. 어디서 밧줄이나 끈

같은 것 구할 수 없겠어요?"

조지가 자기 생각에 빠져 말했다.

"못 해요. 어서 나가자고요, 제발……. 제발! 무서워 죽겠어요."

"당신은 겁낼 필요 없습니다. 내가 여기 있잖습니까?"

사내다운 거만함으로 조지가 받았다.

"나의 조지, 제발……. 나를 위해 그렇게 해 줘요. 이런 일에 연루되고 싶지 않다고요. 제발 나가요."

메리는 '나를 위하여'라는 말을 절묘하게 표현했고, 그런 우아함이 조지의 고집을 흔들었다. 드디어 조지가 기세를 누그러뜨리고 집 밖으로 나섰다. 두 사람은 서둘러 진입로를 따라 뛰어가서 대두었던 자동차에 도착했다. 메리가 힘없이 던졌다.

"당신이 운전하세요. 난 안 되겠어요."

조지가 운전석을 차지하고 앉아 말했다.

"하지만 이번 건은 끝까지 마무리해야 합니다. 저 기분 나쁘게 생긴 친구가 어떤 흉계를 꾸밀지 아무도 모르거든요. 당신이 원하지 않는다면, 경찰을 끌어들일 생각은 없어요……. 내가 알아서 처리할 수 있거든요. 저자들을 확실하게 추적할 수 있을 겁니다."

"아니에요, 조지. 그렇게 할 필요 없어요."

"보신 바와 같이 우리는 지금 최고랄 수 있는 모험을 하고 있어요. 그런데 나더러 물러서라는 얘기예요? 당치도 않은 말씀."

"당신이 그처럼 피에 굶주린 줄은 몰랐어요."

메리가 눈물로 호소했다.

"나는 피에 굶주리지 않았어요. 내가 시작한 게 아니에요. 저 고약하고 뻔뻔스런 친구가 연발 권총을 들이대고 협박을 하질 않았나요! 그건 그렇고 그 연발 권총 말이에요, 그 친구를 아래로 차 버렸을 때 어째서 발사되지 않았을까요?"

조지가 차를 세우고 권총을 넣어 두었던 자동차 사이드 포켓에 손을 집어넣어 연발 권총을 꺼냈다. 권총을 조사해 본 조지가 한숨을 쉬었다.

"이런, 빌어먹을! 실탄이 안 들어 있잖아. 그걸 미리 알았더라면……."

조지는 생각에 잠겨 한동안 가만히 있었다.

"메리, 참 신기한 일이네요."

"알고 있어요. 그래서 내가 그냥 내버려 두라고 하잖아요."

"결코 그럴 수 없어요."

조지가 단호히 끊었다.

메리가 가슴이 찢어질 듯 한숨을 쉬었다.

"알았어요. 그럼 말씀드려야겠네요. 제일 염려스러운 것은 당신이 어떻게 받아들일지 전혀 알 수 없다는 거지요."

"무슨 뜻이죠? 어서 말해 봐요."

"이야기는 이렇게 시작해요."

메리가 잠시 멈추었다.

"요즘 젊은 아가씨들은 서로 단합해야 한다고 생각해요……. 자신들이 만나는 남자들에 대해 알기 위해서 노력해야 하고요."

"그게 무슨?"

조지가 아리송해하며 받았다.

"여자들에게 가장 중요한 게 뭐일 것 같아요? 남자가 비상시에 어떻게 행동하느냐 하는 거예요. 그에게 침착함이 있나, 용기는? 순발력은 빠른가? 그것은 좀처럼 알기 힘든 것들이죠……. 알고 나면 너무 늦어진 후이고요. 결혼한 지 몇 년이 되도록 비상 상황이 안 일어날 수도 있어요. 우리가 한 남자에 관하여 아는 것이라고는 고작 그 남자가 어떻게 춤추나, 으슥한 밤 택시를 잡는 데 능한가 따위에 불과하죠."

"둘 다 아주 유용한 기술 아니겠어요?"

"그래요, 하지만 우리는 '이 남자는 정말 남자다.' 하고 느끼고 싶은 거예요."

"크고 넓게 열린 공간, 남자들이 남자다울 수 있는 곳."

조지가 멍하니 인용했다.

"바로 그거예요. 하지만 영국에 드넓게 뚫린 공간은 없죠. 결국 인위적으로 그런 상황을 만들어야 해요. 그게 바로 내가 한 일이에요."

"정말이에요?"

"예. 우리가 마주친 그 집, 사실은 내 집이거든요. 어쩌다 마주친 것이 아니고 계획적으로 들어간 거예요. 게다가 그 남자, 당신이 죽일 뻔했던 그 남자는……."

"예?"

"그 사람은 루브 월리스…… 영화배우예요. 프로 권투 선수이기도 하고요. 아셨나요? 아주 점잖고 신사적인 남자랍니다. 내가 그를 고용했어요. 벨라는 그의 아내죠. 그래서 당신이 그를 죽일까 봐 내가 그렇게 식겁을 했죠. 물론 그 연발 권총은 장전되어 있지 않았고요. 무대용 소품이거든요. 오, 조지, 당신 화가 많이 났나요?"

"내가 첫 번째 사람인가요? 당신의 에…… 실험 대상으로?"

"오, 아니에요. 모두, 가만 있자…… 아홉하고도 반 사람이었어요!"

"반 사람은 대체 뭐랍니까?"

조지가 갸우뚱거리며 물었다.

"빙고."

메리가 차갑게 받았다.

"그중에서 노새처럼 발길질을 한 친구가 있었나요?"

"아니요, 없었어요. 일부는 고함치며 허세를 부렸고, 어떤 이들은 곧바로 굴복했죠. 하지만 모두들 순순히 2층으로 따라 올라가 묶이고, 입에 재갈을 물렸죠. 그다음에는 물론 내가 애써 밧줄을 풀어 스스로 벗어났고요. 책에서처럼 말이에요. 이어서 그들을 풀어 주고 같이 도망을 쳤어요……. 텅 비어 있는 집을 뒤로하고."

"나와 같은 기술, 또는 그와 비슷한 수법을 동원한 친구는 없었나 보군요?"

"없었어요."

"그렇다면 당신을 용서해 주겠습니다."

조지가 우아하게 받았다.

"감사합니다, 조지."

메리가 얌전하게 응했다.

"지금 생각나는 유일한 질문은 이제 어디로 가느냐 하는 것이에요. 램버스 궁전? 아니면, 민법 박사 회관? 어디로 가야 합니까?"

"무슨 말씀이세요?"

"허가증 말입니다. 특별한 허가증이 필요하지 않을까요. 한 남자와 약혼을 하고, 곧이어 다른 남자에게 청혼을 하고……. 당신은 그런 일에 너무도 능하거든요."

"나는 당신한테 나와 결혼해 달라고 부탁한 적 없어요!"

"아니요, 했어요. 하이드 파크 코너에서 말이죠. 나 같으면 그런 곳에서 프러포즈하지는 않겠어요. 하지만 그런 문제와 관련하여 사람마다 괴상한 취향이 있는 거니까."

"나는 그런 짓을 하지 않았어요. 그냥 나와 결혼하고 싶은지 농담으로 물었을 뿐이에요. 진지한 뜻은 없었거든요."

"변호사한테 가서 물어볼까요? 틀림없이 진정한 청혼에 해당된다고 말할 겁니다. 게다가 당신은 나랑 결혼하고 싶잖아요."

"아니에요."

"아홉 번 하고도 반의 실패를 겪고도? 얼마나 안전하다는 느낌이 들지 생각해 보세요. 어떠한 위험한 상황이 닥쳐도 당신을 구출해 줄 수 있는 남자와 같이 인생을 살아 나간다는 것에 대해."

이 설득력 있는 주장에 메리의 마음이 약해지는 듯했다. 그러나 그녀가 단호하게 던졌다.

"그 어떤 남자와도 결혼할 수 없어요. 내 앞으로 와서 무릎을 꿇지 않는다면."

조지가 메리를 쳐다보았다. 찬탄할 만한 모습이었다. 그렇지만 조지에게는 발차기 말고도 노새와 같은 또 다른 특성이 있었다. 조지 역시 엄중히 선언했다.

"여자 앞에서 무릎을 꿇다니, 수치스러운 일이에요. 그런 건 못 합니다."

혼을 빼앗는 듯한 메리의 목소리가 말했다.

"안됐네요."

두 사람은 차를 몰아 런던으로 돌아왔다. 조지는 완강한 낯으로 말이 없었다. 메리의 얼굴은 모자챙으로 가려져 있었다. 하이드 파크 코너를 지날 때 그녀가 가늘게 중얼댔다.

"정말 내 앞에서 무릎을 꿇을 수 없어요?"

조지가 굳게 답다.

"그래요."

조지는 초인이 된 기분이었다. 메리는 조지의 태도에 감탄했다. 그러나 안타깝게도 조지는 메리 역시 노새 같은 성격이 아닌지 그녀를 의심했다. 조지가 느닷없이 차를 멈추었다.

"잠깐 실례."

조지는 차에서 뛰어내려 방금 지나쳤던 과일 손수레로 거슬러 걸어갔다가 되돌아왔다. 어찌나 재빨랐는지, 갑자기 차를 세운 것을 따지려고 뒤쫓아 오던 순경은 미처 두 사람에게 도착도 하지 못했다.

조지가 사과 1개를 메리의 무릎에 살짝 던져 주고 차를 계속 몰았다.

"과일 더 먹기. 이것도 하나의 상징입니다."

"상징이라고요?"

"예. 원래 이브가 아담에게 사과를 주었죠. 요즘에는 아담이 이브에게 사과를 주거든요. 아십니까?"

"예."

메리가 좀 꺼림칙하게 받았다.

"어디로 모셔 드릴까요?"

조지가 격을 갖추어 물었다.

"집으로요."

조지가 그로스베너 광장으로 차를 몰았다. 조지의 낯은 아주 무표정했다. 이윽고 차에서 내린 조지가 차체를 돌아가, 메리가 내리는 걸 거들었다. 메리가 마지막으로 호소했다.

"조지, 못 하겠어요? 나를 기쁘게 해 주기 위해서라도?"

"안 합니다."

바로 그 순간이었다. 조지는 미끄러졌다. 균형을 잡으려고 애썼지만 실패했다. 결국 그는 메리 앞 흙바닥에 무릎을 꿇었다. 메리가 기쁨에 겨워 소리를 지르고 손뼉을 쳤다.

"사랑스러운 조지! 이제 당신과 결혼할 거예요. 곧바로 램버스 궁전으로 달려가 캔터베리 대주교와 날짜를 잡아요."

"내 뜻이 아니었어요. 이것은 실수…… 에…… 바나나 껍질 때문이었다고요."

조지가 꾸짖듯 애물을 집어 들었다.

"걱정하지 마세요. 어쨌든 일어난 일이니까. 우리가 말다툼하면서 당신은 내가 청혼했다고 쨱 말했죠. 결혼을 하려면 당신이 내 앞에서 무릎을 꿇어야 한다고 내가 답했고요. 그리고 그 모든 것은 저 축복받은 바나나 껍질이 해결했어요! 축복받은 바나나 껍질, 그렇게 말할 수 있을까요?"

"얼추 그렇죠."

II

그날 오후 5시 3분. 리드베터 씨는 전갈을 받았다. 조카가 찾아와 만나 뵙고자 한다는 내용이었다.

"백배 사죄하려고 찾아왔군. 내가 그 애한테 좀 모질기는 했지. 하지만 그게 다 그 애를 위한 일인걸."

이어서 리드베터 씨는 조지를 들여보내라고 지시했다.

조지가 경쾌한 마음으로 들어왔다.

"삼촌과 몇 마디 '말' 좀 하고 싶어서요. 오늘 아침 삼촌께선 저를 아주 불공정하게 대했어요. 정말 알고 싶습니다. 삼촌이 제 나이였다면, 친척에게 버림을 받아 길거리로 나앉은 지 6시간 만에 연봉 2만 파운드를 얻어 낼 수 있는지 말이에요. 그게 바로 제가 해낸 일이거든요!"

"너 정말 미친 거냐, 조지?"

"미치다뇨? 꾀바른 거죠! 저는 이제 곧 젊고, 부유하고, 아름다운 사교계 아가씨와 결혼해요. 저와 결혼하려고 공작도 마다한 여자죠."

"돈을 보고 결혼을 해? 네가 그럴 줄은 미처 몰랐구나."

"아니에요, 제대로 알고 계셨던 겁니다. 그 여자가 원하지 않았다면 감히 청혼하지 않았을 거예요. 아주 운이 좋게도 그 여자가 바랐어요. 중간에 뒤로 빼긴 했지만 제가 결국 그 여자가 마음을 고쳐먹도록 만들었죠. 게다가 삼촌, 이 모든 일이 어떻게 이루어졌는지 아세요? 일금 2펜스를 현명하게 사용한 것, 그리고 황금 공의 기회를 거머쥔 것 덕분이었어요."

"2펜스는 또 무슨 얘기냐?"

돈 얘기에 흥미를 느껴 리드베터 씨가 물었다.

"손수레에서 파는 바나나 1개……. 찰나에 바나나를 떠올리는 건 아무나 할 수 있는 일이 아니죠. 그나저나 결혼 허가증은 어디에서 내줍니까? 민법 박사 회관인가요, 아니면 램버스 궁전입니까?"

라자의 에메랄드

제임스 본드는 다시 한번 신경을 곤두세우며 손에 쥐고 있는 작은 노란색 책에 온 정신을 집중했다. 책 표지에는 간단하지만 재미있는 문구가 쓰여 있었다. "당신의 연봉, 매년 300파운드씩 늘리고 싶지 않으십니까?" 책의 가격은 1실링이었다. 제임스는 이제 막 2쪽을 읽은 참이었다. 상사를 똑바로 쳐다볼 것, 역동적인 인격을 배양할 것, 그리고 효율적인 분위기를 창출할 것 등을 지시하는 딱딱한 구절이었다. 곧이어 보다 미묘한 항목이 나왔다. "솔직해야 할 때가 있는 반면, 신중해야 할 때가 있다." 책은 그렇게 표현했다. "강한 사람은 자신이 알고 있는 모든 것을 무턱대고 떠벌리지 않는다."

제임스가 작은 책을 덮고 고개를 들어 드넓고 푸른 대양을 바라보았다. 의구심이 솟구쳐 올라 제임스는 일순 섬뜩했다. 나는 강한 사람인가? 강한 남자는 상황의 희생자가 아니라 상황의 지배자이다. 오늘 아침에만 60번째 제임스는 자신의 잘못된 점들을 열거하고 있었다.

지금 그는 휴가 중이었다. 휴가? 하하. 제임스는 자조했다. 부유층이나 애용하는 해변의 휴양지, '킴프턴 온 시'에 놀러오도록 그를 설득한 사람은 누구인가? 그레이스. 제임스가 분수에 넘치도록 돈을 쓴 것은 누구 때문인가? 그레이스. 그렇게 제임스는 그레이스의 계획에 열성적으로 따랐다. 그레이스가 제임스를 이곳으로 데려왔다. 그런데 결과는 어떤가? 제임스는 바닷가에서 2킬로미터쯤 떨어진 허름한 하숙집에서 머물고 있다. 그레이스는?

비슷한 하숙집에(같은 곳이 아니다. 제임스의 교제 규범은 매우 엄격했다) 머물렀어야 할 그레이스는 뻔뻔하게도 제임스를 외면하고, 바닷가의 에스플러나드 호텔에서 묵고 있었다.

그곳에 그레이스의 친구들이 있는 것 같았다. 친구들! 제임스가 다시 한번 비웃었다. 제임스는 지난 3년 동안 그레이스와 느긋하게 사귀어 온 추억들을 떠올렸다. 제임스가 처음으로 그레이스에게 사랑의 신호를 보냈을 때, 그녀는 몹시도 기뻐했다. 그것은 그녀가 하이 스트리트가(街) 바틀즈의 모자 살롱을 드나들며 고결한 영예를 누리기 전의 일이었다. 연애 초기에 젠체하며 뽐내는 쪽은 제임스였다. 하지만 안됐도다! 이제 입장이 바뀌었다. 그레이스는 시쳇말로 '높은 수준의 연봉'을 벌었다. 그리하여 그레이스는 좀 높은 사람이 되었다. 그렇다. 꽤 높은 존재가 된 것이었다. 어떤 시집에서 어렴풋이 본 구절이 제임스의 뇌리에 떠올랐다. "좋은 남자의 사랑을 내려 주신 하늘에 감사하며." 얼추 그런 내용이었다. 하지만 그레이스에게서는 그런 느낌을 전혀 찾아보기 어려웠다. 에스플러나드 호텔에서 훌륭한 조식을 즐기는 그레이스. 그녀는 신실한 남자의 사랑을 철저하게 무시했다. 실제로 그레이스는 '클로드 솝워스'라는 해로운 얼간이의 접근을 받아들였다. 어떤 도덕적 값어치조차 지니지 못한 것으로 보이는 인간을 말이다.

제임스가 뒤꿈치로 땅바닥을 후벼 파면서 어두운 낯으로 수평선을 노려보았다. 킴프턴 온 시. 대관절 무엇에 홀려 이런 동네까지 찾아왔을까? 이곳은 부자들, 그리고 사교계 사람들이 찾는 걸출한 휴양지였다. 이곳에는 큰 호텔이 두 군데 있었다. 그뿐만 아니라 멋쟁이 여배우들, 부유한 유대인들, 그리고 부유한 여자들과 결혼한 잉글랜드 귀족층, 그런 사람들이 소유한 그림 같은 방갈로 별장들이 수 킬로미터에 걸쳐 펼쳐져 있었다. 가구가 완비된, 가장 작은 방갈로의 임대료도 주당 무려 25기니에 달했다. 그렇다면 큰 집들의 세는 또 얼마나 될까. 상상만 해도 아찔했다. 제임스의 거처 바로 뒤에도 이 같은 궁궐들 가운데 하나가 자리 잡고 있었다. 바로 유명한 운동선수인 에드워드 캄피온 경의 소유물이었다. 마침 엄청난 재산가로 잘 알려진 마라푸트나의 라자를 포함한 저명한 손님들 한 무리가 찾아와 그 별장을 쓰고 있었다. 제임스는 그날 아침 지역 주간 신문에서 라자에 대한 모든 기사를 읽었다. 인도에 소유하고 있는 방대한 규모의 재산, 저택들, 탁월한 보석 소장품들……. 신문은 특히 유명한 에메랄드 하나에 대하여 상세히 보도했다. 신문들이 열을 올려 가며 에메랄드의 크기가 비둘기 알만 하다고 선언했다. 도시에서 자란 제임스로서는 좀처럼 비둘기 알 크기를 가늠할 수 없었다. 제임스의 뇌리에 남은 인상은 그저 좋다는 것이었다.

"내게 그런 에메랄드가 있다면 그레이스를 사로잡을 수 있을 텐데."

제임스가 다시 수평선을 노려보며 생각했다.

어떤 느낌일지는 좀 모호했지만 입 밖으로 내고 나니 한결 기분이 좋아졌다. 그때, 뒤에서 웃음 섞인 목소리가 제임스를 불렀다. 얼른 몸을 돌리자 바로 앞에 그레이스가 서 있었다. 그레이스 곁에는 클라라 숍워스, 앨리스 숍워스, 도로시 숍워스, 그리고…… 아뿔싸! 클로드 숍워스까지 함께였다. 여자들은 서로 팔짱을 낀 채 킥킥거리며 떠들었다.

"아니, 당신 꼭 이런 데 처음 온 사람 같네요."

그레이스가 짓궂게 외쳤다.

"예."

좀 더 똑똑하게 대답할 수 있었을 텐데. 제임스가 생각했다. '예'라는 단 한 마디로 역동적인 인상을 줄 수 있을까? 제임스는 지독히도 메스꺼운 듯 클로드 숍워스를 쳐다보았다. 클로드 숍워스는 뮤지컬 연극 주인공만큼이나 아름답게 차려입고 있었다. 그 순간 제임스는 내심 열정적으로 빌었다. 열광적인 강아지가 나타나서 진흙 투성이 앞발을 번쩍 들어 올려, 클로드가 입고 있는 순백의 플란넬 면 바지를 더럽히면 얼마나 좋을까 하고. 제임스 역시 아직까지는 쓸 만한 짙은 회색 플란넬 바지를 입고 있었다. 그것도 원래는 꽤 훌륭한 바지였다.

"공기가 참 조오치? 기분까지 좋아지네, 그렇지?"

상쾌한 듯 킁킁거리며 클라라가 말하더니 킥킥거렸다.

"오존 효과야. 강장제 같은 효과를 낸다고."

앨리스 솝워스가 킥킥 웃었다.

제임스가 생각했다.

'저 돌대가리들을 죄다 한 번 두드려 봤으면 좋겠군. 대체 왜 저렇게 끝없이 웃어 대는 거야? 재미있는 이야기도 아닌 것 같은데.'

오점 하나 없는 클로드가 늘쩍지근하게 중얼거렸다.

"우리 해수욕 좀 할까. 하지만 괜히 생고생하는 거 아냐?"

모두 해수욕 제안을 열렬히 반겼다. 제임스도 그들과 합류했다. 제임스는 잔꾀를 좀 써서 그레이스를 다른 사람들과 약간 떨어트려 놓기까지 했다.

"여기 좀 봐 봐! 난 계속 당신 코빼기도 못 봤다고."

제임스가 투덜댔다.

"뭐, 그래서 지금은 여기 다 같이 있잖아. 그러니까 호텔에 와서 우리와 함께 점심을 먹는 게 어때……."

그레이스는 제임스의 바짓가랑이를 못마땅한 듯 쳐다보았다.

"왜 그래? 당신 보기에 멋이 없어 보여?"

제임스가 사납게 물었다.

"저기 말이야, 신경 좀 더 써 줬으면 좋겠어. 여기 사람들 좀 봐,

한결같이 말쑥하잖아. 클로드 숍워스 좀 보라고!"

"이미 봤어. 세상에 그처럼 지독하게 멍청해 보이는 사람은 처음 봤다고."

제임스가 얼굴을 굳히고 답하자 그레이스가 정색을 했다.

"내 친구들을 비판할 필요는 없어, 제임스. 그건 예의가 아니라고. 클로드는 호텔의 다른 신사들처럼 입었을 뿐이야."

"흥! 지난번 《소사이어티 스니핏》에 실린 기사 못 봤어? 그러니까, 무슨 공작, 어디 어디 공작…… 생각이 안 나네. 아무튼 어떤 공작이 잉글랜드에서 가장 옷을 못 입는 사람으로 뽑혔다고, 저기!"

"그래도 그 사람은 공작이야."

"그래? 이 몸 역시 언젠가 공작이 되지 말라는 법이 있어? 공작은 아니더라도 가령 상원 의원 정도는 될 수 있다고."

제임스가 주머니에 노란 책을 꺼내 그레이스에게 긴 상원 의원 명단을 읊어 주었다. 제임스보다 출신이 훨씬 더 보잘것없었던 사람들이었다. 하지만 그레이스는 킥킥거릴 뿐이었다.

"왜 그렇게 사람이 나약해, 제임스. 자기를 킴프턴 온 시의 백작이라고 좀 생각해 봐!"

제임스가 격노와 좌절감을 동시에 느끼며 그레이스를 쳐다보았다. 킴프턴 온 시에서 지내더니 아무래도 헛바람이 든 듯했다.

킴프턴의 해변은 길고도 곧게 펼쳐진 모래밭이었다. 해수욕장은 탈의실과 칸막이가 즐비하게 이어지다가 6개의 별장 단지 앞에서 끝이 났다. 각각의 별장에는 보란 듯이 팻말이 걸려 있었다. '에스플

러나드 호텔 투숙 손님 전용.'

"이제 다 왔어. 미안하지만 당신은 들어올 수 없어, 제임스. 저쪽에 공공 천막 쪽으로 가 보는 게 어때? 조금 있다가 바다에서 다시 만나자고. 그럼, 안녕!"

그레이스가 환한 얼굴로 일렀다.

"안녕!"

제임스가 그렇게 인사하고 그레이스가 가리킨 쪽으로 걸어갔다.

12개의 허름한 천막들이 대양과 마주 보며 당당히 서 있었다. 파란 종이 쪽지 한 다발을 손에 쥔 나이 든 선원 하나가 천막들을 지켰다. 그 노인이 제임스로부터 동전 하나를 받은 뒤, 다발에서 파란 티켓을 하나 뜯어 주었다. 이어 수건 한 장을 던져 준 그가 엄지로 어깨 너머를 가리키며 쉰 목소리로 말했다.

"당신 차례야."

제임스가 경쟁이라는 현실에 눈을 뜬 것은 바로 그때였다. 제임스 외에도 많은 사람들이 바다에 들어갈 생각을 하고 있었다. 각각의 천막을 이미 사용하고 있을 뿐만 아니라, 천막 밖에서는 굳은 낯의 사람들이 무리지어 서로를 쳐다보며 서 있었다. 제임스는 제일 작은 그룹 뒤에 붙어 기다렸다. 그때 천막이 열리더니 수영복 차림의 젊고 아름다운 여자가 밖으로 나오면서 머리에 쓴 수영모를 매만졌다. 오전 내내 빈둥거리며 놀 수 있다는 태세였다. 여인은 타박타박 물가로 천천히 걸어 내려가 꿈을 꾸듯 모래밭에 앉았다.

'이쪽은 안 되겠는걸.'

제임스는 다른 무리 쪽으로 다가가 붙었다.

5분 가량 기다리자, 두 번째 텐트에서 뭔가 움직이는 소리가 들렸다. 천막이 이리저리 들썩거리고 당겨지고 하더니 천막 입구 양 날개가 벌어지고 아이들 넷과 부모가 바깥으로 나왔다. 천막이 작았는데 무슨 요술을 부리지 않았나 싶었다. 그 순간 웬 여자 둘이 앞으로 불쑥 나타나 각각 천막의 날개를 하나씩 붙잡았다.

"실례합니다."

첫 번째 여자가 좀 헐떡거리며 말했다.

"실례합니다."

또 다른 여인이 상대를 쳐다보며 답했다.

"당신보다 내가 10분 먼저 와서 기다렸다고요."

첫 번째 여인이 얼른 말했다.

"나는 15분 이상 기다렸어요, 사람들한테 물어보면 다 알 거예요."

두 번째 여자가 억세게 응했다.

"또, 또, 또."

늙은 선원이 가까이 다가오며 말했다.

두 젊은 여자가 노인에게 날카로운 목소리로 이야기했다. 두 사람이 이야기를 마치자 노인이 두 번째 젊은 여자에게 엄지손가락을 번쩍 들어 주고 한마디 던졌다.

"당신이 먼저요."

그는 항의의 목소리에 귀를 막은 채 자리를 떴다. 노인은 누가 먼저 이곳에 왔는지 알 수도 없었고, 신경 쓰지도 않았다. 그러나 그의 결정은 신문에 난 경기 결과가 그렇듯이 최종적인 것이었다. 풀이 죽은 제임스가 노인의 팔을 붙들었다.

"여보세요! 잠깐만! 천막 하나 얻으려면 얼마나 기다려야 합니까?"

연로한 뱃사람은 기다리고 있는 사람들을 무심하게 쳐다보았다.

"어쩌면 1시간 정도. 길어야 1시간 30분. 정확히 말씀드리기는 곤란하오."

바로 그때 제임스는 바다를 향하여 모래밭을 따라 사뿐히 뛰어 내려가는 그레이스와 숍워스 여자들을 언뜻 보았다.

"제기랄! 오, 제기랄!"

제임스는 다시 한번 나이 든 선원을 붙들었다.

"다른 곳에는 천막이 없습니까? 저기 줄지어 선 막사들 가운데 하나를 쓰면 안 됩니까? 모두 다 빈 것 같은데."

"저 막사들은 '사유 재산'이오."

노인은 그렇게 답하고 자리를 떴다. 제임스는 속았다는 걸 통감하고 대기 그룹에서 떨어져 나왔다. 그는 분통을 터트리며 뚜벅뚜벅 해변을 따라 걸어 내려왔다. 한계였다!

"이게 바로 완전하고도 절대적인 한계라고!"

중얼거린 제임스가 깔끔한 탈의 막사들을 지나치며 험악하게 노려보았다. 그 순간 제임스는 독립적 자유주의자에서 열성적인 사회주의자로 변신했다. 어떻게 부자들은 떼거리로 기다릴 필요도 없이 탈의장까지 갖추고, 언제라도 원하는 시간에 해수욕을 즐길 수 있어야 하는가? 왜?

"이런 시스템은 완전히 잘못되었어."

제임스가 모호하게 말했다.

바다 쪽에서 첨벙 물을 튀기며 교태를 부리는 듯한 외침이 들려왔다. 그레이스의 목소리! 이어서 그 위로 텅 빈 것 같은 클로드 솝워스의 웃음소리가 울렸다.

"빌어먹을!"

제임스가 부득부득 이를 갈며 말했다. 그는 이런 행동을 그전까지는 소설 속에서나 읽어 보았을 뿐, 전혀 해 본 적 없다.

제임스가 지팡이를 마구 휘두르며 등을 바다 쪽으로 돌린 채 멈추어 섰다. 제임스는 불타오르는 증오의 마음으로 이글스 네스트, 부에나 비스타, 그리고 몽 데지르(나의 욕망)를 노려보았다. 킴프턴 온 시의 휴양객들은 자신들의 탈의 막사에 관습적으로 멋진 이름을 붙이곤 했다. 이글스 네스트라니, 제임스가 생각하기에 그저 멍청해 보일 뿐이었다. 그다음, 부에나 비스타는 제임스의 언어 능력 밖에 있었다. 그러나 그 세 번째 이름의 적절성을 깨닫는 데 제임스의 불어 실력은 모자람이 없었다.

"몽 디자이어(욕망 가운데)? 그럼, 그렇고말고. 당연히 그래야지."

바로 그 순간 제임스는 굳게 닫혀 있는 다른 막사들과 달리 몽 데지르의 출입문이 살짝 열려 있는 것을 발견했다. 제임스는 바닷가 쪽을 위아래로 찬찬히 살펴보았다. 주로 대가족의 어머니들이 눈코 뜰 새 없이 자신들의 아이들을 돌보고 있었다. 아직 10시밖에 되지 않았고, 킴프턴 온 시의 귀족들이 해수욕을 하러 내려오기에는 이른 시간이었다.

"아마도 침대에서 뒹굴며 메추라기와 버섯 요리라도 먹고 있겠지. 분을 바른 하인들이 접시에 담아 가져다 준 요리들, 흥! 12시 전에는 이쪽으로 내려올 리가 없지."

제임스는 다시 바다 쪽을 바라보았다. 잘 연습한 악상을 따라가듯 그레이스의 날카로운 외침이 공중으로 떠올랐고, 뒤이어 클로드 숍워스가 "하하하." 웃는 소리가 울려퍼졌다.

"한번 해 보지 뭐."

제임스가 굳게 말했다.

제임스는 몽 데지르의 문을 밀어 젖힌 뒤 안으로 들어갔다. 옷걸이용 못에 걸린 갖가지 의류들이 눈에 들어온 순간 철렁했지만 제임스는 재빨리 침착함을 되찾았다. 오두막은 2개의 공간으로 나누어져 있었다. 오른쪽에는 노란색 여자 스웨터, 낡은 파나마 모자, 그리고 해변용 신발 한 켤레가 매달려 있었다. 왼쪽 공간에는 낡은 회색 플란넬 바지 한 벌, 풀오버 스웨터, 폭풍우용 모자 따위가 걸려 있었다. 바로 남자용과 여자용으로 구분되어 있음을 말해 주는 것이었다. 제임스는 서둘러 신사 전용 구역으로 옮긴 뒤 재빠르게 옷을 벗었다.

3분 뒤 제임스는 바다에 들어가 헤엄을 치며 젠체했다. 수영 선수처럼 아주 짤막하게 터트리는 영법으로 헤엄을 치는 것인데, 머리는 물 속에 그대로 두고 양팔로 바닷물을 헤젓는 스타일이었다.

"오, 당신 여기 있었구나! 나는 또 영영 들어오지 못할 줄 알았지.

그렇게 수많은 사람들이 줄을 서 있으니 말이야."

그레이스가 외쳤다.

"정말이야?"

제임스는 노란 책에 대한 충성을 다짐하듯 생각했다.

'강한 남자는 때때로 신중해야 한다.'

그러자 제임스은 기분이 꽤 회복되었다. 제임스는 이제 그레이스에게 팔 동작을 가르치던 클로드 숍워스에게 유쾌하면서도 단호하게 말할 수 있었다.

"아니에요, 아냐. 형씨, 그게 아니라고요. 그레이스에겐 내가 가르쳐 줄게요."

제임스의 말투가 어찌나 자신에 차 있었는지 클로드가 쩔쩔매면서 물러갔다. 단 한 가지 아쉬웠던 점은 제임스의 승리가 길게 가지 못했다는 것이었다. 잉글랜드 바다의 수온은 해수욕객들이 오랫동안 물속에 머무르며 놀도록 두지 않았다. 그레이스와 숍워스 여자들은 벌써부터 입술이 파랗게 질려 딱딱 하며 이빨 맞부딪히는 소리를 냈다. 그들은 모래밭을 따라 올라갔다. 제임스는 혼자서 다시 몽 데지르 쪽으로 되돌아갔다. 수건으로 몸을 닦고 머리 위로 셔츠를 꿰입으면서 제임스는 기쁨에 겨워 있었다. 모두에게 자신의 역동적인 모습을 보여 주었다고 생각한 까닭이었다.

순간, 제임스는 갑자기 공포에 휩싸여 그 자리에 얼어붙었다. 바깥에서 들리는 여자들 목소리 때문이었다. 그것은 그레이스나 그녀의 친구들 목소리와 전혀 달랐다. 곧이어 제임스는 감을 잡았다. 몽 데지르의 진짜 주인들이 오고 있는 것이었다. 만약 제임스가 옷을 제대로 갖춰 입은 상태였다면 그들이 오기를 점잖게 기다렸다가 제대로 설명해 줄 수 있었을 것이다. 하지만 상황이 이렇다 보니 제임스는 온통 쩔쩔매며 몸 둘 바를 몰랐다. 몽 데지르의 창문들은 짙은 녹색 커튼으로 적절히 가려져 있었다. 제임스는 쏜살같이 문으로 다가가 필사적으로 손잡이를 꽉 붙들었다. 바깥에서 손잡이를 돌리려 애를 썼지만 소용없었다.

"잠겼잖아. 페그가 열려 있다고 했던 것 같은데."

"아니야, 워글이 그렇게 말했어."

"워글의 한계구나. 귀찮게 됐네. 열쇠를 가지러 돌아가야겠어."

이내 물러가는 발자국 소리가 들렸다. 제임스가 길고도 깊은 한숨을 내쉬었다. 식겁한 제임스가 허둥지둥 나머지 옷들을 주섬주섬 챙겨 입었다. 2분이 지난 뒤 제임스는 아무 일도 없었다는 듯 보란 듯이 모래밭을 따라 내려가고 있었다. 15분이 흘렀을 때는 그레이스와 솝워스 여자들이 모래밭에서 제임스와 합류했다.

돌 던지기, 모래밭에 글씨 쓰기, 그리고 가벼운 장난을 치면서 오전의 나머지 시간이 순조롭게 흘러갔다. 이윽고 클로드가 손목시계를 보며 말했다.

"점심시간이야. 그만 되돌아가는 게 좋겠군."

"정말 배가 고파."

앨리스 솝워스가 받았다.

나머지 모든 여자들 또한 굉장히 배가 고프다며 응했다.

"같이 가겠어, 제임스?"

그레이스가 물었지만 의심할 나위 없이 제임스는 몹시 성마른 상태였다. 제임스는 그레이스가 했던 말을 공격하기로 했다.

"어떻게 같이 가겠어? 난 옷차림도 별로라며. 안 가는 게 더 낫겠어. 그렇게 특별하신 당신이라면."

제임스가 가차 없이 말했다.

그 말은 그레이스가 따지고 들 수 있는 구실이 될 수도 있었지만 바닷가의 바람이 그레이스의 편을 들어 주지 않았다. 그녀가 그냥 답했다.

"그래, 좋아. 그냥 당신 좋을 대로 해. 그럼 있다 오후에 보자고."

제임스는 어안이 벙벙해졌다. 자리를 뜨는 사람들을 바라보며 그가 던졌다.

"좋아! 그래, 세상에……."

제임스는 마을 쪽으로 쓸쓸하게 걸어갔다. 컴프턴 온 시에는 레스토랑이 두 군데 있었는데, 모두 후덥지근하고, 시끄럽고, 손님들로 붐볐다. 다시 한번 탈의장 상황이 벌어졌다. 제임스는 차례를 기다려야 했다. 아니, 자신의 차례보다 더 오래 기다려야 했다. 빈자리가 났을 때 파렴치한 부인이 제임스를 앞질러 자리를 차지해 버린 탓이었다. 이윽고 제임스는 작은 테이블에 앉게 되었다. 제임스의 왼쪽에서는 단정치 못한 단발머리의 아가씨 셋이 이태리 오페라 연주를 엉망으로 해 대고 있었다. 제임스가 음악에 문외한인 것은 다행스러운 일이었다. 제임스는 메뉴판을 찬찬히 살펴보며 두 손을 주머니 깊숙이 집어넣고 생각했다.

'뭘 주문하든 틀림없이 다 떨어졌을 거야. 나는 재수라고는 없는 놈이니까.'

오른손으로 주머니 깊은 데를 더듬던 제임스는 이내 낯선 물건을 건드렸다. 커다랗고 둥근 조약돌 같았다.

'대관절 무슨 이유로 돌멩이를 다 주머니에 넣어 두고 있었을까?'

제임스가 돌멩이를 움켜쥐었다. 그때 여자 종업원이 다가왔다.

"튀긴 가자미와 잘게 썬 감자, 부탁해요."

제임스가 말했다.

"가자미 튀김은 떨어졌어요."

여급이 꿈이라도 꾸는 듯 시선을 천정에 붙들어 맨 채 중얼거렸다.

"그러면 소고기 카레로 할까요."

"소고기 카레도 떨어졌어요."

"그러면 이 빌어먹을 메뉴판 중 '떨어지지' 않은 것이 뭐란 말예요?"

종업원은 짜증스러운 낯으로 흐린 회색빛의 집게손가락을 강낭콩 양고기 요리에 갖다 댔다. 제임스는 불가피한 선택을 받아들이기로 하고 강낭콩 양고기를 주문했다. 그러고는 카페들의 이러한 운영 방식에 여전히 열을 내며 주머니에서 손을 뺐다. 돌멩이를 손에 쥔 채였다. 손가락들을 편 제임스는 손바닥 위의 물체를 멍하니 쳐다보았다. 곧이어 충격과 함께 모든 하찮은 생각이 달아났다. 제임스는 눈이 빠지도록 물끄러미 그것을 쳐다보았다. 제임스가 들고 있는 것은 조약돌이 아니었다. 의심할 나위도 없이 에메랄드, 거대한 초록빛 에메랄드였다. 제임스는 두려움에 휩싸여 그것을 쳐다보았다.

'아니야, 에메랄드일 수는 없지, 색깔이 들어간 유리일 거야. 이런 크기의 에메랄드가 있을 리가 있나, 혹시 그거라면 몰라도……'

그때 인쇄된 낱말들이 제임스 두 눈 앞에서 춤을 추었다.

마라푸트나의 라자……. 유명한 에메랄드, 비둘기 알만 한 크기.

'지금 내가 보고 있는 게 바로 그 에메랄드라고? 그런 일이 있을 수 있나?'

웨이트리스가 강낭콩 양고기 요리를 들고 돌아왔다. 제임스가 발작적으로 손가락을 오므렸다. 뜨겁고 차가운 기운이 등골을 따라 스쳐 올라갔다 내려왔다. 제임스는 몸서리쳤다. 그는 순간 자기가 처절한 딜레마에 사로잡혔음을 깨달았다.

'이게 바로 그 에메랄드라고? 그게 가능한 일이야?'

제임스는 애가 타는 듯 손가락들을 펴고 슬쩍 그 안을 들여다보았다. 그는 결코 보석 전문가가 아니었다. 그렇지만 이 보석의 깊이와 타오르는 빛을 보면 틀림없는 진짜 물건이었다. 제임스는 양 팔꿈치를 식탁 위에 갖다 놓고 앞으로 수그려 바로 앞의 접시 위에서 서서히 굳어 가는 요리를 물끄러미 바라보았다. 이 문제에 관하여 생각해야 했다. 이게 만약 라자의 에메랄드라면 어떻게 해야 할까? '경찰'이라는 단어가 번쩍하며 뇌리에 스쳤다. 값어치가 있는 물건을 발견하면 경시청에 갖다줄 것. 제임스는 그런 말을 들으며 자랐다.

그건 다 좋다. 그렇지만 이 에메랄드가 도대체 어떻게 해서 제임스 자신의 바지 주머니에 들어간 것일까? 그것은 틀림없이 경찰 쪽에서 물어볼 수 있는 질문이었다. 대답하기는 곤란한 질문이기도 했고 현재로선 답변할 수 없는 질문이기도 했다. 어떻게 에메랄드가 그의 바지 주머니 속으로 들어갈 수 있었을까? 제임스가 절망에 빠져 자신의 바짓가랑이를 내려다보았다. 그러자 순간 모종의 불안감이 몰려왔다. 제임스는 바지를 좀 더 자세히 살펴보았다. 낡은 회색 플란넬 바지는 또 다른 낡은 회색 플란넬 바지 한 벌과 너무나 비슷했다. 제임스는 직감적으로 느꼈다. 이 바지는 제임스의 바지가 아니었던 것이다. 제임스는 새로운 발견으로 말미암은 충격에 휩싸여 다시 등을 펴고 의자로 물러나 앉았다. 무슨 일이 벌어진 건지 이제야 알 것 같았다. 탈의 막사에서 빠져나오느라 서두르는 바람에 엉뚱한 바지를 입은 것이었다. 그제야 생각이 났다. 제임스의 바지는 그곳에 걸려 있는 헌 바지 바로 옆 옷걸이 못에 걸어 두었다. 그래, 이제야 좀 설명이 된다. 제임스는 엉뚱한 바지를 입었던 것이다. 그렇지만 여전히 마찬가지, 수천수만 파운드 값어치의 에메랄드가 왜 거기에 있었을까? 생각하면 할수록 점점 더 미궁에 빠져드는 듯했다.

물론 경찰에게 설명할 수 있을 것이다. 하지만 역시 곤란했다. 의심할 나위 없이 몹시도 곤란했다. 일부러 남의 탈의 막사에 들어갔다는 점을 이야기해야 할 것이니까. 물론 그 행동 자체가 중대한 범죄는 아니었다. 하지만 결과적으로 잘못된 길로 들어서는 출발점이 되었다.

"뭘 좀 더 갖다 드릴까요, 손님?"

다시 예의 여자 종업원이었다. 여자는 건드리지도 않은 강낭콩 양고기만을 날카롭게 쳐다보았다. 제임스가 얼른 음식을 조금 떠서 자기 접시 위에 덜어 놓고, 계산서를 요구했다. 이어서 계산서를 받은 제임스가 값을 지불하고 밖으로 나왔다.

길거리에서 서성거리던 제임스의 눈에 맞은편 전단이 보였다. 바로 이웃 마을인 하체스터의 지역 석간신문이었다. 제임스가 관심을 가진 건 그 신문 기사 내용을 적은 벽보였다. 간단하고도 선풍적인 사실이 인쇄되어 있었다.

'도난당한 라자의 에메랄드.'

"오, 맙소사."

제임스가 가늘게 속삭이고 기둥에 기대었다. 그는 곧장 몸을 추스른 뒤, 주머니를 뒤져 1페니짜리 동전 하나를 꺼내어 신문 1부를 샀다. 원하는 기사를 찾는 데는 오랜 시간이 걸리지 않았다. 다른 지역 소식들은 간혹 한두 개 드문드문 눈에 띌 따름이었다. 거창한 표제가 전면을 장식했다.

'에드워드 캄피온 경 저택, 선풍적 강도 사건. 역사적인 명품 에메랄드 도난. 마라푸트나의 라자, 치명적 손실.'

단순한 내용이었다. 전날 저녁 에드워드 캄피온 경은 친구들 몇 명을 불러 대접했다. 라자는 참석한 숙녀들 가운데 한 사람에게 에메랄드를 보여 주려고 가지러 갔다가 그것이 없어진 사실을 발견했다. 이어서 경찰이 현장에 출동하였지만 아직까지 어떠한 실마리도 얻어 내지 못했다.

이내 제임스의 손에서 신문이 바닥으로 떨어졌다. 아직도 석연치 않았다. 그 에메랄드가 어떻게 탈의장의 낡은 플란넬 바지 주머니에 들어가 앉게 되었을까? 하지만 경찰이 틀림없이 제임스의 설명을 의심스러워할 거라는 사실이 점점 더 무거운 짐으로 다가왔다. 도대체 제임스가 할 수 있는 일은 무엇이란 말인가?

지금 여기 제임스가 있다. 킴프턴 온 시의 중심부 길거리에 서 있다. 그의 주머니 속에는 왕의 몸값에 맞먹는 도난품이 아무렇지도 않은 듯 들어앉아 있다. 지역의 모든 경찰이 바로 그것을 찾아내기 위하여 동분서주하고 있는 와중에. 제임스에게는 두 가지 길이 열려 있다. 첫 번째, 곧바로 경시청으로 달려가는 것이다. 그리고 그의 이야기를 해 준다. 문제는 제임스가 그 길을 지독히 겁내고 있다는 것이었다. 두 번째, 어떠한 방식으로든 예의 에메랄드를 없애 버리는 것이다. 이걸 작고 깔끔한 소포로 꾸려 라자에게 반송해 주는 건 어떨까. 제임스가 이내 고개를 저었다. 제임스는 추리 소설에서 그런 사건들을 너무도 많이 보아 왔다. 아마도 슈퍼 탐정이 돋보기며 온갖 특허 장비를 동원하여 샅샅이 조사하겠지. 제임스는 그 사실을 누구보다 더 잘 알았다. 자기 밥값을 할 정도의 탐정이라면 제임스의 소포를 뒤지기 시작한 지 채 30분도 안 되어 발송자의 직업, 나이, 습성 그리고 용모까지도 알아낼 것이다. 그 뒤 제임스가 추적당하기까지는 채 몇 시간도 걸리지 않겠지.

눈이 부시도록 단순한 한 가지 방안이 모습을 드러낸 것은 바로 그때였다. 때는 점심시간이었다. 바닷가 모래밭은 비교적 한산할 것이다. 제임스는 몽 데지르로 돌아가 원래 있던 곳에 바지를 걸어 놓기만 하면 된다. 그리고 원래 자신의 옷은 도로 가져오는 것이다. 제임스는 곧장 해변을 향하여 걸었다.

하지만 양심이 조금씩 그를 찔러 댔다. 에메랄드는 라자에게 되돌아 가야 한다. 제임스는 스스로가 어느 정도 탐정 노릇을 해야겠다고 생각했다. 이를테면 자신의 바지를 되찾고 상대방의 옷은 되돌려 준 뒤에. 그렇게 결심하고 제임스는 발걸음을 연로한 선원 쪽으로 돌렸다. 제임스가 킴프턴의 정통한 소식통으로 평가한 노인이었다.

"실례합니다. 내 친구인 찰스 램프턴이 이 해변에 탈의 막사를 한 채를 가지고 있는 것으로 알고 있습니다. 몽 데지르라고 불린다죠, 아마."

늙은 선원은 파이프를 손에 쥐고, 저 멀리 바다를 바라보며 아주 곧은 자세로 의자에 앉아 있었다. 노인이 파이프를 조금 움직이고, 수평선에서 시선을 떼지 않은 채 대답했다.

"몽 데지르, 그 막사는 바로 에드워드 캄피온 경 소유입니다. 모두들 알고 있는 사실이에요. 찰스 램프턴이라는 이름은 처음 듣네요, 새로 온 사람인가."

"고맙습니다."

그 얘기를 들은 제임스는 휘청거렸다. 라자 자신이 그 돌을 주머니에 집어넣었다면 잊어버렸을 리는 없었다. 제임스가 고개를 가로

저었다. 그 가설은 만족스럽지 못했다. 틀림없이 파티에 온 손님 중 누군가가 도둑일 것이다. 순간 제임스가 좋아하는 소설 내용이 떠올랐다.

그럼에도 제임스는 목표를 바꾸지 않았다. 모든 정황이 순조롭게 돌아갔다. 희망했던 대로 해변 모래밭은 사실상 텅 비어 있었다. 더욱 운이 좋게도 몽 데지르의 출입문은 빠끔히 열려 있었다. 안으로 들어간 것은 일순간이었다. 제임스가 옷걸이에서 자신의 바지를 집어 들었다. 바로 그때 등 뒤에서 어떤 목소리가 들려 그가 얼른 몸을 돌렸다.

"이제야 잡았다!"

목소리가 말했다.

제임스가 입을 벌린 채 소리가 난 쪽을 물끄러미 바라보았다. 몽 데지르 출입문 문간에 낯선 이가 버티고 있었다. 잘 차려입은, 40살 가량 된 남자로 예리하게 생긴 얼굴은 매를 닮았다.

"당신 이제 붙잡힌 줄 알라고!"

"당신…… 당신은 누구요?"

제임스가 더듬었다.

"런던 경시청에서 나온 수사관, 메릴리 경감이오. 그 에메랄드, 순순히 내놓으시지."

상대방이 건조하게 일렀다.

"에…… 에메랄드?"

제임스는 시간을 벌려고 했다.

"내가 방금 그렇게 얘기하지 않았소?"

메릴리 경감이 딱딱하고 사무적인 말투로 말했다. 제임스는 스스로를 추스르려고 애쓰며 엄중한 자세를 취했다.

"지금 무슨 말씀을 하는 겁니까?"

"오, 그렇소? 젊은이, 잘 아시면서 왜 그러실까."

"그 모든 것은 실수였어요. 쉽게 설명해 드릴 수 있어요……."

제임스가 멈추었다.

상대방의 낯에 고단한 기색이 드리우더니 메릴리는 태연하게 중얼거렸다.

"모두 항상 그런 식으로 얘기하지. 왜, 해변 모래밭을 따라 산책을 하다가 주운 건 아니오? 응? 그렇게 설명할 작정 아니냐고."

사실 그것과 어느 정도 비슷했다. 제임스는 그 사실을 인식했지만 여전히 시간을 벌려고 애쓰며 유약하게 요구했다.

"당신이 진짜 경감이 맞는지 아닌지 내가 어떻게 알겠어요?"

메릴리가 코트 깃을 잠깐 열어젖혀, 배지를 보여 주었다. 제임스는 두 눈이 튀어나올 정도로 상대방 남자를 빤히 쳐다보았다.

상대방 남자가 좀 더 온화한 말씨로 일렀다.

"이제 당신 어떻게 되는 줄 알겠지! 당신 초보자군……. 내 눈은 못 속여. 당신 초범 맞지? 안 그래?"

제임스가 고개를 끄덕였다.

"내 그럴 줄 알았다니까. 자, 젊은이, 그 에메랄드 순순히 내놓을 거요, 아니면 내가 당신을 뒤져야만 하겠소?"

제임스가 자기 목소리를 찾았다.

"나는…… 나는 지금 그것을 가지고 있지 않단 말이에요."

제임스가 선언했다. 그는 안간힘을 다하여 생각하고 있었다.

"숙소에 두고 나왔나?"

제임스가 고개를 끄덕였다.

"그럼 좋소. 함께 거기로 가자고."

경감이 제임스의 팔짱을 끼고 부드러운 목소리로 얘기했다.

"도망갈 생각일랑 아예 하지를 마시오. 같이 숙소로 가서 당신이 그 돌을 내게 건네주면 되는 거요."

제임스가 떨리는 음성으로 불안하게 이야기했다.

"그렇게 하면 나를 풀어 주는 겁니까?"

메릴리는 당황하는 듯하더니 설명했다.

"그 돌이 어떻게 없어졌는지 사람들이 다 알고 있소. 게다가 이번 일에 연루된 여자까지. 상황이 이러니 라자는 그 뭐랄까…… 일을 조용히 처리하고 싶어 하오. 토착민 지배자에 대해서 좀 아시오?"

제임스는 토착민 지배자들에 대해 전혀 아는 바가 없었다. 유명한 소송 사건에 대해 좀 들었을 뿐이었다. 제임스가 이해하기 위하여 애를 쓰듯 고개를 끄덕였다.

"물론 규정에 어긋나는 일이긴 하지만 무사히 풀려날 거요."

제임스가 다시 한번 고개를 끄덕였다. 두 사람은 해안 산책로 끝까지 걸었고 곧이어 동네 쪽으로 들어섰다. 제임스가 방향을 잡아 주었다. 하지만 상대방 남자는 제임스의 팔을 억세게 움켜쥔 채, 늘

추어 줄 생각을 하지 않았다.

제임스가 뭔가 말하려는 듯 갑자기 머뭇거렸다. 메릴리는 날카롭게 쳐다보더니 이내 웃었다. 두 사람은 막 경시청을 지나가는 참이었다. 메릴리가 경시청을 바라보는 제임스의 초조한 눈빛을 알아차린 것이었다.

"당신에게 먼저 기회를 주겠소."

메릴리가 기분 좋게 한마디 한 그때, 바로 그때 제임스가 느닷없이 고함을 질렀다. 그는 상대방 남자의 팔을 붙들고는 목청껏 소리를 질렀다.

"도와주세요! 도둑입니다. 도와주세요! 도둑이에요."

1분도 채 안 되어 사람들 무리가 두 사람을 에워쌌다. 메릴리는 팔을 비틀어 제임스의 손아귀에서 빠져나오려고 무진장 애를 썼다.

"이 남자를 고발합니다, 이 남자를 고발해요. 이자가 내 주머니에서 소매치기를 했습니다."

제임스가 외쳤다.

"당신 지금 무슨 소리하고 있는 거요, 바보처럼?"

메릴리가 외쳤다.

순경이 나서서 상황을 접수했다. 메릴리 씨와 제임스는 경시청으로 호송되어 갔다. 제임스는 자신의 고발 내용을 되뇌었다. 그가 열을 내며 선언했다.

"이 남자가 방금 내 주머니를 털었어요. 이 사람 오른쪽 주머니에 내 지갑이 들어 있거든요. 자, 보세요!"

"저 사람 미쳤소. 경감님이 직접 한번 보시오, 저 사람 말이 맞는지 아닌지 말입니다."

상대방 남자가 투덜댔다.

경감의 신호가 떨어지자, 순경이 공손하게 메릴리의 주머니에 자기 손을 밀어 넣었다. 그러고는 뭔가를 꺼내 헉 하고 놀라면서 그 물건을 쳐들었다.

"오! 세상에! 이건 라자의 에메랄드가 틀림없어."

경감이 직업적 예의를 저버린 채 경악했다.

메릴리는 어느 누구보다 더 못 믿겠다는 눈치였다.

"이런 해괴한 경우가. 해괴하고말고. 저 인간이 내 주머니에 몰래 넣었을 겁니다. 둘이 함께 걸어오고 있었거든. 이건 계략입니다."

메릴리의 강력한 주장에 경감은 망설일 수밖에 없었다. 경감의 의심은 제임스 쪽으로 방향을 옮겼다. 경감은 순경에게 뭔가 속닥이고 순경을 밖으로 내보냈다.

"그러면, 좋아요, 신사 양반들. 당신들의 주장을 좀 들어 봅시다. 한 사람씩 부탁드립니다."

제임스가 답했다.

"좋습니다. 모래밭을 따라 걸어가다가 이 신사를 만나게 되었죠. 이 남자는 나를 아는 체했어요. 예전에 이자를 만났던 기억은 없지만 제가 워낙 공손한 성격이라 그렇게 말하진 못했어요. 우리 둘은 나란히 함께 걸었습니다. 의심스럽긴 했어요. 드디어 우리가 바로 경시청 맞은편에 이르렀을 때, 내 주머니에 들어온 이 사람의 손을 봤어요. 그래서 곧장 이 사람을 붙들고 도와 달라고 외친 겁니다."

경감의 시선이 메릴리 쪽으로 옮겨 갔다.

"이제 당신입니다, 선생."

다소간 당황한 듯 메릴리가 느리게 말했다.

"지금 이야기가 거의 맞습니다. 그러나 아주 정확한 건 아닙니다. 내가 저자에게 다가가 아는 척을 한 것은 아닙니다. 오히려 저자가 내게 가까이 와서 말을 붙였죠. 틀림없이 그 에메랄드를 없애 버리려고 한 거예요. 결국 이야기하는 와중에 내 주머니에 슬쩍 집어넣었죠."

경감이 받아 적기를 멈추고 공평하게 일렀다.

"아! 그러면 좋아요. 이제 곧 신사 한 분이 이리로 올 겁니다. 그 사람이 사건의 진상을 밝히는 데 도움을 줄 거예요."

메릴리는 낯을 잔뜩 찌푸렸다. 그가 손목시계를 꺼내 보며 웅얼댔다.

"나는 기다릴 수 없습니다. 약속이 있단 말씀이에요. 경감님, 한번 생각해 보세요. 내가 에메랄드를 훔쳐 주머니에 집어넣었는데 저자와 함께 산책을 할 수 있었다고 생각하십니까?"

경감이 응했다.

"물론 그럴 것 같지는 않습니다. 선생, 나도 인정해요. 하지만 5분이나 10분 가량 기다려 주실 수 있겠습니까, 곧바로 밝혀질 테니 말이죠. 아! 마침 캄피온 경이 오시는군요."

40살 정도의 키가 큰 남자가 방 안으로 성큼성큼 들어왔다. 그 남자는 헐어 빠진 바지와 낡은 스웨터를 입고 있었다.

"경감님, 이게 다 어떻게 된 일입니까? 에메랄드를 찾았다고 하셨지요? 대단한 일입니다. 정말 멋있게 해내셨어요. 그런데 여기 이 사람들은 누구입니까?"

남자의 시선이 제임스를 거쳐 메릴리로 가서 멈추었다. 메릴리의 강인한 성격이 오그라들고 움츠러드는 듯했다.

"아니…… 존스!"

에드워드 캠피온 경이 외쳤다.

"이 남자를 아십니까, 에드워드 경?"

경감이 예리하게 질문하자 에드워드 경이 건조하게 받았다.

"물론 알다마다요. 이 사람은 내 시종입니다. 한 달 전부터 일했지요. 에메랄드가 사라졌을 때 런던에서 파견된 친구가 이 사람을 조사했었어요. 하지만 그의 소지품 어디에서도 에메랄드의 흔적이 나오지 않았어요."

경감이 선언했다.

"이 사람은 에메랄드를 자기 외투 주머니에 넣고 다녔습니다. 그리고 이쪽의 신사가 그를 신고했어요."

경감이 다시 제임스를 가리켰다.

곧이어 제임스는 따뜻하게 축하 인사를 받고, 악수까지 받았다.

"이봐요, 고마운 친구. 저 사람을 내내 의심했다는 얘기죠?"

경의 치하에 제임스가 받았다.

"그렇습니다. 내 주머니가 털렸다며 이야기를 꾸며 내야 했어요.

저 사람을 경시청으로 데려오기 위해서였죠."

"오, 정말 훌륭합니다. 아주 인상적이에요. 함께 가셔서 점심이라도 같이 드실까요, 아직 안 드셨다면 말씀이죠. 2시가 다 되었으니 좀 늦긴 했습니다만."

에드워드 경이 칭찬했다.

"아직까지 점심 식사는 안 했습니다만……"

"아아, 말씀 안 하셔도 다 압니다. 에메랄드를 도로 찾은 걸 라자가 당신께 감사드리고 싶어 할 겁니다. 한데 아직까지는 제가 전체적인 줄거리를 파악하지 못했습니다."

곧이어 그들은 경시청에서 나와 층계에 섰다.

"사실 이제 솔직히 모두 다 말씀드리는 게 좋을 것 같습니다."

제임스가 지금까지의 모든 이야기를 했다. 에드워드 경은 깊은 관심을 보였다.

"내 한평생 듣던 중 가장 훌륭한 이야기군요. 이제 모두 알 것 같습니다. 존스는 물건을 훔치자마자 서둘러 탈의 막사를 떠올렸을 겁니다. 경찰이 곧바로 집 안을 샅샅이 뒤질 거라고 생각했던 게죠. 그 헌 바지는 내가 이따금 낚시하러 갈 때 입습니다. 아무도 그 바지를 건드릴 생각을 안 하죠. 존스로서는 자기가 편할 때 보석을 되찾을 수 있었고요. 오늘 다시 갔다가 에메랄드가 없어진 것을 알고 무척 놀랐을 겁니다. 그러다 당신이 나타난 순간, 그 돌을 가져간 사람이 바로 당신이라는 사실을 알게 된 거예요. 하지만 존스가 수사관 시늉을 내는 걸 당신이 어떻게 꿰뚫어볼 수 있었는지 아직도 이

해를 못 하겠습니다!"

제임스가 속으로 생각했다.

'강한 남자는 솔직해야 할 때와 신중해야 할 때를 구별할 줄 알지.'

제임스는 미안한 듯 빙그레 웃었다. 그는 손가락을 슬며시 외투 깃 안으로 넣어 자그마한 은 배지를 더듬었다. 그것은 잘 알려지지 않은 클럽인 머튼 파크 슈퍼 사이클링의 배지였다. 정말 놀라운 우연의 일치였다. 하필 존스 역시 그곳의 회원이었으니. 존스의 코트에도 그 배지가 달려 있었지!

"안녕, 제임스!"

자신을 부르는 소리에 제임스가 몸을 돌렸다. 그레이스와 솝워스 처녀들이 길 맞은편에서 제임스를 부르고 있었다. 제임스가 에드워드 경에게 고개를 돌렸다.

"잠깐 실례해도 되겠습니까?"

제임스가 길을 건너 그들에게 갔다.

"우리 영화 보러 가고 있어. 당신도 같이 가고 싶을까 해서."

그레이스가 일렀다.

"미안하지만 안 되겠어. 이제 막 에드워드 캄피온 경과 점심 식사를 하러 가던 중이라서. 저쪽에 편안한 헌 옷 차림의 남자야. 마라푸트나의 라자를 만나게 해 주고 싶다는군."

제임스가 정중하게 모자를 들어 올린 뒤 다시 에드워드 경과 합류했다.

백조의 노래*

I

때는 런던의 5월 어느 날 아침, 11시였다. 코윈은 창문 밖을 내다보고 있었다. 그의 등 뒤에는 잘 꾸며진 리츠 호텔 스위트룸 거실이 화려한 모습으로 펼쳐져 있었다. 스위트룸은 폴라 나조르코프 부인을 위하여 예약된 방이었다. 그녀는 유명한 오페라 스타로 이제 막 런던에 도착했다. 부인의 사무를 맡아서 하는 주 담당자 코윈은 폴라와의 대면을 기다리고 있었다. 방문이 열리는 소리에 코윈이 재빠르게 고개를 돌렸다. 하지만 들어온 이는 나조르코프 부인의 비서인 리드 양이었다. 핼쑥한 낯을 한 여자로 유능해 보였다.

---

* 백조가 죽을 때 부른다는 노래로 시인이나 음악가 등의 마지막 작품을 일컫는다.

코윈이 인사했다.

"오, 리드 양, 당신이었군요. 부인은 아직 안 일어나셨죠?"

리드 양이 고개를 가로저었다.

"10시쯤에 올 거라고 하셨거든요. 벌써 1시간을 기다렸어요."

코윈은 놀라지도 성을 내지도 않았다. 그는 예술가들의 변덕스러운 기질에 익숙해 있었다. 말끔하게 면도를 한 낮에 키가 큰 코윈은 아주 훌륭한 골격을 갖추었으며 옷차림은 지나칠 정도로 흠 잡을 데가 없었다. 머리는 상당히 검고 번들거렸으며 치아는 너무 눈에 띌 정도로 희었다. 코윈은 말을 할 때 '시옷' 발음을 얼버무리는 경향이 있었다. 혀짤배기소리 수준이라고는 할 수 없었지만 그에 대단히 가까웠다. 그의 아버지 이름이 원래는 '코헨'이었을 거라고 생각한다 해도 지나친 상상이 아닐 것이다. 바로 그때 방 다른 쪽의 문이 열리고 말쑥한 프랑스 여자가 허둥지둥 안으로 들어왔다.

코윈이 희망 섞인 어조로 물었다.

"부인은 일어나셨나요? 이야기해 봐요, 엘리스."

엘리스가 얼른 두 팔을 하늘로 들어 올렸다.

"오늘 아침에 부인은 악마 같아요. 도무지 즐거워하실 줄을 몰라요! 지난밤 선생님이 부인에게 보냈던 아름다운 노란색 장미꽃들 있잖아요. 그 꽃은 모조리 뉴욕에나 어울린다고 하면서, 런던에 있는 부인에게 그런 것을 보내는 것은 바보 천치나 할 수 있는 일이라고, 런던에서는 빨간 장미만 허용된다고 하셨어요. 그러고는 곧바로 문을 열고 노란 장미꽃들을 통로로 던져 버렸어요. 결국 장미꽃들은 아주 예의 바른 군복 차림의 신사 머리 위로 떨어졌고요. 아니나 다를까, 그 남자는 몹시 분개했죠!"

코원이 양 눈썹을 치켜세웠지만 그 밖에 다른 감정 표현은 없었다. 곧이어 그는 주머니에서 작은 수첩을 꺼내 연필로 '빨간 장미꽃'이라고 적었다. 엘리스가 다른 문을 통하여 급히 나갔다. 코원은 다시 창문 쪽으로 돌아섰다. 베라 리드 양이 책상에 앉아 편지들을 개봉하고 분류하기 시작했다. 침묵 속에 10분이 흘렀다. 곧이어 침실 문이 활짝 열리더니 불꽃이 튀듯 폴라 나조르코프 부인이 방 안으로 들어왔다. 그녀가 들어오자마자 방이 좁아 보였다. 베라 리드는 더욱 창백해 보였으며 코원은 단순한 배경 인물로 전락했다.

"좋은 아침이에요. 내가 지각한 건가요?"

예의 프리마돈나가 던졌다.

나조르코프 부인은 키가 컸고 가수로서 그렇게 뚱뚱한 편은 아니었다. 두 팔과 두 다리는 아직도 날씬했고, 목은 아름다운 기둥이었다. 그녀의 머리칼은 타오르는 짙은 빨간색이었는데 훌륭하게 돌돌 말린 스타일로 목 중간쯤까지 내려왔다. 색을 내기 위해 헤나로 염색을 한 것인지는 모르겠으나, 결과는 여전히 효과적이었다. 그녀는 적어도 마흔은 넘긴 듯 젊은 여자는 아니었으나 얼굴의 선은 여전히 사랑스러웠다. 반짝이는 짙은 두 눈 주위의 살갗이 늘어지고 주름이 좀 지기는 했지만. 나조르코프 부인은 어린아이처럼 웃었고, 타조의 소화 능력을 지녔으며, 성질은 악마 같았다. 그리고 부인은 당대 최고 수준의 가극 소프라노로 인정받고 있었다. 폴라 나조르코프가 곧장 코원에게 다가갔다.

"내가 당신한테 얘기한 대로 했나요? 그 혐오스러운 잉글랜드제 피아노를 치워 버렸어요? 템스 강물 속으로 던져 버렸느냐고요?"

"예, 그리고 부인을 위하여 다른 것을 마련해 놓았습니다."

코원이 모퉁이에 서 있는 피아노를 향해 손짓했다.

나조르코프가 쪼르르 그곳으로 방을 질러가서 덮개를 열었다.

"아하, 에라드 표! 이 정도면 괜찮지. 한번 볼까요."

아름다운 소프라노 목소리가 아르페지오로 울려 나왔다. 이어서 음계를 따라서 가볍게 올라갔다가 내려오기를 두 번 거듭했다. 그러고는 특정 높은 음표까지 작고 부드럽게 올라갔다가 멈추어서, 크기를 점점 크게 부풀리다가, 이내 다시 부드럽게 마침내 무(無)로 사그라졌다. 폴라 나조르코프가 순수한 만족감에 질렀다.

"아! 이 얼마나 아름다운 목소리인지! 아름다운 목소리가 런던에 왔다고 바뀌겠어요?"

코원이 맞장구를 치며 따듯하게 받았다.

"정말 그렇습니다. 런던 사람들 역시 당신에게 홀딱 반할 것입니다. 뉴욕이 그랬던 것처럼 말입니다."

"정말 그렇게 생각하세요?"

부인의 입가로 여린 미소가 스쳤다. 그러한 질문이 그녀에게는 상투적인 것에 불과하다는 사실을 여실히 보여 주는 듯했다.

"여부가 있겠습니까."

폴라 나조르코프가 피아노 덮개를 닫고 테이블 쪽으로 걸어갔다.

무대에 어울릴 듯한 느릿하게 굽이치는 걸음이었다.

"좋아요, 좋아. 이제 본론으로 들어가자고요. 이쪽에 모든 일정을 다 잡아 놨지요, 코윈?"

코윈이 의자 위에 올려 놓은 서류 가방에서 종이 몇 장을 꺼냈다.

"크게 바뀐 것은 없습니다. 코번트 가든에서 5번 공연이 있습니다. 「토스카」로 3번, 「아이다」로 2번."

"아이다라……. 흥, 그건 말도 못하게 따분할 거예요. 토스카는 좀 다르죠."

"아, 그렇습니다. 토스카야말로 당신의 역할이죠."

"나는 세계 최고의 토스카랍니다."

폴라 나조르코프가 몸을 추스르며 간단하게 일렀다.

"여부가 있겠습니까. 어느 누구도 당신을 따라잡을 수 없습니다."

"아마도 로스카리가 스카르피아 역할을 하겠죠?"

코윈이 고개를 끄덕이고는 대답했다.

"그리고 '에밀 리피'도요."

코윈의 말에 나조르코프가 날카롭게 질렀다.

"뭐라고요? 리피! 개골개골 울어 대는 그 소름끼치는 꼬마 개구리 말예요? 나는 그 사람과 노래하지 않겠어요. 그 사람을 물어 버릴 거예요. 얼굴을 할퀴어 버릴 거라고요."

코윈이 달래듯 나섰다.

"아, 잠깐만요."

"그 사람은 노래를 부르는 게 아니라고요. 내 감히 말하지만, 그 사람은 멍멍 짖어 대는 잡종 개나 다름없어요."

"네, 그렇겠죠. 그렇습니다."

그는 신경질적인 가수들과 말다툼할 정도로 생각이 짧지 않았다.

"카바라도시 역할은요?"

"아, 예. 미국인 테너 헨스데일이 합니다."

프리마돈나는 이번에는 수긍하듯 고개를 끄덕였다.

"그 사람은 아주 귀여운 친구예요. 꽤 예쁘게 부르죠."

"그리고 바레레도 그 역할을 한 번 맡을 겁니다."

"그 남자는 예술가죠. 하지만 개골개골 개구리 리피에게 스카르피아 역할을 맡기다니! 흥, 나는 그 사람과 같이 노래할 생각 없어요."

"그 문제는 제게 일임해 주십시오."

코원이 어르듯 말한 뒤 목청을 가다듬고 새로운 서류 몇 장을 꺼내 들었다.

"앨버트 홀에서의 특별 공연도 준비하고 있습니다."

나조르코프가 찡그리자 코원이 재빨리 덧붙였다.

"압니다, 저도 알아요. 하지만 누구나 하는 일이잖아요."

"나는 잘할 거라고요. 관객들은 천정까지 꽉 찰 거예요, 돈도 엄청 많이 벌고요. 에코('바로 그거야!'라는 뜻의 이탈리아어 — 옮긴이)!"

코원이 다시 종이들을 뒤섞었다.

"그리고 좀 색다른 제안도 하나 있어요. 러츤베리 부인께서 당신이 러츤베리에 내려와 노래를 불러 주기를 희망하고 있습니다."

프리마돈나가 뭔가를 기억해 내려는 듯 이마를 잔뜩 오므렸다.

"러츤베리? 최근에, 아주 최근에 어딘가에서 그 이름을 보았어요. 러츤베리라…… 작은 마을이 아닌가요?"

"예, 맞습니다. 허트포드셔에 위치한 꽤 작은 곳이죠. 그리고 러츤베리 경의 집, 즉, 러츤베리성에 대하여 말하자면, 그곳은 진정 근사한 중세풍 봉건 영지입니다. 유령이며 가족 사진들, 비밀 층계, 게다가 최고급 개인 극장까지. 그 사람들은 엄청난 부자로 늘 공연을 베풀어 주고 있답니다. 오페라 전막을 다 공연해 줬으면 하더군요. 되도록이면 「나비 부인」으로."

"「나비 부인」이라고요?"

코원이 고개를 끄덕였다.

"물론 출연료도 지불하기로 했습니다. 출연을 결정하시면 코번트 가든 측에는 사과해야 하겠지만, 그것을 감안해도 재정적으로 훨씬 더 유리하다고 할 수 있습니다. 필경 왕족도 참석하실 겁니다. 그럼 더할 나위 없는 최고의 홍보 효과를 낼 겁니다."

부인이 여전히 아름다운 자신의 턱을 올려 보였다.

"내가 홍보를 할 필요가 있나요?"

그녀의 잘난 체하는 물음에 코원이 굽히지 않고 받았다.

"좋은 일은 많이 할수록 좋은 게 아니겠습니까?"

"러츤베리……. 어디에서 보았더라?"

부인은 웅얼대더니 느닷없이 벌떡 일어나 가운데 탁자로 뛰어가서 그 위의 화보 신문 지면들을 들춰 보기 시작했다. 그녀가 돌연 멈추고 침묵한 채 지면을 내려다보았다. 이윽고 간행물이 바닥으로 떨어지도록 그대로 두고 자리로 천천히 돌아갔다. 기분이 난데없이 변하며 부인은 이제 전혀 다른 사람이 된 듯했다. 아주 조용하고 거의 엄한 느낌이었다.

"러츤베리 일정을 그대로 진행하세요. 그곳에서 노래 부르고 싶어요. 하지만 한 가지 조건이 있어요……. 공연 작품은 「토스카」로 해야 해요."

코원이 의심스런 표정으로 말했다.

"그건 좀 힘들 것 같습니다. 이것은 아시다시피 사적인 공연이죠……. 무대 장치며 많은 문제들이 있습니다."

"「토스카」가 아니면 안 돼요."

코원이 프리마돈나를 찬찬히 들여다보았다. 그 순간 그가 본 바에 따르면 다른 도리가 없었다. 코원은 짤막하게 고개를 끄덕이고 벌떡 일어섰다.

"그렇게 한번 추진해 보겠습니다."

코원이 얌전하게 답했다.

나조르코프 또한 일어섰다. 그녀는 자신의 결정을 설명하는 데 여느 때보다 더 열을 내는 듯했다.

"토스카는 나에게 제일 중요한 역할이에요, 코원. 다른 어떤 여자도 해낼 수 없는 걸 해낼 수 있다고요."

"예, 좋은 역할이죠. 제리짜가 작년에 그걸로 크게 히트 쳤어요."

"제리짜!"

나조르코프 부인이 두 뺨을 발그레 물들인 채 외쳤다. 곧이어 코원에게 제리짜에 대한 자신의 견해를 길게 열거했다.

다른 가수들에 대한 가수들의 의견을 듣는 데 이력이 난 코원은 예의 장광설이 끝날 때까지 내심 한눈을 팔았다. 뒤이어 코원이 끈질기게 말했다.

"아무튼, 그 여자는 배를 바닥에 깔고 엎드려 '비씨 다르테('나는 노래를 위해 살았습니다'라는 뜻으로 자코모 푸치니의 오페라인 「토스카」 2막에 나오는 유명한 소프라노의 아리아 ― 옮긴이)'를 부르죠."

"못 할 일 있나요? 그렇게 못 할 이유가 있느냐고요? 나는 등을 바닥에 대고, 두 다리를 허공에 저으면서 부르겠어요."

코원이 완벽하게 심각한 얼굴로 고개를 저었다.

"그런 게 잘 먹혀들지 모르겠군요. 하지만 마찬가집니다. 그런 종류의 공연은 뜨게 마련이죠."

나조르코프가 자신 있게 말했다.

"어느 누구도 나처럼 '비씨 다르테'를 부르지는 못해요. 나는 수녀의 목소리로 부를 수 있어요. 아주 오래전 훌륭한 수녀들이 내게 가르쳐 주었던 대로 말이에요. 합창단 소년이나 천사의 목소리로, 어떤 감정도 싣지 않고, 그 어떤 열정도 담지 않고."

"알겠습니다. 부인의 노래는 제가 들어 보지 않았습니까, 당신은 탁월해요."

코원이 진심으로 답했다.

그 말에 프리마돈나, 폴라 나조르코프가 받았다.

"그게 예술이지요. 비용을 지불하는 것, 어려움을 당하고, 견디어

내는 것, 그리하여 궁극적으로 그 모든 지식뿐만 아니라 힘, 다시 처음으로 되돌아갈 수 있는 힘을 갖추는 것, 그리하여 어린아이 마음 같은 잃어버린 아름다움을 되찾는 것."

코원이 프리마돈나를 신비스러운 듯 쳐다보았다. 그녀는 코원을 지나쳐 물끄러미 바라보았다. 낯설고 텅 빈 듯한 기운이 서린 두 눈동자. 그녀의 눈빛에 어린 그 어떤 것에 코원은 왠지 오싹해지는 느낌이었다. 부인의 입술이 일순 떨어졌고 두어 마디를 속삭였다. 코원은 겨우 알아들었다.

"마침내, 드디어……. 수많은 세월이 흐른 뒤에."

II

러츤베리 부인은 야심과 예술성을 겸비한 여자였다. 그녀는 일상을 보내며 그 두 가지 성품을 성공적으로 지켜 나갈 수 있었다. 야망이나 예술 따위에 상관하지 않는, 따라서 그녀에게 어떠한 방해도 되지 않는 남편. 그런 남자를 남편으로 둔 것은 행운이었다. 러츤베리 백작은 체격이 커다랗고 고지식한 남자로서, 오직 말고기에만 관심이 있을 뿐 그 밖에는 어떤 것도 신경 쓰지 않았다. 백작은 아내에게 늘 감탄하며 그녀를 자랑스럽게 생각했다. 자신의 거대한 부로 말미암아 아내가 여러 가지 취미 활동을 할 수 있게 된 것을 기쁘게 생각했다. 개인 극장은 그의 조부가 근 100년 전에 지은 것이었다. 러즌베리 부인은 그 극장을 즐겨 이용했나. 그녀는 이미 그곳에서 헨릭 입센의 극을 공연한 바 있었다. 그리고 이혼이며 약물 따위로 가득한 최신 신파극도 입체파 무대 장면의 시적 판타지도 무대에 올랐다. 이번에 예정된 푸치니의 공연은 많은 사람들의 폭넓은 관심을 불러일으켰다. 러즌베리 부인은 공연과 때를 맞춰 매우 독특한 하우스 파티를 베풀 예정이었다. 런던의 내로라하는 인사들이 참석하기 위해 차를 몰고 러츤베리를 찾았다.

나조르코프 부인 일행은 점심 식사 바로 전에 도착했다. 미국의 새로운 젊은 테너 헨스데일이 카바라도시를, 유명한 이탈리아 인 바리톤 로스카리가 스카르피아를 맡을 예정이었다. 이번 공연의 비용은 막대했지만, 그것을 염려하는 사람은 아무도 없었다.

폴라 나조르코프는 기분이 아주 좋은 상태였다. 그녀는 매혹적이고, 우아하였으며, 기분 좋아 보이고 유명 인사다웠다. 코원은 놀라워하며 이러한 상황이 계속 이어지길 빌었다.

점심을 마친 뒤 일행은 극장으로 나가, 무대 장치며 여러 가지 내용들을 살펴보았다. 잉글랜드 최고의 지휘자들 가운데 한 사람인 사무엘 릿지가 오케스트라를 통솔했다. 모든 사항이 순조롭게 진행되는 듯했다. 그런데 이상하게도 코원은 불안했다. 그는 뭔가 말썽거리가 있는 환경에 더 익숙했었기에, 이와 같은 낯선 평화가 오히려 불안할 뿐이었다.

코원이 혼잣말로 중얼거렸다.

"모든 일이 너무 거침없이 척척 진행되고 있어. 부인은 크림을 먹인 고양이 같고. 그냥 지속되기에는 정말 너무 상태가 좋다고. 필시 뭔가 일이 일어날 것 같단 말이야."

어쩌면 공연 업계에서 오랜 세월 살아오며 코원은 일종의 육감을 키워 왔는지 모른다. 확실히 그의 예감은 들어맞았다. 프랑스 인 하녀, 엘리스가 어쩔 줄 몰라 하며 코원 씨에게 달려 온 것은 바로 그날 저녁 7시가 되기 조금 전이었다.

"코원 씨, 빨리 좀 가 보세요, 어서 좀 가 보세요."

"무슨 일이에요? 부인이 난데없이 화를 내고 있어요? 소동이라든가? 말해 봐요, 그런 거예요?"

코원이 애타게 물었다.

"아닙니다. 아니에요. 부인 얘기가 아니라 로스카리 씨 얘기예요. 그가 아파요, 죽어 가고 있어요!"

"죽어 가고 있다고? 오, 어서 가 봅시다."

코원이 서둘러 엘리스를 따라 쫓아갔다. 앓아누운 이태리 남자의 침실로 안내받았다. 예의 키 작은 남자는 침대 위에 누워 있었다. 아니, 온 침대를 누비며 경련을 일으키고 있었다. 증세가 그렇게 중하지 않았다면 우습게 보였을 정도로 그는 계속해서 몸을 뒤틀었다. 폴라 나조르코프가 그 남자를 굽어보고 있었다. 그녀가 코원 씨에게 오만하게 인사했다.

"아, 오셨군요. 우리 가엾은 로스카리. 이 사람, 아주 고통스러워하고 있어요. 틀림없이 뭔가를 잘못 먹은 것 같아요."

"아이고, 죽겠어요. 이 고통……. 끔찍해요. 욱!"

남자가 신음하고는 다시 한번 발작을 했다. 그는 두 손으로 배를 힘껏 움켜쥐고 침상 위에서 떼굴떼굴 굴렀다.

"의사를 불러야겠어요."

코원이 문 쪽으로 걸어가려는데 나조르코프가 코원을 붙들었다.

"의사는 벌써 오고 있어요. 의사가 할 수 있는 모든 일을 하겠죠. 저 불쌍하게 앓고 있는 사람을 위해 정해진 대로 할 거예요. 그러나 오늘 밤 로스카리는 결코 노래를 부를 수 없을 거예요, 결단코."

"다시는 노래 부르지 않겠어요, 난 지금 죽겠다고요."

로스카리가 끙끙 앓았다.

"아니에요, 아니야. 당신은 죽지 않아요. 그냥 소화 불량일 뿐이에요. 하지만 그래도 마찬가지죠. 오늘 노래를 부르는 것은 불가능해요."

"누가 내게 독약을 먹였어요."

나조르코프 부인이 다시 나섰다.

"그래요, 틀림없이 프토마인일 겁니다. 이분과 함께 있어요."

그녀는 코원을 데리고 방으로부터 나온 뒤 물었다.

"우리 이제 어떻게 하죠?"

코원은 풀이 죽은 듯 고개를 가로저었다. 시간이 꽤 임박하였던 까닭에 로스카리를 대신할 누군가를 런던에서 데려오는 건 어려워 보였다.

방금 자기 손님이 아프다는 사실을 전해들은 러츤베리 부인이 허둥지둥 복도를 따라 뛰어와 그들과 마주했다. 그녀의 주된 관심사는 폴라 나조르코프가 그렇듯 「토스카」 공연의 성공 여부였다.

"가까운 곳에 누군가 있다면."

프리마돈나가 끙끙댔다.

"아! 물론 있어요! 브레온!"

러츤베리 부인이 불현듯 외쳤다.

"브레온?"

"예, 그래요. 에두아르 브레온 말이에요. 부인도 아시죠? 유명한 프랑스 출신 바리톤이에요. 이 근처에 살고 있답니다. 이번 주 《컨트리 홈》에 그 사람 집 사진이 실렸죠. 그래요, 그 사람이 좋겠어요."

"이거야말로 신이 내린 해답이군요. 스카르피아 역할의 브레온, 나도 기억나요. 그가 멋있게 해낸 역할들 가운데 하나였어요. 하지만 그 사람 은퇴하지 않았던가요?"

러츤베리 부인이 나섰다.

"내가 데려올게요. 이번 일은 내게 맡겨 주세요."

행동하는 여인인 러츤베리 부인은 그 자리에서 자신의 세단 히스파노 수이자를 대령하라고 시켰다. 10분 뒤 에두아르 브레온의 시골 은신처에 흥분한 백작 부인이 들이닥쳤다. 러츤베리 부인은 일단 마음을 먹으면 흔들리지 않는 결단력을 자랑했다. 게다가 브레온 역시 순종하는 것밖에 다른 방법이 없다는 것을 깨달았다. 브레온은 꽤 변변찮은 출신이었지만 자기 직업 세계의 최고 자리까지 올라가 공작이나 왕자들과 동등한 위치에서 그들과 사귀곤 하였다. 또한 그러한 사실을 늘 기쁘게 생각했다. 그러나 이러한 고풍스러운 잉글랜드의 마을로 은퇴한 뒤 그에게도 아쉬움이 싹텄다. 찬사와 빅수갈채의 삶이 그리워졌다. 이를테면 이 잉글랜드 마을은 브레온이 생각했던 것만큼 신속하게 그를 알아주지는 않았다. 때문에 러츤베리 부인의 청을 들은 브레온은 우쭐하고도 황홀한 기분에 빠졌다. 브레온이 빙그레 웃으며 응했다.

"미약한 힘이나마 최선을 다하겠습니다. 아시겠지만, 대중 앞에서 노래를 불러 본 지도 꽤 오래되었습니다. 가끔 특별한 호의로 한두 명을 받을 뿐, 학생들도 가르치지 않고 있거든요. 하지만 이번에는 로스카리 씨가 불운하게도 어려운 입장에 빠졌다고 하니……."

"정말 치명적인 타격이에요."

"그를 진정한 가수라고 하기에는 좀 곤란하죠."

브레온이 부인에게 그 까닭을 어느 정도 이야기해 주었다. 에두아르 브레온이 그만둔 뒤, 주목할 만한 바리톤이 나타나지 않았다는 것을.

"나조르코프 부인이 '토스카'를 연기하실 거예요. 그분을 잘 아시잖습니까?"

러츤베리 부인이 일러 주었다.

"직접 만난 적은 한 번도 없어요. 뉴욕에서 노래하는 걸 들은 적은 있습니다. 대단한 예술가죠. 그 여자는 극에 대한 감각이 있어요."

러츤베리 부인은 안심했다. 가수들에 관해서는 도통 감을 잡을 수가 없었다. 그들에겐 그만큼 야릇한 질투심과 반감이 있었다.

20여 분 뒤, 러츤베리 부인이 승리의 손을 흔들며 예의 대저택 홀로 돌아왔다. 그녀가 웃으며 소리를 질렀다.

"그분을 만났어요. 브레온 씨가 정말 친절하게 대해 주었죠. 결코 잊지 못할 겁니다."

모든 이들이 바리톤 주위로 모여들었다. 사람들의 감사와 인정이 그를 북돋웠다. 에두아르 브레온. 이제 그는 거의 예순이 다 되었지만 여전히 수려하게 생긴 남자로, 키가 크고 피부는 검었으며, 사람을 끄는 힘을 지니고 있었다.

"그런데 나조르코프 부인은 어디 계시죠? 오! 저기 있군요."

러츤베리 부인이 나섰다.

모두들 그 프랑스 남자를 환영하여 주는 자리에 폴라 나조르코프는 함께하지 않았다. 그녀는 벽난로 그늘의 높다란 떡갈나무 의자에 얌전하게 앉아 있었다. 물론 불은 때지 않았다. 그날 저녁은 꽤 따듯했다. 예의 가수는 커다란 종려 잎 부채로 느릿느릿 부채질을 했다. 어찌나 고독하고 초연해 보였는지 러츤베리 부인은 그녀가 화가 난 게 아닐까 걱정했다.

러츤베리 부인이 브레온을 데리고 프리마돈나에게로 다가갔다.

"브레온 씨, 나조르코프 부인을 만난 적이 없다고 했지요?"

폴라 나조르코프가 마지막으로 종려 잎을 보란 듯이 부치더니 그 부채를 내려 놓았다. 그녀가 자신의 손을 브레온에게 뻗었다. 남자는 그 손을 잡고 낮게 몸을 수그려 절을 했다. 프리마돈나의 입술 사이에서 가녀린 한숨이 새어 나왔다.

"부인, 우리는 함께 노래한 적이 없지요. 내 나이 때문에 어쩔 수 없이 그 재앙을 받아들여야 했어요! 하지만 이제 운명이 이처럼 친절하게도 나를 구해 주려나 봅니다."

브레온의 말에 나조르코프가 상냥하게 웃었다.

"정말 친절하군요, 브레온 씨. 내가 아직 잘 알려지지 않은 하찮은 가수였을 때 당신에게 매혹되어 있었어요. 당신의 '리골레토', 그 높은 예술성, 그 완벽한 아름다움! 어느 누가 당신에 비할 수 있었겠어요?"

한숨짓는 체하며 브레온이 말했다.

"슬프도다! 나의 날은 지나갔습니다. 스카르피아, 리골레토, 라다메스, 샤플리스, 한때 그 역할들을 얼마나 여러 번 맡았는지 모르겠습니다. 그리고 이제…… 저는 더 이상 노래 부르지 않죠!"

"부를 거예요. 바로 오늘 밤."

"아, 그렇군요, 부인. 잠깐 잊었습니다. 바로 오늘 밤이군요."

나조르코프가 거만하게 나섰다.

"당신은 많은 '토스카'와 함께 노래하였죠. 하지만 나와는 한 번도 부르지 않았어요."

프랑스 남자가 절을 했다.

"이번 공연은 제게 크나큰 영광입니다. 위대한 역할이고요, 부인."

러츤베리 부인이 끼어들었다.

"그 역할은 일개 가수뿐만 아니라 배우를 필요로 하지요."

"맞습니다. 젊은 시절, 이태리에 머물렀던 기억이 납니다. 밀라노에 있는 약간 궁벽한 극장에 들어갔지요. 자릿값은 고작 2리라에 불과했어요. 그러나 그날 밤 나는 뉴욕의 메트로폴리탄 오페라 하우스에서 들었던 노래 못지않은 훌륭한 노래를 들을 수 있었어요. 그 날 꽤 젊은 아가씨가 토스카를 불렀어요. 그녀는 정말 천사처럼 노래했어요. 그 여자가 '비씨 다르테'를 부르며 들려 준 목소리, 결코 잊을 수 없어요. 그 투명함, 그리고 순수함! 그러나 단 하나, 극적인 힘, 그것이 모자랐어요."

브레온의 말에 나조르코프가 고개를 끄덕이고 조용히 말했다.

"그런 건 뒤에 찾아오죠."

"그렇습니다. 그 젊은 아가씨……. 비앙카 카펠리, 그게 그녀의 이름이었죠. 나는 그녀의 진로에 관심을 두게 되었습니다. 그녀는 나를 통해서 큰 기회를 만날 수 있었어요. 하지만 그녀는 어리석게도, 정말로 안타깝게도……."

브레온이 양 어깨를 으쓱해 보였다.

"어떻게 어리석었나요?"

그렇게 끼어든 사람은 러츤베리 부인의 24살 된 딸 블랑쉬 애머리로, 크고 파란 두 눈을 지닌 날씬한 아가씨였다.

곧바로 프랑스 남자가 공손히 그녀에게 몸을 돌렸다.

"아아! 애머리 양, 그녀는 카모라(1890년경 조직된 이탈리아의 비밀결사 — 옮긴이) 조직원이었던 불량배 놈팡이와 어울려 다녔습니다. 그 친구는 경찰과 말썽을 일으켜 결국 사형 선고를 받았어요. 비앙카는 곧장 나를 찾아와 자기 애인을 구하는 걸 도와 달라고 했어요."

블랑쉬 애머리가 브레온을 물끄러미 바라보다가 숨도 쉬지 않고 물었다.

"그래서 도와주셨어요?"

"내가요? 아가씨, 내가 무슨 일을 할 수 있었겠어요. 그 나라에서는 이방인에 불과한 내가."

나조르코프가 낮고도 떨리는 음성으로 나섰다.

"당신에게는 영향력이 있지 않았나요?"

"설령 있었다 한들, 영향력을 행사했을까 의심스럽습니다. 그 친구는 그럴 만한 가치가 없었어요. 대신 나는 그 아가씨를 위해 할 수 있는 일을 했어요."

브레온이 가느다란 미소를 지었다. 그 미소는 불현듯 애머리를 일깨워 주었다. 이 얘기에 뭔가 꺼림칙한 게 있다는 것을. 그 순간 브레온의 말이 그의 생각과 너무나 동떨어져 있다는 것이 느껴졌다.

나조르코프가 물었다.

"당신은 당신이 할 수 있는 일을 했다고 했죠? 인정을 베풀었군요. 그럼, 비앙카는 고맙게 생각했겠네요?"

브레온이 어깨를 으쓱해 보였다.

"그 친구는 사형을 당했죠. 그리고 아가씨는 수도원에 들어갔습니다. 에, 보알라!(자, 보세요!) 세상은 가수 하나를 잃었습니다."

나조르코프가 낮은 소리로 웃더니 가볍게 받았다.

"우리 러시아 사람들은 달라요, 변하기 쉽거든요."

블랑쉬 애머리는 나조르코프가 그렇게 말하는 바로 그 순간, 코원을 쳐다보았다. 그가 별안간 놀란 낯을 하는 것이었다. 게다가 입술 역시 반쯤 벌어졌다. 하지만 이내 경고를 하는 나조르코프의 눈짓에 눌려 굳게 닫혔다.

그때 하인이 문간에 나타났다. 러츤베리 부인이 일어나면서 말했다.

"저녁 식사 시간이군요. 당신들에겐 정말 미안해요. 노래하기 전엔 그렇게 항상 굶어야 하다니 얼마나 괴롭겠어요. 하지만 일이 끝나고 나면 아주 훌륭한 만찬이 당신들을 기다리고 있을 겁니다."

"우리 모두 기대해 보겠습니다."

폴라 나조르코프가 답했다. 그러고는 상냥하게 웃었다.

"일이 끝나고!"

III

극장 안에서는 토스카의 1막이 이제 막을 내린 참이었다. 관객들은 동요하면서 서로 이야기를 나누었다. 왕실 사람들은 매혹적이고 우아한 모습으로 앞줄에 벨벳 좌석 3개에 자리했다. 모두 서로에게 소곤거렸다. 제1막에서는 나조르코프가 자신의 명성에 걸맞게 부르지 못했다는 의견이 많은 편이었다. 이처럼 대부분의 관중은 깨닫지 못했다. 그것을 통하여 이 가수가 자신의 실력을 보여 주었다는 것을 말이다. 사실 제1막에서 그녀는 목소리와 자기 자신을 아꼈던 것이다. 교태를 부리듯 질투를 하고, 들뜬 마음으로 사랑 놀음을 하는 가볍고 경솔한 여자. 그녀는 토스카를 그런 여인으로 표현했다.

브레온은 그 목소리의 영광은 비록 전성기를 지났지만 여전히 냉소적인 스카르피아로서 근사한 인물을 선보였다. 다만 브레온의 역할 개념에는 늙어 빠진 난봉꾼의 암시가 없었다. 브레온은 스카르피아를 잘생긴 데다 친절한 인물로 표현했다. 거죽의 생김새 이면에 미묘한 악의가 도사리고 있다는 암시를 줄 뿐이었다. 마지막 악절에서 오르간이 이어지는 가운데 스카르피아가 생각에 잠긴 채 토스카를 차지하려는 자신의 계획에 스스로 만족해하는 모습을 브레온은 걸출한 예술로 표현했다. 이어 커튼이 올라가고 제2막이 시작되었다. 배경은 스카르피아의 거실이었다.

토스카가 무대에 등장하는 순간, 나조르코프의 실력은 곧바로 빛을 발했다. 여기 섬뜩한 두려움에 휩싸인 여인이 있다. 탁월한 여배우의 자신감으로 맡은 역을 소화해 내는 여자가. 스카르피아와의 가벼운 인사, 그녀의 태연함, 스카르피아에게 미소 지으며 대답하는 모습! 폴라 나조르코프는 두 눈으로 연기를 했다. 그녀의 모습엔 섬뜩한 고요가 배어 있었고, 얼굴은 미소 짓는 듯 무정한 것이었다. 오직 스카르피아에게 던져 대는 그녀의 두 눈빛만이 그녀의 진실을 드러내 주었다. 그렇게 무대는 이어졌다. 고통의 장면, 허물어진 토스카의 평정, 헛되게 자비를 애원하며 스카르피아의 두 발 앞에 무너졌을 때 느껴야 했던 처절한 좌절…….

음악에 통달한 늙은 르꽁메르 경이 그 뜻을 감상하듯 몸을 움직였다. 곁에 앉은 외국 대사가 중얼거렸다.

"그녀는 자기 자신을 뛰어넘었어요. 오늘 밤 나조르코프 말입니다.

무대 위에서 그녀처럼 연기할 수 있는 배우는 세상에 없을 겁니다."

르꽁메르가 고개를 끄덕였다.

무대 위에서 스카르피아가 원하는 대가를 이르자 겁에 질린 토스카는 창문 쪽으로 날아가듯 멀어졌다. 그때 아득히 저 멀리서 북 소리가 들렸고 토스카는 지친 듯 소파에 풀썩 몸을 던졌다. 그녀를 굽어보며 서 있는 스카르피아는 부하들이 어떻게 교수대를 들어 올리는지 설명했다. 곧이어 침묵이 흘렀다. 그리고 다시, 둥둥 멀리서 들려오는 북소리. 소파에 납작 엎드린 나조르코프, 그녀의 머리가 아래로 축 처져 거의 바닥에 닿아 머리칼이 앞을 가렸다. 이윽고 지난 20분 간의 열정이나 긴장과 미묘한 대조를 보여 주며, 그녀의 목소리가 울려 나왔다. 높고도 투명한 그 목소리. 나조르코프가 코원에게 이야기했던 것처럼, 그것은 합창단 소년이나 천사의 목소리였다.

IV

"노래에 살고, 사랑에 살고. 그 누구에게도 해를 준 적이 없습니다! 아무도 모르게 제가 아는 모든 불쌍한 이들을 도우며 살았나이다."

그것은 어쩔 줄 모르고 불안해하는 어린아이의 목소리였다. 그녀는 스폴레타가 들어오는 순간까지 다시 한번 무릎을 꿇고 애원했다. 뒤이어 토스카는 지친 나머지 굴복했다. 스카르피아는 양날의 뜻을 지닌 운명적인 말들을 털어놓았다. 다시 한번 스폴레타가 자리를 떴다. 바로 그때 극적인 순간이 도래했다. 토스카는 떨리는 손으로 포도주 잔을 들어 올리다 테이블 위의 칼을 목격하고 이내 그 칼을 허리춤에 밀어 넣었다.

늠름하고 무뚝뚝한 브레온, 열정에 사로잡힌 남자가 일어섰다.
"토스카, 드디어 너는 내 것!"
번개같이 날아든 칼날. 토스카가 복수의 한마디를 속삭였다.
"이것은 토스카의 입맞춤!"
나조르코프는 토스카의 복수를 그토록 실감나게 표현한 적이 없었다. 마지막 대목에서 그녀가 격하게 속삭였다.
"이것은 당신의 비참한 최후."
곧이어 극장을 가득 채우듯 고요하고 낯선 목소리로 이었다.
"이제 그를 용서합니다!"
토스카가 장례 의식을 시작하면서 부드러운 죽음의 곡조가 울리기 시작했다. 스카르피아의 머리 양 옆에 촛불을 피우고, 가슴 위에 십자가를 올려 놓고, 마지막으로 문간에 멈춰 서서 돌아보았다. 저 멀리서 울려오는 북소리, 곧이어 막이 떨어졌다.

이번에는 객석에서 진정한 감격의 외침이 터져 나왔다. 하지만 그것은 오래가지 않았다. 누군가 무대 양 옆에서 뛰쳐나와, 러츤베리 경에게 뭔가를 이야기했다. 러츤베리 경이 일어나 그와 협의한 뒤, 몸을 돌려서 저명한 의사인 도널드 칼솝 경에게 손짓했다. 거의 곧바로 관람객들 사이에 진실이 퍼져 나갔다. 무슨 일이 벌어졌다.

사고. 누군가 심하게 다쳤다. 가수들 가운데 한 사람이 커튼 앞으로 나와 설명했다. 불행하게도 브레온 씨가 사고를 당했다고, 오페라는 계속 진행할 수 없다고. 다시 소문이 객석 사이로 돌았다. 브레온이 칼에 찔렸다. 나조르코프가 제정신이 아니었다. 그 여자가 자신의 역할에 완전히 몰입한 나머지 같이 연기하고 있는 남자를 정말로 찔렀다는 것이었다. 외국 대사와 이야기하고 있던 르꽁메르 경의 팔을 누군가 건드렸다. 몸을 돌리는 순간 그는 블랑쉬 애머리의 두 눈동자와 마주했다. 애머리가 말했다.

"이것은 사고가 아닙니다. 이번 일은 결단코 사고가 아니에요. 정찬 바로 전, 이탈리아 처녀에 대한 브레온의 이야기 못 들으셨나요? 그 아가씨가 바로 폴라 나조르코프였어요. 바로 뒤에 나조르코프가 러시아 사람들에 대해 뭔가 얘기하였죠. 나는 그때 코원 씨가 놀라는 것을 보았거든요. 러시아식으로 이름을 바꿨다 해도, 나조르코프가 원래 이탈리아 사람이라는 것을 코원 씨는 알고 있었던 거예요."

"오, 블랑쉬."

"내 말이 틀림없어요. 나조르코프의 침실에 화보 신문이 있었어요. 잉글랜드 시골 집과 브레온의 얼굴이 나온 페이지가 펼쳐져 있었다고요. 나조르코프는 이곳으로 내려오기 전부터 알고 있었어요. 그녀가 그 작고 불쌍한 로스카리에게 뭔가를 먹였어요. 그래서 그가 아팠던 거예요."

"하지만 왜? 어째서 말입니까?"

"모르겠어요? 그 모든 이야기는 결국 토스카로 다시 돌아가요. 이탈리아에서 브레온은 나조르코프를 원했어요. 하지만 그녀는 애인에게 충실했죠. 그리고 나조르코프는 브레온에게 찾아갔어요. 얘기한 대로 자기 애인을 구할 수 있도록 도와 달라고 말이에요. 브레온은 그렇게 하겠노라고 했지요. 하지만 결국엔 그 남자가 죽도록 내버려 두었어요. 그리고 마침내 보복의 시간이 온 거예요. 나조르코프가 속삭이는 걸 못 들으셨나요? '내가 토스카입니다.'라고 했잖아요. 나조르코프가 그렇게 말할 때, 바로 그 순간 나는 브레온의 얼굴을 보았어요. 브레온은 그때 알아본 거예요…… 나조르코프를 알아봤어요!"

분장실의 폴라 나조르코프는 흰 산족제비 외투를 몸에 두른 채, 꼼짝도 하지 않고 앉아 있었다. 누군가 문을 두드렸다.

프리마돈나가 말했다.

"들어오세요."

엘리스가 들어와서 흐느꼈다.

"부인, 부인! 그가 죽었어요! 그리고……."

"응?"

"부인, 이 일을 어쩌면 좋죠? 경시청에서 나온 남자들이 기다리고 있어요. 부인과 얘기 좀 하고 싶다고요."

폴라 나조르코프가 벌떡 일어서 몸을 곧게 펴며 조용히 말했다.

"내가 그들한테 가죠."

그러고는 진주 목걸이를 자신의 목에서 풀어, 예의 프랑스 아가씨에게 건네주었다.

"당신이 가져요, 엘리스. 당신은 참 좋은 아가씨야. 이제 내가 갈 곳에서는 그런 것들이 필요치 않을 거예요. 잘 알았어요, 엘리스? 나는 이제 다시 '토스카'를 부르지 않을 거예요."

나조르코프가 잠시 문 옆에 멈춰 섰다. 그녀는 분장실을 빙 둘러보았다. 지난 30년의 무대 생활을 되돌아보듯.

곧이어 그녀가 이 사이로 부드럽게, 또 다른 오페라인 「팔리아치」의 마지막 대사를 읊조렸다.

"극은 이제 끝났다!"

활짝 핀 목련꽃

I

빈센트 이스턴은 빅토리아역 시계 아래에서 누군가를 기다리고 있었다. 그는 초조한 듯 이따금 시계를 올려다보며 생각했다. 얼마나 많은 다른 남자가 오지도 않을 여자를 기다리며 이곳에 서 있었을까?

날카로운 아픔이 그를 스치고 지나갔다. 만약 시어가 오지 않는다면? 그녀의 마음이 변했다면? 여자들은 변덕이 심했다. 그 여자에 대하여 자신이 있나? 한 번이라도 자신이 있었나? 진정 그 여자에 관하여 조금이라도 아는가? 혹시 처음부터 그녀는 수수께끼 같은 존재가 아니었던가? 그는 마치 서로 다른 두 여자를 만난 것 같았다……. 리처드 다렐의 부인으로서 사랑스럽고 웃음이 많은 여자.

그다음 또 다른 여자……. 말이 없고 신비스러운, 헤이머 클로즈 정원에서 빈센트와 나란히 산책했던 여자. 목련꽃 같은 여자였다. 그것이 빈센트에게 남은 그녀의 이미지였다. 두 사람이 열광적이고 믿기 어려운 첫 입맞춤을 맛보았던 곳이 목련 나무 아래였기 때문이었으리라. 활짝 피어나는 목련꽃 향기와 함께 공기는 무척이나 달콤했었다. 벨벳처럼 부드럽고 향기로운 꽃잎 한두 개가 둥실 떠내려 와 하늘로 향해 있는 얼굴에 닿았다. 두 사람처럼 매끄럽고, 그만큼 부드럽고 또 고요한 얼굴에. 이국적이며, 향기롭고, 신비스럽게 활짝 피어나는 목련꽃…….

그것은 2주 전 그녀를 두 번째로 만난 날의 일이었다. 그리고 이제 빈센트는 그녀가 영원히 자기에게 오기를 기다리고 있다. 다시 한번 의심이 솟구쳤다. 그녀는 오지 않을 것이다. 어떻게 그녀가 오리라 믿을 수 있단 말인가? 너무나 많은 것들을 포기해야 하는 선택이었다. 아름다운 다렐 부인이 태연하게 이런 도덕적이지 못한 행동을 할 수 있을까? 그것은 아홉 번째 불가사의, 사람들 입에 오르내릴 소문이 될 것이다. 결코 쉽게 잊혀지지 않을 충격적인 스캔들. 이런 일을 하는 데는 훨씬 더 편리하고 부드러운 방법들이 있다. 예를 들어 조심스러운 이혼 같은.

하지만 두 사람은 잠시라도 그런 생각을 해 본 적이 없었다. 적어도 빈센트는 그랬다. 시어는 그런 생각을 해 봤을까? 그녀의 생각에 대해서는 전혀 아는 바가 없었다. 빈센트가 시어에게 둘이 함께 떠나자고 소심하게 이야기했을 뿐이었다. 그러나 빈센트는 별로 대단치 않은 사람이다. 트란스발(남아프리카 공화국 — 옮긴이)에서 오렌지를 재배하는 수많은 농민 가운데 한 사람일 뿐. 화려한 런던의 부귀영화 속에서 살던 시어를 어디로 데려가나! 어떤 삶 속으로! 그럼에도 불구하고 시어에게 같이 가자고 꼭 물어봐야 했다. 빈센트는 그녀를 열렬히 원하고 있었다.

시어는 어떠한 망설임이나 저항도 없이 아주 조용히 승낙했다. 그게 마치 이 세상에서 제일 간단한 부탁이라도 되는 듯이.

"내일?"

빈센트는 거의 믿지 못하고 어리둥절하며 말했다.

그리고 시어가 그 부드럽고 띄엄띄엄한 목소리로 약속했다. 명랑하게 웃는 그녀의 사교적 품성과 크게 동떨어진 모습이었다. 빈센트는 그녀를 처음 보았을 때 시어를 다이아몬드에 비유했었다. 번쩍이는 빛, 수십 개의 마면에서 반사되는 빛으로 찬란한 다이아몬드. 그러나 최초의 접촉, 첫 입맞춤으로 인해 시어는 기적처럼 구름 낀 듯 부드러운 진주로 바뀌었다. 진주, 활짝 피어나는 목련꽃처럼 크림 빛 분홍으로 빛나는 보석으로.

그녀는 약속했다. 그리고 지금 빈센트는 시어가 그 약속을 이행하기를 기다리고 있었다.

빈센트가 다시 한번 시계를 바라보았다. 시어가 나타나지 않는다면, 두 사람은 기차를 놓칠 것이다.

반발의 물결이 격하게 밀려왔다. 그녀는 오지 않을 것이다! 결단코 오지 않을 것이다. 그런 것을 기대하다니 얼마나 바보 같은지!

도대체 그게 무슨 약속이었다고. 방으로 돌아가면 필경 편지가 와 있을 것이다. 시어는 변명을 하고, 못 한다고 하고, 여러 가지 이야기를 하겠지. 용기가 부족할 때 여자들이 늘어놓는 이야기들…….

빈센트는 성을 냈다. 화와 쓰라린 좌절감이 그를 덮쳤다.

바로 그때 빈센트를 향하여 플랫폼을 따라 내려오는 시어가 보였다. 얼굴에는 가느다란 미소를 띤 채. 그녀는 천천히 걸었다. 서두르지 않고, 허둥지둥하지 않고, 수억 년이나 되는 여유로움을 지닌 듯한 모습이었다. 시어는 몸에 착 달라붙는 부드러운 검은색 옷차림이었다. 같은 색 작은 모자로 인해 창백한 듯 경이로운 크림색 얼굴이 돋보였다.

빈센트는 바보처럼 중얼거리며 어느새 그녀의 손을 잡는 자신을 발견했다.

"아, 와 주셨네요…… 와 주셨어요, 결국!"

"물론이죠."

이 얼마나 고요한 목소리인가! 얼마나 평화로운!

"안 오실 줄 알았습니다."

시어의 손을 놓고 크게 숨을 내쉬며 빈센트가 받았다.

시어의 두 눈이 열리고 크고 아름다운 두 눈동자가 드러났다. 그 속에는 경이로움이 담겨 있었다. 어린아이 같은 단순한 경탄이었다.

"왜요?"

빈센트는 대답하지 않았다. 그 대신 옆으로 돌아서, 지나가는 짐꾼을 불렀다. 시간이 많지 않았다. 그다음 몇 분간은 북적이고 밀어 대느라 혼잡스러웠다. 이윽고 두 사람은 예약석에 자리를 잡았고, 곧이어 남부 런던의 우중충한 집들이 두 사람을 스치며 지나갔다.

II

시어도라 다렐이 빈센트의 맞은편에 앉아 있었다. 마침내 이 여자는 빈센트의 사람이 되었다. 마지막 순간까지 얼마나 의심을 했던가. 빈센트 스스로도 이 사실을 감히 믿을 수 없었다. 그녀의 알기 어렵고 마력 있는 성품에 놀랄 따름이었다. 시어가 빈센트의 여자가 되는 일은 절대 불가능한 듯 보였더랬다.
이제 긴장의 순간은 지나갔다. 되돌릴 수 없는 발걸음을 내디뎠다. 빈센트가 시어를 쳐다보았다. 그녀는 아주 조용히 모퉁이에 기대어 있었다. 가녀린 미소가 입술에 어른거렸다. 두 눈은 아래로 향했고, 길고 검은 속눈썹은 매끄러운 뺨 위로 드리워져 있었다.
빈센트가 생각했다.
'지금 시어의 마음속엔 무엇이 담겨 있을까? 무슨 생각을 하고 있을까? 나나 그녀의 남편을? 나에 대해 도대체 어떻게 생각하고 있을까? 나를 한 번이라도 좋아했을까? 아니면 한 번도 좋아한 적이 없을까? 나를 미워하고 있을까? 혹시 전혀 무관심한 것은 아닐까?'
그런 생각이 통증처럼 그를 휩쓸고 지나갔다.
'정말 모르겠어. 결코 알 수 없을 거야. 나는 이 여자를 사랑해. 그런데 그녀에 대해 전혀 모르고 있지. 그녀가 무슨 생각을 하는지 혹은 어떤 것을 느끼고 있는지 전혀 몰라.'

빈센트의 마음은 시어도라 다렐의 남편에 대한 생각을 맴돌고 있었다. 빈센트는 결혼한 여자들을 많이 알았었고, 그들은 한결같이 남편에 대하여 서슴없이 이야기했다.

남편들이 그들을 얼마나 몰라주는지, 그들의 섬세한 감정이 얼마나 무시당하는지. 빈센트 이스턴은 비꼬듯 돌이켜보았다. 흔히들 선수 치기 작전의 일종이었다.

그러나 시어는 어쩌다 말하는 경우는 있었지만, 남편인 리쳐드 다렐에 대하여 좀처럼 이야기하지 않았었다. 이스턴이 리쳐드에 대하여 아는 것이라고는 모두 알고 있는 내용에 불과했다. 리쳐드 다렐은 인기 있는 남자였다. 잘생겼고, 태평스러우면서도 마음을 끄는 성품을 가진 남자. 모두들 리쳐드를 좋아했다. 그의 아내 역시 늘 남편과 사이가 좋은 것처럼 보였다. 하지만 돌이켜보건대 그 사실은 그 어떤 것도 말해 주지 않았다. 시어는 제대로 교육받은 여자일까? 그녀는 사람들 앞에서 불안 따위를 좀처럼 티내지 않았다.

두 사람 사이에 어떠한 말도 없었다. 그들이 두 번째 만난 그날 저녁, 두 사람은 말없이 어깨를 비비면서 함께 정원을 산책했었다. 빈센트의 손길이 닿을 때 그녀가 가냘프게 떨면서 흔들리는 것이 느껴졌다. 그러한 만남 뒤에 어떤 설명도, 어떤 관계 정립도 없었다. 시어는 말없이 떨기만 하는 동물처럼 그의 입맞춤을 받아 주었다. 크림과 장미 같은 아름다움과 함께 유명했던, 그녀의 재기 발랄함도 모두 잊어버린 채. 그녀는 단 한 차례도 남편에 관하여 이야기한 적이 없었다. 그때 빈센트는 그 점에 대하여 고맙게 생각했었다. 사랑에 몸을 내맡기는 것이 정당하다며 자신과 애인을 설득하려 했던 여자들의 주장을 듣지 않아도 되어 아주 기뻤다.

그렇지만 이제 그러한 침묵 속에 음모 같은 것이 있지나 않을지 오히려 염려스러웠다. 그는 다시금 이 신비로운 여인에 대하여 전혀 모르고 있다는 공포에 휩싸였다. 자진해서 빈센트와 이어지고 싶어 하는 여인. 빈센트는 두려움을 느꼈다.

자신감을 확인하려는 듯 빈센트가 앞으로 굽혀 맞은편 검은 옷을 입은 무릎에 손 하나를 올려 놓았다. 빈센트는 다시 한 차례 시어의 몸이 가녀리게 떨리는 것을 느꼈다. 손을 뻗은 그가 시어의 손을 잡았다. 그러고는 앞으로 몸을 숙여 상대방의 손바닥 위에 길고도 여운이 남는 입맞춤을 했다. 시어의 반응을 느끼면서 그녀를 올려다본 빈센트는 시어의 두 눈동자와 마주하고는 기쁨을 느꼈다.

빈센트가 다시 몸을 펴 똑바로 앉았다. 이제 아쉬운 것은 없었다. 두 사람은 함께 있고 시어는 빈센트 자신의 소유였다. 뒤이어 빈센트가 농담을 하듯 가벼운 어조로 던졌다.

"아주 조용하시네요?"

"내가요?"

"예."

빈센트는 잠시 기다렸다가 보다 무거운 말씨로 일렀다.

"정말 후회하지 않으십니까?"

그 말에 시어의 두 눈이 휘둥그레졌다.

"오, 그럼요!"

빈센트는 그 답을 의심하지 않았다. 그 말에는 진지한 확신이 서려 있었다.

"무슨 생각하고 계십니까? 궁금합니다."

낮은 목소리로 그녀가 답했다.

"두렵다고 생각하고 있어요."

"두려워요?"

"행복한 것이."

그 순간 빈센트는 시어의 곁으로 옮겨 앉았다. 그리고 그녀를 껴안고 얼굴과 목의 부드러운 곳에 키스했다.

"당신을 사랑합니다. 당신을 사랑해요…… 사랑합니다."

빈센트의 말에 시어가 대답했다. 빈센트에게로 몸을 바싹 붙이고 두 입술을 내맡기는 방식으로.

이윽고 빈센트가 자기 자리로 돌아와 앉았다. 그는 잡지를 집어 들었고, 시어 역시 잡지를 집어 들었다. 이따금씩 잡지 너머로 두 사람의 시선이 마주쳤다. 그럴 때마다 두 사람은 씩 웃었다.

5시가 조금 지나 두 사람은 도버에 닿았다. 이곳에서 하룻밤을 묵고 이튿날 유럽 대륙으로 건너갈 계획이었다. 빈센트가 바로 뒤에서 따르는 가운데 시어가 호텔 거실로 들어섰다. 빈센트는 가지고 들어온 석간신문들을 탁자 위에 던져 놓았다. 호텔 직원 두 사람이 짐을 들여다 놓고 나갔다.

창가에 서서 바깥을 내다보던 시어가 빈센트에게로 다가왔고, 두 사람은 서로 껴안았다.

그때 누군가 조심스럽게 문을 두드리는 소리가 났다. 두 사람은 다시 떨어졌다. 빈센트가 뱉었다.

"아! 우리 두 사람만 좀 조용히 내버려 둘 수 없나."

시어가 빙그레 웃었다.

"어려울 것 같네요."

그녀가 부드럽게 말하고 소파에 앉으면서 신문을 집어 들었다.

예의 노크는 차를 들고 온 직원이 한 것이었다. 직원은 탁자 위에 차를 내려놓고, 시어가 앉아 있는 소파 가까이 그 테이블을 밀어 주었다. 능숙하게 한번 빙 둘러본 그는 더 필요한 게 있는지 물어보고 이내 방을 나갔다. 옆방으로 들어갔던 빈센트가 다시 거실로 나왔다.

"차 마실 시간이군요."

빈센트가 명랑하게 말했다. 그러나 이내 방 한가운데에서 멈춰서 물었다.

"왜 그러세요?"

시어는 소파에 윗몸을 곧추세우고 똑바로 앉아 있었다. 얼떨떨한 눈빛으로 멍하니 전면을 바라보고 있는 그녀의 얼굴은 섬뜩한 흰빛이었다.

빈센트가 잰걸음으로 시어에게 다가갔다.

"무슨 일이에요?"

대답 대신 시어가 빈센트에게 신문을 내밀었다. 그녀의 손가락이 표제를 가리키고 있었다.

빈센트가 시어에게서 신문을 받아 들었다.

"홉슨 앤드 제킬, 루카스'의 파산."

빈센트가 읊조렸다. 도시의 대기업 이름이었고, 그때만 해도 그 이름은 빈센트에게 어떠한 의미도 없었다. 무슨 뜻이 있을 거라는 불안이 마음속 한구석에 도사리고 있기는 했지만. 빈센트가 궁금하다는 듯 시어를 바라보았다.

"리처드가 바로 '홉슨 앤드 제킬, 루카스'예요."

시어가 설명했다.

"당신의 남편?"

"예."

빈센트가 다시 신문으로 돌아가 그 기사가 전하는 적나라한 내용을 찬찬히 읽어 보았다.

'갑작스런 도산', '충격적 사실들 더 드러날 듯', '관련 업체들 타격'과 같은 문구들은 까다롭게 느껴졌다.

뭔가 움직이는 기척에 빈센트가 고개를 들었다. 시어가 거울 앞에 서서 까만색 작은 모자를 매만지고 있었다. 빈센트가 움직이자 그녀가 몸을 돌렸다. 시어는 상대를 물끄러미 들여다보았다.

"빈센트……. 리처드에게 가 봐야겠어요."

빈센트가 벌떡 일어났다.

"시어……. 왜 그래요, 바보처럼."

시어가 기계적으로 거듭했다.

"리처드에게 가 봐야 한다고요."

"하지만, 이봐요……."

시어가 바닥 위의 신문을 향해 손짓했다.

"저건 부도가 났다는 뜻이에요……. 파산이죠. 이럴 때 남편을 저버릴 수는 없어요."

"이 소식을 듣기 전에 그를 떠났잖아요. 생각을 해 봐요!"

여자가 애처로운 듯 고개를 가로저었다.

"당신은 몰라요. 난 리처드에게 가 봐야 해요."

그리고 그 순간부터 빈센트는 시어를 움직일 수 없었다. 그렇게나 나긋나긋하고 그토록 보드라운 여인이 이토록 완강하게 나온다는 게 이상스러웠다. 처음 몇 마디를 한 뒤, 그녀는 더 이상 다투려 들지 않았다. 빈센트가 무슨 말을 하든 내버려 두었다. 빈센트는 시어를 두 팔로 껴안았다. 여자의 관능을 사로잡아 그녀를 꺾어 보려는 시도였다. 시어의 보드라운 입술이 빈센트의 키스에 보답하기는 했다. 그러나 그녀에겐 왠지 고고하고 넘볼 수 없는 뭔가가 있어, 그 어떤 통사정에도 굽히지 않을 것 같았다.

마침내 빈센트는 헛된 노력에 지치고 피곤해져, 시어가 가도록 내버려 두었다. 자기를 결코 사랑한 게 아니었다며 시어를 원망하는 동안 빈센트의 통사정은 쓰라림으로 변했다. 시어는 그 말조차 대거리하지 않고 조용히 받아들였다. 처량한 듯한 그녀의 얼굴만이 빈센트의 말이 거짓이라고 말없이 부르짖었다. 결국 빈센트는 격노에 사로잡혔다. 그는 생각해 낼 수 있는 모든 잔인한 말을 시어에게 퍼부었다. 오직 두드리고 상처를 주어 무릎을 꿇게 하려는 의도였다.

이윽고 빈센트가 입을 닫았다. 더 이상 할 말이 없었다. 빈센트는 두 손으로 머리를 움켜쥔 채, 빨간 털 양탄자를 물끄러미 내려다보았다. 시어도라가 문 옆에 섰다. 흰 얼굴에 검은 그림자가 드리워 있었다.

이제 모두 끝났다.

시어가 조용히 던졌다.

"안녕, 빈센트."

빈센트는 응하지 않았다.

문이 열렸고…… 다시 닫혔다.

III

다렐 부부는 첼시에 있는 집에서 살았다. 자체의 작은 정원 가운데 들어선 매혹적이고 고풍스러운 주택이었다. 집 맨 앞쪽에는 목련 나무가 자라고 있었다. 그을은 듯 더럽고 지저분한 모습이었지만 여전히 목련이었다.

3시간 가량 지난 뒤, 시어가 문 층계에 올라서면서 그 나무를 쳐다보았다. 언뜻 스치는 쓰라린 미소에 그녀의 입매가 틀어졌다.

시어는 곧장 뒤쪽의 서재로 걸어갔다. 한 남자가 방 안에서 오르락내리락 서성거리고 있었다. 수려한 생김새의 젊은 남자는 꽤 수

척해진 낯빛이었다. 남자는 시어가 들어오자, 반색을 하며 질렀다.

"오! 맙소사! 이제 나타났군, 시어. 당신이 짐을 꾸려서 시외로 떠났다고들 얘기하더군."

"소식을 듣고 돌아왔어."

리처드 다렐이 한 팔로 그녀를 껴안아 소파 쪽으로 데려갔다. 두 사람은 소파 위에 나란히 앉았다. 시어가 자신을 감싸고 있는 팔로부터 벗어났다. 완벽하게 자연스러워 보이는 방식이었다.

"얼마나 잘못되었어, 리처드?"

시어가 조용히 물었다.

"잘못될 수 있을 만큼 잘못되었어……. 그게 다야."

"나한테 얘기해 줘!"

리처드가 말을 하면서, 다시 왔다 갔다 서성거렸다. 시어는 앉아서 그를 지켜보았다. 그러나 이따금씩 이 방이 흐릿하게 사그라지며, 리처드의 목소리가 시어의 귓가로부터 멀어지면서 도버의 어느 호텔 방이 그녀의 두 눈 앞에 뚜렷이 떠오른다는 것을 리처드는 알지 못했다.

그럼에도 불구하고 시어는 똑바로 들으려고 애를 썼다. 리처드가 다시 돌아와 소파 위 그녀 곁에 앉았다.

"다행스럽게도 당신 재산은 건드리지 못해. 이 집도 당신 것이고."

시어가 생각에 잠긴 듯 고개를 끄덕이고 받았다.

"어쨌든 집은 그대로 둔다는 얘기잖아. 그럼 그렇게 나쁜 것은 아니잖아. 새로 시작해야 하겠지만 그거면 되지."

"오! 정말 그렇지. 맞아."

하지만 리처드의 목소리는 진실하게 울리지 않았다. 게다가 시어는 불현듯 뭔가 또 다른 얘기가, 아직 하지 않은 이야기가 있다고 생각했다. 그녀가 상냥하게 물었다.

"더 할 얘기 없어, 리처드? 더 나쁜 이야기 말이야."

리처드가 일순 머뭇거리더니 이내 말했다.

"더 나쁜 것? 그런 게 어디 있어?"

"나야 모르지만."

시어가 속삭였다.

"괜찮을 거야. 아무렴, 괜찮고말고."

리처드가 답했다. 시어보다 자기 자신을 달래는 말이었다.

남편이 느닷없이 한 팔을 들어 시어를 안았다.

"당신이 여기 있으니 정말 기뻐. 당신이 있으니 이제 괜찮을 거야. 무슨 일이 더 벌어져도 내겐 당신이 있잖아, 안 그래?"

시어가 상냥하게 답했다.

"그래, 당신한테는 내가 있어."

그러고는 이번에도 자신을 감싼 리처드의 팔에서 벗어났다.

리처드가 시어에게 입을 맞추고 꼭 껴안았다. 마치 그녀의 친밀함에서 안식을 구하려는 듯한 이상한 방식이었다.

"내겐 당신이 있어, 시어."

그렇게 리처드가 다시 말했다. 시어 역시 변함없이 받았다.

"그래, 리처드."

리처드가 소파에서 미끄러져 시어의 두 발 옆 바닥에 내려가 앉더니 초조하게 말했다.

"나는 몹시도 지쳤어. 오, 정말 정신없이 지나간 하루였어. 끔찍해! 만약 여기에 당신이 없었다면 나는 어땠을까. 아무튼 당신은 내 아내잖아, 안 그래?"

시어는 대꾸하지 않고 다만 동의한다는 의미에서 고개를 끄덕였다.

리처드가 그녀의 무릎 위에 머리를 기댔다. 그러고는 마치 고단한 어린아이처럼 한숨을 내쉬었다.

시어가 다시 생각했다.

'리처드는 뭔가 나한테 이야기해 주지 않은 게 있어. 그게 도대체 뭘까?'

시어의 손이 기계적으로 리처드의 검고 매끈한 머리 위로 떨어졌다. 그리고 마치 어머니가 어린아이를 어르듯 부드럽게 그의 머리를 쓰다듬었다.

리처드가 희미하게 속삭였다.

"이제 당신이 여기에 있으니, 괜찮을 거야. 당신은 내가 넘어지도록 내버려 두진 않을 테니."

리처드의 호흡이 고르고 느릿해졌다. 어느새 잠이 든 것이었다. 시어는 여전히 리처드의 머리를 쓰다듬고 있었지만 그녀의 두 눈은 물끄러미 어둠을 들여다볼 뿐이었다. 아무것도 보지 않으면서.

"당신 말이야, 리처드. 나한테 모두 이야기하는 게 어때?"

사흘이 지난 뒤 이윽고 시어가 나섰다. 두 사람은 저녁 식사 전 응접실에 있었다.

깜짝 놀란 듯 리처드가 얼굴마저 붉혔다.

"당신 지금 무슨 말을 하는 거야."

"정말 몰라서 물어?"

리처드가 얼른 시어를 쳐다보았다.

"물론, 에…… 여러 내용들이 있지."

"내가 모두 알아야 한다고! 도와주려면 말이야. 안 그래?"

리처드가 시어를 이상한 눈으로 바라보았다.

"누가 그래? 당신의 도움이 필요하다고?"

시어는 조금 놀랐다.

"오, 나의 리처드, 나는 당신의 부인이야."

리처드가 불현듯 씩 웃었다. 예전의 매력적이고 편안한 미소였다.

"그래, 맞아, 시어. 게다가 아주 잘생긴 부인이지. 나는 못생긴 여자를 참지 못하니까."

리처드가 방 안을 왔다 갔다 서성대기 시작했다. 뭔가 고민스러울 때 리처드가 보이곤 하는 행동이었다.

드디어 리처드가 입을 열었다.

"당신 말이 일리가 있다는 것을 부정하진 않아. 뭔가가 있지."

"그래서?"

"이런 내용들을 여자들에게 설명하는 건 무척 어려운 일이라고.

여자들은 꼭 오해를 하거든……. 가령, 어떤 일이…… 이를테면 실제 그 일이 아니라고 생각해 봐."

시어는 아무 말도 하지 않았다. 리처드가 이었다.

"알겠어? 법은 법으로써 존재하지. 하지만 옳고 그름은 별개의 문제거든. 예를 들어 내가 완벽하게 옳고도 정직한 일을 했다고 쳐. 하지만 법이 그런 걸 인정해 주지 않을 수 있다는 거야. 열 번 가운데 아홉 번의 경우, 모든 일은 제대로 풀려 나가지. 하지만 바로 열 번째에 나뭇가지에 걸릴 수가 있어."

시어는 이해하기 시작했다.

'내가 왜 놀라지 않을까? 마음속 깊이 알고 있었던 것은 아닐까? 리처드가 뭔가 잘못하고 있다는 것을 말이야.'

리처드는 필요 이상으로 장황하게 설명했다. 이러한 장황함의 덮개 속에 실제 사건 내역을 감추는 것에 대해서는 시어로서도 불만이 없었다. 그 문제란 남아프리카 공화국에 있는 거대한 토지와 관련된 것이었다. 리처드가 정확하게 무슨 일을 했는지, 시어는 알고 싶지 않았다. 리처드는 모든 게 도덕적으로 옳고 공명정대하다고 얘기했다. 하지만 법적으로는, 안됐지만 그 부분에 문제가 있었다. 사실을 피할 수는 없었다. 리처드가 스스로 형사 고발을 당할 수 있는 상황을 만든 것이다.

리처드는 말을 하면서도 아내를 흘끗흘끗 쳐다보았다. 그는 불안하고 초조했다. 하지만 리처드는 여전히 구실을 대 가며 설명하려고 애썼다. 어린아이라도 숨김없는 진실로 볼 수 있도록. 마지막으로 자신이 정당했다는 주장을 터뜨리며 리처드가 멈추었다. 어쩌면 시시각각 비웃는 듯한 시어의 눈빛 때문이었는지도 모를 일이었다. 리처드가 자신의 머리를 두 손으로 움켜쥔 채 난로 옆 의자에 앉았다.

"자, 그런 얘기야, 시어. 당신은 이제 어떻게 할 거야?"

리처드가 떠듬거렸다.

시어가 거의 숨 돌릴 틈도 없이 리처드 쪽으로 건너와, 그의 의자 곁에 무릎을 꿇고 앉아서 상대방을 정면으로 쳐다보았다.

"어떻게 해야 되겠어, 리처드? 우리가 무슨 일을 할 수 있을까?"

리처드가 시어를 꼭 안았다.

"정말이야? 내 곁을 지킬 수 있겠지?"

"물론이지, 여보. 물론이야."

자신도 모르게 진실해지듯 리처드가 일렀다.

"나는 도둑이야, 시어. 내 말은 그런 뜻이야, 그럴듯한 말은 빼 버리고…… 그냥 도둑."

"그렇다면 나는 도둑의 아내야, 리처드. 헤엄을 치든 가라앉든 당신과 함께할 거야."

두 사람은 잠시 말이 없었다. 이내 리처드가 쾌활한 모습을 되찾았다.

"저기 말이야, 시어, 나한테 좋은 계획이 있어. 그건 차차 얘기하자고. 저녁 식사 시간이 다 되었어. 자, 이제 가서 옷을 갈아입자고. 그거 있잖아, 그 뭐냐 크림색 옷 말이야. 그걸로 입어……. 까요 모델 말이야."

시어가 야릇하게 양 눈썹을 치켜세웠다.

"저녁 시간에 집에서?"

"그래, 그래, 나도 알아. 하지만 난 그게 좋아. 근사한 여자로 보일 테니 그렇게 입어 보라고. 최고로 멋있는 당신을 보면 내 기분도 나아질걸."

시어는 리처드가 말한 옷을 입고 저녁 식사 자리에 나타났다. 그 옷은 크림색 문직으로 된 드레스였다. 희미한 황금 무늬가 옷 전체를 가로지르고, 엷은 분홍의 색조가 크림색 배경에 따듯한 느낌을 더했다. 등 부분이 대담하게 깊이 파여 있어, 눈이 부시도록 흰 시어의 목과 양 어깨를 드러내는 데 더할 나위 없이 알맞은 디자인이었다. 이제 시어는 진정한 목련이었다.

리처드가 만족스럽다는 듯 그녀를 바라보았다.

"근사하군. 당신도 알지? 그 옷을 입은 당신은 정말로 멋지다고."

두 사람은 함께 저녁을 했다. 저녁 시간 내내 리처드는 들떠서 여느 때와 다른 모습이었다. 아무것도 아닌 것으로 웃고 장난을 쳤다. 근심을 떨쳐 내려는 헛된 노력처럼 보였다. 시어가 몇 차례, 예전에 이야기했던 주제로 돌아가려고 애를 썼지만 리처드가 슬쩍 피해 나갔다.

그러다 시어가 잠자리에 들기 위하여 일어서려는데 난데없이 리처드가 그 문제를 꺼냈다.

"아니야, 아직 가지 마. 할 말이 있어. 알잖아, 이 비참한 일에 관해서 말이야."

시어가 다시 자리에 앉았다.

리처드가 재빠르게 털어놓기 시작했다.

"운만 좋다면 모든 일을 비밀에 부칠 수 있다고. 그 친구가 흔적을 꽤 훌륭하게 가려 놓았어. 이제 그 서류들이 수취인 손에 들어가지만 않는다면……."

리처드가 뭔가를 암시하듯 멈추었다.

"서류? 그 서류들을 없애 버리겠다는 거야?"

궁금해진 시어가 물었다.

리처드가 찡그린 표정을 했다.

"그 서류가 내 손에 들어온다면 곧바로 없애 버릴 생각이야. 하지만 그게 가장 어려운 일이지!"

"그 서류란 걸 누가 가지고 있는데?"

"우리 모두 아는 사람……. 빈센트 이스턴."

아주 가녀린 탄성이 시어의 입에서 무심코 터져 나왔다. 시어가 그것을 억지로 삼켰지만 리처드는 이미 알아챘다.

"그가 줄곧 이번 사업에 대해 뭔가 알고 있다고 나 역시 그렇게 믿었어. 그래서 빈센트를 이리로 자주 불렀던 것이고. 그 사람한테 잘해 주라고 내가 얘기했던 것 기억나지?"

"응, 물론 그렇게 말했지."

"웬일인지 그 사람과는 정말로 친한 사이가 되기 어려울 것 같았어. 왜 그런 것인지 잘 모르겠지만. 한데 그는 시어, 당신을 좋아하지, 퍽 좋아한다고 얘기해야 할까?"

시어가 꽤 맑은 소리로 말했다.

"그래."

리처드가 반갑다는 듯 응했다.

"아! 좋았어. 이제 내가 무슨 얘길 하려는지 알겠지. 당신이 빈센트 이스턴한테 가서 그 서류를 달라고 하면, 그자는 결단코 거절할 수 없을 거야. 아무렴. 알잖아, 아름다운 여자…… 그렇고 그런 종류의 이야기들."

"나는 그럴 수 없어."

시어가 냉큼 답했다.

"바보같이 왜 그래."

"어림도 없는 일이야."

리처드 얼굴에 붉은빛이 서서히 얼룩처럼 떠올랐다. 성이 난 게 틀림없었다.

"오, 사랑하는 시어. 당신은 아직 상황을 제대로 이해하지 못하고 있어. 그 사실이 드러나면, 나는 감방에 들어가야 해. 그것은 곧 파멸이야, 불명예라고."

"빈센트 이스턴은 당신에게 해가 되도록 그 서류를 사용하지 않을 거야. 내가 확신해."

"문제는 다른 데 있어. 빈센트는 그들이 나를 고발했다는 사실을 아직 모를 거야. 그건 내 개인적인 일과 관련이 있어……. 그들이 찾아낼 숫자들과 관계가 있다고. 오! 더 상세히는 설명을 못 하겠어. 빈센트는 스스로 뭘 하는지도 모르는 채, 나를 망쳐 놓게 된다고. 누군가 그 사람을 앉혀 놓고, 상황을 이해시켜 주지 않는다면 말이야."

"당신이 할 수도 있잖아. 그 사람에게 편지를 써서 보낼 수도 있고."

"그렇게 해서 픽도 잘 먹혀들겠다! 왜 그래, 시어. 우리에게 남은 희망이라고는 하나뿐이야. 우리의 비장의 카드는 바로 당신이라고. 당신은 내 아내야, 나를 도와주어야 해. 오늘 밤 빈센트에게 좀 가라고……."

시어는 결국 울음을 터트렸다.

"오늘 밤은 안 돼. 내일은 몰라도."

"오, 맙소사, 시어. 아직도 이해하지 못했어? 내일은 너무 늦는다고. 지금 갈 수 있어. 지금 당장. 빈센트에게 말이야."

리처드는 시어가 움찔하는 것을 보고 안심시키려고 애썼다.

"사랑하는 여보, 나도 알아, 잘 안다고. 물론 잔인한 일이지. 하지만 이것은 사느냐 죽느냐 하는 문제야. 시어, 나를 저버릴 거야? 나를 돕기 위해 무슨 일이든 한다고 했잖아."

시어가 굳고 메마른 목소리로 말하는 자신을 느꼈다.

"이런 일은 아니야. 이성이란 게 있잖아."

"나는 생과 사의 갈림길에 있어, 시어. 정말이라고. 자, 여기를 봐!"

리처드가 냉큼 책상 서랍을 열어, 연발식 권총 하나를 꺼냈다. 그 행동에 뭔가 연극적인 요소가 묻어 있었지만 시어는 알아채지 못했다.

"당신이 가지 않겠다면, 내 머릴 쏘겠어. 그 야단, 그 고통을 받아들일 수 없다고. 당신이 정말 내가 부탁한 대로 할 수 없다면, 아침이 오기 전에 쏴 버릴 거야. 엄숙히 맹세해, 진심이라고."

시어가 가느다랗게 울었다.

"안 돼, 리처드, 그건 안 돼!"

"그러면 나를 도와줘."

리처드가 리볼버를 테이블 위에 던져 놓고, 시어의 곁에 무릎을 꿇었다.

"시어, 내 사랑……. 당신이 날 사랑한다면, 당신이 나를 정말 사랑했다면…… 나를 위해서 그 일을 해 줘. 당신은 내 아내야, 시어. 당신 말고 누가 있겠어, 내가 기댈 수 있는 사람은 당신뿐이야."

리처드의 목소리는 속삭이듯, 탄원하듯 이어졌다. 그리고 마침내 시어는 자신의 목소리를 들었다.

"그래, 좋아."

리처드가 시어를 문까지 데려가, 택시에 태워 주었다.

IV

"시어!"

빈센트 이스턴이 의심스러운 듯 기쁜 낯으로 벌떡 일어섰다. 시어가 문간에 서 있었다. 흰 산족제비 숄이 그녀의 양 어깨를 감싸고 있었다. 시어가 이토록 아름다워 보인 적은 없었다.

"당신, 결국 와 주었군요."

빈센트가 가까이 다가오자 시어가 한 손을 뻗어 상대방을 막았다.

"아니에요, 빈센트. 이건 당신이 생각하고 있는 게 아니에요."

시어가 서둘러 낮은 소리로 이야기했다.

"나는 남편이 시켜서 이곳에 왔어요. 여기 서류가 있다는 거예요. 그에게 해를 끼칠 수 있는 문서가요. 그 서류를 나에게 좀 내달라고 하려고 왔어요."

빈센트가 시어를 쳐다보며 아주 조용히 서 있었다. 그는 이내 짤막한 웃음을 흘렸다.

"아, 그렇게 된 거로군요. 어쩐지, 지난번에 말한 '홉슨 앤드 제킬, 루카스'라는 이름, 많이 들어본 것 같았어요. 하지만 그 당시에는 생각이 잘 나지 않았죠. 당신 남편이 그 회사와 관련이 있는 줄은 몰랐어요. 한동안 그 회사에 꽤 안 좋은 일이 있었거든요. 나는 그 내용을 조사하는 일을 맡았죠. 직원들 중 한 사람을 눈여겨보았어요. 오너에 대해서는 생각조차 못 했는데."

시어는 아무 말도 하지 않았다. 빈센트는 상대방을 호기심 어린 눈으로 바라보았다.

"당신한테는 아무런 의미가 없잖아요, 이거? 그렇다면, 에…… 간단히 말해서, 당신 남편은 사기꾼이죠?"

시어가 고개를 가로저었다.

"참, 알 수가 없네요."

빈센트가 말했다. 이어서 조용히 덧붙였다.

"잠시만 기다려 주겠어요? 문서들을 가져올게요."

시어가 의자에 앉았다. 빈센트가 다른 방으로 갔다가 돌아와 그녀에게 작은 꾸러미 하나를 건네주었다.

"고마워요. 성냥 있으세요?"

빈센트가 내민 성냥 통을 받아 들고, 시어가 난로 곁에 무릎을 꿇고 앉았다. 그녀는 서류가 잿더미로 오그라들었을 때 자리에서 일어섰다.

"고마워요."

시어가 다시 감사를 표했다.

"천만에요. 택시를 잡아 드릴게요."

빈센트가 격을 갖춰 응했다.

빈센트는 시어를 택시에 태워 주고, 그녀가 탄 차가 멀어지는 것을 보았다. 이상스럽고, 격식을 갖춘, 짧은 대면. 다시 마주한 뒤, 두 사람은 감히 서로 쳐다보려고도 하지 않았다. 어쨌든 그 일은 그렇게 되었고 끝이었다. 빈센트는 이제 떠날 수 있었다. 해외로 떠나면 애써 잊어버릴 수 있을 것이다.

시어가 차창 밖으로 머리를 기울여 택시 운전수에게 일렀다. 그녀는 첼시에 있는 집으로 단번에 돌아갈 수 없었다. 시어는 숨 돌릴 공간이 필요했다. 빈센트를 다시 만난 것은 그녀에게 더없는 혼란이었다. 만약에, 만일……. 하지만 시어는 자신을 추슬렀다. 남편에 대한 사랑, 그런 것은 전혀 없었다……. 그러나 그에게 충성할 의무가 있었다. 어려운 이때 시어는 남편 곁을 지켜야 했다. 리처드가 또 어떤 일을 저질렀을지 몰라도 그는 시어를 사랑했다. 게다가 사회에 죄를 저지른 것이지 시어에게 저지른 것은 아니었다.

택시가 햄프스테드의 너른 대로를 따라 굽이굽이 나아갔다. 이어서 히스 관목이 무성한 황야로 나왔다. 기운을 돋우는 찬 바람 한 줄기가 시어의 두 볼에 스쳤다. 그녀는 다시 정신을 차릴 수 있었다. 택시는 다시 첼시 방향으로 달려갔다.

리처드가 홀에 나와서 그녀를 맞아 주었다.

"아, 왜 이렇게 오래 걸렸어."

"오래 걸려?"

"그럼, 아주 오랜만이야. 아무 일 없었지?"

리처드가 교묘한 눈빛을 하고 시어를 살폈다. 그의 두 손이 떨리고 있었다.

리처드가 다시 물었다.

"별일 없었지, 응?"

"내가 그 서류들을 직접 태워 버렸어."

"오!"

시어가 서재로 들어가 커다란 안락의자에 몸을 던졌다. 그녀의 얼굴은 섬뜩하리만치 희었고, 온몸이 지쳐서 축 처져 있었다. 시어는 생각했다.

'지금 바로 잠에 들어, 다시 깨어나지 않을 수 있다면!'

리처드가 그녀를 쳐다보았다. 뭔가 사리듯 은밀한 그의 시선이 왔다가 사라지곤 했다. 그녀는 아무것도 눈치채지 못했다. 시어는 그러한 능력 바깥에 있었다.

"잘 진행됐지? 응?"

"이미 그렇게 얘기했잖아."

"바로 그 서류가 맞다고 확신해? 당신이 직접 보았어?"

"아니."

"그렇다면……."

"확실하단 말이야. 성가시게 굴지 마, 리처드. 오늘 밤엔 더 이상 견딜 수 없어."

리처드가 불안하게 움직였다.

"아니야, 아니야. 알겠어."

그는 안절부절못하고 방을 서성댔다. 이내 리처드가 시어에게 다가가, 그녀의 어깨에 한 손을 올려놓았다. 시어가 어깨를 흔들어 그걸 떨어트렸다.

"날 좀 건드리지 마."

시어는 웃으려고 시도했다.

"미안해, 리처드. 지금 신경이 좀 날카로워. 내 몸에 뭔가 닿는 게 싫다고."

"알았어. 이해해."

다시 왔다 갔다 방황하던 리처드가 느닷없이 터트렸다.

"시어, 정말 미안해."

"뭐야?"

넋 나간 듯 놀란 낯을 하고 시어가 남편을 쳐다봤다.

"이 밤중에 당신더러 그곳에 가라고 한 것은 내 잘못이야. 당신이 그와 같은 불쾌감을 느낄 줄은 꿈도 꾸지 못했어."

"불쾌감?"

시어가 웃었다. 그 말이 재미있게 느껴졌다.

"당신은 몰라! 오, 리처드. 당신은 모른다고!"

"내가 뭘 몰라?"

시어가 정면을 똑바로 응시하며 무겁게 말했다.

"오늘 밤 내가 잃은 것."

"오, 맙소사! 시어! 나는…… 나는, 그런 생각은 못 했어. 나 때문에…… 야비한 자식! 시어, 난 그렇게까지는 생각할 수 없었어. 그런 예상은 할 수 없었다고. 맙소사!"

리처드가 이제 더듬거리며 그녀 곁에 무릎을 꿇고 앉았다. 두 팔은 그녀를 안은 채였다. 시어는 고개를 돌려 넋 나간 듯 놀란 낯으로 리처드를 바라보았다. 그제야 리처드의 말이 진정으로 그녀의 가슴을 파고든 것처럼.

"정말…… 나는 결코 그런 생각은 못 했어……."

"무슨 생각을 못 했다는 거야, 리처드? 말해 봐. 생각을 못 했다는 게 도대체 뭐야?"

그녀의 목소리에 리처드가 깜짝 놀랐다.

"시어, 우리 거기에 대해서는 얘기하지 말자. 알고 싶지 않아. 그런 건 추호도 생각하고 싶지 않다고."

시어가 리처드를 응시했다. 이제 맑게 깬 정신으로, 모든 감각 기관이 바싹 곤두섰다. 그녀의 음성은 맑고 또렷했다.

"생각하지 못했다고? 당신 대체 무슨 일이 있었다고 생각하는 거야?"

"그 일은 일어나지 않았어, 시어. 일어나지 않았다고 해 두자고."

그러나 시어는 여전히 빤히 쳐다볼 뿐이었다. 진실이 그녀에게 떠오르기 시작할 때까지.

"당신 생각은……."

"나는 결코……."

시어가 그를 가로막았다.

"빈센트 이스턴이 그 서류에 대한 대가를 요구했다고 생각하는 거야? 내가…… 그에게 지불했다고 생각하는 거야?"

리처드가 자신이 없는 듯 힘없이 받았다.

"나는 결코 빈센트가 그런 놈일 줄은 꿈도 꾸지 못했어."

V

"꿈도 꾸지 못했다?"

시어가 남편을 뚫어지게 쳐다보았다. 리처드는 그녀를 피해 시선을 내리깔았다.

"오늘 저녁 왜 나더러 이 옷을 입으라고 했어? 왜 이 밤중에 나 홀로 그곳에 보냈어? 그가…… 나를 좋아한다고 생각했던 거지? 당신 목숨을 구하고 싶었던 거야, 무슨 수를 써서라도 말이야. 내 명예를 팔아먹는 한이 있어도."

시어가 자리에서 일어섰다.

"이제 알겠어. 당신은 처음부터 그런 생각이었지……. 아니면 적어도 그런 가능성은 생각했어. 하지만 전혀 개의치 않았지."

"시어……."

"부인할 수 없을 거야, 리처드. 수년 전에 이미 당신에 대해 알 만한 것은 모두 알았다고 생각했어. 당신이 세상에 떳떳하지 않다는 것은 거의 처음부터 알고 있었고. 하지만 나에게는 정직하다고 생각했어."

"시어……."

"내가 지금 이야기하고 있는 것을 부인할 수 있어, 당신?"

리처드는 자신도 모르게 조용해졌다.

"들어 봐, 리처드. 내가 꼭 얘기해 줘야 할 게 있어. 사흘 전, 당신한테 이 사건이 터졌을 때 하인들이 얘기했지? 내가 떠났다고, 시골로 갔다고 말이야. 그 말은 완전히 진실은 아니야. 나, 빈센트 이스턴과 같이 떠났거든……."

리처드가 뭔가 알아듣지 못할 소리를 냈다. 시어가 한 손을 내밀어 그를 가로막았다.

"잠깐 기다려. 우리는 도버에 있었어. 그리고 거기서 신문 기사를 보고 무슨 일이 벌어졌는지 알게 되었어. 그다음엔 당신도 알다시피 집으로 돌아왔고."

시어가 일순 멈추었다.

리처드가 시어의 손목을 잡은 탓이었다. 리처드의 두 눈이 타오르듯 그녀를 노려보았다.

"돌아왔어······. 제시간에?"

시어가 쓸쓸한, 짤막한 웃음을 흘렸다.

"그래, 당신이 말하는 대로 '제시간에' 돌아왔어, 리처드."

시어의 남편이 그녀의 팔을 쥐고 있던 손을 놓았다. 리처드가 머리를 뒤로 젖힌 채, 벽난로 선반 곁에 섰다. 그는 늠름한 데다 꽤 고상한 모습이었다.

"그렇다면 당신을 용서할 수 있어."

"나는 용서하지 못해."

그 짤막한 선언이 파삭한 소리로 울렸다. 고요한 방 안에 터진 폭탄. 바로 그런 효과를 냈다. 리처드가 전면을 응시하며 튀어 나갔다. 우스운 모양으로 자신의 턱을 떨어트린 채였다.

"당신, 지금······. 당신 뭐라고 말했어, 시어?"

"용서할 수 없다고 했어! 다른 남자를 쫓아 당신을 떠났었던 걸 말이야. 나는 죄를 지었어······. 엄밀히 따지자면 아닐지라도, 의도적이었지. 결국 같은 얘기야. 하지만 내가 죄를 지었다면 그건 사랑을 통해서였어. 당신 또한 결혼 뒤에 나한테 충실하지 않았어. 오, 그래, 알고 있었어. 하지만 용서했어. 나에 대한 당신의 사랑이 진심이라고 믿었거든. 그러나 오늘 밤 당신이 한 일은 달라. 그것은 추한 일이야, 리처드······. 세상 어떤 여자도 용서해 주지 못할 일이라고. 당신은 나를 팔았어. 당신 자신의 아내를, 본인의 안위를 위해서!"

시어가 자신의 숄을 집어 들고, 문 쪽으로 몸을 돌렸다.

"시어, 당신 어디로 가는 거야?"

시어가 어깨 너머 리처드를 돌아보았다.

"우리 둘 다, 지금 이 생에서 대가를 치러야 해, 리처드. 나는 내 죄를 치러야 하고, 당신의 죄는…… 이를테면, 당신은 당신이 사랑하는 것을 걸고 도박을 했어. 그리고 그걸 잃어버렸어!"

"당신, 떠나겠다는 거야?"

시어가 긴 숨을 내쉬었다.

"자유를 향해. 이곳에는 나를 묶어 둘 게 없거든."

문이 닫히는 소리가 들렸다. 수많은 세월이 흘렀다. 아니면, 찰나의 시간이었을까? 창문 밖에서 뭔가 팔랑팔랑 떨어졌다……. 목련나무의 부드럽고 향기로운, 마지막 꽃잎이었다.

강아지와 함께

I

직업소개소 책상 뒤에 앉은, 귀부인다운 숙녀가 목청을 가다듬고서 맞은편에 앉은 여자를 건너다보았다.

"그렇다면 그 자리는 내키지 않는다는 거죠? 오늘 아침에 들어온 자리로, 이탈리아의 살기 좋은 곳에서 일하게 될 텐데 말예요. 3살 된 꼬맹이가 딸린 홀아비와 연로한 숙녀, 그의 어머니인가…… 숙모죠, 아마."

조이스 램버트가 고개를 저으며 지친 목소리로 말했다.

"영국을 떠날 수는 없어요. 까닭이 있어서 그래요. 통근할 수 있는 자리로 찾아 주셨으면 합니다."

조이스의 목소리는 가느다랗게 떨렸다. 아주 미미하게, 스스로 제

어할 수 있도록. 조이스의 짙은 파란색 두 눈이 맞은편에 앉은 여인을 호소하듯 바라보았다.

"램버트 부인, 그건 쉽지 않아요. 출퇴근하는 보모를 구하는 데가 있지만, 한결같이 완전한 자격을 요구하고 있어요. 당신은 전혀 해당 사항이 없잖아요. 내 명부에만 해도 수백 명이 줄을 서고 있어요……. 문자 그대로 수백 명이."

여자가 잠시 멈추었다.

"누군가 돌볼 사람이 있어서 떠날 수 없다는 얘긴가요?"

조이스가 고개를 끄덕였다.

"어린아이?"

"아니요, 아이가 아니에요."

엷은 미소가 조이스의 얼굴에 가물거렸다.

"에이그, 참 안됐네요. 물론 나도 신경을 써 주고 싶지만……."

면접은 깨끗이 끝났다. 조이스는 자리에서 일어섰다. 곰팡내 나는 사무실을 나와 거리로 나서며 조이스는 눈물이 솟는 것을 참으려는 듯 입술을 깨물었다.

"너 이러면 안 돼."

조이스가 스스로를 엄히 타일렀다.

"훌쩍거리는 어린 얼간이처럼 지금 안절부절못하고 있잖아. 그게 바로 네 모습이야, 안절부절. 그렇게 계속 제정신 차리지 않으면 아무 일도 안 돼. 아직은 꽤 이른 시간이고, 많은 일들이 기다리고 있을지 몰라. 메리 아주머니네 집에서 2주 정도는 어떻게 되지 않을까. 자, 조이스, 어서 가자. 아주머니를 기다리게 해서는 안 되지."

조이스는 엣지웨어로(路)를 따라 걸어 공원을 가로지르고, 이어서 빅토리아가(街)로 내려갔다. 그러고는 '아미 앤드 네이비 스토어'로 들어섰다. 그녀는 라운지로 올라가 손목시계를 쳐다보며 의자에 앉았다. 이제 1시 30분밖에 되지 않았다. 5분이 더 흐른 뒤 이내 꾸러미를 한 아름 안은 나이 든 숙녀가 그녀에게 다가왔다.

"아! 와 주었구나, 조이스. 미안하게도 내가 조금 늦었네. 식당 서비스가 예전 같지 않거든. 너, 물론 점심은 먹었겠지?"

조이스가 잠시 머뭇거리다 이내 조용히 말했다.

"예, 고맙습니다."

"나는 언제나 12시 30분에 먹거든. 덜 붐비고 공기도 더 좋은 시간이지. 카레로 요리한 달걀이 아주 훌륭하단다."

메리 아주머니가 꾸러미를 편안하게 고쳐 들고 일렀다.

"그래요?"

조이스가 힘없이 받았다. 조이스로서는 카레 달걀 요리를 생각하는 것 자체가 무척 견디기 어려웠다. 따듯한 김이 모락모락 피어오르고……. 그 고소한 냄새! 조이스는 단호하게 마음을 딴 데로 돌렸다.

"애야, 너 무척 수척해 보이는구나."

메리 아주머니는 편안한 느낌의 풍채를 하고 있었다.

"요즘 유행하는 채식주의 같은 것은 괜히 따라할 필요가 없어. 모두 쓸데없는 짓이란다. 얇게 저민 고기 한 조각이 우리 몸에 무슨 해가 되겠어."
'예, 지금 나에게 해가 되진 않을 거예요.'
그런 말이 나올 뻔했으나 조이스는 꾹 참았다.
'음식에 대하여 그만 좀 얘기했으면 좋으련만. 1시 30분에 만나자고 해서 잔뜩 기대했더니, 카레 달걀 요리며 얇게 저민 구운 고기 얘기나 하다니, 오! 잔인해…… 잔인해!'
메리 아주머니가 일렀다.
"얘야, 우리 아가. 네 편지는 받았어……. 내 말을 그대로 받아 주다니 정말 고맙구나. 언제든지 기꺼이 너를 만날 수 있다고 했지, 그래, 그건 당연한 일이고……. 하지만 공교롭게도 이번에 아주 꼭 알맞은 사람이 세를 들어오겠다고 해서 집을 내주게 됐단다. 정말 놓치기는 아까운 기회야. 그릇이나 속옷, 시트 같은 건 직접 가지고 오겠다고 하더구나. 5개월이야. 그 사람들은 목요일에 이사 오고, 나는 해러게이트로 간단다. 그건 그렇고 요사이 내 류머티즘 증세가 심해져서 너무 괴롭구나."
"저런, 안되셨어요. 아무튼 잘 알았습니다."
"언젠가 다시 만날 날이 있겠지. 우리 언제든지 다시 보자, 조이스."
"고맙습니다. 메리 아주머니."
"너 오늘 무척이나 핼쑥해 뵌다."
메리 아주머니가 주의 깊게 관찰하며 일렀다.
"게다가 아주 말랐어. 살이 하나도 안 붙었네. 너는 늘 예쁘고 건강한 혈색이었는데, 그 곱던 빛깔은 모두 어떻게 된 거니? 신경 써서 충분한 운동을 하는 게 좋단다."

"운동이라면 오늘 정말 많이 했어요."

조이스가 씁쓸하게 대답하고 일어섰다.

"저, 메리 아주머니, 이제 가 봐야겠어요."

다시 돌아가기 위해 조이스가 이번에는 성 제임스 공원을 통과하여, 버클리 스퀘어를 지나고, 옥스퍼드가(街)를 가로질러, 엣지웨어 로로 오른 뒤, 프리드가를 지나 그 지점에 이르렀다. 그러자 엣지웨어 로드는 전혀 다른 모습으로 펼쳐지기 시작했다. 그곳을 벗어난 조이스는 일련의 더럽고 작은 길들을 지나, 문제의 허름한 집 앞에 다다랐다.

조이스가 열쇠를 집어넣어 문을 열고서 숨 막히는 작은 홀에 들어섰다. 그러고는 곧장 계단을 따라 뛰어 올라가 꼭대기 디딤대에 이르렀다. 바로 전면에 문 하나가 있었다. 곧이어 문 아래 틈으로부터 신이 난 듯 반갑게 낑낑거리며 쿵쿵대는 소리가 쉴 새 없이 이어져 나왔다.

"그래, 우리 착한 테리……. 나 왔어."

문이 열리면서 하얀 몸뚱어리가 조이스에게 덤벼들었다. 털이 빳빳한 늙은 테리어로, 거죽의 털은 꽤 텁수룩했고 두 눈은 어렴풋이 흐려 있었다. 조이스가 개를 두 팔로 번쩍 들어 안고 바닥에 앉았다.

"테리, 내 사랑! 너, 이 주인님 좋아하지? 엄청 많이 좋아하지?"

테리가 순종했다. 열정적으로 혀를 재게 놀렸고, 그녀의 얼굴, 두 귀, 목을 핥았다. 그러는 내내 꼬리를 격하게 흔들었다.

"테리, 내 사랑, 우리 이제 어떻게 하지? 우리 이제 어떻게 되는 걸까? 오! 테리, 오늘 정말 고단하다."

등 뒤에서 톡 쏘는 듯한 목소리가 났다.

"이봐요, 아가씨. 요란스런 인사가 끝났으면, 이제 여기 와서 훌륭하고 따끈한 차 한 잔 드시죠."

"오! 반즈 부인, 정말 고맙습니다."

조이스가 냉큼 일어섰다. 반즈 부인은 덩치가 크고 무시무시하게 생긴 여자였다. 하지만 용처럼 사나운 그녀의 겉모습 이면에는 뜻밖에도 따듯한 마음이 감춰져 있었다.

"따듯한 차 한 잔은 그 누구에게 어떤 해도 주지 않아요."

반즈 부인이 자신이 속한 계층의 일반 정서를 대변하듯 일렀다.

조이스는 음미하듯 차를 홀짝였다. 집주인이 그녀를 몰래 쳐다보았다.

"좋은 소식 맞나요, 아가씨? 아니, 부인이라고 해야 하나?"

조이스가 고개를 저었다. 그녀의 얼굴엔 그늘이 드리워졌다.

"아! 그래요, 흔히들 얘기하는 운 좋은 날은 아닌 것 같네요."

반즈 부인이 한숨지으며 말했다.

조이스가 그녀를 날카롭게 쳐다보았다.

"오, 반즈 부인…… 설마……."

반즈 부인이 우울하게 고개를 끄덕였다.

"그래요. 반즈 말이에요, 또 실직했어요. 이제 어떻게 해야 할지 정말 모르겠어."

"오, 부인. 내가 이번에, 부인께서 그러면······."

"그렇다고 안달하지 말아요, 아가씨. 물론 당신이 무슨 일이라도 구했다면 더 좋았겠지만······ 이왕 이렇게 된 거······. 이렇게 되었으니 말예요. 차 다 마셨어요? 잔 가져갈까?"

"아직요."

"아! 남은 건 저 지겨운 개에게 주려고 그러지? 아무렴 그렇겠지." 반즈 부인이 나무라듯 말했다.

"오, 제발요, 반즈 부인. 딱 한 모금이에요. 괜찮은 거죠, 부인?"

"아무렴, 내가 뭐라고 해 봐야 무슨 소용 있겠어. 아가씨가 저 심술궂은 짐승을 그토록 좋아하는데. 그래, 나는 그렇게 부르지. 그게 바로 저 녀석이야. 오늘 아침에 은근슬쩍 다가와 나를 물었다고요."

"오, 아니에요, 반즈 부인! 테리가 그럴 리 없어요."

"내게 으르렁대고······ 이빨을 보였다니까. 당신 신발 좀 어떻게 해 볼 수 있을까 알아보려고 했던 것뿐인데."

"테리는 다른 사람이 내 물건 건드리는 걸 싫어해요. 그걸 지켜야 한다고 생각하죠."

"생각? 도대체 무엇을 위해서 생각을 한다는 거야? 생각하는 건 개가 할 일이 아니라고. 개라면 제자리를 지켜야 하지 않겠어요? 마당에 묶어 두고 도둑을 감시한다든가. 그런데 그렇게 안고 부둥키고! 어디로 내보냈으면 좋겠어, 조이스. 내 말은 바로 그거야."

"안 돼요, 안 돼. 절대로, 결단코!"

"좋을 대로 해요."

반즈 부인이 응대했다. 그녀는 탁자 위의 잔을 집어 들고, 바닥의 받침 접시도 치웠다. 테리가 방금 그 접시 안에 담긴 몫을 다 먹고, 성큼성큼 걸어 나갔다.

조이스가 개를 불렀다.

"테리, 이리 좀 와. 나랑 얘기 좀 하자고. 우리 이제 어떻게 하면 좋을까, 우리 귀염둥이?"

조이스는 테리를 자신의 무릎에 올려놓은 채 낡아 빠진 안락의자에 자리를 잡았다. 그러고는 모자를 벗어 던지고 뒤로 기댔다. 테리의 두 앞발을 각각 자신의 목 양 옆에 얹고 코며 두 눈 사이에 다정스레 입 맞추어 주었다. 이어서 그녀는 손가락으로 테리의 두 귀를 살며시 비틀면서 작고 부드러운 목소리로 말하기 시작했다.

"반즈 부인한테 어떻게 해야 할까, 테리? 집세가 4주일 치나 밀렸는데……. 그런데도 그녀는 어린 양처럼 순하기만 하셔. 우리를 쫓아낼 생각은 않고 있으니 말이야. 하지만 그녀가 순하다고 그걸 이용하면 안 되겠지, 테리? 그럴 수 없어. 왜 반즈 씨는 일하는 걸 싫어할까? 반즈 씨가 정말 미워. 언제나 술에 취해 있는 모습만 보이고. 누구든지 그렇게 늘 술에 절어 살면 대개는 일자리를 잃게 마련이거든. 하지만 나는 술도 안 마셨는데 일자리가 없어. 그래도 너를 떠날 수는 없어, 우리 귀염둥이. 너를 저버릴 수는 없다고. 누구한테 너를 맡기고 갈 수 있겠어? 그 누가 너한테 잘해 줄 수 있겠어? 너는 많이 늙었어, 테리. 12살이거든. 눈이 좀 멀고, 귀가 좀 먹고, 그리고…… 그래, 성질도 조금 나쁜, 그런 늙은 개를 누가 받아 주겠니. 내 사랑, 너는 나한테 참 잘하지. 하지만 모든 사람에게 다 잘하는 것은 아니니까. 네가 그렇게 으르렁대서 세상이 너한테 등을 돌리는 거야. 우리에겐 그저 우리 둘밖에 없어. 그렇지, 내 사랑?"

테리가 그녀의 뺨을 조심스레 핥아 주었다.

"내게 말 좀 해 봐, 내 사랑."

테리가 낑낑 길게 끄는 신음을 냈다. 한숨과 같은 소리에 이어 코를 디밀어 조이스의 귀 뒤쪽을 비벼 댔다.

"나를 믿고 있겠지, 우리 천사? 너도 잘 알겠지만 나는 결코 네 곁을 떠나지 않을 거야. 하지만 어떻게 해야 할까? 우리는 이제 막다른 골목이야, 테리."

조이스 램버트는 두 눈을 반쯤 감은 채 몸을 의자 뒤로 더 눕혔다. "생각나니, 테리? 우리가 함께했던 그 모든 행복한 시간을 말이야. 너랑 나 그리고 마이클. 그리고 아빠. 오, 마이클······. 마이클! 그의 첫 번째 휴가였어. 그는 프랑스로 돌아가기 전에 나에게 선물 하나를 주려고 했어. 나는 마이클더러 돈을 헤프게 쓰지 말라고 했지.

뒤이어 우리는 시골로 내려갔어. 그다음부터는 꿈만 같았어. 마이클이 나더러 창문 밖을 내다보라고 했어. 춤을 추듯, 훨씬 앞서서 길을 따라 달려오는 네 모습이 보였지. 그때 너를 데려왔던 남자, 키가 작고 몸에서 개 냄새가 났던 재미있는 남자 말이야. 그가 말했어. '바로 걸물입니다. 쟤 좀 보세요, 부인. 그림 같지 않습니까? 주인아주머니와 아저씨가 저 녀석을 보자마자 감탄할 것이라고 생각했죠.'

그 사람은 그렇게 되뇌었어. 그리고 우리들도 꽤 오랫동안 그렇게 불렀지. 걸물! 오, 테리, 넌 정말 재롱둥이 강아지였어. 네 작은 머리를 한쪽으로 기울이고 우스꽝스런 꼬리를 살래살래 흔들었지! 곧이어 마이클은 프랑스로 떠났고 나는 네 주인이 되었어. 이 세상에서 제일 귀여운 개. 나와 함께 앉아 마이클이 보낸 편지들을 읽은 걸 기억하니? 너는 킁킁거리며 냄새를 맡고 내가 '주인님 편지'라고 하면 넌 바로 알아들었어. 우리는 무척 행복했었어…… 정말로 행복했지. 너와 마이클 그리고 나. 하지만 이제 마이클은 죽었고, 너는 늙었고, 나는……. 나는 용감하게 행동하느라 몹시 지쳤어."

테리가 조이스를 핥아 주었다.

"전보가 왔을 때도 함께였지. 네가 없었다면, 테리……. 내가 기댈 수 있었던 네가 만일 없었다면……."

조이스가 몇 분간 조용히 있었다.

"그리고 그 뒤로 우리는 줄곧 함께했어. 그 모든 슬픔과 행복을 함께 거쳐 왔지. 그동안 수많은 슬픈 일들이 있었지? 그리고 우리는 이제 궁지에 몰렸어. 하지만 남은 건 마이클의 숙모들뿐이야. 그분들은 내가 괜찮은 줄 알고 있어. 마이클이 노름을 해서 돈을 모두 날렸다는 것을 모르거든. 어느 누구한테도 그걸 얘기해서는 안 돼. 난 상관없어. 왜, 그가 도박을 좀 한 게 어떻다고. 누구나 잘못은 조금씩 있어. 마이클은 우리 둘을 사랑했어, 테리. 중요한 사실은 그것뿐이야. 마이클의 친척들은 늘 마이클을 몰아세우며 안 좋은 말을 하려고만 하지. 그렇게 하도록 내버려 두어선 안 돼. 하지만 나에게도 친척이 있었으면 좋겠어. 주위에 친척이 전혀 없다는 건 무척 안

타끼운 일이야.

무척 피곤해, 테리. 게다가 몹시도 배가 고파. 내가 겨우 29살이라는 게 믿기지 않아. 마치 69살쯤은 된 것 같거든. 나는 정말로 용감한 게 아니야. 그런 척하는 것일 뿐이지. 게다가 지독하게 치사한 생각까지 하질 않나……. 어제 사촌인 샬럿 그린을 보러 헤일링까지 걸어갔거든. 내가 12시 30분에 거길 찾아가면 그녀가 나더러 잠깐 들러 점심식사를 하라고 하겠지 생각했어. 그러나 막상 그 집에 이르렀을 때 왠지 구걸한다는 생각이 들었어. 도저히 그럴 수 없었지. 그래서 결국 그 먼 길을 거슬러 되돌아왔어. 얼마나 바보 같은 짓이니. 확실하게 구걸을 하든지 아니면 아예 생각조차 하질 말든지, 그래야 하는 거 아니겠니. 나는 아무래도 강인한 성격이 못 되나 봐."

테리가 다시 신음을 내고 검은 코를 조이스의 눈가로 들이밀었다.

"너는 여전히 사랑스런 코를 지니고 있구나, 테리……. 아이스크림처럼 차가워. 오, 정말 너를 사랑해! 너와 떨어질 수는 없어. 너를 결코 내보낼 수는 없어, 정말 안 돼. 결코, 결단코……."

따뜻한 혀가 열심히 그녀를 핥았다.

"너도 그걸 잘 알고 있지, 우리 귀염둥이. 이 주인님을 위해서라면 무슨 일이든 할 수 있지?"

테리가 조이스의 무릎에서 내려가 모퉁이로 비틀거리며 걸어가더니, 다 찌그러진 주발을 이빨 사이에 물고 돌아왔다.

조이스는 울어야 할지 웃어야 할지 몰랐다.

"지금 네 유일한 재주를 보여 주는 거야? 나를 돕기 위한 방법으로, 네가 생각할 수 있는 유일한 일을? 오, 테리! 테리…… 누구도 우릴 떼어 놓을 수 없어! 무슨 일이든 할 거야. 하지만 정말 그럴 수 있을까? 누구든 말은 그렇게 하지. 하지만 정작 그 일이 뭔지를 알고 나면 다시 말하지. '그런 일인 줄은 미처 몰랐다.' 그럼 나는 정말 무슨 일이든 할 수 있을까?"

조이스 램버트가 바닥의 개 곁으로 내려가 앉았다.

"이것 봐, 테리. 보모들은 개가 있으면 안 되고 나이 든 숙녀들 도우미도 개가 있어선 곤란해. 오직 결혼한 여자들만 개를 가질 수 있대, 테리. 쇼핑할 때 함께 데려가는 꽤 비싸고 작은 털북숭이 개 말이야. 하지만 만약 누군가 늙고 눈먼 테리어를 바란다면……. 그래, 그러지 말란 법은 없지?"

조이스가 찡그린 표정을 풀었다. 그때 밑에서 누군가 두 차례 문을 두드리는 소리가 들렸다.

"우편물인가?"

그녀가 펄쩍 뛰어 층계를 따라 재빨리 내려가 편지를 받아 들고 돌아왔다.

"혹시. 만약……."

그녀가 편지를 뜯었다.

부인,
우리가 그 그림을 검사해 보았습니다.
그것은 진짜 코이프(네덜란드의 화가 — 옮긴이)의 작품이 아니며,

그 값어치 역시 사실상 제로라는 것이 우리의 견해입니다.

여불비례.

슬로운 앤드 라이더

조이스는 편지를 든 채 서 있었다. 기대에 찼던 그녀의 목소리는 바뀌어 있었다.

"다 그렇지 뭐. 마지막 희망도 사라졌구나. 하지만 우리는 헤어지지 않을 거야. 구걸하는 게 아니더라도 길이 있을 거야. 테리, 내 사랑, 나 좀 나가 볼게. 금방 돌아올 거야."

조이스가 급하게 계단을 따라 내려가, 어두운 구석에 놓인 전화기 쪽으로 다가갔다. 그녀는 수화기를 들고 어떤 번호를 연결해 달라고 부탁했다. 한 남자의 목소리가 대답했다. 그녀가 누구인지 알고는 곧장 음색이 바뀌었다.

"조이스, 당신이군요. 오늘 밤 밖에서 만나 같이 저녁을 먹고 춤춥시다."

"그럴 수 없어요. 입고 나갈 만한 옷이 없거든요."

조이스는 초라한 벽장 속의 빈 옷걸이를 생각하고 쓸쓸한 미소를 지었다.

"내가 지금 당신을 찾아가 만나는 게 어떻겠어요? 주소가 어떻게 되지요? 오, 세상에, 거기가 어디쯤인가요? 당신, 많이 순해지신 것 같군요, 안 그렇나요?"

"완전히."

"오, 정말 솔직하군요. 그럼 있다 봅시다."

45분 가량이 지난 뒤, 아서 홀리데이의 승용차가 조이스의 집 바깥에 섰다. 경외심에 빠진 반즈 부인이 그를 위층으로 안내했다.

"조이스……. 정말 끔찍한 집구석이군요. 세상에 어쩌다 이런 데까지 오게 되었소?"

"자부심 때문이죠. 더불어 다른 두어 가지 쓸데없는 감정들 때문이기도 하고요."

조이스는 꽤 경쾌하게 말했다. 그녀의 시선이 맞은편의 남자를 빈정대듯 바라보았다.

많은 사람들이 홀리데이를 잘생겼다고 했다. 그는 키가 컸다. 각이 진 두 어깨, 흰 살갗, 작고 아주 흐린 파란색 두 눈, 그리고 묵직한 턱을 지녔다.

홀리데이는 그녀가 가리킨 허술한 의자에 앉았다. 그가 진지하게 일렀다.

"아, 이제 좀 깨달으셨나 보군요. 그런데…… 저 개, 물지 않습니까?"

"아니에요, 괜찮아요. 일종의 집 지키는 개로 훈련받았거든요."

홀리데이가 조이스를 위아래로 훑어보았다.

"이제 좀 내려오시는 겁니까, 조이스. 맞습니까?"

조이스가 고개를 끄덕였다.

"내가 전에 말했죠, 사랑스런 아가씨. 나는 궁극적으로 바라는 건 꼭 갖는다고 말예요. 어느 쪽이 당신에게 더 유리한지를, 당신이 결국 깨닫게 될 줄 알았습니다."

"당신 마음이 바뀌지 않은 것을 다행으로 생각해요."

홀리데이가 조이스를 의심스럽게 쳐다보았다. 사실 조이스는 어디로 튈지 속단하기 어려운 스타일의 여자였다.

"나와 결혼해 주는 거예요?"

조이스가 고개를 끄덕이고는 답했다.

"언제라도 당신이 좋은 때에."

"빠를수록 더 좋지요, 사실상 말이죠."

홀리데이가 방 안을 빙 둘러보고 웃었다.

조이스는 낯을 붉히며 말했다.

"그런데 한 가지 조건이 있어요."

"한 가지 조건?"

그가 다시 의심스럽게 쳐다보았다.

"우리 개, 테리를 함께 데리고 갈 거예요."

"이 늙은 말라깽이 말입니까? 당신이 바라는 그 어떤 개라도 마음껏 골라 가질 수 있어요. 돈을 아낄 필요가 없어요."

"나는 테리를 원해요."

"오! 좋아요, 당신 좋으실 대로."

조이스가 상대방 남자를 물끄러미 바라보았다.

"물론 잘 아시겠죠? 내가 당신을 조금도 사랑하지 않는다는 것 말이에요."

"그런 걱정은 안 합니다. 나는 성마른 성격이 아니에요. 하지만 당신, 철없이 굴지는 않겠죠? 내 사랑, 나와 결혼하면 올바르게 행동

해야 합니다."

일순 조이스의 두 볼에 혈색이 돌았다.

"당신 돈 값어치는 할 거예요."

"우리 이제 키스 좀 할 수 있을까요?"

홀리데이가 조이스에게 다가갔다. 조이스는 미소 지으며 기다렸다. 남자가 그녀를 두 팔로 안고, 그녀의 낯이며 두 입술, 그녀의 목에 입맞춤을 했다. 조이스는 얼지도, 물러나지도 않았다. 이윽고 홀리데이가 그녀를 놓아주었다.

"반지 하나를 선물하려고 하는데 뭐가 좋을까요, 다이아몬드? 아니면 진주?"

"루비. 되도록 제일 큰 핏빛 루비가 좋아요."

"참 묘한 생각이네요."

"마이클이 내게 줄 수 있었던 전부는 반 조각짜리 작은 진주 가락지뿐이었어요. 그것과 대조되는 것을 원해요."

"이번에는 운이 좋아야겠죠?"

"근사하게 표현하시는군요, 아서."

홀리데이가 껄껄대며 집을 나갔다.

"테리. 나 좀 핥아 줘. 세게! 내 얼굴이며, 내 목…… 특히 내 목을."

테리가 조이스의 말에 따랐고, 그녀가 진지하게 속삭였다.

"뭔가 다른 것을 깊이 생각한다……. 그게 유일한 방법이야. 내가 무슨 생각을 했는지 알아? 잼이야. 구멍가게에 진열된 잼 말이야. 그것을 머릿속으로 되뇌었어. 딸기, 검정 건포도, 라즈베리 나무딸기, 서양 자두……. 그리고 어쩌면 테리, 그 사람이 나에 대해 금방 싫증을 낼지 몰라. 그랬으면 좋겠다. 너는 어떠니? 남자들은 결혼하고 나면 그런다고들 하잖아. 하지만 마이클은 나에 대해 싫증을 내지 않았어. 결코, 정녕코……. 오! 마이클…….'

II

조이스는 이튿날 아침 납덩이처럼 무거운 마음이 되어 일어났다. 그녀의 침대에서 잤던 테리가 깊은 한숨을 쉬는 조이스에게 다가와 다정스럽게 코를 부볐다.
"오, 내 사랑! 우리는 이 모든 것을 헤쳐 나가야 해. 하지만 무슨 일이라도 좀 일어났으면. 테리, 내 사랑. 이 주인님을 좀 도와줄 수 없니? 그래, 너는 도울 수만 있다면 도울 거야."
반즈 부인이 약간의 차와 빵, 버터를 가지고 들어와 한껏 축하해 줬다.
"부인, 이제 그 신사분과 결혼하게 된 거죠. 오, 생각만 해도! 어제 그 사람이 타고 온 차는 롤스로이스였어요. 바로 그 차였다고요. 우리 반즈가 다 술에서 깨어났다니까요. 대문 바깥에 서 있는 롤스로이스를 보았던 거예요. 아니, 저것 좀 보세요, 테리가 창턱에 나가 앉아 있네요."
"햇볕을 좋아하거든요. 하지만 좀 위험하죠. 테리, 들어와."

"내가 당신이라면 저 불쌍한 것을 고통에서 놓아줄 거예요. 그리고 당신은 그 신사더러 다른 개를 사 달라고 하면 되죠. 숙녀들이 품 안에 안고 다니는 털북숭이 강아지 종류로."

조이스가 빙그레 웃고 다시 테리를 불렀다. 개가 엉거주춤 일어섰다. 바로 그때 개 싸우는 소리가 길거리에서 들려왔다. 테리가 목을 밖으로 내밀고 덩달아 부리나케 짖어 대기 시작했다. 예의 창턱은 썩어서 허술해 보였다. 창턱은 실제로 기울어졌고 너무 늙은 데다 몸이 뻣뻣한 테리는 균형을 잡지 못하고 그만 떨어지고 말았다.

급하게 소리 지르며 조이스가 계단을 따라 뛰어 내려가 출입문 밖으로 나갔다. 그녀는 곧장 테리 곁에 무릎을 꿇고 앉았다. 개는 애처롭게 낑낑거렸고, 몸을 가누지 못하는 것을 보니 심하게 다친 게 틀림없었다. 조이스가 몸을 수그려 개를 내려다보았다.

"테리…… 테리. 내 사랑……."

개가 아주 미약하나마 꼬리를 저으려 했다.

"테리, 아가……. 이 주인님이 널 낫게 해 줄게……. 내 사랑."

주로 어린 소년들로 이루어진 한 무리의 사람들이 조이스와 테리 주위로 몰려들었다.

"저 개, 창문에서 떨어졌어."

"와, 정말 안돼 보인다."

"응, 아마 허리가 부러졌나 봐."

조이스는 신경 쓰지 않았다.

"반즈 부인, 제일 가까운 수의사가 어디에 있는지 알아요?"

"아, 조블링이라는 수의사가 있어요. 여기서 돌아가서 미어가(街)에…… 그곳에 있을 거예요."

"택시."

조이스가 막 택시를 부르려는데 누군가 말했다.

"어디 좀 볼까요."

방금 택시에서 내린 연로한 신사가 경쾌한 목소리로 말했다. 그는 테리 곁에 무릎을 꿇고 앉아, 윗입술을 들춰 보더니 손으로 개의 몸뚱어리를 쓸어내렸다.

"몸 안에서 피를 흘리는 내출혈이 아닌가 합니다."

늙은 신사가 일렀다.

"부러진 뼈는 하나도 없는 것 같군요. 얼른 수의사한테 데려가는 게 좋겠습니다."

그 신사와 조이스, 두 사람이 개를 마주 들었다. 테리는 낑낑대며 아픈 소리를 냈다. 그러더니 조이스의 팔을 물었다.

"테리……. 괜찮아…… 괜찮아, 우리 영감님."

그들은 개를 택시에 태워 달려갔다. 조이스는 멍한 모습으로 손수건으로 팔을 감쌌다. 아픔에 지친 테리가 그걸 핥으려고 했다.

"나도 알아, 내 사랑. 나를 해칠 생각은 없었다는 거 안다고. 괜찮을 거야. 이제 곧 괜찮을 거야, 테리."

조이스는 개의 머리를 쓰다듬었다. 곁에 앉은 남자가 그녀를 지켜보았지만 아무런 말도 하지 않았다.

그들은 동물 병원에 상당히 빨리 도착했고, 수의사를 만났다. 수

의사는 붉은 낯을 한 남자로 동정심이 없어 보였다.

조이스가 고통스럽게 지켜보는 가운데 의사가 테리를 결코 부드럽지만은 않게 다루었다. 그녀의 얼굴을 따라 눈물이 흘러내렸다. 조이스는 어르는 듯 낮은 목소리로 되뇌었다.

"이제 괜찮을 거야, 내 사랑. 괜찮을 거야……."

수의사가 몸을 일으켜 폈다.

"정확하게 말하기는 곤란해요. 다시 한번 정밀 진찰을 해 봐야겠군요. 개는 이곳에 놔두고 가셔야 합니다."

"오! 그럴 수 없어요."

"그렇게 하셔야 합니다. 개를 아래로 데리고 가야 해요. 30분 정도 뒤에 전화를 드리겠습니다."

조이스가 쓰라린 마음으로 그의 말에 따랐다. 그녀는 테리의 코에 입을 맞추었다. 그런 다음 눈물을 글썽이며 층계를 따라 비틀거리듯 내려갔다. 그녀를 도와주었던 남자는 아직도 거기에 있었다. 조이스는 사실 그 사람을 깜빡 잊고 있었다.

"택시는 아직 그대로 있습니다. 당신을 데려다 줄게요."

조이스는 고개를 저었다.

"차라리 걷는 게 낫겠어요."

"그러면 같이 걸읍시다."

남자가 택시 요금을 지불했다. 그가 아무 말 없이 조용하게 조이스의 옆에서 걸어가는 동안 그녀는 남자를 거의 의식하지 않았다. 두 사람이 반즈 부인 집에 다다랐을 때 남자가 입을 열었다.

"당신 팔목 말이에요, 잘 돌보세요."

조이스가 자기 팔을 내려다봤다.

"오! 괜찮을 거예요."

"잘 씻어서 동여매 주어야 할 텐데. 제가 같이 들어가서 봐 드리겠습니다."

남자가 조이스와 함께 계단을 따라 올라갔다. 조이스는 남자가 그 상처 부위를 씻고 깨끗한 손수건으로 묶어 주도록 내버려 두었다. 그녀는 오직 한 가지 말만 했다.

"테리가 일부러 그런 것은 아니에요. 결코, 결단코 그럴 애가 아니거든요. 필경 그게 나라는 걸 몰랐던 거죠. 지독한 고통으로 헤매고 있었으니까요."

"그래요, 그랬을 겁니다. 예."

"지금쯤 사람들이 그 아이를 무척이나 아프게 하고 있지나 않을까요?"

"개를 위해 할 수 있는 모든 일을 하고 있을 겁니다. 수의사에게서 전화가 오면 개를 데리고 와서 간호해 줄 수 있을 거예요."

"예, 그래야죠."

남자가 잠시 멈춰 섰고 이내 문 쪽으로 걸어가더니 왠지 어색하게 일렀다.

"이제 모두 괜찮을 겁니다. 그럼 이만 가 보겠습니다."

"안녕히 가세요."

잠시 후에야 조이스는 그가 친절하게 대해 줬는데 고맙다는 인사한 마디도 하지 않았다는 걸 떠올렸다.

그때 반즈 부인이 컵을 들고 나타났다.

"아, 우리 가엾은 아가씨. 여기 뜨거운 차 한 잔 들어요. 당신, 완전히 넋 빠진 사람처럼 보여요."

"고맙습니다, 반즈 부인. 하지만 차는 괜찮습니다."

"왜, 한 잔 마시고 나면 거뜬할 텐데. 그렇게 애태울 필요는 없어요. 개는 이내 괜찮아질 거예요. 게다가 그렇지 않더라도, 당신의 신사가 예쁜 새 강아지를 마련해 줄 텐데……."

"제발, 반즈 부인. 제발 그만하세요. 괜찮으시다면, 이제 혼자 있고 싶어요."

"아, 나는 그냥……. 아, 전화가 왔네요."

조이스가 전화를 향해 쏜살같이 급히 내려가 수화기를 집어 들었다. 뒤따라온 반즈 부인이 헐떡거렸다. 조이스가 말했다.

"예……. 접니다. 뭐라고요? 오! 오……. 아, 예, 고맙습니다."

그녀가 수화기를 다시 올려놓았다. 반즈 부인은 자신을 향한 조이스의 얼굴을 본 순간 깜짝 놀라지 않을 수 없었다. 일체의 생기나 표정조차 없는 얼굴이었다.

"테리가 죽었대요, 반즈 부인. 나도 없는 그곳에서 홀로 죽었어요."

조이스는 2층으로 올라가 자신의 방으로 들어서며 힘껏 문을 닫아 버렸다.

"아이구, 그럴 리가."

반즈 부인이 홀 벽지에 대고 말했다.

5분 뒤 반스 부인이 조이스의 방에 고개를 내밀었다. 조이스는 의자에 똑바로 곧추 앉아 있었다. 그녀는 울지 않았다.
"당신의 신사가 찾아왔어요, 아가씨. 그 사람을 올려 보낼까요?"
돌연 조이스의 두 눈에 번쩍 빛이 들었다.
"예, 부인. 만나 보고 싶어요."
홀리데이가 부산을 떨며 들어왔다.
"아, 여기에 계시군. 내가 많이 늦지는 않았죠, 그렇죠? 당신이 이 지겨운 곳을 지금 곧장 떠나갈 수 있도록 준비해 놓았소. 이런 데 있으면 안 됩니다. 자, 어서요, 짐을 싸세요."
"그럴 필요 없어요, 아서."
"그럴 필요가 없다니, 무슨 뜻이죠?"
"테리가 죽었어요. 이제 당신과 결혼할 필요가 없다고요."
"무슨 말씀을 하시는 겁니까?"
"내 개…… 테리. 그 아이가 죽었어요. 나는 오직 테리와 함께 있기 위해 당신과 결혼하려고 했던 거예요."
홀리데이가 조이스를 물끄러미 쳐다보았다. 그의 얼굴이 점점 붉게 물들었다.
"당신, 미쳤어요."
"예, 감히 그렇다고 말씀드립니다. 개를 사랑하는 사람들이 그렇듯이."
"진심입니까? 당신이 나랑 결혼하려고 한 이유가 단지……. 오, 세상에, 이럴 수가!"

"내가 당신과 왜 결혼한다고 생각하셨어요? 내가 당신을 싫어한 다는 거 모르셨나요?"

"내가 당신께 유쾌하고 즐거운 시간을 가져다줄 수 있기 때문이죠. 그래서 나랑 결혼하는 거죠……. 난 정말 그렇게 할 수 있거든요."

"내 생각엔, 그것은 내 경우보다 훨씬 더 역겨운 동기로군요. 아무튼 끝났어요. 나는 당신과 결혼하지 않을 거예요!"

"나를 형편없이 취급하고 있다는 거 알고 있는 거예요?"

자신을 쳐다보는 차가운 시선 속에 어찌나 뜨거운 불길이 타오르고 있었던지, 홀리데이는 그 앞에서 오그라들지 않을 수 없었다.

"나는 그렇게 생각하지 않아요. 당신은 짜릿함을 쫓는 인생에 대해 말한 적이 있었죠. 당신이 나한테서 얻는 건 바로 그런 거예요……. 내가 당신을 싫어할수록 짜릿함은 강해지죠. 당신은 내가 당신을 싫어한다는 것을 알았고, 게다가 그것을 즐겼어요. 어제 당신이 내게 키스하도록 놔두었을 때 당신은 실망했어요. 내가 움츠리거나 주춤하지 않았기 때문이죠. 당신 안에는 뭔가 잔인한 게 들어 있어요, 아서. 뭔가를 해치는 것을 즐기는 위험한 취향이. 당신이 하는 것보다 더 나쁘게 당신을 대우하는 사람은 이 세상에 없을 거예요. 이제 내 방에서 나가 주시겠어요? 혼자 있고 싶어요."

홀리데이가 침을 튀기며 말했다.

"그럼, 당신 어떻게 하려고요? 돈도 없잖아요."

"그건 제 일이잖아요. 제발 나가 주세요."

"이, 악마 같으니. 당신은 미쳐 날뛰는 악마예요. 나와의 관계는 아직 다 끝나지 않았어요."

조이스가 웃었다. 그 웃음은 앞서 그 어떤 것보다 더 확실하게 홀리데이를 무너뜨렸다. 참으로 뜻밖의 일이었다. 그는 어설픈 얼굴로 계단을 내려가 차를 몰고 떠났다.

조이스가 한숨 소리를 냈다. 그녀는 낡은 검은 양모 펠트 모자를 쓰고, 역시 집을 나섰다. 조이스는 아무런 생각이나 느낌 없이, 기계적으로 길을 따라 걸었다. 그녀의 마음 한구석 어딘가에 고통이 지났다. 지금 이 순간 느끼고 있는 아픔 그러나 마침내 모든 게 무더져 편안한 마음이 들었다. 그녀는 직업소개소를 지나쳤고 이내 망설였다.

"뭔가 해야지. 물론 강물을 선택할 수도 있고……. 종종 그런 생각을 했었지. 단번에, 깡그리 끝내 버리는 거야. 하지만 꽤 차가운 데다 그 물기하며……. 아무래도 내겐 용기가 부족한 것 같아. 용기가 모자라."

조이스는 직업소개소로 돌아갔다.

"오, 좋은 아침, 램버트 부인. 출퇴근하는 자리는 아직 없는데."

"상관없어요. 이제 어떤 종류의 일자리도 괜찮아요. 나랑 함께 살던 친구가…… 떠나가 버렸어요."

"그러면 외국으로 나가는 것도 괜찮아요?"

조이스가 고개를 끄덕였다.

"예, 되도록 아주 멀리."

"마침 앨러비 씨가 지금 이곳에 와 있어요. 구직자들 면접을 보고 있죠. 조금 있다가 들어가서 만나 보세요."

곧이어 조이스는 칸막이 방에 앉아 질문들에 대답을 했다. 그녀의 면접관은 어렴풋이, 뭔가 모르게 낯익은 데가 있었다. 하지만 조이스는 기억해 내지 못했다. 그러다 불현듯 그녀의 마음이 조금 깨어났다. 조이스는 마지막 질문이 뭔가 이상하다고 생각했다.

"당신은 늙은 숙녀들과 잘 지내는 편입니까?"

조이스가 자신도 모르게 씩 웃었다.

"그렇다고 생각합니다."

"나와 같이 살고 있는 아주머니가 계신데 좀 까다로운 편입니다. 나를 아주 좋아하고, 정말 멋있는 분이시죠. 하지만 젊은 여자가 보기에는 때때로 좀 까다롭게 느껴질 수가 있습니다."

"전 참을성도 있고 성격도 좋다고 생각합니다. 게다가 나이 든 사람들과 언제나 잘 어울리는 편입니다."

"당신은 아주머니를 위해서 특정한 일들을 하거나, 3살 된 우리 꼬맹이를 맡아 주시면 됩니다. 아이 엄마는 1년 전에 세상을 떴어요."

"알겠습니다."

잠시 적막이 흘렀다.

"좋습니다. 이 자리가 괜찮다고 생각하신다면, 결정된 것으로 하겠습니다. 다음 주에 떠나기로 하죠. 정확한 날짜는 나중에 알려 드릴게요. 그리고 일할 채비를 갖추기 위해 가불이 필요하다면 말해요."

"정말 고맙습니다. 그렇게 생각해 주시다니 정말 친절하세요."

두 사람 모두 일어났다. 느닷없이 앨러비가 어설프게 입을 열었다.

"저…… 남의 일에 간섭하는 건 싫지만…… 궁금해서요. 제 말씀은, 당신의 개 말입니다. 이제 괜찮습니까?"

처음으로 조이스가 상대방 남자를 제대로 쳐다보았다. 그녀의 얼굴에 혈색이 돌았다. 파란 두 눈이 깊어져 거의 검은색에 가까웠다. 조이스는 남자를 똑바로 쳐다보았다. 그가 늙었다고 생각했었지만, 그렇게 늙은 게 아니었다. 회색으로 바뀌고 있는 머리칼, 볕과 비바람에 단련된 듯 명랑한 얼굴, 조금은 구부정한 두 어깨, 수줍은 강아지의 온화함 같은 것이 어려 있는 갈색 두 눈동자까지. 그 남자를 보고 있자니 개가 떠올랐다. 조이스가 던졌다.

"오, 당신이었군요. 한참 뒤에 생각이 났어요. 제가 고맙다는 말 한마디도 하지 않았다는 걸 말예요."

"그러실 필요 없습니다. 그런 걸 바라고 한 일이 아니었어요. 당신이 어떤 기분이었을까 생각했어요. 그나저나 우리 가엾은 영감님은 어떻게?"

조이스의 두 눈에 눈물이 고였다가 이내 두 뺨을 타고 흘러내렸다. 세상 그 어떤 힘도 그것을 막아 낼 수는 없었다.

"테리는 죽었어요."

"오!"

앨러비는 더 이상 말하지 않았다. 그러나 조이스에게, "오!"라는 그 한마디는 세상 무엇보다 위로가 되는 소리였다. 그리고 그 속에는 말로 표현할 수 없는 그 모든 것들이 담겨 있었다.

잠시 후 앨러비가 움찔 나섰다.

"사실 나에게도 개가 있었어요. 2년 전에 죽었지요. 그때 주위의 많은 사람들이 우리를 이해하지 못했어요. 우리가 큰일이나 난 것처럼 행동한다고 했죠. 아무 일도 없었던 것처럼 지내려니 얼마나 속상하던지."

조이스가 고개를 끄덕였다.

"당신이 어떤 심정일지 알고 있어요······."

앨러비가 일렀다. 그러고는 조이스의 손을 잡고 꼭 눌렀다가 이내 놔주었다. 그가 작은 칸막이 방을 나왔다. 조이스도 잠시 후 따라 나와서 사무실의 여자와 여러 가지 사항들을 결정했다.

집에 도착하니 반즈 부인이 현관 계단에서 조이스를 맞아 주었다. 그녀가 속한 계층 사람들에게서 흔히 보이는 우울한 분위기로.

"우리 가엾은 멍멍이가 집에 와 있어요. 당신 방에 올려놨어요. 내가 반즈에게 얘기해 놓았으니, 뒤뜰에 아주 예쁜 구멍을 파 줄 거예요."

재봉사의 인형

I

그 인형은 벨벳 외장의 커다란 의자에 눕혀져 있었다. 방 안에는 빛이 많지 않았다. 런던의 하늘은 어두웠다. 온화한 회색빛 초록의 우울함이 드리운 가운데 쑥색 직물로 된 커버 종류며 커튼과 양탄자 등 그 모든 것이 서로 어우러져 있었다. 인형 또한 그 가운데 조화를 이루었다. 인형은 녹색의 벨벳 옷차림에 벨벳 모자, 거기다 색이 칠해진 낯을 하고는 긴 사지를 아무렇게나 늘어뜨린 채 눕혀져 있었다. 꼭두각시 인형은 돈 많은 여자들의 취미였다. 긴 소파 위 쿠션들 사이에, 혹은 전화기 옆에 축 늘어져 기대고 앉은 인형. 인형은 그렇게 퍼져 있었다. 영원토록 나긋나긋하면서도 묘하게 살아 숨쉬는 듯. 마치 쇠퇴하는 20세기의 산물처럼 보였다.

몇 점의 견본과 스케치를 가지고 들어오던 시빌 폭스가 왠지 어리둥절하고 놀란 가슴이 되어 예의 인형을 쳐다보았다. 그녀는 의아하게 여겼다. 하지만 무슨 생각에 갸우뚱거렸는지는 떠오르지 않았다. 오히려 그녀의 생각은 다른 데로 흘렀다.

'가만 있어, 파랑 벨벳 패턴이 어디 있지? 어디에 뒀더라? 틀림없이 방금 여기 있었는데.'

시빌 폭스가 층계참으로 나가 위층 작업실을 향해 말했다.

"엘스페스, 엘스페스. 파란색 견본 거기에 있어요? 이제 곧 펠로우스브라운 부인이 이리 올 거예요."

시빌 폭스는 다시 돌아와 전등을 켰다. 그러고는 다시 한번 인형을 쳐다보았다.

"도대체 어디로⋯⋯. 아, 여기 있구나."

그녀는 마침내 자신이 떨어트렸던 자리에서 견본을 집어 들었다. 바깥의 층계참에서 늘 그렇듯 끼익 소리가 들렸다. 승강기가 멈추어 선 것이었다. 잠시 후 발바리와 함께 펠로우스브라운 부인이 노변 기차역에 도착하는 시끄러운 시골 기차처럼 폭폭 소리를 내며 방으로 들어왔다.

"비가 쏟아질 것 같아. 아주 퍼붓겠는걸."

그녀가 장갑과 목도리를 벗어 던졌다. 뒤이어 앨리시어 쿰이 들어왔다. 그녀는 요즘 이 방에 잘 들어오지 않았다. 특별한 손님이 올 때만 들어오는데, 펠로우스브라운 부인은 바로 그런 고객이었다.

작업실의 여공장인 엘스페스가 프록 원피스를 들고 내려왔다. 시빌이 그 옷을 펠로우스브라운 부인 머리 위로 입혀 주며 말했다.
"자, 보세요. 참 예쁩니다. 예, 아주 잘 만들어졌어요."
펠로우스브라운 부인이 비스듬히 몸을 돌려 거울을 보더니 말했다.
"하지만 이 옷을 입으니, 내 엉덩이가 이상하게 보이네요."
"하지만 3개월 전보다 훨씬 마르셨는걸요."
시빌이 상대방 여자를 안심시키려는 듯 말했다.
"그렇지 않아요. 이 옷을 입을 때나 그렇게 보일 뿐이지. 재단을 어떻게 하셨는지 몰라도, 엉덩이가 아주 작아 보이는군요. 엉덩이가 거의 없는 것처럼 보인다는 거죠……. 일반 사람들이 지닌 보통의 엉덩이처럼 말예요."
그녀가 한숨을 짓고 문제의 신체 부위를 쓰다듬었다.
"여기가 언제나 나한테는 골칫거리란 말이죠. 물론 잘 아시겠지만 앞부분을 내밀어 한동안 엉덩이가 들어가게 할 수 있었죠. 하지만 더 이상 그렇게 할 수 없어요. 엉덩이뿐만 아니라 배도 나왔거든요. 잘 아시겠지만 양쪽으로 밀어 넣을 수는 없는 노릇 아닌가요?"
"어휴, 다른 손님들을 못 보셔서 그래요!"
펠로우스브라운 부인이 이리저리 몸을 가누며 실험을 해 보았다.
"엉덩이보다 배가 더 나빠요. 더 잘 보이거든. 아니면 그렇게 생각하게 되는 건지도 모르지. 이를테면 사람들과 얘기할 때, 우리는 보통 마주 보잖아요. 그때 상대방은 내 궁둥이를 볼 수 없거든요, 하지만 배는 그대로 보여 줄 수밖에. 어쨌든 난 내 배를 집어넣고 다니기로 작정했어요. 엉덩이는 알아서 하라고 내버려 두죠, 뭐."

펠로우스브라운 부인이 자기 목을 더 길게 쑥 빼서 돌리더니 갑자기 입을 열었다.
 "오, 저 인형! 왠지 으스스하네요. 언제부터 여기 있었나요?"
 시빌은 잘 모르겠다는 듯 앨리시어를 쳐다보았고, 그녀 또한 어리둥절하고도 왠지 걱정스런 낯을 했다.
 "잘 모르겠어요. 내 생각엔 한동안……. 나는 워낙에 기억을 할 줄 몰라서요. 요즘엔 정말 형편없어요. 도대체 기억을 못 하니……. 시빌, 우리가 저 인형을 언제부터 가지고 있었나요?"
 시빌이 짤막하게 넌졌다.
 "잘, 모르겠네요."
 "왠지 섬뜩해. 기괴한 느낌이야! 마치 우리 모두를 지켜보고 있는 듯하잖아요. 벨벳 옷차림을 한 채 가만히 뒷전에서 득의양양 미소를 짓는 듯……. 나 같으면 저 인형을 없애 버리겠어요."
 펠로우스브라운 여사는 으스스 가볍게 몸을 떨고, 다시 한번 재봉 얘기를 늘어놓기 시작했다. 소매를 이삼 센티미터 가량 줄여야 할지, 아니면 그대로 두는 게 더 나을지, 기장을 어떻게 하는 게 좋을지……. 이 모든 중요한 사항을 만족스럽게 정하고 나서 펠로우스브라운 부인은 자신의 옷을 챙겨 떠날 준비를 했다. 그녀는 인형을 지나면서 다시 한번 고개를 돌리고 소리 냈다.
 "아니야. 저, 인형 왠지 싫어. 마치 이곳에 속해 있는 듯하잖아. 그것도 지나치게 말이야. 그건 이상하잖아."
 "부인의 말이 무슨 뜻일까요?"

펠로우스브라운 부인이 층계로 내려가자 시빌이 물었다. 앨리시어 쿰이 답변을 하기도 전에 펠로우스브라운 부인이 문으로 고개를 내밀면서 돌아왔다.

"오, 저런, 푸링을 깜박 잊었네. 우리 꼬맹이 어디 있니? 아, 저런, 세상에!"

펠로우스브라운 부인도, 그리고 다른 두 여인도 우두커니 그걸 쳐다보았다. 예의 발바리가 녹색 벨벳 의자 옆에 앉아 그 의자 위에 퍼져 있는 인형을 노려보고 있던 것이다. 작은 퉁방울눈이 달린 얼굴에는 기쁨이나 원망 따위의 그 어떤 표정도 없었다. 푸링은 그저 바라보고 있었다.

"이리 온, 우리 강아지."

펠로우스브라운 부인이 불렀지만 강아지는 들은 척도 하지 않았다.

"쟤가 점점 더 말을 안 듣는다니까."

펠로우스브라운 부인이 마치 자랑이라도 하듯 푸념했다.

"이리 와, 푸링."

푸링이 자기 주인을 향하여 4센티미터 가량 고개를 돌리더니, 이내 관심 없다는 듯 다시 인형을 주의 깊게 살피기 시작했다. 펠로우스브라운 부인이 말했다.

"꽤 인상 깊었나 보네. 이전에는 저 인형을 본 적이 없을 거예요, 나 또한 알아채지 못했으니까요. 지난번 내가 왔을 때도 저게 여기에 있었나요?"

상대방 두 여자는 서로를 쳐다보았다. 시빌은 찌푸린 표정을 했다. 앨리시어 쿰이 이마를 잔뜩 좁히며 말했다.

"내가 요사이 아무것도 기억해 내지 못한다고 이미 말했죠. 시빌, 우리가 저 인형을 언제부터 가지고 있었지?"

펠로우스브라운 부인이 다시 물었다.

"저 인형, 어디에서 온 거죠? 산 건가요?"

어쩐지 그 말은 앨리시어에게 충격적인 것이었다.

"오, 아닙니다. 아니에요. 내 생각엔…… 누군가 줬을 거예요."

앨리시어는 이내 고개를 저었다.

"참, 미치겠어요! 정말로 미치겠네. 무슨 일이 벌어지자마자 그 기억들이 머릿속에서 사라져 버리니 말이에요."

"왜 그러니, 푸링. 멍청한 놈처럼. 자, 이리 온. 아무래도 안아야 겠네."

펠로우스브라운 부인이 날카롭게 던지고는 푸링을 들어 안았다. 푸링이 괴로운 듯 저항하며 짤막하게 짖었다. 푸링의 퉁방울눈이 복슬복슬한 어깨 넘어 의자 위의 인형을 여전히 주의 깊게 노려보는 가운데 그들은 방을 나왔다.

"저기 인형 말이에요. 왠지 으스스한 느낌이 들어요, 정말."

청소부인 그로브 부인은 이제 막 바닥을 따라 뒷걸음질 치며 청소를 마친 참이었다. 그녀는 몸을 일으켜 세우고, 총채를 들고 천천히 방 안을 돌았다.

"정말 묘한 일이네요. 어제까지는 정말 눈치채지 못했거든요. 그야말로 느닷없이 앞에 나타났다는 얘기죠."

"왜, 저 인형이 싫으세요?"

시빌이 물었다.

"폭스 부인, 이미 말했지만 왠지 으스스한 기분이 들어요. 이렇게 얘기하면 이해하실 수 있을지 모르겠는데……. 왠지 자연스럽지가 않아요. 저 길게 매달린 팔다리 하며, 그걸 축 늘어뜨린 모습, 게다가 교활한 눈빛까지. 어느 것 하나 이상스럽지 않은 게 없어요. 예, 바로 그런 말씀입니다."

"이전에는 인형에 대해 어떤 이야기도 한 적이 없잖아요."

"이미 얘기했듯이, 인형을 알아챈 적이 없어요. 오늘 아침까지 말이에요. 물론 한동안 이곳에 있었다는 것은 알았지만, 그러나……."

청소부가 일순 멈추었다. 어리둥절한 빛이 그녀의 얼굴을 스치며 지나갔다.

"마치 한밤에 꾸는 꿈 같아요."

그로브 부인은 여러 가지 청소 도구를 챙겨서 가봉실을 나섰다. 그녀는 곧 층계참을 가로질러 다른 쪽 방으로 들어갔다.

시빌은 축 처진 인형을 물끄러미 바라보았다. 그녀의 얼굴에는 당혹스런 기운이 더욱 역력해졌다. 그때 앨리시어 쿰이 들어왔고 시빌이 냉큼 몸을 돌렸다.

"쿰 선생님, 언제부터 이걸 가지고 계셨어요?"

"인형 말예요? 오, 시빌. 내 기억력이 형편없다는 거 알잖아요. 어제만 해도……. 들어 봐요, 얼마나 어이가 없는지……. 나는 강의를 들으러 나갔었죠. 그런데 절반도 가지 못했을 때, 불현듯 내가 어디로 가고 있는지 기억을 해낼 수 없었어요. 나는 생각을 하고 또 생각했죠. 마침내 포트넘스 백화점에 가는 길이었을 거라고 생각했어요. 포트넘스에서 뭔가 사려고 했던 게 떠올랐거든요. 정말 믿기지 않는 말이지만, 결국 집에 돌아와 차를 마시면서야 비로소 강의를 기억해 냈어요. 나이를 먹으면 망령이 들 수도 있다는 것은 물론 익히 들어서 알고 있는 사실이지만, 내겐 너무 일찍 찾아온 것 같아요. 지금도 내 핸드백과 안경을 어디에 두었는지 잊어버렸어요. 대체 안경을 어디에 뒀더라? 조금 전까지도 가지고 있었는데……. 《타임스》를 읽고 있었거든요."

"안경은 벽난로 선반 위에 있어요."

시빌이 안경을 찾아 앨리시어 쿰에게 건네주며 다시 물었다.

"그럼, 어디서 난 거예요? 누가 선생님께 주던가요?"

"그것 역시 깜깜해요. 누군가 내게 주었거나 보냈을 텐데……. 그렇지만 이 방과 꽤 잘 어울리는 것 같죠, 안 그래요?"

"어쩐지 아주 잘 어울리는 것 같긴 해요. 우스운 건 언제 처음 이곳에서 재를 봤는지 생각나지 않는다는 거예요."

앨리시어 쿰이 시빌에게 충고했다.

"아, 시빌, 괜히 나처럼 되지 말고. 당신은 아직 젊잖아요."

"하지만 선생님, 정말로 생각이 나지 않아요. 인형을 쳐다보았어요. 그리고 뭔가 있다고 생각했죠. 이를테면…… 그로브 부인 말이 맞아요. 그것을 보자 왠지 으스스한 기분이 들었죠. 그리고 예전에 그런 느낌을 받은 적이 있다고 생각했죠. 전 언제 처음으로 그런 느낌이 들었는지 기억해 내려고 했어요. 하지만 아무런 생각도 안 났어요! 마치 한 번도 본 적이 없었던 것처럼 말이에요. 다만 그렇게 느껴지지 않을 뿐이었어요. 인형은 이곳에 아주 오래전부터 있었는데, 이제야 알아챈 것이 아닌가 하고 생각한 거예요."

"어쩌면 저 인형 어느 날 빗자루를 타고 창문을 통해 날아든 것이 아닐까. 아무튼 인형은 이제 제대로 이곳에 속해 있어요. 인형이 없는 이 방을 상상할 수 있겠어요? 어렵겠죠?"

그러자 시빌이 조금 떨면서 대답했다.

"상상할 수 없죠. 하지만 사실 그랬으면 좋겠어요."

"뭐가요?"

"인형 없는 방을 상상할 수 있으면 좋겠어요."

앨리시어 쿰이 참을 수 없다는 듯 따졌다.

"왜 모두 이 인형 가지고 들쑤시고들 그러죠? 이 가엾은 게 뭐가 잘못되었다고 그래요? 내가 보기엔 그냥 썩은 양배추 같기만 한데. 하긴 그렇게 보이는 것은 내가 안경을 안 쓰고 있기 때문이겠지."

앨리시어 쿰이 코 위에 안경을 걸쳐 놓고 예의 인형을 다시 쳐다보았다.

"그러네요. 이제 무슨 뜻인지 알겠다. 좀 으스스해 보이는데⋯⋯. 좀 슬퍼 보이기도 하고, 하지만 그것보다는 좀 더 간교하고 뭔가 모질게 다짐한 듯한 모습이에요."

"저는 펠로우스브라운 부인이 쟤를 진저리를 치듯 싫어한다는 게 신기해요."

"그 여자는 원래 거리낌 없이 자기 생각을 표현하는 사람이에요."
시빌이 굽히지 않고 말했다.

"하지만 이 인형이 그녀에게 그런 인상을 준다는 게 묘하잖아요."

"하지만 간혹 사람들은 난데없이 별안간 뭔가를 싫어하기도 하거든요."

앨리시어의 말에 시빌이 조금 웃으며 말했다.

"어쩌면 저 인형은 어제까지 여기에 없었는지도 몰라요. 선생님 말씀처럼, 창문으로 날아들어서 이곳에 정착했는지도 모르죠."

"아니에요. 한동안 이곳에 있었을 거예요. 다만 어제부터 눈에 띄기 시작한 거죠."

"저 또한 그렇게 생각하고 있어요. 저 인형은 한동안 이곳에 살았다⋯⋯. 하지만 마찬가지예요. 저는 정말 어제까지 저 인형을 본 기억이 없거든요."

앨리시어 쿰이 재빨리 나섰다.

"아, 시빌. 이제 그만하죠. 당신 때문에 아주 이상한 느낌이 들잖아요. 소름이 돋는다고요. 설마 저 물건으로 뭔가 엄청나게 초자연적인 쇼를 꾸미려는 건 아니겠죠?"

앨리시어 쿰이 인형을 집어 들고 흔들어 턴 뒤 양 어깨를 매만져 주고 또 다른 의자 위에 다시 앉혔다. 인형은 곧바로 픽 쓰러져 늘어지고 말았다.

앨리시어 쿰이 인형을 쳐다보며 말했다.

"이 인형에게 생기 같은 건 전혀 없어요. 그런데 신비스럽게도 꼭 살아 있는 것 같잖아요, 안 그래요?"

II

그로브 부인이 먼지를 털며 옷 진열실을 돌다가 말했다.
"우욱, 그걸 보았을 때 메스꺼웠어요. 어찌나 메스꺼웠는지 가봉실에는 다시 들어가고 싶지도 않았다니까요."
"무엇 때문에 메스꺼웠죠?"
모퉁이 책상에 앉아 여러 가지 회계 업무를 처리하며 바쁘게 일하던 앨리시어가 물었다. 그러고 나서 그녀는 그로브 부인과의 대화보다는 자기 일에 관심을 기울이며 덧붙였다.
"그런데 이 여자는 해마다 이브닝드레스 2벌과 칵테일 드레스 3벌, 그리고 정장 1벌까지 그냥 거저 달라는 거야? 단 1페니도 지불하지 않고! 어쩜 이런 인간들이 다 있을까!"
그로브 부인이 답했다.
"저 인형 때문에······."
"뭐예요, 또 인형 얘기예요?"
"그래요. 저기 책상 곁에 앉아 있는 모습이 꼭 사람 같다고요. 좌우간 속이 넘어올 것 같았어요!"
"무슨 소리 하는 거예요?"

앨리시어 쿰이 자리에서 일어났다. 그녀는 방을 가로질러 바깥의 층계참을 지나, 이어서 맞은편에 있는 가봉실로 들어갔다. 방 한쪽 귀퉁이에 세라턴풍의 자그마한 책상이 있었고, 인형은 바로 그 책상 곁 의자 위에 앉은 채 길게 늘어진 양 팔을 책상 위에 올려놓고 있었다.

"누가 장난을 치는 건가. 저렇게 인형을 앉혀 놓고 좋아하다니……. 하지만 아주 자연스러워 보이는걸."

앨리시어 쿰이 중얼거렸다.

바로 그때 시빌 폭스가 계단으로 내려왔다. 그녀는 그날 아침 입어 봐야 할 옷을 들고 있었다.

"이리 좀 와 봐요, 시빌. 우리 인형 좀 보라고요. 이제 내 개인 책상 옆에 앉아 편지를 쓰고 있어요."

두 여자가 인형을 바라보았다. 앨리시어 쿰이 외쳤다.

"정말이지 너무나 생뚱맞아! 도대체 누가 저렇게 앉혀 놓은 거예요, 시빌, 당신이 그런 거예요?"

"아니에요, 전 안 그랬어요. 위층에 아가씨들 가운데 누가 그런 게 아닐까요?"

"이 무슨 우습지도 않은 장난질이야, 정말."

앨리시어 쿰이 인형을 책상에서 집어 들어 다시 소파 위에 던졌다.

시빌은 예의 드레스를 의자 위에 가만히 걸쳐 놓은 뒤 방을 나갔다. 계단을 따라 올라간 그녀가 작업실로 들어섰다.

"그 인형 알죠? 아래층 쿰 선생님의 방, 가봉실에 있는 벨벳 인형 말이에요."

여공장과 세 명의 아가씨가 시빌을 쳐다봤다.

"예, 폭스 부인. 물론 알죠."

"누군가 오늘 아침에 그 인형을 책상 곁에 똑바로 앉혀 놓았어요. 누가 그런 장난을 친 거예요?"

여자 3명이 그녀를 바라보는 가운데 여공장 엘스페스가 먼저 나섰다.

"인형을 책상 옆에 앉혀 놓다뇨? 그런 적 없어요."

이어서 셋 중 하나가 받았다.

"저도 아니에요."

"말린, 네가 그랬니?"

말린은 고개를 저었다.

"당신이 장난친 거예요, 엘스페스?"

"아니라니까요, 정말. 인형 가지고 장난을 치거나, 책상에 앉혀 놓거나 할 정도로 한가하지는 않거든요."

엘스페스는 늘 자신의 입이 바늘로 꽉 차 있어야 한다고 여기는 것처럼 보이는 엄숙한 여자였다.

"이봐요들."

시빌은 자신의 목소리가 약간 떨리는 바람에 스스로 놀랐다.

"이건…… 아주 그럴듯한 장난이었어요. 단지 누가 했는지 알고 싶을 뿐이에요."

세 사람이 신경을 바짝 곤두세웠다.

"말씀 드렸죠, 폭스 부인. 우리들은 아니라고요. 그렇지, 말린?"

"나는 아니에요. 그리고 넬리와 마거릿도 그러지 않았다고 말하면 우리들 가운데 누구도 하지 않은 거예요."

"우리가 할 말을 다 했네요. 아무튼 이 모든 게 대체 무슨 일인가요, 폭스 부인?"

엘스페스가 말했다.

"혹시 그로브 부인이 아니었을까요?"

말린이 끼어들었다.

"그로브 부인일 리는 없어요. 인형을 보고 구역질을 다 했으니."

시빌은 고개를 저었다.

"내가 내려가서 직접 한번 봐야겠어요."

엘스페스가 나섰다.

"지금은 거기에 없어요. 쿰 선생님이 책상에 있는 걸 치워서 다시 소파 위에 던져 놓았거든요. 아무튼……."

시빌이 잠시 멈추었다가 다시 이었다.

"내 말은, 누군가 재미있을 거라 생각하고는 인형을 쿰 선생님 책상 옆의 의자에 앉혀 놓았다는 게 내 생각이에요. 그런데…… 왜 여러분이 사실대로 말하지 않는지는 알 수 없네요."

마거릿이 받았다.

"이미 두 번이나 말씀드렸잖아요, 폭스 부인. 왜 우리가 거짓말을 한다고 계속 의심하는지 모르겠네요. 우리들은 그런 얼빠진 짓을 할 사람들이 아니거든요."

"미안해요. 당신들을 화나게 할 생각은 없었어요. 하지만…… 하지만 도대체 다른 어떤 사람이 그런 장난을 쳤을까요?"

시빌이 응했다.

"혹시 인형이 혼자 일어나서 걸어간 게 아닐까요."

말린이 킥킥 웃으며 나섰다.

"오, 아무튼 그 모든 게 허튼 생각이에요."

시빌은 어쩐지 그런 생각이 마음에 들지 않았다.

시빌이 다시 층계를 따라 내려갔다.

앨리시어 쿰은 꽤 신이 나서 콧노래를 부르고 있었다. 그녀는 방 안을 빙 둘러보았다.

"또다시 안경을 잃어버렸어요. 하지만 상관없어요. 지금은 아무것도 보고 싶지 않거든. 문제는 나처럼 눈먼 사람이나 다름없을 경우 안경을 잃어버렸다면, 그 안경을 찾을 수 있는 또 다른 안경을 가지고 있지 않다면, 안경을 다시는 찾을 수 없다는 거지요. 보이지 않기 때문이에요."

시빌이 나섰다.

"제가 한번 둘러볼게요. 조금 전까지 들고 계셨잖아요."

"당신이 위로 올라갔을 때 다른 방에 들어갔었어요. 그 방에 갖다 놓은 게 아닌가 싶어요."

두 사람은 함께 다른 방으로 건너갔다. 앨리시아 쿰이 말했다.

"이거 참 괴롭군요. 돈 계산을 하고 싶은데, 안경이 없으니 어떻게 할 수 있겠어요?"

"제가 올라가서 침실에 있는 다른 안경을 가져올게요."

"그 안경도 없어요."

"예? 그 안경은 또 어떻게 된 거예요?"

"어제 점심을 먹으러 바깥에 나갔을 때 어딘가 두고 온 것 같아요. 식당에는 벌써 전화를 해 봤고 중간에 들렸었던 가게 두 군데에도 전화를 했어요."

"오, 선생님. 제 생각으로는 선생님께서는 안경이 3개는 있어야 할 것 같은데요."

"내게 안경이 3개나 된다면 여기저기 그 안경들을 찾느라 평생을 다 바쳐야 하는 게 아닐까요. 나는 1개만 가지고 있는 것이 제일 좋다고 생각해요. 그것을 찾아낼 때까지만 고생하면 되니까요."

"아무튼 어딘가에는 있을 거예요. 이 방과 가봉실 외엔 가신 데가 없잖아요. 이곳에 없는 게 분명하니까 틀림없이 가봉실에 벗어 두셨을 거예요."

두 사람은 다시 가봉실로 돌아왔다. 시빌이 빙 돌아가며 꽤 꼼꼼하게 살폈다. 드디어 마지막 시도인 듯 시빌이 소파에서 예의 인형을 집어 들었다. 그녀가 소리 질렀다.

"찾았어요, 선생님."

"오, 시빌! 어디에 있던가요?"

"우리의 소중한 인형 밑에요. 선생님께서 인형을 다시 소파에 올려놓을 때, 안경도 거기 함께 던져 놓았던 게 아닐까요?"

"아니에요. 절대 그러지 않았어요."

시빌이 성을 내듯 외쳤다.

"오, 그렇다면 이 인형이 선생님 몰래 안경을 가져가서 감춰 두었 단 얘기겠네요!"

앨리시어가 인형을 찬찬히 바라보며 말했다.

"당신도 잘 알잖아요. 이 인형은 충분히 그러고도 남아요. 아주 지능적으로 생겼잖아요, 안 그래요, 시빌?"

"저는 인형의 얼굴을 좋아하지 않아요. 마치 우리가 모르는 뭔가를 알고 있는 것처럼 보이거든요."

앨리시어가 호소하듯, 하지만 자신 없이 말했다.

"그래도 이 아이는 왠지 슬프고도 사랑스럽게 생긴 것 같지 않아요?"

"사랑스럽다고는 조금도 생각하지 않는데요."

"아……. 당신 말이 맞을 거예요……. 오, 이제, 우리 일을 해야죠. 리 부인이 10분 뒤에 이리로 올 거예요. 이 청구서를 다 써서 우편으로 부쳐야 해요."

"폭스 부인, 폭스 부인!"

시빌이 테이블 위에 몸을 구부리고 서서 견수자 원단을 재단하는데 마거릿이 그녀를 찾았다.

"예, 마거릿. 무슨 일이에요?"

"오, 폭스 부인, 저 인형이 또! 나는 시키신 대로 갈색 옷을 들고 가봉실로 내려갔어요. 그런데 또다시, 바로 거기 책상 곁에 그 인형이 앉아 있는 거예요. 내가 그런 게 아니에요……. 우리 중 누구도 그러지 않았어요. 폭스 부인, 우리는 결코 그런 일을 하지 않아요."

시빌의 가위가 조금 빗나갔다. 그녀가 화를 내듯 말했다.

"이거 봐요. 지금 당신 때문에 어떻게 되었는지 보라고요. 오, 아니에요, 괜찮을 거야……. 그래, 인형이 어떻게 되었다고요?"

"그 인형이 또다시 책상 곁에 앉아 있어요."

시빌은 아래로 내려가 가봉실로 들어갔다. 예의 인형이 앞서 앉아 있었던 모습 그대로 책상 옆에 앉아 있었다.

"너는 무슨 모진 결심이라도 한 거니?"

시빌이 인형에게 이야기했다. 그러고는 허물없이 인형을 집어 들고, 다시 소파 위에 올려놓았다.

"여기가 네 자리야, 우리 아가씨. 여기 가만히 있어야 해, 알겠니?"

시빌은 다른 방으로 건너가 앨리시어 쿰을 찾았다.

"쿰 선생님."

"왜 그래요, 시빌?"

"누군가 우리랑 게임을 하고 있나 봐요. 그 인형이 또 책상 앞에 앉아 있었어요."

"누구의 소행이라고 생각해요?"

"위층에 있는 셋 중에 하나일 거예요. 아마 이 장난이 재미있다고 생각하나 봐요. 물론 모두 절대 아니라며 하느님께 맹세한다고 했지만요."

"누가 했다고 생각해요? 마거릿이?"

"아니에요, 마거릿은 아닐 거예요. 마거릿이 제게 인형 얘길 말해

췄는데 그녀 역시 이상해하는 표정이었어요. 아마도…… 킥킥거리던 말린이 아닐까 해요."

"어쨌든, 이건 정말이지 정신 나간 짓이에요."

"물론 얼간이 같은 행동이죠. 그렇지만 더 이상 못 하도록 만들어 놓겠어요."

"어떻게 하려고?"

"두고 보세요."

그날 밤 퇴근할 때 시빌은 가봉실 문을 바깥에서 잠갔다.

"이 문을 잠갔어요. 게다가 열쇠도 제가 가져갈 거예요."

앨리시어가 왠지 재미있다는 듯 대답했다.

"오, 알았어요. 범인이 나라고 생각하기 시작한 모양이군요, 그렇죠? 내가 그 방에 들어가서 책상에서 뭔가 써야겠다고 생각하고, 결국에는 인형을 거기에 앉혀 놓고 나 대신 쓰게 한다? 내가 그렇게 정신 나간 사람 같아요? 그렇게 생각해요? 그리고 내가 그 모든 걸 잊어버린다는 얘기예요?"

"그럴 수도 있겠죠. 아무튼 오늘 밤에는 결코 그 어리석고 못된 장난을 칠 수 없을 거예요."

이튿날 아침, 시빌이 두 입술을 야무지게 다물고 도착하여 첫 번째 한 일은 예의 가봉실 문을 열고 발걸음도 씩씩하게 안으로 들어간 것이었다. 그로브 부인은 먼지떨이와 자루걸레를 든 채 꽤 시달린 표정으로 층계참에서 기다리고 있었다.

"자, 이제 봅시다!"

시빌이 질렸다. 그러나 그녀는 곧 헉 하고 가볍게 놀라며 한 발짝 뒤로 물러설 수밖에 없었다.

인형이 다시 책상 옆에 앉아 있었던 것이다.

시빌의 등 뒤에 있던 그로브 부인도 놀란 듯했다.

"정말 이상하네요! 알 수 없어요. 오, 폭스 부인, 괜찮아요? 몹시 핼쑥해 보여요. 약이라도 좀 드셔야 할 것 같은데. 쿰 선생님께서 약을 좀 가지고 계실 텐데, 아세요?"

"나는 괜찮아요."

시빌이 답했다. 그러고는 인형에게 다가가, 살며시 그것을 집어 들고 방을 건너갔다.

"누군가 또 요술을 부린 모양이에요."

그로브 부인이 말했다.

"도대체 이번에는 어떻게 재주를 부렸는지 모르겠어요. 지난밤에 저 문을 잠갔다고요. 당신도 잘 알죠, 누구도 들어갈 수 없다는 거 말예요."

시빌이 천천히 말했다.

"누군가 어쩌면 다른 열쇠를 가지고 있는지도 모르죠."

그로브 부인이 거들려는 듯 일렀다.

"아뇨, 그렇게 생각하지 않아요. 이전엔 이 문을 애써 잠가 두지도 않았었거든요. 이건 그 구식 열쇠들 가운데 하나일 뿐인걸요. 게다가 이것 하나밖에 없어요."

"어쩌면 다른 열쇠가 맞을지도 모르잖아요……. 맞은편 문의 열쇠는 어때요?"

곧이어 두 사람은 양장점 안에 있는 모든 열쇠로 시험해 보았다. 하지만 가봉실 문에 맞는 열쇠는 없었다.

"참으로 괴상하죠, 쿰 선생님."

시빌이 함께 점심을 먹으면서 앨리시어 쿰에게 말했다. 앨리시어 쿰은 되레 기쁜 얼굴을 했다.

"오, 시빌. 이건 한마디로 범상치 않은 일이에요. 이 문제에 대해 심령 연구가들한테 편지를 써서 보내는 게 어떨까요? 왜 있잖아요. 그쪽에서 조사하는 사람을 보낼 거예요. 영매 말이에요. 이 방에 뭔가 유별난 게 있나 알아보는 거예요."

"선생님은 전혀 근심하시는 것 같지 않네요."

"글쎄요, 어찌 보면 좀 즐긴다고나 할까. 내 나이에는 무슨 일들이 벌어지면 좀 신이 나거든요! 그럼에도 불구하고…… 더 이상은 안 돼요."

앨리시어 쿰이 진지하게 덧붙였다.

"내가 이런 상황을 결코 좋아하는 것은 아니에요. 말하자면 그 인형은 너무 들떠서 날뛰는 것 같아요, 그렇죠?"

그날 저녁, 시빌과 앨리시어 쿰은 다시 그 문을 밖에서 잠갔다.

시빌이 말했다.

"하지만 누군가 또 장난을 칠 거예요. 비록 왜 그런 짓을 하는지 이유는 알 수 없지만……."

그러자 앨리시어가 질문했다.

"내일 아침 인형이 또다시 책상 앞에 앉아 있을 거라고 생각하는 건가요?"

"예, 그렇게 생각해요."

하지만 그들의 생각과는 달랐다. 인형은 책상 곁에 있지 않았다. 그것은 바깥의 길을 내다보면서 창턱에 앉아 있었다. 앉아 있는 자세에는 평범치 않은 태연함마저 깃들어 있었다.

"이거야말로 어이없는 일이 아닌가요?"

앨리시어 쿰이 말했다. 그날 오후 두 사람은 각각 차 한 잔씩을 마시고 있었다. 다만 여느 때처럼 가봉실이 아니라, 그 반대편에 있는 앨리시어 쿰의 방에서 마시기로 합의한 뒤였다.

"어떤 게 어이없다는 얘기죠?"

"아…… 내 말은, 붙잡을 만한 게 아무것도 없다는 거예요. 단지 늘 자리를 바꾸는 인형이 있을 뿐이잖아요."

하루하루가 지나감에 따라 그 현상은 더욱더 눈에 잘 띄었다. 이제 인형은 밤중에만 움직이는 것이 아니었다. 언제든 그들이 단 몇 분이라도 자리를 비웠다가 다시 가봉실에 들어가면 인형은 벌써 다른 자리에 가 있는 것이었다. 가령 인형을 소파 위에 올려놓았는데 나중에 보면 의자 위에 있는 식이었다. 그러다 곧이어 또 다른 의자에 앉아 있곤 했다. 간혹 창가 의자에 앉아 있기도 하고, 다시 책상 앞을 차지하기도 했다.

앨리시어 쿰이 말했다.

"그야말로 마음대로 돌아다니는군. 게다가 시빌, 내 생각에는 재미있어하는 것 같아요."

두 여자는 인형을 내려다보고 서 있었다. 색칠해진 실크 낯에, 부드러운 벨벳 옷차림을 하고, 힘없이 축 처져 있는 모습.

앨리시어 쿰의 목소리는 긴장되어 있었다.

"낡은 벨벳과 실크 원단 쪼가리, 그리고 페인트 몇 방울, 고작 그게 다일 뿐인데 말이지. 내 생각에는, 우리 말예요. 에…… 인형을 처분하는 게 어떨까요?"

시빌이 물었다. 충격을 받은 듯한 음성이었다.

"인형을 처분하다뇨, 무슨 뜻이세요?"

"이를테면 불 속에다 집어넣는다든가. 불이 있다면 말이에요. 태워 버리는 거예요. 마녀처럼 말이죠. 또는……."

앨리시어 쿰이 좀 더 현실적인 방안을 덧붙였다.

"그냥 쓰레기통에 던져 버릴 수도 있죠."

"별 소용이 없을 것 같은데요. 누군가 애를 쓰레기통에서 꺼내 다시 우리에게 보내지 않을까요?"

"아니면 인형을 다른 곳에 보낼 수도 있죠. 왜 있잖아요. 늘 우리한테 편지를 써서 뭔가를 보내 달라고 하는 단체들 말이에요. 세일이나 바자에 보내는 거예요. 그게 제일 좋은 방법 같은데."

"모르겠어요……. 사실 그렇게 하기가 두려워요."

"두렵다고요?"

"어쩌면 다시 돌아오지 않을까요?"

"인형이 이리로 돌아온다는 말이에요?"

"예."
"집으로 돌아오는 비둘기처럼?"
"예, 그렇게요."
"우리 이러다가 미쳐 버리는 거 아닐까요? 혹시 내가 정말로 망령이 들었는데, 당신은 내 비위나 맞추려는 중인 거 아니에요?"
"아니에요. 하지만 왠지 소름 끼치고 기분 나빠요……. 저 인형은 우리에겐 너무 강한 상대라는 무시무시한 기분이 들어요."
"뭐라고요? 저 누더기 쪼가리가?"
"예, 저 섬뜩하게 흐느적거리는 넝마 쪼가리가 말예요. 왜냐하면 아시다시피 저 인형은 모질게 마음을 먹었다고요."
"마음을 모질게 먹었다?"
"자기 마음대로 하기로! 제 말뜻은 그러니까, 이제 이곳은 저 인형의 방이라고요!"
앨리시어 쿰이 방을 빙 둘러보며 말했다.
"그래요, 인형의 방이 맞아요. 물론, 돌이켜보면 언제나 인형의 방이었어요. 색깔이며 모든 것들이……. 저 인형은 이곳과 잘 어울려요. 아니, 오히려 방이 인형과 잘 어울린다고 해야 하겠네요."
그녀는 왠지 활기찬 목소리로 덧붙였다.
"인형 하나가 들어와서 이처럼 여러 가지를 차지한다는 게 터무니없네요. 당신도 들었죠? 그로브 부인은 더 이상 이곳에 들어와 청소하지 않겠다고 했어요."
"인형 때문에 겁이 난다고 얘기하던가요?"

"아니에요. 뭔가 다른 한두 가지 변명을 했을 뿐이에요."

이어서 앨리시어가 기겁을 하듯 덧붙였다.

"우리 이제 어떻게 할까요, 시빌? 나는 저것 때문에 점점 더 기운이 빠져요. 지난 몇 주 동안 그 어떤 디자인 작업도 할 수 없었어요."

"전 마음을 집중해서 재단하는 게 제대로 안 돼요. 온갖 엉뚱한 실수를 저지르죠. 어쩌면……."

그녀가 자신 없이 말했다.

"심령 연구가들한테 편지를 써서 보내자는 선생님의 생각이 효과가 있지 않을까요?"

"진짜 그렇게 하면 우리는 바보처럼 보일 거예요. 진심으로 한 말이 아니었어요. 아니, 우리는 그때까지 계속해야 할 것 같군요."

"언제까지 말예요?"

"오, 모르겠어요."

앨리시어가 그렇게 말하며 애매하게 웃었다.

이튿날 출근한 시빌은 가봉실 문이 잠겨 있는 것을 발견했다.

"쿰 선생님, 열쇠 가지고 있으세요? 선생님이 어젯밤 이 문을 잠그신 거예요?"

"그래요. 내가 잠갔어요, 그리고 계속 잠가 놓을 거예요."

"계속 잠가 두다니요?"

"내 말은, 그 방을 포기했다는 거예요. 인형더러 그 방을 가지라고 하세요. 꼭 방이 2개 필요한 건 아니죠. 여기서도 가봉을 할 수 있어요."

"하지만 이곳은 선생님의 개인 거실이잖아요."

"하지만 더 이상은 필요 없어요. 나한테는 아주 근사한 침실이 있거든요. 그 방을 침실 겸 거실로 쓸 수 있지 않겠어요?"

시빌이 의심스러운 듯 물었다.

"그렇다면 다시는 가봉실에 들어가지 않겠다는 말씀이세요?"

"바로 그런 뜻이에요."

"하지만…… 청소는요? 끔찍한 상태가 될 텐데."

"내버려 둬요! 그 방이 인형한테 홀려 있다면, 그것도 좋아요……. 계속 가지라고 하죠 뭐. 알아서 방 청소도 하라고 하고요. 그 인형은 우리들을 미워하고 있어요, 당신도 알겠어요?"

"그게 무슨 말씀이세요? 인형이 우리를 미워한다고요?"

"그래요. 당신 그걸 몰랐어요? 알았을 텐데, 그 인형을 쳐다본 순간 깨달았을 텐데."

"예. 저도 느꼈던 것 같아요. 여태까지 그런 걸 느꼈던 것 같아요……. 인형은 우리를 미워한다. 그리고 우리가 그곳을 떠나주길 바란다."

"그 인형은 심술궂은 꼬맹이예요. 어쨌든 이제 만족스러워하겠죠."

그 뒤로 모든 일들은 보다 평화스럽게 진행되었다. 앨리시어 쿰은 부하 직원들에게 당분간 가봉실 사용을 포기한다고 선언했다. 방이 너무 많아 먼지를 털고 청소하는 데 힘이 든다는 것이다.

하지만 그날 저녁, 어떤 여공이 다른 여공에게 이야기하는 것을 귓결에 듣게 된 것은 썩 개운한 일이 아니었다.

"그분 아무래도 좀 미친 것 같아, 쿰 선생님 말이야. 어쩐지 좀 이상하다 싶었는데……. 물건들을 잃어버리질 않나, 자주 뭔가 잊어버리질 않나. 하지만 이제는 한계를 넘어섰어, 안 그래? 아래층의 인형한테 무슨 감정이 있나 봐."

"오, 정말 선생님이 미칠 거라고 생각하는 거야? 우리한테 칼을 들이댄다든지, 그렇게?"

그들은 재잘거리며 지나갔고 앨리시어가 성이 난 듯 의자에 똑바로 앉았다.

'이거야말로 정말 돌겠네!'

곧이어 그녀는 애처로이 혼잣말을 했다.

"시빌만 아니었다면 스스로도 미쳤다고 생각했을 거야. 하지만 나와 시빌이, 게다가 그로브 부인까지 있잖아. 그러니 그 인형한테 뭔가 있는 것처럼 보일 수밖에. 그렇지만 도대체 이 사태는 어떻게 끝나는 걸까?"

3주 뒤 시빌이 앨리시어 쿰에게 일렀다.

"우리 가끔 저 방에 들어가 보아야 하지 않겠어요?"

"왜죠?"

"지저분한 상태일 것 같아요. 좀벌레가 물건들을 망쳐 버렸을 수도 있고 말이죠. 먼지를 털어 내고 청소를 한 다음에 다시 잠그면 되잖아요."

"계속 잠가 두고 들어가 보지 않는 게 훨씬 더 나을 것 같은데요."

"어쩌면 선생님은 저보다 훨씬 더 미신에 사로잡혀 있으신가 봐요."

"그럴 거예요. 그 모든 이야기를 당신보다 내가 더 먼저 믿으려고 했으니까 말이에요. 그러나 무엇보다도 당신도 알다시피 왠지 난 이번 일이 야릇하고 재미있다고 느꼈어요. 잘 모르겠어요. 좀 두려울 뿐이에요. 어쨌든 다시는 저 방에 들어가지 않겠어요."

"하지만 전 들어가고 싶어요. 그리고 실제로 들어갈 거고요."

"당신이 지금 어떤 상태인지 알아요? 당신은 그저 궁금할 뿐이에요. 그게 전부예요."

"좋아요. 그렇다면 제가 호기심이 많다고 쳐요. 어쨌든 전 인형이 어떻게 되었는지 보고 싶어요."

"여전히 나는 인형을 그냥 내버려 두는 게 훨씬 낫다고 생각해요. 이제 우리는 저 방에서 떠났고 그 인형은 만족하고 있어요. 그냥 만족스러운 상태로 놔두는 게 좋아요."

앨리시어가 화가 난 듯 한숨을 쉬었다.

"우리 대체 무슨 터무니없는 이야기를 하고 있는 걸까요!"

"그래요, 우린 지금 터무니없는 얘기를 하고 있어요. 하지만 터무니없는 얘기를 하지 않을 방법이 있으면 좀 알려 주시겠어요? 그러시지 말고 이제 열쇠를 좀 주세요."

"좋아요, 좋다고요."

"제가 그 인형을 내쫓는다든지 그럴까 봐 걱정하시는 거죠? 제 생각에 그 인형은 창문이나 문 같은 데도 통과할 수 있는 존재 같아요."

시빌이 문 자물쇠를 풀고 안으로 들어가더니 소리 질렀다.

"세상에, 이게 뭐야?"

앨리시어 쿰이 시빌의 어깨 너머를 엿보면서 물었다.

"왜 그래요?"

"먼지 같은 게 하나도 쌓이지 않은 것 같아요, 그렇죠? 생각해 보세요, 그렇게 오랫동안 닫혀 있었는데……."

"그러네. 참 이상하군요."

"인형이 저기 있어요."

인형은 소파 위에 있었다. 다만 여느 때처럼 축 처져서 누워 있는 게 아니었다. 인형은 등 뒤에 쿠션을 대고 곧추앉아 있었다. 왠지 이 집의 여주인과 같은 느낌이 났다. 사람들을 맞을 준비를 하고 있는 집주인 같은.

앨리시어 쿰이 나섰다.

"어쩜, 집 안에 들어 앉아 편안한 모습이네요, 그렇죠? 이렇게 불쑥 들어온 걸 사과해야만 할 것 같은 느낌이에요."

"나가죠."

시빌은 뒷걸음으로 물러나 문을 잡아당기고 다시 잠갔다.

두 여인은 서로를 멍하니 쳐다보았다.

앨리시어 쿰이 말했다.

"정말 모르겠네. 왜 그렇게 무시무시해 보일까……."

"하지만 겁을 집어먹지 않을 사람이 어디 있겠어요?"

"내 말은 결국엔 어떻게 되느냐 하는 거예요. 사실은 별 것도 아니잖아요. 방 안을 누비고 다니는 꼭두각시일 뿐. 아니야, 꼭두각시는 아니고…… 오히려 장난꾸러기 유령이 맞겠네요."

"적당한 표현이네요."

"그래요, 하지만 진짜 그렇게 믿지는 않아요. 내 생각에…… 쟨 그냥 인형일 거예요."

"어디에서 왔는지 정말 모르세요?"

"전혀 생각이 나질 않아요. 게다가 그것에 대하여 생각하면 할수록, 내가 저 인형을 사지는 않았다는 확신이 들어요. 누구한테서 받은 것은 더구나 아니고요. 이를테면…… 인형은 그냥 온 것 같아요."

"그러면, 언젠가…… 여길 떠날 거라고 생각하세요?"

"하지만 가야 할 까닭이 있을까요? 자기가 바라는 건 마음대로 가지고 있잖아요."

그러나 인형은 아직 자기가 원하는 것 모두를 가진 것 같지 않았다. 이튿날 시빌이 의상 진열실로 들어서는 순간, 그녀는 헉 하는 소리와 함께 숨을 들이쉬었다. 시빌이 위층을 향해 소리쳤다.

"쿰 선생님! 어서 내려와 보세요."

"무슨 일이에요?"

잠자리에서 늦게 일어난 앨리시어 쿰이 계단을 따라 내려왔다. 오른쪽 무릎의 류머티즘 때문인지 그녀는 불안하게 절뚝거렸다.

"무슨 일이에요, 시빌?"

"저기 좀 보세요. 저기 좀 보시라고요."

두 사람은 진열실 문간에 서 있었다. 소파 위에 앉아 팔걸이 위로 편안하게 다리를 늘어뜨린 존재는 바로 그 인형이었다.

"인형이 나왔어요. 저 방 밖으로 나왔다고요! 이제 이 방도 원하고 있어요."

앨리시어 쿰이 문 옆에 주저앉았다.

"결국에는 이 가게 전부를 달라고 할 거야."

"그럴 수도 있어요."

앨리시어가 인형에게 대고 외쳤다.

"이 치사하고, 교활하고, 심술궂은 짐승 같은 것! 정말 왜 우리한테 찾아와서 이렇게 못살게 구는 거야? 우리는 너를 원하지 않는다고!"

앨리시어에게, 그리고 시빌에게도, 그 인형이 아주 조금 움직인 것처럼 보였다. 팔다리가 더욱 축 늘어진 것 같았다. 길게 흐느적거리는 팔 하나는 소파의 팔걸이에 걸쳐져 있고, 반쯤 가려진 얼굴은 팔 밑을 내려다보는 듯했다. 교활하고 심술궂은 표정이었다.

앨리시어가 소리 질렀다.

"끔찍한 것! 견딜 수 없어! 더 이상 견딜 수가 없단 말이야."

느닷없이, 시빌이 깜짝 놀라 말릴 새도 없이, 앨리시어가 횅하니 방을 가로질러 인형을 집어 들었다. 그러고는 창가로 가서 창문을 열고 인형을 길거리로 내던져 버렸다. 헉 소리와 함께 시빌의 입에서 내키지 않는 두려움의 비명이 새어 나왔다.

"오, 선생님, 그러시면 안 돼요! 왜 그러셨어요?"

"뭐라도 해야만 했어요. 더 이상 참을 수 없었다고요."

시빌이 창가에 선 앨리시어 쿰에게 다가갔다. 저 아래 포장도로 위, 인형이 엎드려 있었다. 흐느적거리는 팔다리를 펼치고 얼굴을 바닥에 댄 채였다.

"선생님이 인형을 죽였어요."

"엉뚱한 소리……. 벨벳과 실크 쪼가리들로 만들어진 인형을 내가 어떻게 죽일 수 있겠어요. 그건 진짜가 아니라고요."

"아니요, 섬뜩할 정도로 진짜예요."

앨리시어가 별안간 숨을 죽였다.

"오, 맙소사, 저 아이 좀……."

누덕누덕한 옷차림의 작은 소녀가 포장도로 위의 인형을 굽어보고 서 있었다. 아이는 길 위아래를 훑어보았다. 아침 시간, 오가는 차량은 약간 있었지만 그렇게 붐비지는 않았다. 곧이어 만족스러운 듯 아이가 몸을 구부려 인형을 집어 들고는 길거리를 가로질러 달려갔다.

"거기 멈춰, 잠깐 멈추라고!"

앨리시어가 외쳤다. 그녀는 시빌에게 고개를 돌렸다.

"저 아이가 인형을 가져가면 안 돼요. 그럴 수는 없어. 저 인형은 위험해……. 불길하다고요. 저 아이를 잡아야 해요."

소녀를 붙든 것은 그들이 아니었다. 그녀를 세운 것은 교통 행렬이었다. 마침 택시 3대가 내려오고 있었고, 소형 트럭 2대는 반대 방향으로 가고 있었다. 어린아이는 길 한가운데 섬에 고립되었다. 시빌이 먼저 계단을 따라 내려왔고 앨리시어 쿰이 그녀를 쫓아왔다. 시빌은 상업용 밴과 승용차 사이를 피해 가며 앨리시어 쿰이 바로 뒤따르는 가운데 그 섬에 다다랐다. 아이는 아직 차량 사이를 통과하여 맞은편에 이르지 못했다.

앨리시어 쿰이 일렀다.

"그 인형 가져가면 안 돼. 나에게 돌려줄래?"

아이가 그녀를 쳐다보았다. 8살 가량의 작은 소녀는 약간 사팔눈에 바싹 여윈 모습이었다. 아이는 굽히지 않을 듯한 표정이었다.

"왜 인형을 내놓으라는 거예요? 이 인형을 창문 밖으로 내던졌잖아요. 틀림없이 내가 봤어요. 인형을 창문 바깥으로 던져 버렸다면 더 이상 원하지 않는 거잖아요. 그러니 이제 이 인형은 내 것이에요."

앨리시어가 기겁을 하며 타일렀다.

"내가 다른 인형을 사 줄게. 장난감 가게에 같이 가자. 네가 좋아하는 곳에 가서 마음대로 골라. 제일 좋은 인형으로 사 줄게. 하지만 이건 내게 돌려줘."

"싫어요."

아이가 보호하듯 두 팔로 벨벳 인형을 껴안았다.

"그 인형을 도로 줘야 해. 네 것이 아니란다."

시빌이 타이르며 손을 뻗어 아이로부터 인형을 빼앗으려고 했다. 바로 그때 아이가 발을 탕탕 구르고, 돌아서서 그들을 향해 외쳤다.

"안 돼, 안 돼, 안 돼! 앤 내 거야, 난 이 인형을 사랑해요. 당신은 이 인형을 사랑하지 않잖아요. 미워하잖아요. 미워하지 않았다면, 창문으로 던져 버리지 않았을 거예요. 나는 앨 사랑한다고요. 이 인형이 바라는 건 바로 그거예요. 이 인형은 사랑받고 싶어 한다고요."

뒤이어 아이가 마치 뱀장어처럼 자동차들 사이를 요리조리 빠져나가더니, 도로를 가로질러 샛길로 내려가서는 시야에서 사라졌다.

나이를 더 먹은 두 여자가 차량들 사이를 피해 가며 쫓아가기에는 역부족이었다.

앨리시어가 말했다.

"아이가 가 버렸네."

시빌이 뇌었다.

"인형이 사랑받고 싶어 한다고 그랬죠."

앨리시어가 속삭였다.

"어쩌면, 그 인형이 내내 바랐던 건 바로 그게 아닐까요? 누군가에게 사랑받는 것……."

런던의 차량 행렬 한가운데, 놀란 얼굴이 된 두 여자가 서로를 우두커니 쳐다보았다.

희미한 거울 속

나로서는 이 이야기를 제대로 설명할 길이 없다. 사건의 까닭이나 원인에 관하여 논하기도 어렵다. 과거에 벌어졌던 사건일 뿐.

하지만 마찬가지로 나는 때때로 생각해 본다. 수많은 세월이 흐른 뒤에야 인식할 수 있었던 한 가지 중요한 사실을 그때 알아챘다면, 상황은 어떻게 달라졌을까? 그걸 알아챘다면…… 세 사람의 인생 항로는 전혀 달라지지 않았을까? 그렇게 생각하니 어쩐지 으스스한 느낌에 소름이 돋는 듯하다.

그 사건의 발단을 풀어 놓으려면 1914년 여름으로 돌아가야 한다. 전쟁 전……. 그때 나는 닐 카슬레이크와 같이 뱃지워시에 내려갔다. 닐은 얼추 내 제일 친한 친구였던 것 같다. 그에게 남동생 앨런이 있다는 것을 알았지만, 잘 아는 사이는 아니었다. 그들의 여동생 실비아는 이전에는 한 번도 만난 적이 없었다. 실비아는 앨런보다 2살 아래였고, 닐보다는 3살이 어렸다. 닐과 함께 학교에 다닐 때, 방학을 맞이하여 같이 뱃지워시에 내려가서 며칠 보내려고 한 적이 2번 있었다. 하지만 그때마다 무슨 일이 생겨 이루지 못했다. 결국 내가 처음 닐과 앨런의 집을 찾아간 것은 23살 되던 무렵이었다.

우리는 그곳에서 꽤 큰 모임을 갖게 되었다. 닐의 여동생 실비아는 이제 막 찰스 크롤리라고 하는 사내와 약혼을 한 사이였다. 닐의 말에 따르면 찰스는 실비아보다 훨씬 더 나이가 많지만, 아주 훌륭한 사람인 데다 상당히 유복한 형편이라고 했다.

우리는 그날 저녁 7시경에 도착했던 것으로 기억한다. 모두 저녁 식사에 걸맞은 옷으로 갈아입으려고 각자의 방으로 갔다. 닐이 나를 방으로 데려다 주었다. 뱃지워시는 오래된 집으로, 매력적으로 넓게 뻗어 있었다. 그 집은 지난 3세기 동안 자유롭게 증축하여 오르락내리락하는 수많은 작은 층계들과 뜻밖의 비밀 계단들이 있었다. 집 안에 들어서면 길을 찾기가 쉽지 않은 종류의 저택이었다. 닐이 저녁을 먹으러 내려올 때 나한테 들러 데려가 주겠다고 했던 기억이 난다. 나는 그때 그의 식구들을 처음 만난다는 생각에 왠지 부끄러운 마음이었다. 나는 웃으면서 말했다. 복도에서 유령이라도 나타날 것 같은 기분이 드는 집이라고. 닐은 아무렇지도 않게 이 집은 귀신한테 홀렸다는 소문이 있다고 말했다. 하지만 가족들 누구도 뭔가를 본 적이 없으며, 유령이 어떤 모습으로 나타나는지 그 자신도 알지 못한다고 했다.

곧이어 닐이 허둥지둥 나갔고 나는 옷을 갈아입으려고 여행 가방 속에 파묻혀 짐을 뒤지기 시작했다. 카슬레이크 사람들은 부자가 아니었다. 그들은 자신들의 오래된 집에 붙어살았으며, 손님을 위해 짐을 풀어 줄 남자 하인도 없었고, 시중을 드는 사람도 없었다.

어느새 넥타이를 맬 차례였다. 나는 거울 앞에 서 있었다. 그렇게 나 자신의 얼굴과 두 어깨를 볼 수 있었다. 등 뒤로 방의 벽이 보였다. 가운데 문 하나가 나 있는, 그저 밋밋하게 보이는 벽……. 넥타이를 마지막으로 매만지는 순간 그 문이 열리는 게 보였다.

내가 왜 뒤로 돌지 않았는지 모르겠다. 그렇게 하는 것이 자연스러운 일이었을 텐데. 아무튼 나는 뒤로 돌지 않았다. 거울을 통해 천천히 열리고 있는 그 문을 그저 지켜볼 따름이었다. 문이 열리면서 나는 그 너머의 방 안을 들여다보았다.

그것은 침실이었다. 내 방보다 더 큰 침실. 침대 틀 2개가 보였다. 다음 순간 나는 돌연 숨을 죽였다.

한쪽 침대 발치에 웬 아가씨가 있었고 남자의 두 손이 그녀의 목을 움켜쥐고 있었다. 그 남자는 서서히 여자를 억지로 뒤로 밀어붙이면서 목을 억눌렀다. 여자는 천천히 질식해 갔다.

일말의 의심의 여지가 없었다. 내가 본 것은 완벽할 정도로 뚜렷했다. 그때 벌어지고 있던 일은 분명 살인이었다.

나는 여자의 얼굴을 분명하게 볼 수 있었다. 그녀의 생생한 금발 머리, 아름다운 얼굴에 서린 아픈 공포의 그늘, 서서히 피가 퍼져 오르는 얼굴. 남자의 모습에선, 그의 등과 두 손, 그리고 그의 얼굴 왼쪽에 난 흉터가 목 쪽으로 그어져 있는 것까지 보았다.

알아보는 데는 시간이 얼마간 걸렸다. 그러나 실제로는 내가 멍하니 바라보는 동안 짤막한 순간이 흘렀을 뿐이었다. 곧이어 나는 여자를 구해 주기 위해 뒤로 돌았다.

내 뒤의 벽. 거울에 비친 벽에는 빅토리아 양식의 마호가니 벽장뿐이었다. 문은 열리지 않았다. 끔찍한 장면도 없었다. 나는 다시 거울을 향했다. 거울은 벽장만 비칠 뿐이었다…….

나는 두 손을 내밀어 눈 위로 올렸다가 내렸다. 이어서 방을 가로질러 뛰어가, 벽장을 앞으로 잡아당기려고 했다. 그 순간 복도에 있던 닐이 또 다른 문으로 들어와 도대체 무슨 일을 하려고 하느냐며 물었다.

닐은 아마 내가 제정신이 아니라고 생각했을 것이다. 더구나 나는 그에게 다가가 벽장 뒤에 문이 있느냐고 물어보았다. 닐은 그렇다고 했다. 그 문을 통해 옆방으로 들어갈 수 있다고 덧붙였다. 그 옆방에 누가 살고 있느냐고 내가 물었고, 닐은 올드햄 부부라고 했다. 올드햄 소령과 그의 아내. 나는 다시 올드햄 부인이 아주 환한 금발이냐고 물었고, 닐이 냉정한 목소리로 그녀의 머리 색이 어두운 편이라고 대답했을 때 비로소 깨닫기 시작했다. 어쩌면 나는 지금 바보 같은 짓을 하고 있는 게 아닐까. 나는 스스로를 추스르고 닐에게 어설픈 변명을 했다. 그리고 함께 아래층으로 내려갔다. 나는 모종의 환각에 빠졌던 게 아닐까 자문해 보았다. 그리고 왠지 좀 창피하다는 생각과 함께 머저리가 된 기분이었다.

곧이어 닐이 자신의 여동생을 소개했다. 그리고 나는 바로 직전에 질식하여 죽어 가던, 바로 그 여자의 사랑스런 얼굴을 마주했다. 이어서 그녀의 약혼자를 소개받았다. 얼굴 왼편 아래에 흉터가 나 있는, 키가 큰 짙은 피부의 남자.

내용은 그러했다. 당신이 내 입장이었다면 어떻게 했을지 생각해 보고 얘기해 주길 바란다. 여기 여자가 있다. 내가 보았던 것과 아주 똑같이 생긴 바로 그 여자. 그리고 그 여자의 목을 졸랐던 남자가 있다. 두 사람은 1개월 가량 지난 뒤 결혼할 것이다.

나는 예언가처럼 미래에 일어날 일을 보았던 것일까? 장차 실비아와 그의 남편은 이리 내려와 살게 될 것인가? 그때 그 방(가장 좋은 빈 방)이 주어질 것인가? 무엇보다 내가 목격했던 장면이 어두운 현실로 실제 벌어질 것인가?

이 문제와 관련하여 나는 도대체 어떻게 해야 하는가? 내가 정말 무슨 일이라도 할 수 있을까? 닐, 혹은 그 아가씨 자신, 어느 누가 내 말을 믿을 수 있을까?

그곳에 내려가 있었던 일주일간, 그 모든 문제를 마음속으로 거듭 돌이켜 보았다. 이야기해야 하나, 아니면 말아야 할까? 게다가 거의 동시에 또 다른 문제가 벌어졌다. 실비아 카슬레이크를 처음 본 바로 그 순간 그녀와 사랑에 빠진 것이었다. 지구상에 그 어떤 것보다 더 절실하게 그녀를 원했다. 하지만 어쩌면 바로 그 점이 내 두 손을 묶어 놓았다.

그렇지만 내가 아무 말도 하지 않는다면 실비아는 찰스 크롤리와 결혼하고, 크롤리는 그녀를 죽일 것이었다.

그리하여 떠나기 하루 전, 그 모든 걸 실비아에게 털어놓았다.

"내 정신이 좀 나갔거나 어떻게 된 게 아닌가 하고 생각할 수 있다는 걸 알아요. 하지만 엄숙히 맹세합니다. 나는 내가 말한 바로 그대로 보았습니다. 당신이 크롤리와 결혼하기로 결심한 만큼, 내 이 이상한 경험을 당신께 얘기해 주어야 한다고 생각했습니다."

실비아는 아주 가만히 들었다. 그녀의 두 눈에는 내가 이해할 수 없었던 뭔가가 서려 있었다.

이야기를 마치자 실비아 카슬레이크는 진지한 목소리로 고맙다는 말만 했다. 나는 얼간이처럼 되뇌었다.

"내가 그 장면을 보았어요. 정말 보았다고요."

"그렇게 보았다고 하시니, 정말 보았겠죠. 당신 말을 믿어요."

하지만 궁극적으로, 나는 내가 잘한 것인지 웃음거리가 되었을 뿐인지도 모른 채 그곳을 떠났다.

그리고 일주일 뒤 실비아는 찰스 크롤리와의 약혼을 파기했다.

그 뒤 전쟁이 터졌고, 전쟁에 참전한 나는 별다른 생각을 할 여유가 없었다. 휴가를 나왔을 때 실비아와 한두 번 마주쳤지만 나는 되도록 그녀를 피했다.

처음과 마찬가지로 여전히 실비아를 절실히 사랑하고 원했지만, 어쩐지 그렇게 하면 공명정대한 게임이 못 된다고 생각했다. 실비아가 크롤리와의 약혼을 깬 것은 나 때문이었다. 나는 스스로 되뇌었다. 내가 취했던 행동을 정당화하려면, 감정을 배제한 순수한 태도를 보여 주어야 한다고.

뒤이어 1916년, 닐이 죽었고 그의 마지막 순간에 대해 실비아에게 이야기해 주는 것은 내 몫으로 떨어졌다. 그 뒤에 우리는 격을 앞세운 관계를 유지할 수 없었다. 실비아는 닐을 흠모했고, 닐은 또한 내 제일 친한 동무이기도 했다. 그녀는 상냥했다. 슬픔에 빠진 모습이었지만 감탄스러울 정도로 상냥했다. 나는 그저 애써서 말을 아꼈고, 다시 전장으로 나갔다. 총알 하나가 날아와 이 모든 참담한 현실을 끝내 주길 기원하며. 실비아 없는 삶은 살 만한 가치가 없었다.

그러나 내 이름이 새겨진 총알은 없었다. 탄환 하나가 오른쪽 귀 아래를 때릴 뻔하기는 했다. 다른 하나는 주머니 속에 담뱃갑을 비키고 나갔다. 하지만 나는 결국 다치지 않고 전역했다. 찰스 크롤리는 1918년 초, 작전 중에 전사했다.

그래서인지 상황이 달라졌다. 나는 휴전 바로 전인 1918년 가을에 고향으로 돌아왔고 곧장 실비아를 찾아가, 그녀를 사랑한다고 말했다. 그녀가 곧바로 나를 좋아하리라고는 바라지 않았다. 하지만 그녀가 왜 더 일찍 말하지 않았느냐고 물었을 때, 나는 그저 황홀함에 빠져 녹아내릴 것 같았다. 나는 크롤리에 대하여 뭔가 말하기 위해 더듬거렸다. 그러자 그녀가 자신이 왜 그 사람과 헤어졌다고 생각하느냐고 물었다. 이어서 이르기를 내가 그녀에게 그러했던 것처럼 그녀 역시 처음 본 순간부터 나와 사랑에 빠졌다는 것이었다.

나는 내가 이야기해 준 내용들로 말미암아 약혼을 파기한 것이 아니냐며 내 심정을 토로했다. 그녀가 자조하며 받았다. 그녀가 크롤리를 진정으로 사랑했다면 그런 겁쟁이 같은 행동을 할 수 없었을 거라고. 이어서 우리는 옛날 내가 보았던 환영을 다시 떠올렸다. 두 사람 모두 참으로 묘한 일이었다는 데 동의하였지만 더 이상의 얘기는 없었다.

그 뒤에 한동안은 특별히 이야기할 만한 일이 없었다. 곧이어 실비아와 나는 결혼했고, 우리는 아주 행복했다. 그러나 실비아가 내 아내가 되면서 깨달은 사실이 있었다. 나는 결코 최고로 좋은 남편감이 못 된다는 자각이었다. 나는 실비아를 헌신적으로 사랑했다. 하지만 그녀가 누군가에게 웃어 주기만 해도 질투심에 사로잡혔다. 지독히도 터무니없는 질투였다. 처음에는 실비아도 그걸 재미있어 했다. 오히려 좋아할 정도였다. 적어도 내가 얼마나 헌신적인 남자인지를 말해 주는 것이었으니까.

하지만 나로서는 추호도 의심할 나위 없이 잘 알고 있었다. 이런 행동은 스스로 웃음거리가 될 뿐만 아니라 우리가 함께해 온 그 모든 평화와 행복마저 위협하는 일이라고. 나는 잘 알고 있었고, 말도 그렇게 하였지만 바꿀 수가 없었다. 실비아가 어떤 편지를 받고 내게 보여 주지 않으면 도대체 누가 보낸 걸까 하고 의심했다. 그녀가 어떤 남자와 웃고 떠들면 나는 곧 뾰로통해져 눈여겨보았다.

처음에 실비아는 내 얘기를 듣고 웃었다. 굉장한 농담으로 여겼다. 그다음에는 그 농담이 별로 즐겁지 않다고 생각했다. 마침내 그녀는 전혀 농담이 아니라고 느꼈다.

그리고 조금씩 실비아는 나로부터 멀어지기 시작했다. 물리적인 뜻에서가 아니라 그녀의 은밀한 마음이 나로부터 멀어진 것이었다. 그녀가 무슨 생각을 하고 있는지 더 이상 알 수 없었다. 그녀는 친절했다. 그러나 슬프게도 먼 거리를 두고 그랬다.

아주아주 조금씩, 나는 실비아가 나를 사랑하지 않고 있다는 것을 알게 되었다. 그녀의 사랑은 이미 식었고, 그렇게 만든 사람은 나였다.

다음 단계는 불가피한 것이었다. 나는 그것을 두려워하면서도 그것을 기다리고 있는 나 자신을 발견할 수 있었다.

그때 데렉 웨인라이트가 우리 삶 속으로 들어왔다. 그 남자는 내가 가지고 있지 못한 그 모든 것을 지니고 있었다. 머리도 좋았고, 기지와 말솜씨도 있었다. 잘생긴 인물이었으며, 인정하지 않을 수 없는 사실은…… 철저하게 선량한 친구라는 점이었다. 그를 본 순간 나는 스스로 되뇌었다.

"실비아와 천생연분이야."

실비아는 무척 참고 있었다. 그녀가 애쓰면서 버둥거리고 있다는 것을 알고 있었다. 하지만 나는 그녀에게 도움이 되지 못했다. 그렇게 할 수 없었다. 우울하고 침통한 벽 속에 갇혀 있었다. 나는 지독하게 앓았다. 스스로를 구하기 위하여 손가락 하나 뻗을 수 없었다. 나는 실비아를 도와주지 않았다. 사태를 더욱 나쁘게 만들었다. 어느 날 나는 실비아를 향해 터트렸다. 야비하고 무모한 욕설과 막말들. 질투와 비참함에 휩싸여 거의 미칠 지경이었다. 내가 뱉어 낸 말들은 잔인했고 거짓투성이였다. 그렇게 말을 던지면서도 나는 내 말이 얼마나 가혹하고, 얼마나 비겁한 것인지 느끼고 있었다. 그럼에도 불구하고 그런 말을 하면서 야수 같은 즐거움을 느꼈던 것이다.

실비아가 어찌나 낯을 붉히고, 움츠러들었는지 생각이 난다.

인내의 가장자리까지 그녀를 몰아갔던 것이었다.

그녀가 했던 말을 기억한다.

"이런 식으로 계속 갈 수는 없어······."

그날 밤 집에 돌아왔을 때, 집 안은 텅 비어 있었다. 쪽지가 남겨져 있었다. 꽤 전통적인 방식이었다.

그 편지에서 실비아는 나를 떠난다고 했다. 아주 영원히. 하루나 이틀 뱃지워시에 내려가 있겠다고 했다. 그다음 실비아는 바로 '그녀를 사랑하고, 그녀를 필요로 하는 어떤 사람'에게 갈 것이었다.

그때까지만 해도 나는 내가 품은 의심에 대하여 완전하게 믿지는 않았다. 하지만 내가 가장 두려워하는 것이 흑백으로 뚜렷이 확인되면서 나는 미쳐 날뛰게 되었다. 나는 그녀를 쫓아서 뱃지워시로 내려갔다. 자동차가 낼 수 있는 최고의 속도를 내면서.

실비아는 이제 막 저녁 식사에 입을 프록 드레스로 갈아입었던 것으로 기억한다. 내가 문을 열고 들이닥치자 그녀의 얼굴을 볼 수 있었다. 놀란 듯 아름답고도 두려워하는 표정이었다.

내가 선언했다.

"나 말고 그 어느 누구도 당신을 가질 수는 없어. 어느 누구도."

이어서 두 손으로 실비아의 목을 잡고, 꽉 쥐고, 뒤로 밀어붙였다.

불현듯 거울 속에 우리의 모습이 보였다. 캑캑거리며 숨 막혀 하는 실비아와 그녀의 목을 조르고 있는 내 모습. 그리고 오른쪽 귀 아래 뺨에 총탄이 스치고 간 흉터까지도.

아니야……. 나는 그 여자를 죽이지 않았어. 그와 같은 돌연한 깨우침에 나는 마비되었고, 손아귀에 힘이 빠지면서 실비아가 바닥으로 미끄러졌다.

이어서 나는 주저앉았고 실비아가 나를 위로했다. 그렇다. 실비아가 나를 위로했다.

나는 그녀에게 모든 것을 이야기했다. 그녀 역시 나에게 말해 주었다. '나를 사랑하고, 나를 필요로 하는 어떤 사람'이라는 말은 그녀의 오빠, 앨런을 의미했다고. 그날 밤 우리는 서로의 마음을 들여다볼 수 있었다. 그리고 그 뒤로 우리가 멀어졌던 적은 없었던 것으로 기억한다.

이런 생각을 지니고 인생을 살아간다는 것은 진정 정신이 드는 일이다. 하느님과 거울의 은총이 없었다면 살인자가 되었을 것이라는 이야기.

그날 밤 한 가지가 내게서 사라졌다. 그토록 오랜 세월 나를 지배했던 질투의 악마가.

하지만 나는 가끔 생각해 본다. 최초에 내가 실수를 저지르지 않았다면……. 실제로는 오른쪽에 있었지만 거울에 비친 탓에 왼쪽 뺨 위에 있는 것으로 보였던 그 흉터를 보고 찰스 크롤리가 바로 그 사람이었다고 확신할 수 있었을까? 실비아에게 경고해 줄 수 있었을까? 실비아는 나와 결혼할 수 있었을까, 아니면 그 사람과 했을까?

어쩌면 과거와 미래는 모두 하나가 아닐까?

나는 단순한 사람이다. 이러한 사실들을 이해하는 체할 수는 없다. 하지만 내가 본 것은 본 것이다. 게다가 내가 본 것으로 말미암아 실비아와 나는 이 구식 표현 속에서 함께 살고 있다. 죽음이 우리를 갈라 놓을 때까지. 어쩌면 그 너머까지…….

〈끝〉

옮긴이 | **이강표**

안양에서 태어나 중동고와 중앙대를 졸업하고 대한항공 등 회사를 다녔으며 개인사업을 하였다. 지금은 "아름다운 번역, 피어나는 기쁨"이란 기치(旗幟)로 번역작가로 활동하고 있다. 역서로는 『인디스펜서블』, 『18초』, 『리스터데일 미스터리』, 『나의 우울증』, 『우당탕탕 작은 원시인이 나타났어요』, 『고스트걸, 홈커밍』 등이 있다.

애거서 크리스티 전집

리스터데일 미스터리

3판 1쇄 찍음 2024년 9월 25일
3판 3쇄 펴냄 2024년 10월 2일

지은이 | 애거서 크리스티
옮긴이 | 이강표
발행인 | 박근섭
편집인 | 김준혁
펴낸곳 | 황금가지

출판등록 | 2009. 10. 8 (제2009-000273호)
주소 | 06027 서울 강남구 도산대로 1길 62 강남출판문화센터 5층
전화 | 영업부 515-2000 편집부 3446-8774 팩시밀리 515-2007
홈페이지 | www.goldenbough.co.kr

도서 파본 등의 이유로 반송이 필요할 경우에는 구매처에서 교환하시고 출판사 교환이 필요할 경우에는 아래 주소로 반송 사유를 적어 도서와 함께 보내주세요.
06027 서울 강남구 도산대로 1길 62 강남출판문화센터 6층 민음인 마케팅부

ⓒ ㈜민음인, 2024. Printed in Seoul, Korea
ISBN 978-89-8273-776-3 04840
ISBN 978-89-8273-700-8 04840 (set)

㈜민음인은 민음사 출판 그룹의 자회사입니다.
황금가지는 ㈜민음인의 픽션 전문 출간 브랜드입니다.